Quelques mots sur la traductrice

Julia est la traductrice de *Taken to Voraxia* et la fondatrice de FIT Found In Translation.

Née en région parisienne, elle est amoureuse des livres et des belles histoires depuis son plus jeune âge. Elle décide d'en faire son métier et elle étudie la littérature française avant de devenir enseignante.

Passionnée par les voyages, Julia lit aussi bien en français qu'en anglais et se plaît à noircir des carnets dans lesquels elle conte ses évasions.

En 2019, elle quitte la France pour partir enseigner à l'étranger. C'est lors de son séjour sur le continent américain qu'elle se met à traduire quelques nouvelles et qu'elle décide d'entrer en contact avec des autrices talentueuses.

De retour en France, elle propose ses services à Elizabeth Stephens et se lance dans de nouvelles aventures !

Pour toute demande de traduction, veuillez contacter FIT Translation à l'adresse blackwomanreading2@gmail.com.

Table des matières

Glossaire

Akimari *(ah–kee–mahr–ee)*
Esclave sexuelle d'un Premier. Cette pratique est officiellement interdite.

Dolsk *(doll–sk)*
Type de tente ressemblant à une yourte avec des murs arrondis et un toit en pente. Il comporte souvent un seul conduit pour évacuer la fumée et une entrée en cuir constituée d'une natte roulée ou de bandes de cuir.

Naxem *(nacks–em)*
Bête légendaire qui peut changer de forme et se transformer en une créature ressemblant à un énorme serpent. Le naxem peut atteindre plus de 30 mètres de long et peser plus d'une tonne. Les plus grands naxems sont les compagnons d'une Sasorena et sont chargés de la protéger. Seule une Sasorena peut libérer un naxem. Au cours de l'Histoire de Sasor, aucun naxem n'a pu être répertorié.

Manerak *(mann–err–ack)*
Espèce dominante de Sasor. Ceux qui possèdent un manerak peuvent changer de forme, devenir plus grands, plus forts et plus rapides. Les traits du visage se transforment pour inclure des yeux noirs allongés, des crocs et des narines fendues. Les Maneraks forment généralement l'élite guerrière des tasmarans.

Oeban *(oy–bahn)*

Animal ressemblant à un cheval ayant six pattes, une fourrure hirsute, un long cou courbé et deux cornes.

Sasor *(saa–sohr)*

Planète semblable à la Terre avec des températures tempérées, des paysages de hautes plaines caractérisés par des prairies, des déserts arides et quelques forêts clairsemées.

Sasorana *(saa–sohr–ahn–eh)*

Déesse du ciel et des étoiles qui a donné son nom à la planète Sasor.

Sasorena *(saa–sohr–enn–eh)*

Incarnation mortelle de Sasorana.

Tasmaran *(taass–ma–ran)*

Tribu de Maneraks, souvent composée de villages sédentaires. Seul un petit nombre de tasmarans sont nomades et ne sont généralement pas affiliés aux tribus maneraks unies.

Les tribus Maneraks unies

Les dix–sept tribus qui forment la population manerak de Sasor.

À mes amis vivant à Berlin.

Je n'étais qu'une intello maladroite sans prétention quand j'ai décidé de vivre de mes écrits (je le suis toujours). Cependant, quand mes amis ont eu vent de ma décision, ils m'ont acclamée comme une super star, comme une déesse.

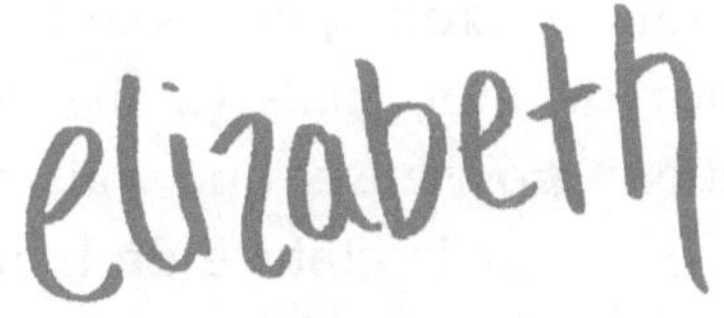

1

Mian

Mon souffle est chaud contre mes doigts. Je suis assise, recroquevillée, les muscles tendus et le corps contracté. Ma tête est inclinée sur mes genoux. J'essaie d'ignorer les bruits produits par les autres esclaves qui paniquent autour de moi, mais ça me colle à la peau comme la matière poisseuse que j'ai passé toute la matinée à appliquer sur la clôture de la taverne formée de petits poteaux fragiles et légers, fixés ensemble avec des tiges de roseaux tressés. Ça ne ressemblait pas à grand chose au départ. La matière sombre et huileuse n'y a rien changé. La clôture a maintenant disparu et tout ce qu'il en reste, c'est l'encre noire et brune qui s'accroche encore à mes bras et les vapeurs qui s'échappent de mes cheveux. Elles sentent la chicorée et la peur.

Un énorme fracas dans la pièce de devant me fait grimacer. Je suis étourdie par la peur, la faim et la soif. Ai-je mangé récemment ? Le fait que je ne m'en souvienne pas ne fait qu'appesantir la douleur atroce qui alourdit mon estomac. Respire. Ça n'aura bientôt plus d'importance. Peut-être même que ça t'aidera. Peut-être qu'ils ne voudront pas te dévorer parce que tu n'as que la peau sur les os.

Le froid s'infiltre à travers la terre tassée sous mes fesses. J'inspire par la bouche, mais je peux encore sentir l'odeur des deux douzaines de corps sales des autres esclaves se trouvant côté de moi. Elle est encore plus puissante et étouffante que l'odeur de la lasure. Elle est encore plus désagréable. Mes doigts jouent avec la chemise qui me recouvre du cou aux genoux. Bien qu'il se soit presque désintégré, le tissu filé grossièrement me gratte encore. Il y a plus de fils que de tissu sur mes épaules et je me demande ce qu'ils vont nous prendre quand ils réaliseront que nous n'avons rien à donner.

Des rires profonds de baryton suivent des plaisanteries lancées dans une langue que je ne parle pas. Les sons, bien que distants *pour l'instant*, brisent ma concentration et derrière moi, l'un des autres esclaves étouffe un sanglot. Je me fige. Je me demande s'*ils* l'ont entendu. De là où je suis, à l'avant du groupe, ce petit sanglot résonne plus fort que les énormes cornes de roseau qui ont sonné l'alarme lorsqu'ils sont arrivés à nos portes. Des portes qui n'ont même pas résisté un solaire entier. Ils ont taillé à travers ces portes comme des couteaux dans du beurre.

Un bruit sourd et mutin se détache lentement de l'agitation dans la salle de réception. Je sursaute. Je sursaute à nouveau quand le bruit résonne soudain plus fort. *S'agit-il de bruits de pas ? Ou est-ce seulement le battement paniqué de mon propre cœur ?* Je sais ce qu'ils font à ceux qu'ils trouvent. Tout le monde connaît les histoires. *Ils mangent les humains. Ils nous écorchent vifs, puis font bouillir la chair de nos os. Ils nous servent dans de grandes soupes.*

– Ils vont nous trouver... ils vont nous trouver !

Mon cœur se serre dans ma gorge quand j'entends la voix paniquée dans mon dos. Je jette un coup d'œil par-dessus mon épaule et aperçois Sorsha au sommet de nombreux corps accroupis qui tentent de se lever. Son frère Mika la tire vers le bas, mais elle se bat contre lui. D'autres personnes essaient de les faire taire tous les deux maintenant. Le visage de Sorsha est d'un blanc spectral, même dans l'obscurité. J'essaie de déglutir mais ma bouche est trop sèche et lorsque qu'elle s'ouvre, j'inhale de la poussière. Je passe ma main sur mes lèvres, en essayant de ne pas m'étouffer avec.

La main de Mika glisse quand Sorsha tire à nouveau. Elle s'enfonce dans l'un des tonneaux en céramique que nous avions rangés dans l'espoir que nous survivrions. Ainsi, un tonneau de viande conservée dans du vinaigre, un tonneau en céramique de farine pour le pain, deux sacs de fruits secs et trois tonneaux d'eau auraient suffi à nous maintenir en vie jusqu'à ce que nous trouvions une autre colonie humaine, ou que nous reconstruisions celle–ci. Mais ça ne risque pas d'arriver maintenant.

Sorsha se débat, au ralenti. Sa hanche heurte le tonneau, sa main s'élance pour faire tomber le couvercle. Il s'affaisse sur la terre tassée avec un bruit sourd qui ressemble à celui du verre qui se brise.

Mon regard se pose sur Mirabelle, assise à côté de moi. Nous avons toutes les deux été vendues lors du dernier échange vers cette colonie. Dans notre ancienne colonie, nous travaillions ensemble au moulin à grain. Elle était vraiment trop vieille pour ce genre de travail, alors j'ai pris en charge certaines de ses tâches. En échange, elle me racontait des histoires fantastiques sur la vie à bord des satellites, des vaisseaux, sur les villes et les grandes étendues d'eau d'une planète appelée *Terre*. Des histoires qu'elle dit avoir héritées de sa mère, de la mère de sa mère et de la mère de la mère de sa mère, qui vivaient sur le satellite qui nous a amenés sur cette planète.

Je ne sais pas si ce qu'elle dit est vrai ou non, mais je l'ai toujours appréciée. C'est une femme gentille, elle ne mérite pas de mourir ici. *Qui mérite ça* ? Elle se tend et prend ma main. Elle la serre si fort que je peux sentir les os à travers sa peau fine, ils craquent comme des brindilles en feu juste avant qu'elles ne deviennent poussière. Elle sourit. Ses paupières en demi–lune s'abaissent sur des yeux bleus brillants. Ils me font peur, ces yeux. Ils voient tout.

Mika jure :

– Ils nous ont entendus...

– Est–ce qu'on peut s'échapper ?

– Où irions–nous ?

– Est–ce que c'est important ?

– Y a–t–il au moins une sortie ?

– Non, la seule sortie est par la taverne.

Un doux silence s'installe sur nous. Il a le goût de la mort. Ma vision s'embrume. *Est–ce la peur ou la faim ? Ai–je mangé au cours du dernier solaire ? Au cours des deux derniers ?* Je ne m'en souviens pas mais je me rappelle que ça n'a pas d'importance. *Les humains maigres font un mauvais ragoût.*

Des bruits de pas nous parviennent de la salle de distillation. Le poids de ma propre respiration pèse sur mes poumons. Il m'est difficile de respirer. Ils vont nous trouver, nous dépecer et nous faire bouillir. Même les enfants. Mais peut–être, je dis bien *peut–être*, qu'ils ne mangeront aucun d'entre nous si l'offrande n'est pas suffisante, et il n'y a pas d'offrande plus abyssale ici que la mienne...

J'inspire. J'expire en tremblant. Je serre la main de Mirabelle une seule fois avant de la laisser glisser de la mienne. L'air frais effleure mon derrière humide alors que je me redresse. J'ai la tête qui tourne. *Est-ce la faim ou la peur ? C'est sans importance. Bientôt, tout sera terminé.*

– Mian, que fais-tu ? Souffle Mirabelle d'une voix à peine audible.

Je n'ai pas de réponse à lui donner. Je suis en train de contourner les corps sur mon chemin et j'atteins le rideau avant de tirer juste un petit coin en arrière. Je ne regarde pas derrière moi lorsque je passe dans la salle de stockage. Je laisse la seule issue que j'avais se refermer dans mon dos.

Je suis engloutie par le silence. Personne n'essaie de me ramener à l'intérieur. Personne ne sort pour se sacrifier à mes côtés. J'entends tout à coup un bruit sourd. Le silence est ponctué par une botte. C'est forcément une botte, c'est un bruit produit par un objet lourd et puissant qui ne peut être qu'une botte, portée par un être hors du commun. Je n'ai jamais vu l'un des êtres de Sasor en vrai, mais j'ai entendu des histoires sur leur taille. Les gens les comparent à des rochers, des maisons et des sommets de collines.

La réserve est entourée de fûts en céramique. Je m'assois entre deux barils de grain, j'appuie mon front sur la surface en céramique granuleuse et bombée devant moi pour attendre que le monde se calme. Puis je retiens mon souffle lorsque la porte de la salle de stockage s'ouvre avec un craquement bref. Un silence bienvenu apaise ma colonne vertébrale, mais la démarche plombée d'un barbare de Sasor gâche tout. Je serre les dents. Je me concentre. Ma tête tourne. Je manque m'évanouir. *Est–ce la peur ou la faim ?* Il est sur moi maintenant.

Le peu d'espoir que j'avais, plus délicat qu'une fleur, plus fin que la lame d'un couteau récemment aiguisée, m'est arraché lorsque le lourd tonneau devant moi est soulevé et posé sur le côté avec une douceur surprenante. La chair de poule se répand sur mes bras lorsque je lève les yeux vers son visage.

Il cligne des yeux et lorsqu'il le fait, ses iris déjà sombres s'assombrissent encore plus, semblables au côté ombragé d'une feuille d'acajou scintillante, collante et épineuse. Je frissonne en observant rapidement le reste de son corps.

Il porte une cuirasse en cuir sur le côté droit uniquement et des plaques de cuir similaires sur les jambes; mais en dessous, il n'est que muscles cordés entassés sur une structure énorme. Sa peau est d'un bronze plus clair que la mienne, mais ses cheveux... ses cheveux sont fascinants. C'est de l'or. Ils tombent presque jusqu'à la taille du côté droit, tandis que le côté gauche est coupé près de son cuir chevelu. Contre le miel de sa peau, on dirait... on dirait qu'il est façonné par le soleil à sa propre image. Ses cheveux sont beaux, même si rien d'autre chez lui ne l'est. Il a l'air bien trop brutal.

Une cicatrice part de sa pommette et perturbe la naissance de ses cheveux pour suivre la ligne dentelée de son oreille. Il n'a pas de lobe d'oreille. Sa mâchoire est dure. Ses yeux sont méchants.

Sans prévenir, il se penche et glisse une main massive dans mes cheveux. Aussi surprenant que ce soit, un éclat de rire monte dans ma poitrine et je fais de mon mieux pour l'étouffer. Il est à un souffle de moi maintenant, complètement penché, il cache tout ce qui se passe derrière lui. Nous sommes face à face, presque nez à nez.

Il sent l'herbe fraîchement coupée, la sueur, mais il sent surtout le sang. Le sang humain. *Combien d'êtres humains a–t–il déjà mangés ?* Une petite partie de moi, dont je ne suis pas fière, se réjouit qu'il sente le sang. Après tout, ça veut peut–être dire qu'il est rassasié.

Ses mains peignent mon cuir chevelu d'une presque intimement, jusqu'à ce que le geste change et devienne féroce. Il me tire alors par les cheveux. Mes membres osseux vacillent comme ceux d'un nouveau–né quand il me dépose. Dans mon être décharné, la peur et la faim combattent l'adrénaline, qui finit par l'emporter. Je plante mes pieds sur le sol et plonge dans l'odeur du sang, du bois, du métal et du cuir. Je ne respire pas. Je ne peux pas respirer. Pas quand je vois la taille de l'extraterrestre en face de moi.

Ses épaules font trois fois les miennes et sa poitrine est aussi profonde que mes épaules sont larges. Il fait trois têtes de plus que moi, peut–être plus. Tout ce que je sais, c'est que je dois pencher mon cou en arrière pour soutenir son regard. C'est ce que je suis en train de faire. Je le fixe comme si ma vie en dépendait. Je regarde la couleur de ses yeux changer à nouveau : ils sont maintenant si sombres que je peux y voir jusqu'aux profondeurs de l'univers.

Quelle drôle de façon de mourir. J'ai été expédiée de colonie en colonie toute ma vie, sans jamais rester assez longtemps pour me faire des amis, une famille ou m'y créer des racines. Je suis sur le point d'être tuée par un barbare extraterrestre avec l'univers dans les yeux parce qu'une femme a été gentille avec moi une fois et m'a raconté des histoires drôles sur le monde. Je respire. Je suis prête. Je souris.

Contre toute attente, quand sa paume, de la taille d'un visage, se dirige à nouveau vers moi, ce n'est pas pour me briser le cou ou me sectionner la colonne vertébrale. La brute se dirige droit vers... droit vers ma poitrine ! Mes instincts reprennent le dessus et je donne un coup décisif sur le dos de sa main.

Je suis sous le choc.

Mon estomac retombe dans mes talons. *Je viens de le frapper. J'ai frappé un extraterrestre barbare et cannibale.* Je croise son regard, je le fixe et je vois la chose la plus terrifiante de toutes se produire. Ses lèvres... elles se retroussent et se séparent pour révéler une rangée de dents carrées et parfaitement blanches. Cet extraterrestre barbare et cannibale me sourit.

Je recule en trébuchant. Je tends la main pour attraper le bord d'un baril, mais il est plus rapide que moi: une main agrippe son côté lisse, l'autre maintient le couvercle en place. Il fait glisser la céramique lentement, sans me lâcher du regard. Il suit ma main lorsque je touche ma poitrine. Mon cœur semble vouloir s'échapper, malgré le fait que le reste de mon corps soit figé sur place.

Une fois la barrique posée, il attrape ma paume et la jette sur le côté avec tant de force que je trébuche à nouveau. *Qu'est-ce qu'il fait ?* Il regarde mes... boutons. Ce sont des boutons géants dépareillés qui ressemblent aux boutons des vêtements de poupées. Certains, je pense, proviennent vraiment des vêtements des poupées des mes anciennes maîtresses de haute naissance – et il les inspecte comme s'ils venaient d'insulter sa mère décédée. Puis il lève un seul doigt et je regarde, fascinée et horrifiée, une pointe acérée et dentelée *pousser* du bout de son ongle.

La pointe est d'une longueur d'un doigt au maximum. Il abat cette griffe fraîchement formée d'un geste rapide et tranche le fil lâche qui retient mon bouton supérieur. Ma chemise s'ouvre jusqu'au nombril, exposant ma cage thoracique osseuse et mes petits seins. J'ordonne à mon corps d'attraper le vêtement et de le maintenir fermé mais – *par toutes les comètes !* – mon corps fait autre chose.

Je le gifle. *À nouveau.* Il me repousse.

Je m'envole à quatre pieds dans les airs au lieu des trois pieds de la première fois. Quand j'atterris, j'oublie la chemise. Mes bras sont figés loin de mon corps. J'attends qu'il me découpe aussi rapidement et facilement qu'il l'a fait avec ce morceau de fil.

J'attends. J'attends...

Pendant ce temps–là, il se touche la joue à l'endroit où je l'ai frappé, il cligne des yeux plusieurs fois, étrangement, comme un extraterrestre, puis ses lèvres se retroussent et il rit. Il rit si fort et de si bon cœur, qu'il fait apparaître des lames de rasoir dans le mien. *Je ne me souviens pas avoir jamais entendu quelqu'un rire comme ça.* Surtout pas un extraterrestre barbare et cannibale.

Je sursaute à nouveau, sous le choc, lorsque son rire s'éteint et qu'il me fixe avec des yeux bruns à la fois condescendants et indulgents. Il secoue la tête, attrape mon bras et commence à me traîner vers la porte.

Il me dit quelque chose. Cela semble amusant, mais il pourrait tout aussi bien me dire qu'il est temps d'être éventrée maintenant.

– Ok, je réponds.

Je sais que quoi qu'il dise, je n'ai pas vraiment le choix.

Il émet un autre grognement semblable à un rire, mais juste au moment où nous atteignons la porte, j'entends une légère toux derrière moi. Je me fige. Il se fige. Il regarde par–dessus son épaule et ses yeux rencontrent les miens. Quand il secoue la tête, il le fait si lentement que les longues tresses de ses cheveux ondulés chatouillent mon bras nu.

– Tokan, ya reesa, teka annak, dit–il.

Je ne sais pas ce qu'il vient de dire, mais tout ce que je peux penser en réponse c'est : *ragoût humain, nous voilà...*

2

Neheyuu

– Tokan, ya reesa, teka annak, je lui dis.

Tu n'es pas loin, mais tu n'y es pas encore. Je l'appelle *ya reesa*. C'est un titre d'honneur quand c'est dit avec respect, mais ça peut-être une insulte ou une moquerie, si c'est dit avec insolence. Peut-être que j'utilise un peu des trois quand je l'appelle reesa, « *petite courageuse* ». Elle a bien fait de me défier comme elle l'a fait. Je n'avais pas réalisé à quel point elle était courageuse avant ce moment.

Elle est aussi très intelligente.

Elle a presque réussi à me distraire, et si ce n'était la maladresse des humains derrière le rideau, elle aurait réussi.

Je regarde les visages humains décharnés qui se cachent. Ils sont tous aussi peu vêtus qu'elle, et si maigres qu'on pourrait les considérer comme affamés selon les normes de Sasor. Ce sont des esclaves. Reesa en est certainement une aussi, même si sa couleur est considérée comme rare parmi les tribus Maneraks unies.

Elle luit comme le bronze brut, elle est à la fois rouge et or. Elle brille, même dans cette cave sombre et obscure, éclairée seulement par la lumière extérieure qui filtre à travers les lamelles inégales des murs. Aussi semblables que soient nos couleurs, c'est là que s'arrête notre ressemblance. Elle n'est qu'une petite chose chétive, avec des os comme des roseaux secs et des yeux étranges, sombres et expressifs. *Une humaine.*

C'est une espèce que j'ai déjà rencontrée, mais jamais en tant que Premier de ma tribu, et je ressens une nouvelle poussée d'adrénaline et de plaisir à l'idée que mes guerriers et moi ayons finalement trouvé et capturé un nombre aussi important d'entre eux. C'est considéré comme une grande victoire de tomber sur une tribu humaine et de la décimer.

Leurs femelles sont compatibles avec notre espèce et leurs mâles sont faibles. Je n'ai jamais vu une humaine aussi jolie, ou avec des manières aussi bizarres. Elle m'a frappé plusieurs fois – ce qui constitue une défense étrange car elle n'a pas de griffes et ne fait probablement qu'une petite fraction de mon poids. En outre, elle n'a reçu aucun entraînement guerrier. Maintenant, elle se contente de m'observer, comme si elle attendait quelque chose.

En temps normal, je l'aurais déjà prise et savourée. Il n'y a aucun doute dans mon esprit: je vais m'accoupler avec cette petite reesa. Je tends la main et touche ses cheveux. Je n'ai jamais vu une telle couleur avant. C'est comme si elle avait été volée dans les profondeurs d'un océan, ou arrachée aux étoiles. Ils sont si noirs qu'ils sont presque bleus, et même dans la crasse, ils sont restés doux. Je retire ma main. Je veux la toucher à nouveau – je *vais* la toucher à nouveau – mais je lui laisse la chance de me donner ce que je désire. Ses cheveux emmêlés, la puanteur de ses vêtements sales et usés, et les taches de terre et de cendre sur sa peau ne m'empêchent pas de la désirer.

– Tu veux qu'ils vivent, ya reesa ?

Je sais qu'elle ne comprend pas mes mots, alors je lui montre ce que je veux dire. Je lève une nouvelle fois la main vers sa poitrine, mais elle s'écarte de moi en se protégeant avec ce chiffon sale que je veux arracher de son corps.

Elle dit un mot dans une langue qu'elle sait que je ne parle pas. Elle secoue la tête pour mieux comprendre.

– Tszk, dis–je.

Je ne sais pas pourquoi je viens de lui révéler le mot dont elle a besoin pour se refuser à moi.

Irrité contre moi–même, j'écarte sa main lorsqu'elle essaie de bloquer la mienne, et je moule ma paume sur sa poitrine, admirant le poids de son petit sein lorsque je le tiens. Il est plus gros qu'il ne devrait l'être étant donné que je peux voir les os de sa poitrine à travers sa peau, et les os de ses côtes. Les os de ses hanches sont probablement tout aussi proéminents, et ça n'a pas d'importance. Je veux les voir aussi.

Sa mâchoire se contracte, ses pupilles se dilatent. Elle écarte mes doigts de sa tunique et secoue la tête une seule fois, fermement. Elle prononce à nouveau son étrange mot étranger.

– Yena, je réponds.

Ce mot est plus approprié. C'est ce mot qu'elle s'habituera à me dire, quand elle réalisera qui je suis.

Pour le moment, elle ne se laisse pas fléchir. Je ne bouge pas. Nous nous fixons l'un et l'autre. Le silence s'étire comme une ligne entre nous. Je crois que cela la surprend autant que moi que ce soit moi qui cède en premier. Je suis fatigué et j'ai envie de retourner auprès de mes guerriers pour profiter des célébrations après ces batailles facilement gagnées. Je jette un regard significatif à son peuple. Les humains se blottissent les uns contre les autres, en essayant à tout prix de ne pas croiser mon regard. C'est drôle qu'ils se recroquevillent, elle, elle ne le fait pas.

Tendant la main dans la masse de leurs corps, j'attrape le premier humain que je vois. C'est une femme. Je suppose qu'elle est plus âgée étant donné la façon dont sa peau ratatinée colle à son corps. Elle a d'épais cheveux gris attachés loin de son visage. Sa lèvre inférieure tremble et elle dit quelque chose à Reesa qui la fait grimacer.

Le regard de Reesa va de la femme à moi. Une expression de douleur traverse son visage. Elle fait un demi-pas vers moi, ce qui me surprend à nouveau, puis tend ses poignets entre nous, révélant leur intérieur légèrement plus pâle. Elle est couverte de marques noires, des esquisses dessinées sur toute sa peau qui ne s'effaceront pas.

Nous n'avons pas cette tradition dans mon tasmaran – aucun tasmaran manerak ne l'a – mais sur cette petite Reesa, je trouve les marques magnifiques. Bien que des dizaines de petits motifs soient éparpillés sur ses bras et ses épaules, pour l'instant, elle se concentre sur de fins anneaux noirs juste sous ses paumes. Les lignes sont droites, mais incomplètes. Un petit espace de peau claire me tente. J'ai envie d'y frotter mon doigt le plus épais.

Elle me parle alors par phrases. Quand je ne réponds pas, elle répète ce qu'elle a dit, en secouant légèrement les poignets pour souligner. Je ne la comprends pas.

Tenant l'humaine plus âgée par le haut du bras, je palpe à nouveau le devant de la poitrine de Reesa pour lui faire comprendre ce que je veux. Ce qui est en jeu si elle refuse.

Sa bouche se ferme. Elle tourne la tête et regarde la femelle. Elle évalue ses options, décide de son prix. Quand, en baissant légèrement le menton, elle accepte de le payer, je ne ressens pas la satisfaction que je pensais ressentir. Ses épaules s'affaissent, ce qui rend cette femme déjà mince presque insignifiante. Elle n'est plus qu'ombres tourbillonnantes, alors qu'avant, elle était une lumière pure.

J'attrape son poignet et elle se détourne de moi. Mon regard se promène sur les marques qui s'y trouvent et je m'interroge sur leur signification. Tant de mystères, à commencer par la raison pour laquelle cette petite Reesa se refuse à moi.

– Tszk, lui dis–je finalement.

Elle me regarde en clignant des yeux, son expression est vide. Perdue. Un profond gouffre s'ouvre à sa vue, et je ressens, l'espace d'un battement de cœur, ses émotions en miroir, même si je ne les ai jamais ressenties moi–même auparavant. Elle est totalement transparente, et à travers elle, je peux tout voir, sentir et expérimenter. Sous ma vraie peau, mon manerak s'agite lentement, comme s'il se réveillait d'un profond sommeil.

Je serre sa poitrine brutalement et dis "Tszk". Puis je la lâche immédiatement, en laissant tomber le bras de l'autre femelle humaine. Je repousse légèrement la femelle plus âgée et ferme le rideau entre nous de façon à ne plus voir les esclaves humains, ces barbares extraterrestres.

La compréhension passe sur son visage et elle me sourit un tout petit peu. Ses dents sont blanches et droites dans sa petite bouche, sauf deux sur la rangée du bas qui se chevauchent. Elle n'a pas de crocs à proprement parler. Juste des roseaux en guise d'os et des sourires dans les yeux. Pourquoi me sourit–elle alors que je lui ai pris son royaume ? Mystères, mystères. Elle a éveillé mon intérêt, et bien plus…

C'est dangereux. Mon manerak est complètement réveillé maintenant, il me pique le dessous de la peau, mais je l'ignore, tout comme j'ignore toute pensée liée au danger en sa présence. Elle n'est qu'une petite humaine à prendre, à baiser et à oublier. Il n'y a pas de danger ici.

– Strena, je lui dis. *Viens.*

Elle penche la tête sur le côté. Ses cheveux sales tombent sur ses épaules en mèches emmêlées. Ses doigts fins serrent toujours sa tunique, mais ils ne tremblent plus. Elle jette un coup d'œil au lourd tissu plein de boue qui cache ses humains à la vue.

– Tszk.

J'attrape son poignet, qui est plus fin que la poignée de mon épée et bien plus facile à casser. Je pose sa paume contre ma poitrine, là où le cuir ne la couvre pas.

Elle secoue la tête. Je hoche la tête. Ses yeux s'agrandissent dans son visage, ce qui donne l'impression qu'elle va bientôt se transformer, mais les humains n'ont pas cette capacité. Tszk, ma petite reesa est complètement transparente et totalement sans défense. Elle est à moi.

Je la tire brutalement hors de la plus petite pièce, traverse la pièce suivante et arrive enfin dans la partie principale de cette cabane. Là, Dandena et Mor sont occupés à se battre pour une couronne d'or qu'ils ont trouvée cachée dans un tonneau de bière. Ils me dominent dans leurs peaux de maneraks mais quand ils me voient, ils s'en débarrassent et reprennent leurs vraies formes.

L'humaine que je tiens tire pitoyablement sur mon bras pour essayer de se libérer. Je me demande si elle a déjà vu un manerak auparavant et, si ce n'est pas le cas, quel niveau de terreur elle ressent actuellement. J'éclate de rire à cette idée et quand je la tire en avant, sa chaleur s'écrase sur moi. *C'est chaud. C'est agréable.* Je la croirais fiévreuse si elle en montrait d'autres signes.

Elle reste figée sur ses pieds, une main dans la mienne, l'autre serrée au creux de sa gorge. Elle regarde droit devant elle et je suis son regard jusqu'à Mor. Il se lèche les lèvres et fait un pas vers nous, le regard fixé sur elle. Je ne sais pourquoi mais cela me donne des frissons. Mon regard se fixe sur lui, s'aiguise et devient mortel. *Je deviens manerak.*

– Qu'est-ce que tu as là ? demande-t-il avec un déhanchement arrogant.

La couronne est oubliée, il fait un pas en avant. Ses cheveux dorés, tachés de rouge, voltigent dans son sillage.

– Je l'ai trouvée cachée, je réponds avec un sourire.

Comme j'ai hâte de m'amuser avec elle… Mon manerak s'ouvre à l'intérieur de moi comme une bouche.

– Etait-elle seule ?

– Yena.

Je ne sais pas pourquoi j'ai menti. Mes doigts se crispent.

– Alors il n'y en a pas d'autre…

– Yena.

Il s'essuie le dos de la main sur la bouche, ce faisant, il étale le sang des humains morts sur son visage.

– J'aimerais l'avoir.

Je rigole.

– Viens, alors.

Les sourcils épais de Mor se fondent dans sa peau au moment où il accepte le défi. Les coins de sa bouche s'étirent vers la racine de ses cheveux et je sens mon pouls s'emballer, mon manerak semble déraisonnablement excité alors qu'il se dilate et s'allonge en réponse.

La petite Reesa sursaute à côté de moi lorsque mes épaules commencent à se gonfler et que mes cuisses s'épaississent et s'allongent. Déjà voûté au–dessus d'elle, je suis bientôt immense. L'inconfortable demeure en bois n'est pas à la hauteur de la taille de mon manerak. Le toit frôle le sommet de ma tête, puis mes épaules. Je suis obligé de me baisser ou de le briser. Je pourrais le faire. Mais alors le toit pourrait céder et écraser ma reesa. Cette pensée me contrarie, puis s'évapore.

Mon manerak grésille sous ma peau, il est endolori par une tension différente que celle qui l'anime d'habitude, mais je ne peux pas mettre le doigt dessus. Je suis *impatient*. Je sens mon arcade sourcilière s'aplatir, mes yeux se dilater, mes pupilles se fendre. Mes crocs s'abaissent pour protéger mes dents et je ne relâche Reesa que lorsque je sens des griffes s'emparer du bout de mes dix doigts. J'émets un sifflement entre mes langues fourchues.

Mor charge et bien qu'il soit l'un de mes meilleurs combattants, il n'est toujours pas de taille face à moi. Je suis le Premier de ma tribu pour une raison. Je me demande si sa soif de sang est la raison pour laquelle il lance ce défi – un défi que nous savons tous deux qu'il va perdre – ou si cela a quelque chose à voir avec l'esclave à mes côtés. Peut–il aussi voir son éclat ? Cette pensée m'agace. Mon manerak vomit et crache.

Elle s'agite sauvagement. Son dos heurte le mur le plus proche. Mes langues fourchues sortent de ma bouche, goûtent l'air qui l'entoure. Il contient quelque chose d'aigre et de collant, comme les feuilles de rathra utilisées par nos bûcherons, et en dessous, quelque chose de doux qui permet de surmonter la première vague d'amertume. *Des fleurs. Le nectar des fleurs carnivores d'egra. C'est magnifique et c'est dangereux.* Je la libère complètement et, avec une légère poussée contre sa fine poitrine, je la guide derrière moi afin d'avoir les deux mains libres pour affronter Mor dans un fracas de tonnerre.

Il n'y a pas d'armes dans un défi, alors il me frappe avec ses griffes. C'est un homme plus petit, à la fois sous sa vraie forme et dans son manerak, mais sa force réside dans sa vitesse. Il tourne autour de moi alors que je bloque et il vient sous mon bras en essayant de me contourner et de se rapprocher de Reesa.

L'appel de mon manerak résonne au plus profond de ma poitrine   ; il fait trembler tout mon corps de sa puissance. Je pose mon pied sur sa cuisse afin de stopper sa course. Je tourne mon poing pour atteindre sa joue. Le sang coule. Il se lève avec un sifflement, ses griffes me lacèrent les côtes quand il échappe à mon emprise.

Ma peau de manerak s'étire, s'élargit avec l'odeur acidulée de son sang – et du mien. Les autres guerriers se replient aux confins de la pièce, traînant avec eux les tonneaux – surtout ceux de bière – qu'ils veulent conserver. J'attaque en premier cette fois. Je passe directement à travers un morceau de bois fragile que ces humains utilisaient autrefois comme table.

Mon épaule touche le sternum de Mor. Il tente d'absorber le coup, ce qui est sa deuxième erreur – la première étant le défi qu'il m'a lancé. Je le mets à terre et ensemble nous volons à travers le mur le plus proche. Nous atterrissons sur le sable à l'extérieur et avant qu'il ait la chance de cligner des yeux, je frappe sa poitrine deux fois de plus.

– Tu as saigné trois fois, mon frère, dis–je, la voix déformée car je suis toujours manerak.

Je m'éloigne de lui avec un sourire.

Il donne un coup de poing furieux dans le sable mais prend ma main quand je la lui propose.

– Tu remportes ce défi, guerrier, déclare–t–il.

Je le tire sur ses pieds et je sens que mon manerak commence à se calmer – du moins, jusqu'à ce que je retourne au hangar en ruines et que je voie Dandena, Rehet et Ock se rapprocher de mon prix. J'ouvre la bouche et mon sifflement de manerak est si assourdissant que je ne peux pas parler à travers lui.

Ils se retournent, la surprise est gravée sur leurs vrais visages. Dandena rompt le silence.

– Une saignée contre trois, en faveur du Premier ?

J'acquiesce une fois. Dandena applaudit et tend la main pour prendre ses gains aux deux autres, qui jurent. Je ne me soucie pas de leurs paris, et perce le demi–cercle qu'ils ont formé autour de Reesa. Elle se tient debout, la colonne vertébrale toujours soudée à l'un des murs de bois fragiles. Elle a réussi à trouver un couteau et le tient devant elle à deux mains. Elle ne sait clairement pas comment l'utiliser, mais il a l'air tranchant. Très tranchant. Et il y a un bijou d'émeraude dans la poignée.

– Mais… c'est *ta* lame Rehet ! N'est–ce pas ? Je m'exclame, en riant assez fort pour avoir mal au ventre.

Les autres rient aussi, tandis que Rehet a au moins la décence de grommeler doucement de honte.

– Elle est plus rapide qu'elle n'en a l'air.

J'inspire avec fierté, et j'expire de soulagement en repoussant les mâles et Dandena. Reesa est indemne. Ses grands yeux se tournent vers moi et je regarde la lame dans son poing, en secouant la tête. Comprenant mal ma réaction, elle saute en l'air, déplie ses doigts et me tend le couteau. Elle tremble. Elle a peur. Elle n'est pas habituée aux maneraks. Je siffle en sentant les os de mon corps se contracter et se réduire, mes crocs se rétracter, mon visage s'amincir, mes épaules rétrécir, jusqu'à ce que je retrouve enfin ma véritable forme.

Maintenant prêt, j'attrape sa main. Cette fois elle saute d'une demi–tête dans les airs quand je la touche. Je grimace et elle semble apprécier car la moitié supérieure de sa bouche se plisse. Elle m'offre toujours le couteau mais j'enroule mes doigts autour des siens.

– Tszk , je lui dis.

Elle l'a pris à Rehet. Elle mérite de le garder. Je place la lame contre le centre de sa poitrine et me tourne vers les autres. Je suis impatient de sortir d'ici, de l'éloigner des mâles et de l'emmener dans mon propre dolsk.

– Allons–y.

3

Neheyuu

Je décide de faire une pause avant que le deuxième soleil ne se couche, même s'il n'est pas rare de chevaucher bien après le coucher du troisième soleil, ou même pendant la lune. Cependant, après cette victoire, mes guerriers méritent de voyager tranquillement. Ce sera l'occasion d'ouvrir l'un des nombreux barils de bière que nous avons pris dans la réserve des humains et de célébrer un raid réussi.

Cela n'a rien à voir avec le fait que, même si elle a bien chevauché, je peux voir qu'elle est fatiguée et que je suis inquiet. Tszk, cela n'a rien à voir avec ça. Rien du tout.

La plupart des guerriers dorment à la belle étoile, à l'exception des blessés, des couples et de certaines guerrières qui préfèrent avoir des dolsks pour indiquer aux mâles qu'elles ne veulent pas être dérangées. Les autres femmes et la plupart des hommes se contentent de s'accoupler à la vue de tous.

Je suis Premier et on m'érige toujours un dolsk pour le conseil de guerre, pour recevoir les messagers, et pour stocker les prix de mes conquêtes, toutefois, il est rare que je l'utilise pour me reposer. Je préfère dormir, baiser et prendre mon pied à la belle étoile. Cette lune ne fait pas exception.

J'emballe l'or que j'ai pillé puis je fais le point avec Preena et Dandena – mon Second et ma Troisième. Je donne l'ordre de nourrir Reesa et les autres humaines capturées, avant de l'abandonner dans mon dolsk en forme de dôme construit à la hâte, avec le reste de mes biens et de mes trésors. Maintenant, je suis assis à la vue de tous sur une natte de roseaux près du feu. Dandena fait tourner la couronne oubliée à laquelle Mor a renoncé sur le bout de son doigt tandis que Xi et Xena – enfin, surtout Xena – rient bruyamment du spectacle.

Un peu plus loin, Rehet rôde dans l'enclos où nous gardons les femelles humaines que nous avons prises. Ock et plusieurs autres observent également. Preena aboie des ordres, il tente de s'assurer que les gardes resteront vigilants et que les guerriers resteront calmes. Il sera difficile de les contenir. Un certain nombre d'entre eux ont déjà marqué les femelles.

Erkan est en ce moment même assis accroupi à l'extérieur de l'enclos. Il fixe une femelle à la peau sombre et aux cheveux ondulés qui tombent sur ses hanches en formant un nuage impressionnant. Un interprète de notre tribu devra lui expliquer que, bien que le sessemara de trois jours (la cérémonie d'union) n'ait pas encore eu lieu, Erkan l'a déjà marquée pour éloigner les autres mâles. Il a l'intention de la garder pour lui–même et, même si un autre mâle montre son intérêt pour elle pendant le sessemara, je connais les capacités de combat d'Erkan. Il ne perdra pas. Toutefois, je ne peux m'empêcher de me demander si ce sera suffisant.

Elle se recroqueville loin de lui en tenant sa jupe. Elle a probablement été déchirée quand Erkan l'a marquée. Ces humains sont très fragiles. Je ne peux oublier l'expression effrayée – *déçue* – de mon humaine lorsque je lui ai fait comprendre que je voulais la prendre. Une partie de moi avait été *offensée* qu'elle se refuse à moi. Je suis Premier de ma tribu, d'ordinaire les femelles se jettent sur moi. Alors que je regarde la femelle d'Erkan, je me demande si ces humaines ne sont pas *toutes* conditionnées pour craindre le sexe. Je me demande distraitement ce qui a pu provoquer une telle peur, leurs mâles sont tous insignifiants, des choses ratatinées qui ne possèdent même pas des peaux de maneraks pour défendre leurs familles.

– C'est la première fois que je vois notre Premier réfléchir autant, dit Dandena en riant.

Mor jette un regard significatif à ma tente.

– Il pense à la chatte de cette humaine. Moi aussi d'ailleurs...

Le sifflement de mon manerak résonne bruyamment et une tension se répand sur ma poitrine. Un sourire fend le visage de Mor et il rit de plus belle.

–Tu te comportes comme un manerak prêt pour le rut, ajoute–t–il.

– Mieux vaut un manerak prêt pour le rut qu'un manerak blessé. Combien ça fait encore aujourd'hui ? Trois, rien que pour moi ?

Mor se vexe.

– J'aurais gagné si ça avait été un combat loyal et tu le sais.

– Un combat loyal ? Et pourquoi ce n'était pas un combat loyal ?

– À cause de son odeur. Tu as eu plus de temps que moi pour t'en imprégner et la laisser alimenter la rage de ton manerak. Si tu m'avais donné quelques instants de plus en sa présence, je t'aurais battu. C'est la répartition du poids qui n'était pas… bonne.

– La répartition du poids ?

Xena rit.

– Le premier est trois fois plus grand que ton manerak. Arrête de raconter des conneries, poursuit-elle.

– C'est quoi cette histoire d'odeur qui alimente son manerak ? demande Ock en prenant un siège à la droite de Dandena. Ça n'a aucun sens et tu le sais.

– Tu n'as pas vu ce que j'ai vu. Il était plus grand que sa forme habituelle, plus rapide et plus agressif. Un peu comme… comme un Naxem…

Un silence religieux s'installe alors que nous pensons au Naxem et aux histoires que l'on nous racontait lorsque nous étions enfants. Considérés comme des guerriers nés des étoiles, les Naxems étaient les premiers êtres de Sasor. Ils ne parcouraient le cosmos que dans leur peau de manerak avant que Sasorana – la déesse des étoiles – ne les chasse des cieux et ne leur donne leur véritable forme. Chaque guerrier se bat maintenant en hommage aux Naxems et à leur créatrice. Sasorana nous gouverne et nous guide tous.

Je manifeste ma surprise en levant les yeux au ciel. Le désir croissant qui me tourmente me pousse à regarder ma tente : je souhaite ardemment voir son ombre se découper sur la lumière à l'intérieur.

– Pff. Arrête de raconter n'importe quoi. La femelle est mon prix. C'est tout. Je ne voulais pas te voir la tripoter.

J'engloutis la bière du calice en bois que je tiens dans mon poing. J'en ai bu plusieurs et bien que cette piquette humaine soit loin d'être aussi forte que les alcools de Sasor, après plusieurs tasses, je sens mes muscles se détendre et mes paupières s'alourdir.

Les autres rient, tous sauf Dandena, qui m'observe avec un silence étrange et complice.

– Quoi ?

Je suis assez proche d'elle pour lui aboyer dessus. Elle fait partie de l'élite des guerriers maneraks. Nous nous entraînons ensemble depuis le temps où, petits, nous avons découvert nos peaux de maneraks pour la première fois.

Elle me fait un sourire en coin et s'appuie sur ses coudes. Ce n'est pas une femme attirante, mais elle a quand même couché avec la plupart des mâles ici et a éveillé l'intérêt de mâles de tribus voisines. Je peux comprendre ce qui les attire, mais pour moi, elle n'a jamais été qu'une de mes guerrières, ma Troisième, et l'une des fiertés de mon tasmaran.

– Il n'a pas tort, déclare–t–elle. Tu *étais bien* plus grand que ta taille habituelle. Et en plus, même maintenant, tu te déshonores. Tu sais que nous ne prenons pas de butin. Nous avons arrêté de prendre des butins il y a longtemps. Et vous, les mâles, avec vos petites bites et vos cerveaux encore plus petits, vous ne semblez pas vous souvenir que nous ne sommes plus censés marquer les femelles. Pas avant notre retour et pas avant qu'on leur ait appris notre langue. Ça s'est déjà retourné contre nous par le passé, vous vous en souvenez sûrement. Les femelles de ces tribus plus... *pacifistes* n'aiment pas le marquage. Certaines ne comprennent même pas que les mâles leur ont démontré leur supériorité au combat en tuant leurs compagnons.

Elle prononce ces derniers mots avec incrédulité, une incrédulité que nous partageons tous. Cependant, elle n'a pas tort. Je revois la peur et l'eau qui a fait surface dans les yeux de ma femelle lorsque j'ai voulu lui imposer un rut. Elle m'a vu me battre pour elle au combat, mais je doute fort que cela l'ait impressionnée. C'est étrange.

– Tu te souviens du temps où tu étais Troisième du tasmaran, Neheyuu, ou tu as oublié ?

Tszk, bien sûr que je m'en souviens. Je suppose que Dandena n'a pas oublié cette époque non plus. Nous nous trouvions dans le Tasmaran qui nous a formés et façonnés, celui qui a fait de nous des guerriers.

– Pendant notre séjour là–bas, nous avons attaqué trois colonies humaines, ajoute–t–elle, et les femelles qui ont été marquées ont presque toutes vu cela comme une violation.

Cette pensée me met mal à l'aise. Je me tortille sur mon siège tandis que Dandena poursuit:

– Les femelles qui ne pouvaient pas comprendre cet acte, même *après* avoir été assimilées par notre tribu, sont parties vers de nouvelles tribus dès le premier sessemara. Nous avons perdu de précieuses femelles au profit des tribus Hox, Sessena et Pikora à cause de votre stupidité et de vos bites. Le tasmaran Neheyuu, aussi prometteur qu'il soit, ne peut se permettre d'en perdre. Surtout à cause de ce que cela fait aux mâles qui perdent les femelles qu'ils ont marquées.

Mon malaise se transforme en effroi. Elle a raison, et les autres mâles autour du feu le savent. Je le sais aussi. Elle me fixe d'un air accusateur. De quoi m'accuse–t–elle ?

– Je suis le Premier, je ne l'ai pas marquée.

– Tu comptes l'intégrer à la tribu ?

Dandena hausse un sourcil en signe de défi. Les flammes du feu scintillent durement sur les lignes carrées de son visage, et la ligne sévère de son menton et de sa mâchoire. Ses cheveux à moitié rasés se répandent sur le tapis de roseaux en dessous d'elle en ondulations scintillantes dans la lumière du soleil.

– Yena.

– Alors pourquoi ne pas la mettre avec les autres esclaves de l'enclos ?

J'hésite à répondre. Quand je le fais, je prononce lentement chaque mot, *parce que je suis en train de mentir. Elle est à nous. À nous ?* Je secoue rapidement la tête et bégaie :

– Parce que nous ne sommes pas encore retournés au tasmaran et qu'elle n'est pas encore assimilée. Pour l'instant, elle est toujours une esclave.

– Et que sera–t–elle quand nous retournerons au tasmaran ?

Je soupire.

– C'est quoi ces questions, Dandena ?

– Nous avons tous vu la façon dont tu la regardais lorsque nous étions dans le hangar.

Je ne sais pas quoi dire, alors je secoue la tête.

– Remets–tu en question mon jugement ? Veux–tu me lancer un défi ? Si ce n'est pas le cas, il vaut mieux mettre fin à cette conversation.

– Je remets en question le jugement de tous les mâles lorsqu'il s'agit de femmes, dit–elle et les autres rient.

Elle me sourit de l'autre côté des flammes basses.

– Mais… je ne te lance pas de défi, finit–elle par dire.

Je souris en retour.

– En parlant de bites, tu seras heureuse d'apprendre qu'à notre retour, elle sera mon akimari.

Une akimari est un terme poli pour désigner une esclave de lit. Cette pratique est officiellement interdite depuis des rotations, mais dans la pratique, il est encore courant pour le Premier de garder une akimari pour réchauffer sa palette. Dans mon cas, les femmes se battent pour obtenir le droit d'être mon akimari dans l'espoir de devenir ma Sasorena, ma compagne.

– Et Tekevanki ?

Je l'avais complètement oubliée. C'est mon actuelle akimari, ou du moins c'est comme ça qu'elle se voit. Fille d'un guerrier vénéré dans notre tribu, et l'une des premières à avoir rejoint mon tasmaran, elle est hautaine et se sent supérieure à la plupart des membres de la tribu. Entendre parler d'elle m'irrite, mais je me contente de sourire.

– Tzsk, j'aurai deux femelles avec lesquelles m'amuser, voilà tout.

Elle lève les yeux au ciel.

– Les mâles me dégoûtent.

– Ce n'est pas ce que tu as dit pendant la dernière lune, dit Ock en lui donnant un coup de pied sur la hanche.

Les guerriers autour de nous hurlent de rire et ma poitrine se libère d'un poids quand je constate que la conversation ne porte plus sur la femelle humaine que j'ai amenée dans ma tente pour la garder pour moi seul.

La lune s'épaissit et je sens les effets de la bière se faire sentir. Les boissons fortes de Sasor assomment durement et rapidement ceux qui ne se doutent de rien, mais cette bière humaine est une drogue dangereuse encore plus redoutable. Elle s'insinue insidieusement en moi, et alors que je suis persuadé d'être resté lucide, je réalise soudain que je vacille sur place. Mes guerriers me montrent tous du doigt, ils éclatent de rire mais ils n'en mènent pas large eux-mêmes. Si j'en crois leurs insultes et leurs yeux injectés de sang : ils sont eux aussi victimes des effets de cette bière.

Je titube jusqu'aux limites de notre camp pour aller pisser parmi les hautes herbes. Sur le chemin du retour, je me faufile entre des fourrés de buissons épineux. Des tiges d'herbes séchées et craquantes crissent sous mes pieds. Je marche prudemment et avec détermination, sans prendre la peine de lacer les liens de cuir. J'ai trop bu et ma peau est chaude à cause du trajet de la journée. J'ai beau savoir qu'il n'y a que des serviettes trempées dans des bols d'eau à disposition pour la toilette, j'ai envie d'un bain. Je peux peut-être lui demander de me laver...

Cette idée me fait saliver et mes pieds s'élancent vers l'avant avec un nouvel élan. Ma bite s'allonge et lorsque j'arrive à mon dolsk, sans prendre la peine de souhaiter à mes guerriers un sommeil réparateur, elle est aussi raide qu'une tige de cuir, surplombant mon sac lesté en dessous.

Elle est si dure que c'en est *douloureux*. Je suis prêt. Je veux *la marquer*. Je mets de côté cette pensée envahissante et fais quelques pas en avant dans mon dolsk jusqu'à ce que je repère le monticule de ses cheveux qui tourbillonnent autour de ses épaules comme un buisson. Son repas est posé à côté de la natte de roseaux sur laquelle elle est allongée. Une tache de nourriture colore sa joue, une autre son nez, et elle a un morceau de pain de grain violet coincé dans le poing. Elle le tient fermement, comme si elle avait peur de le lâcher.

Je secoue la tête, mais mon sourire meurt sur mes lèvres. Elle a l'air si petite et vulnérable dans ses vêtements usés contre le tapis du sol. J'ai tout installé si... négligemment ! Tout ce que j'ai ici sont les draps de lin que j'ai volés au camp humain pour la réchauffer. Je fronce un peu plus les sourcils alors que j'étale l'un de ces draps sur elle, puis je m'accroupis à ses côtés et commence à retirer le pain de ses mains et à nettoyer l'espace à côté d'elle.

À l'instant où je commence à rassembler tous ses restes de nourriture dans un petit bol que je mets de côté, elle se lève d'un bond. Elle a toujours le couteau qu'elle a gagné plus tôt à la main. Endormie, elle fait des mouvements de va–et–vient et cligne plusieurs fois des yeux jusqu'à ce qu'elle se concentre sur mon visage, mes mains et son bol de nourriture. Son visage entier s'effondre.

Elle dit quelque chose et désigne les restes de nourriture avec la pointe de son couteau. Je la fixe des yeux, hébété, jusqu'à ce qu'elle lâche la lame et tende la main vers le morceau de pain de céréales écrasé que je lui ai pris. Je bloque sa main et elle émet un terrible petit miaulement. Je croise son regard. Je regarde ses joues s'enflammer d'une émotion que ses yeux ne trahissent pas. Embarrassée, elle détourne le regard. Je ressens sa gène et j'ai honte.

Un autre plateau de nourriture avait été placé pour moi sur le côté opposé de la structure en dôme, mais j'ai déjà festoyé avec mes guerriers. Je le lui aurais donné même si je n'avais pas encore mangé. Je ne peux pas la laisser me regarder comme ça. *Je ne peux pas.*

Elle reste bouche bée à la vue de l'étalage éblouissant de nourriture empilée sur la planche. Des tranches de viande de choix, les pains les plus moelleux, les fromages les plus riches, des tartinades, les fruits de son village déchu, et même une friandise décadente d'un village que nous avons autrefois attaqué dans un pays loin, très loin de celui-ci, s'offrent à la vue.

Un sourire illumine son visage, et lorsqu'elle essuie le dos de sa main sur sa joue, elle ne fait que l'enduire de terre. Elle tend la main vers un morceau de viande, mais hésite. Elle croise mon regard et retire sa main. Elle se saisit de sa poitrine et me lance un regard interrogateur qui, combiné aux paroles de Dandena, me donne l'impression que je mérite d'être écorché.

–Tzsk, je dis.

Elle me sourit à nouveau. Surpris par sa confiance, j'observe la façon avide dont elle mâche et avale. Les gémissements qui suivent chaque bouchée font battre mon coeur plus fort et plus vite. Je la contrains à boire dans ma peau d'eau et quand elle finit, elle rote et se laisse tomber sur le tapis, sur le dos, complètement épuisée.

Toutefois, juste avant de fermer les yeux, elle fait deux choses : elle me fait un petit sourire doux et triste, et elle prend un morceau de pain sur le plateau, le serre dans son poing et l'écrase contre sa poitrine. Elle le serre dans ses bras comme un enfant serre son jouet dans ses bras avant de s'endormir. La voir agir ainsi me donne mal aux os. Je sais que je n'ai jamais connu une faim comparable à la sienne.

Mes crocs de manerak commencent à s'allonger et menacent de percer l'intérieur des lèvres de ma vraie forme avant que je ne les en empêche. Je me rends alors compte qu'un bruit profond emplit le dôme et que je n'arrive pas à le faire taire. Je lève ma main vers ma poitrine et j'enfonce mes doigts dans ma peau, en espérant que la douleur me distraira de la folie qui s'est emparée de ma poitrine. Elle égale la folie qui a pris possession de mon entrejambes. La voir manger a été une torture sans nom. La voir manger a été un plaisir infini.

J'avais l'intention d'aller la voir et de partir, mais je me retrouve à aller vers le bol d'eau mis de côté pour moi et à prendre un chiffon. L'eau s'égoutte entre mes doigts tandis que j'essore le tissu. C'est frais mais pas froid. Je me demande si le tissu n'est pas trop rugueux pour sa peau. Je reviens vers elle et je le passe doucement sur sa joue. Une bande de peau brillante fait son apparition. Ma surprise ne connaît pas de limites. Je n'étais pas sûr d'avoir vu sa couleur *exacte* auparavant, mais maintenant j'en ai la confirmation.

Ma respiration s'accélère, mon excitation non plus ne connaît pas de limites, et cela, pour plusieurs raisons. La première est la suivante: maintenant, je veux voir le reste son corps. La deuxième est que j'ai encore du mal à croire qu'elle soit dissimulée par la saleté. La troisième est que je me demande comment elle en est arrivée là. Je veux savoir qui a lamentablement échoué, qui n'a pas su s'occuper d'elle. *Peut-être qu'il n'y avait personne. Elle était une esclave.* Mais même dans ce cas, comment a-t-elle pu ne pas être revendiquée ? Qui ne voudrait pas d'elle ?

Elle dort si profondément que lorsque je la tourne sur le dos, elle ne se réveille pas. Sa chemise est fendue jusqu'aux côtes et je n'ai pas la décence de ne pas regarder. En fait, je tire le drap encore plus bas. Ses seins penchent sur le côté. J'aime leur forme. Ils sont petits et ronds, ornés de pointes sombres. Ils ont la taille parfaite pour que ma langue les caresse. *Si seulement...*

Comme je ne peux utiliser ma langue, je prends le chiffon comme substitut pour les caresser doucement, pour explorer son corps. *Prends–la... Marque–la...* Je secoue la tête, chassant ces pensées entêtantes et malvenues qui empiètent sur les miennes. Je ne vais pas la prendre alors qu'elle est exténuée. J'attendrai jusqu'au matin. Pour l'instant, je me contente de regarder la couleur se déployer sur sa chair, brillante et rayonnante. Ma bite a beau être en pleine érection, la pression sur le dessous de mon armure de cuir a beau être inconfortable, ça ne m'embête pas de m'en tenir là. Du moins, pour le moment. Pour l'instant, il me suffit de la regarder briller.

Lorsque j'ai terminé, l'eau dans le bol est si épaisse et grise que je ne peux pas voir la bassine en bois en dessous. Sa peau, par contre, brille comme de l'or liquide. Son visage, maintenant propre, est une perfection sans tache. La couleur envahit, immaculée, son cou, sa poitrine, ses seins et ses côtes. Ces dernières sont trop fines, mais mon corps s'en fiche. J'ai toujours envie de les embrasser toutes les deux. Je le ferai bientôt. Le soleil va bientôt se lever. Dès que le jour se lève et qu'elle est reposée...

Je détache mon regard de sa peau, je mets le bol de côté, j'éteins la dernière lampe et je me glisse sur le tapis à côté d'elle. Je la place près de moi et je jette la couverture de lin sur nous deux. Sa tête repose sur ma poitrine, ses bras sont écartés de chaque côté. Elle est l'image même de la vulnérabilité. Une vulnérabilité totale. Une vulnérabilité qui pourrait être prise pour de la confiance.

Cela me fait grogner. Si elle ne m'a pas étripé avec le couteau qu'elle a volé à Rehet, ce n'est pas parce qu'elle a confiance en moi, c'est parce qu'elle cherche à survivre. Au lever du soleil, quand elle se réveillera, on verra ce qu'elle pense. Toutes les femelles s'adoucissent après un bon rut. J'inspire profondément, je souris à cette pensée. La puanteur que nous dégageons tous les deux m'amuse aussi.

Entre l'odeur de son corps sale et la mienne, nous formons un duo assorti. Moi, ça ne me dérange pas, car lorsque j'effleure son bras, sa peau est douce. Elle est si douce… Je fais glisser mes doigts jusqu'à sa main. Lorsque je l'atteins, j'ouvre doucement son poing et en extrais le pain, qui s'est mué en miettes. J'enlève la poussière de sa main et j'enlace ses doigts. J'expire avant de laisser sa chaleur m'envahir.

Je murmure des mots qu'elle ne peut pas comprendre contre la minuscule coquille de son oreille parfaitement arrondie. Ces mots résonnent en moi comme un vœu que je sais que je n'oublierai jamais, et que je ne pourrai jamais annuler, puisque Sasorana en est témoin.

— Tu n'auras plus jamais faim, petite Reesa, je lui souffle dans la pénombre.

Elle a beau être perdue dans le royaume des rêves de Sasorana, elle soupire un peu plus profondément et émet un léger gémissement qui semble empreint d'un bonheur pur. Une satisfaction aussi profonde est dangereuse, mais ce qui est plus dangereux, c'est l'effet qu'elle a sur moi. Elle fait gonfler ma poitrine, battre mon cœur et durcir ma bite encore plus.

Mon manerak gronde dangereusement lui aussi. Il tourbillonne tout près de ma vraie peau, comme s'il la voulait aussi. *Je la veux.* Pas maintenant. Pas encore. Patience, lui dis–je. Je sens qu'elle représente un réel danger. Je devrais virer cette petite reesa de ma tente et la mettre dans l'enclos avec les autres esclaves. *Tszk. Jamais.* Je ne veux pas et je ne bouge pas.

Mon manerak se calme grâce à la promesse que je lui ai faite. Le sommeil finit par s'installer en moi, et à mesure qu'il s'installe, la menace du danger s'évanouit, oubliée aussi vite qu'elle était venue. Elles est remplacée par le doux frottement de ses cheveux sales contre mon menton et ma gorge, et le poids de sa main calleuse dans la mienne.

4

Mian

Je me réveille avec la sensation d'être bien au chaud. C'est peut-être la première fois de ma vie que cela se produit. Je suis enveloppée de bonheur. C'est si bon que tout mon corps lutte pour rester figé dans ce paradis onirique; mais la réalité est tenace et le sommeil perd du terrain.

Je me réveille avec un froncement de sourcils, le front plissé, le nez aussi. Mes yeux sont à demi fermés. Un son étrange filtre à travers la brume sourde du sommeil et mes oreilles se dressent. C'est un éclat de rire. Je viens d'entendre un éclat de rire. *Quelqu'un se moque de moi*, et il est tout près.

— Dogo de gamo rek, reesa, dit la voix contre ma joue.

C'est un timbre distinctement masculin. Je ne sais pas ce qu'il a dit mais je sais que je devrais probablement en être offensée.

— Mmph, je grogne avant de m'affaler contre la chaleur.

Cette chaleur lourde et lisse à certains endroits; dure et irritante à d'autres, manque de douceur et de légèreté.

Je suis tout immergée dans cette sensation de chaleur.
Elle m'étreint de ses bras d'acier et s'empare de mes
jambes. Ça ne me dérange pas. Pas du tout.

– Dogo de gamo rek.

– Chut, je réponds.

Le rire reprend de plus belle mais heureusement, la
chaleur se réinstalle, s'apaise et se rapproche aussi. Elle
est calée contre mon dos et je peux la sentir se blottir
encore plus profondément contre moi. À mes côtés, elle
se déplace, glisse.. tournoie.

Mes paupières s'ouvrent brusquement. Il y a quelque
chose d'*énorme* contre mes fesses, qui cherche à s'y frayer
un chemin et s'attaque à mon entrée arrière serrée. Dans
un mouvement de panique, mes mains descendent le
long de ma taille et trouvent du tissu. Je porte encore des
vêtements, mais la voix gronde quelque chose dans une
langue étrangère contre mon oreille. Comme je ne
réponds pas, le poids chaud à mes côtés se déplace sur
moi. Je suis pressée sur le ventre et des mains massives
apparaissent sur ma taille avant de tirer sur ma chemise.
De la chair brûlante glisse contre le bas de mon dos et me
permet d'identifier le poids qui me plaque sur la palette.

C'est une bite. Une bite énorme, tendue et en
érection.

– Non ! Non, non, non, non, non, non, non !

Je suis totalement réveillée maintenant et je
commence à m'agiter sur le sol comme un poisson hors
de l'eau, dans l'espoir de me libérer.

Je parviens à mettre un peu d'espace entre le poids
sur mon corps et moi. La bite ralentit sa descente vers
mon derrière arrondi. Elle vient lentement s'installer
juste près de la fente de mon derrière. Ainsi, le membre
le plus dur que j'aie jamais touché côtoie l'une des

parties les plus douces de mon corps. Je n'ai jamais été baisée de cette façon, mais ce n'est pas la première fois que je vois une bite.

Il dit encore quelque chose, mais je crie plus fort que lui :

– Non, non, non, non, non, non, non !

Mes protestations sont sans effet. Un souffle plus tard, il abaisse encore plus son poids sur moi et se cambre sur mes épaules et ma tête. Son souffle frais évente mon oreille et je suis extrêmement surprise de sentir une pluie de baisers chauds et sensuels s'abattre sur mon lobe d'oreille et ma mâchoire. Quand il s'approche de mes lèvres, je réussis à libérer ma main, qui se trouvait sous moi, et sans attendre, je le gifle. Il sursaute; alors je le gifle à nouveau.

Le dos de ma main heurte maladroitement son visage, la paume contre le menton. Ses dents claquent contre mes articulations. Il jure et recule. Je sais donc que je lui ai causé au moins un peu d'inconfort et cela me réjouit. Du moins, jusqu'à ce qu'un faible cliquetis se fasse entendre derrière moi et que je me souvienne de ce qui s'est passé la veille.

Par toutes les étoiles, c'est un homme–serpent ! Je l'ai regardé se transformer en une créature, une sorte de… serpent ! Comment est–ce possible ? Je n'en ai aucune idée. Tout ce que je sais c'est que son membre est presqu'aussi long qu'un serpent et que je veux m'en éloigner le plus possible, comme je fuirais un serpent s'il me poursuivait.

J'essaie de le frapper à nouveau, mais il attrape mon poignet et le plaque au sol. Son poids s'intensifie sur moi et j'étouffe. Je commence à me sentir paniquée et dans mon état de panique, je crie le seul mot que je connais dans sa langue.

– Tszk !

Il se fige.

– Tszk ? fait–il, comme s'il me défiait de le répéter.

– Tszk.

Le cliquetis devient plus fort, il est si assourdissant que je ne peux pas réfléchir. Toutefois, je comprends que j'ai gagné quand une bouffée d'air frais souffle sur mon dos et qu'un juron emplit le silence. Furieuse d'avoir été réveillée – comme ça, en plus – je me redresse. Je tourne sur moi–même en repliant mes jambes sous moi, et je le vois agenouillé à mes côtés. Je sursaute à la vue de ses yeux, qui sont terrifiants parce qu'ils sont gros et globuleux. Ils s'étirent jusqu'à la naissance de ses cheveux. Effrayée, je le gifle une troisième fois.

Ai–je complètement perdu la tête ? Il semblerait que ce soit le cas, car alors même que son visage se transforme sous mes yeux – il s'élargit et s'allonge pour faire place à sa bouche pleine de crocs écharpés – alors même que je m'apprête à être dévorée vivante, je ne baisse pas les yeux.

– Tszk.

La voix est forte. *Est–ce la mienne ?* J'arrive à peine à y croire.

Son énorme tête de serpent reprend une taille normale, ses yeux se rétrécissent et ses crocs se rétractent dans sa bouche. Il s'éloigne de moi avant de lancer un ordre sévère à … personne. Il n'y a personne d'autre que moi ici et il sait que je ne le comprends pas.

Il fait les cent pas entre les nombreux objets entassés dans ce dôme. Il y a une table mais pas de chaises. Elle est faite d'un bois sombre et lourd que je ne reconnais pas. Il est assorti au bois des coffres empilés autour des murs incurvés. D'énormes paniers en osier et des fûts en céramique que je reconnais jonchent le sol, si bien qu'il se retrouve à faire les cent pas dans un espace qui dépasse à peine sa propre taille.

Il est aussi complètement nu.

Je rougis, la chaleur inonde mes joues. Je peux compter sur les doigts d'une main les hommes que j'ai déjà vus nus, tous dans des situations aussi précaires que celle-ci d'ailleurs. *Mais j'ai réussi à m'en sortir, tout comme je vais réussir à me sortir de cette situation.*

Je m'efforce de ne pas le regarder – il n'a pas besoin d'être encouragé – et je me concentre sur les coffres dans la pièce... et les paniers... et ses larges épaules striées de terre séchée, les muscles de son dos qui se contractent, les creux juste au-dessus de ses fesses hautes et tendues. La longueur de ses cheveux voltige sur son épaule gauche jusqu'à ses pectoraux sculptés, dans des enchevêtrements scintillants. Ses abdos dessinés s'étendent en-dessous. Ses cuisses sont épaisses... aussi épaisses que ma taille, mais c'est *ce qui pend* entre elles qui attire et retient mon attention.

Sa bite dure et énorme s'élève dans l'air. Elle fait la taille de mon avant-bras et elle est deux fois plus épaisse. Tendue vers son abdomen, elle s'incurve de sorte que la tête gigantesque en forme de champignon rencontre presque son nombril. La crainte fait rapidement place à l'horreur. *Il veut me pénétrer avec ça ! Moi, qui n'ai jamais été prise par un homme.* Il veut me prendre avec cette queue couverte de veines qui semblent se tendre tant, que je me demande si elle a son propre pouls.

– Tekana xiva ged, dit-il.

C'est apparemment à moi qu'il s'adresse puisqu'il n'y a personne d'autre.

Je lève les yeux et croise son regard. Les restes de la forme du serpent ondulent sur son corps, sans jamais se stabiliser complètement. Il répète l'ordre qu'il a crié auparavant, cette fois avec encore plus d'urgence.

Je sens qu'il sera nécessaire de faire preuve d'audace pour me faire entendre, alors je lève le menton.

– Tu peux toujours crier ! Je ne te comprends toujours pas et je te défends de t'approcher de moi avec ce... truc.

Je croise mes bras sur ma poitrine. Je n'ose pas le regarder en face à nouveau, je me contente plutôt de croiser furtivement son regard: il est de la couleur des pierres noires de la rivière et tout aussi glissant. Pour l'instant, il est entièrement concentré sur ma bouche, à tel point que je me sens gênée. Je ne touche pas mes lèvres cependant. Je ne veux pas qu'il sache à quel point il me trouble. *Est–ce que j'ai de la bave séchée sur le menton ? Si c'est le cas, c'est son problème.*

– Pourquoi tu ne mets pas un pantalon ?

Comme il me fixe d'un air absent, je fais un geste vers mes jambes et j'imite l'enfilage d'un pantalon.

– Un pantalon, je répète. Mets un pantalon.

– Dima kena andono kan.

Il se baisse et frappe son membre avec férocité, comme si c'était l'ennemi – ou comme si je l'étais, et que cette chose était ce qu'il allait utiliser pour me combattre.

Je lève les bras.

– Pour l'amour des comètes ! Je pars ! N'essaie pas de m'en empêcher.

Il aboie un ordre ur un ton menaçant au moment où je me tourne vers les volets de la tente, ce qui est, heureuse coïncidence, le moment où ils s'entrouvrent pour laisser une femme entrer à l'intérieur.

Elle a une peau brun clair, un peu plus foncée que la mienne et quelques nuances plus foncées que sa peau à lui. Ses cheveux sont presque aussi foncés que les miens, mais étonnamment, ses boucles serrées et frisées sont coiffées dans le même style que ses longues mèches dorées de mon ravisseur. Les cheveux du côté gauche de sa tête sont rasés au ras du cuir chevelu pour révéler une cicatrice identique à la sienne, tandis que du côté droit, ses cheveux tombent en tresses à longueur d'épaule qui frôlent son armure légère en cuir à chaque fois qu'elle se déplace. Plusieurs armes sont attachées à une écharpe qu'elle porte dans le dos, la plus impressionnante d'entre elles étant un bâton en bois sombre qui fait presque la même taille qu'elle.

Elle s'arrête pour m'observer. Le feu de son regard est braqué sur moi comme une hache sur sa cible. Puis elle se détourne avec dédain avant de lui poser une question. Il répond. Ils répètent l'opération plusieurs fois avant que la femme ne s'approche de lui. Elle a une main sur son armure et avec l'autre, à ma grande surprise, elle attrape son... membre !

A–t–elle l'intention de lui donner du plaisir ici même ? Maintenant ? Devant moi ? Devant une étrangère ? Est–ce ce qu'il a demandé ? Je suis peut–être une esclave, mais j'ai encore ma dignité et je ne veux pas être mêlée à tout cela, sous quelque forme que ce soit. Je commence à peine à me retourner que le mâle serpent attrape sa main et la jette sur le côté. Ce seul mouvement, accompli avec un léger grognement, projette la jeune femelle dans l'un des tonneaux. Elle se redresse et murmure des jurons tandis qu'elle réduit la distance entre eux. Au lieu de caresser sa bite à nouveau, elle approche son visage du sien et ils se mettent à crier l'un après l'autre.

Je suis si étonnée que je sursaute, mais je me force à ne pas me cacher. *Je ne l'ai jamais fait aux enchères d'esclaves et ça m'a aidée. Je n'ai jamais été envoyée dans les mauvaises colonies. À quelques exceptions près, je n'ai jamais eu de très mauvais maîtres. Il y en a bien eu qui pensaient qu'il serait amusant de chercher à briser ma détermination, mais je ne me suis pas laissé faire. Et ils n'ont pas réussi à me briser.* Peu importe le nombre de fois où ils ont porté la main sur moi ou le nombre de repas qu'ils m'ont refusés. Alors je reste là, plantée là où je suis, les bras croisés sur la poitrine, même si je préférerais être hors d'ici et avec les autres esclaves humaines que je les ai vus rassembler. Sous le soleil, parmi les hautes herbes. N'importe où mais ailleurs.

La guerrière se tourne vers moi et dit :

– Il veut que je te demande pourquoi tu ne veux pas baiser avec lui.

Je bondis en arrière et ma colonne vertébrale heurte l'un des paniers empilés contre le bord incurvé de la tente. La chair de poule a pris possession de mes avant-bras. *Est-ce qu'elle vient de parler ma langue ?*

– Tu parles ma langue ?

– Oui, je parle ta langue.

Elle redresse ses épaules pour me faire face et quand elle parle, c'est avec un accent que je ne peux pas identifier, même si nous parlons la même langue. Je sens que ça ne lui plaît pas.

– Je suis à moitié humaine. Ma mère a été enlevée lors d'un raid et sa tribu humaine parlait un dialecte similaire. Maintenant, réponds-moi : pourquoi tu ne veux pas le baiser ?

J'aimerais en savoir plus : D'où vient sa mère ? Combien de colonies ont été prises ? Que va–t–il nous arriver ? – mais le mâle l'attrape brutalement au–dessus du coude et la bouscule un peu. Il lui en dit plus et elle lui répond, tout aussi brutalement. Elle me plaît. Par toutes les comètes, il est terrifiant, mais elle ne se laisse pas faire.

Au lieu de cela, elle fait un pas vers moi et je me crispe. Je pense tout à coup à la dague qu'il m'a laissé garder. *Où est–elle ?* Je jette un coup d'œil autour de moi et la trouve à côté du tapis de roseaux, entre quelques miettes de pain éparpillées. Je plonge vers elle et la serre dans mon poing.

Elle la regarde comme si je lui offrais une tasse de lait chaud et répète :

– Il veut te baiser.

J'élève la voix, je commence à être passablement énervée moi aussi :

– Oui, je sais.

Une expression traverse son visage : elle a l'air surprise. Lentement, comme si elle s'adressait à une enfant, elle reprend :

– Alors baise–le !

A–t–elle perdu la tête ? J'ai envie de le lui demander, mais je me rappelle qu'elle vient de s'offrir elle–même au mâle serpent comme si de rien n'était.

– *Non*, je répète avec insistance, les épaules serrées au niveau des oreilles. Non et non. Jamais de la vie.

Il doit connaître ce mot, il l'a assez entendu maintenant. Sa peau s'agite et frissonne. Il grandit de trois têtes supplémentaires. C'est plutôt drôle à vrai dire : ses mains gargantuesques sont plantées sur des hanches étroites. Toutefois, je suis trop secouée par cette interaction pour rire. Sa voix ressemble plus à un sifflement qu'à une voix humaine, mais la femelle hoche la tête quand il a fini de parler et reprend :

– Il dit que si tu ne le laisses pas te prendre maintenant, il te jettera dans l'enclos avec les autres esclaves.

– *C'est pas trop tôt !* C'est exactement ce que je veux. J'aimerais voir les autres humaines.

Elle hésite. Sa bouche tressaute mais ne prend pas entièrement la forme d'un sourire. Elle lui parle et à chaque mot, les os sous ses membres se plient et se déplacent. Il est comme une bouilloire sur le feu, une bouilloire qui sonne son avertissement une seconde avant d'éclater.

– Il dit que tu pues. Il dit que s'il te met dehors, aucun des mâles ne voudra te marquer.

Il m'a touchée là où le bat blesse. *Je me sens soudain indésirable. Dégoûtante. Esclave. Honteuse. J'ai faim. Et soif.* Il ne peut pas savoir à quel point le puits de mon désespoir est profond, mais il y a quand même ajouté une autre gouttelette. Je tâtonne, désorientée, en espérant qu'il ne le voit pas.

Cependant, j'inspire avec fermeté avant de répliquer :

– Tu devrais lui dire qu'il pue aussi. Aucune des femelles ne voudra le marquer non plus.

Un éclat de rire sec s'échappe de la bouche de la femelle, ce qui atténue un peu l'effet de ses paroles. Le mâle la secoue par l'épaule avec des mains de la taille d'une assiette et des tessons noirs et rugueux en guise de doigts. Elle se dégage de sa prise et continue à lui parler, en faisant des gestes plus sauvages avec ses mains. Et quand elle a terminé, il s'élève encore plus haut. Il doit presque se plier aux hanches pour ne pas arracher le dôme de ses fondations.

Il ouvre la bouche et un rugissement grinçant sort du plus profond de lui. C'est si fort que je lâche ma dague, me colle les mains sur les oreilles et ferme les yeux. Quand je les ouvre, la femelle se tient soudain entre le mâle–serpent et moi.

Elle lâche son bâton de combat puis le fait tourner dans un mouvement fluide pour qu'il repose à l'horizontale par rapport au niveau du sol, suspendu entre ses deux mains. Elle a l'air très forte, mais le mâle serpent est... eh bien, quoi qu'il soit, je l'ai vu combattre un autre mâle serpent de sa taille et gagner. Elle ne fait pas le poids contre lui.

Je plonge au sol quand l'homme–serpent s'avance. Elle le frappe plusieurs fois en lui assénant des coups qui m'auraient anéantie, mais qui l'étourdissent à peine et n'ont pour seul effet que de le rendre encore plus furieux. Il émet un autre rugissement, attrape son bâton et la pousse de tout son corps en arrière. Elle s'écrase contre le coffre dans lequel il l'avait jetée auparavant, mais cette fois, elle le renverse. Le coffre s'ouvre, répand des morceaux de verre noir, des perles blanches et d'autres trésors sur le sol. Ces joyaux formaient autrefois la richesse de la colonie humaine, maintenant éparpillés parmi les couvertures et les draps, ils ressemblent à des jouets d'enfants.

Le mâle fonce à nouveau vers la femelle, mais elle s'écarte de son chemin. Il ne s'arrête pas pour autant, et se dirige droit vers moi. Je ne sais pas me battre avec une lame, mais je l'attrape et trace une ligne diagonale au centre de sa paume. Il saigne un sang bleu, mais cela ne me surprend pas, mon sang est de la même couleur.

Il frappe ma main avec le dos de la sienne et fait voler
la lame. Il m'attrape le bras avant de m'écraser contre sa
poitrine. Son autre main saisit ma chemise et tire assez
fort pour faire voler les deux boutons restants. Je ferme
les yeux et appuie mes paumes sur son torse.

– Tszk ! Je crie.

Le cliquetis provenant de sa poitrine est plus fort
maintenant. Il épaissit l'air. Il me surplombe comme une
ombre au coucher du soleil. Sa taille paraît comique,
distendue et déformée. *Il ne peut pas être réel. Rien de tout
cela ne peut être réel. Je ne suis pas vraiment ici, ce n'est pas
possible.* Mais il est bien là, il est immense. Je suis là moi
aussi, et je ne peux rien faire d'autre que de tenir bon et
de répéter « Tszk ». Ma voix est faible, à peine plus qu'un
murmure, mais le sens est là, indéniable.

Le serpent frémit, s'étend, puis rétrécit et redevient
grand. C'est le plus grand serpent que j'aie jamais vu – il
s'éloigne de moi, charge la seule ouverture du dôme, et
la brise en sortant.

Toute la moitié avant du dôme s'effondre vers
l'intérieur et je me précipite vers la femme, coincée sous
le coffre tombé. Je la soulève et l'attrape par le bras.
Ensemble, nous parvenons à atteindre l'arrière de la
tente où elle découpe une ouverture pour nous dans la
peau. En sortant, nous nous effondrons sur un tas
d'herbes sèches et mortes dans un enchevêtrement de
draps et de membres humains.

– Ça va ? Je demande.

La femelle frappe le sol, rejette sa tête en arrière et rit
au lieu de répondre. Elle se balance d'avant en arrière sur
ses fesses, agrippe ses genoux, frappe ses cuisses avec
vigueur, et je ne peux m'empêcher de faire de même. Je

me mets à rire aussi sans savoir pourquoi. Tout ce que je sais, c'est que ça fait du bien.

Ses joues brunes sont hautes, ce qui fait que ses yeux apparaissent comme des fentes sur son visage. Elle essuie l'eau qui coule de ses yeux.

– Que Sasor me vienne en aide, souffle–t–elle enfin. Je ne pensais pas voir ce jour.

– Ce jour ?

Elle secoue la tête et se lève avant de vérifier que ses liens de cuir ainsi que toutes ses armes sont bien en place. Elle remet une boucle de cuir sur son épaule avec force et le son me fait sursauter. Mon rire s'éteint, mais je continue à sourire en réponse à son sourire alors qu'elle me regarde fixement pendant plus d'un instant.

Finalement, elle me tend sa main. Je la prends et tandis qu'elle m'aide à me relever comme si je ne pesais rien, elle répond :

– Reesa, je pense que nous allons être amies.

5

Neheyuu

Ils viennent à moi par vagues. Des vagues vivantes, dures, rapides, avides de violence. Je suis à peine conscient d'eux. Ma forme de manerak est dangereusement pure alors la brume aiguise ma vue, même si elle projette le monde dans une teinte vert–gris. Quand je frappe, je ne sens pas leur chair. Quand je saigne, je ne le sens pas non plus. Je ne sens qu'une chose : la coupure sur ma main. Je la sens comme si c'était une blessure mortelle.

D'ordinaire, je ne ferais pas travailler mes guerriers aussi dur juste après un raid. D'ordinaire, je laisserais mes guerriers baiser jusqu'à ce qu'ils oublient qui ils sont, leurs maneraks rassasiés comme ils aiment à l'être, et d'ordinaire, je serais parmi eux, la queue enfoncée dans la femelle de mon choix. La femelle qui m'aurait séduit. Baisant, grognant et gémissant jusqu'à ce que ma forme manerak se calme. Jusqu'à ce que tout soit calme. Jusqu'à ce que je me trouve dans ce doux espace entre l'éveil et les rêves.

Mais aujourd'hui n'est pas un putain de svik de jour ordinaire.

Elle m'a dit « tszk ». À moi. Est–elle folle ? Et qu'est–ce qu'elle m'a fait ? Mon manerak est hors de contrôle, il se déchaîne contre mes guerriers, contre ma vraie forme. Il ne veut pas dormir. Je ne trouve pas la paix. Je ne connais plus les rêves. Je ne connais que le besoin, un besoin impérieux. Ce qui signifie que mes guerriers ne profiteront pas de cette lune. Pas de rut. Pas de réjouissances. Les dolsks ne seront pas brisés. Nous ne bougerons pas pendant cette lune. Nous resterons debout et nous nous battrons. Je leur rappellerai que je suis leur Premier et que je suis aux commandes. C'est moi qui commande. *C'est moi qui commande.*

Je dépose mes épées jumelles dans le dolsk des armes. En jetant un coup d'œil autour de moi, un goût amer emplit ma bouche. Qu'est–ce qu'un tasmaran sans son armement ? Depuis que notre précédent gardien d'armes s'est lié à une guerrière Sessena de haut rang, nos armes sont dans un état lamentable. Dorées par la rouille, plutôt que par le sang ou l'or, elles me déshonorent, ainsi que toute ma tribu.

Je vais devoir choisir un nouveau gardien d'armes dès notre retour. Je lève les yeux au ciel et ferme les volets du dolsk derrière moi avec assez de force pour faire sursauter les guerriers à proximité. Ce n'est qu'une des mille et une choses que l'on attend de moi à notre retour. Une partie de moi ne veut pas rentrer et laisser le frisson de la bataille derrière moi. La soif de sang m'envahit. Je veux combattre des sauvages avec encore plus de sauvagerie. Je veux décimer des villages. C'est la tradition sur Sasor. Il en a toujours été ainsi et c'est comme ça que j'ai été élevé.

Ma mère et mon père étaient de redoutables guerriers. Ils m'ont entraîné jour après jour. C'est grâce à eux que je suis devenu le plus jeune Premier de l'Histoire de Sasor, et c'est grâce à eux que ma tribu sera la plus grande et la plus forte à avoir jamais honoré Sasorana. *Notre place dans son royaume sera éternelle.* Je fronce les sourcils. Aucun manerak n'est jamais entré dans le royaume de Sasorana avec des épées couvertes de rouille. D'un coup de langue fourchue, mon manerak émet un sifflement entre les dents de ma vraie forme.

Je me fraye un chemin entre les tapis et remarque que les guerriers évitent mon regard pendant que je marche vers la rivière. *C'est bien.* Une partie de moi se sent tout de même coupable. *Ne fais pas ça.* Mon manerak s'en fiche. Mon manerak... mon putain de svik de manerak. Il est plus bavard que d'habitude et j'entends bien ce qu'il veut mais je n'ai pas l'intention de céder à ses exigences. Il est rassasié. Il devrait être rassasié. Je me suis battu pour lui pendant tout le solaire et maintenant il est temps de se laver, de manger et de se reposer pour qu'au lever du soleil, je puisse mener mes guerriers. Un voyage de six solaires vers notre village tasmaran nous attend.

Je me sens confiant alors que je me baigne. Je frotte l'eau froide de la rivière sur ma peau. La brise de l'air est chaude et sèche contre mes joues, elle est bien plus aride ici que chez moi. Je m'étire pour combattre la raideur de mes membres. Il n'y a pas d'akimari ici pour les frotter, pas d'assistants pour m'apporter un bain d'eau fumante, alors ce bain de rivière devra faire l'affaire. C'est dans cette rivière que Chimara a emmené les esclaves se laver plus tôt. *Elle s'est lavée dans cette eau...*

Je siffle pour faire taire mon manerak et je retourne enfin à mon dolsk, à demi contenté. Il fait encore chaud à l'intérieur, malgré la fente faite par Chimara à l'arrière qui laisse entrer l'air frais et odorant du crépuscule. Je me dirige vers le tapis et le plateau de nourriture qui a été préparé pour moi, mais lorsque j'arrive au centre du dôme, je ne vais pas plus loin. Je ne peux pas.

Mon manerak murmure à travers moi, fait vibrer l'air autour de mon corps. Je peux le sentir, comme une extension de moi. Je peux *tout* sentir, et pourtant je ne sens qu'à travers *elle*. C'est son parfum. Il s'accroche à l'air. Je suis happé par des effluves de sueur et de saleté, mais au–delà, je perçois aussi des notes de graines de vanthia et de palmier, le nectar épicé d'une fleur de bégua qui attend désespérément sa prochaine victime. C'est un parfum *dangereux*.

Où est–elle ? Mon manerak veut à tout prix le savoir. Je fais un autre pas en avant, contre sa volonté, et je baisse les yeux quand je marche sur quelque chose de dur et froid. Son couteau. Enfin, le couteau de Rehet. Oublié là, au milieu de miettes violettes.

Une image me vient à l'esprit : celle de son corps qui étreint le morceau de pain. Elle a mangé toute la nourriture que je lui ai offerte. Une autre image, que j'attendais avec chaque fibre brûlante de mon corps, se fait alors jour dans mon esprit. Je me vois la nourrir, à la main, et elle accepte la nourriture placée entre mes doigts. Comme le ferait une compagne. Cette idée me révolte et je fais un pas de plus vers le plateau de nourriture posé sur mon tapis, mais je ne peux pas m'asseoir. Je ne peux pas l'attraper.

Elle n'aura plus jamais faim. C'est la promesse que je lui ai faite.

J'éclate d'un rire sans joie qui atténue la douleur dans ma poitrine et je prends une décision. Tszk – je me résigne.

–Très bien !

Il n'y a personne d'autre que mon manerak et moi pour entendre mon cri. En me levant, je sens un courant chaud me traverser. Il approuve. L'air cesse de vibrer. Tout est réglé.

– Putain de svik ! Cette femme…

Je ne peux m'empêcher de la maudire, et quand je réalise que je suis toujours nu et qu'elle n'aime pas me voir nu, je la maudis à nouveau, attrape un drap de lin et pars à sa recherche. C'est une putain de svik de femelle... *C'est notre putain de svik de femelle*. Cette pensée me laisse perplexe pendant un moment. Notre femelle ? Mon manerak rit doucement sans donner de réponse.

Les feux font des étincelles sur la lune fraîchement descendue. Bien que je les aie épuisés ce solaire, seule la moitié de mes guerriers sont endormis. Les autres sont assis autour des feux. Ils parlent et rient tranquillement entre eux. Dandena a capté mon regard alors que je marchais. Assise entre Ock et plusieurs autres guerriers, elle jette un coup d'œil en direction de l'enclos des esclaves, me regarde, reporte son regard vers l'enclos et rit si fort qu'elle en tombe à la renverse. Je ne peux pas m'empêcher de sourire en voyant sa réaction. Je sors mon manerak et lui fais un sourire avec tous mes crocs. Elle baisse les yeux, mais elle rit encore doucement et secoue sa crinière dorée qui scintille dans la lumière du feu.

L'enclos des esclaves se trouve à la lisière de notre camp et je fronce les sourcils en arrivant devant. Bien qu'aucun mâle, *à l'exception* des guerriers gradés – moi–

même, Preena et Dandena – ne soit autorisé à toucher les esclaves, les autres mâles sont toujours attroupés non loin. Un muscle me titille la joue. Je m'attendais à ce qu'Erkan soit en train de rôder autour de sa femelle, mais il y a six mâles ici maintenant, qui tournent autour d'elle comme des charognards. Soudain, je suis happé par un souvenir, une réalité à laquelle je ne peux échapper. Son odeur. Juste un soupçon qui agite ses doigts effilés dans la brise. L'épice de la fleur de béguier est une drogue et je tombe la tête la première dans le délire.

Mes pieds manquent leur prochaine étape. Mon manerak scintille sous ma vraie forme. Mes mains se tordent autour du plateau que je tiens, les extrémités de mes griffes sont déjà visibles et sortent de mes doigts. *Je veux déchiqueter. Je veux tuer*. La brume gris–vert vacille à la vue de Mor et Rehet. Je veux prendre le lourd plateau en bois de nolla, le briser en deux, et empaler leurs crânes avec les morceaux. *Tsk, le plateau est pour elle. Protège–le plutôt.*

Je passe à côté d'Erkan. Il est agenouillé sur le sol et fixe l'enclos comme si son esprit était à l'intérieur, et qu'il l'avait en quelque sorte perdu. *Pas son esprit. Ses cœurs.* Je fronce encore plus les sourcils. Ce qui est étrange, c'est que sa femelle semble être la seule dont l'expression n'exprime pas la terreur. Il a marqué sa femelle, *contre* l'avis de Dandena, mais elle n'est pas effrayée; au contraire, elle est assise un peu plus près des poteaux de la clôture en bois que les autres.

– Premier… Qu'est–ce que tu fais là ? siffle Rehet.

– Qu'est–ce que *toi* tu fais ici ? je réplique, en essayant de garder mon calme.

Je n'ai qu'une envie: *dévorer tous les autres mâles, les déchirer en morceaux et les déposer à ses pieds.*

Mon manerak grogne. Xi, Xena, Rehet et Mor échangent un regard inquiet. Les sourcils de Mor se froncent. Son regard se pose sur le plateau en équilibre dans ma main gauche.

– J'observe les femelles, évidemment. J'ai entendu dire que tu t'étais déjà débarrassé de la petite Reesa. J'essaie de comprendre comment tu as réussi à la mettre sur tes tapis et ce que je vais devoir faire pour la mettre sur les miens. Elle a l'air féroce.

Il l'a appelée Reesa. Ce nom est le nôtre. La seule chose qui m'aide à réprimer l'envie de tuer, c'est le plateau dans ma main. *Son plateau. Le sien. Je tuerai quiconque dira le contraire.* Le cliquetis de mon manerak est audible pour tous ceux qui se trouvent près de l'enclos.

Je déglutis fortement pour garder la menace de mon manerak sous contrôle, mais lorsque je prends la parole, le son de ma voix est presque étouffé par ma colère :

– Cette femelle ne partagera pas tes tapis, ni cette lune, ni aucune autre.

Le besoin de la protéger, instinct vicieux qui s'est mué en vague, monte en moi, il éclipse toute autre sensation. Tous les autres sons. Toute pensée. Il anéantit le moindre fragment de raison. Ce n'est pas moi. *Ce n'est pas toi.* Mais pourquoi ? Je n'ai jamais été aussi protecteur envers une femelle, encore moins envers une *humaine*. Elle n'est même pas de Sasor. *Elle vient des étoiles. Elle est trop bien pour toi.*

Ces pensées s'envolent lorsque j'arrive au poteau de clôture. Mon regard se pose sur sa silhouette. Elle est recroquevillée sur le côté, les jambes repliées, appuyée sur un bras. Rehet avait raison. Elle a le regard fixe, un regard puissant et aiguisé. Son expression m'éblouit. Ses lèvres sont tordues et défient la symétrie parfaite de son visage. Qu'est-ce que Rehet a bien pu lui dire ?

Ma colère prend son envol comme un oiseau prêt pour sa mission et j'éclate brusquement de rire. C'est plus fort que moi. Son regard s'accroche au mien et je ne peux m'empêcher de sourire lorsque son expression change, devenant encore plus hostile, alors que je n'aurais jamais cru cela possible.

J'oublie les mâles dans mon dos. La colère, la rage, le désir de blesser et de tuer ont presque disparu. Mon manerak est presque satisfait, il va et vient dans ma poitrine comme un chat paresseux.

Je m'accroupis contre la barrière et abaisse le plateau sous la traverse inférieure.

– La nourriture est pour toi, je lui dis.

– La nourriture ? demande-t-elle dans *ma langue*.

J'hésite.

– Tu parles le manerak ?

Elle remonte le col de sa tenue. C'est la même que celle donnée à tous les esclaves et elle est clairement trop grande pour elle. Elle s'ouvre autour du cou, révélant une vue plongeante des os et des longues lignes de son cou. *C'est une vision dangereuse.* Elle s'est lavée. L'obscurité ne peut réprimer son éclat.

– Moi apprends manerak, répond-elle.

Son accent prononcé fait que notre langue dure et gutturale perd beaucoup de son mordant. C'est presque mignon.

– C'est Chimara qui te l'enseigne ?

Elle réfléchit, puis acquiesce.

– Chimara, yena. Chimara humaine, me dit-elle, comme si je ne le savais pas.

Je souris.

– Yena. Chimara est mi–humaine, mi–manerak.

Cela signifie aussi qu'elle est maudite. Elle n'a pas de forme manerak. Elle n'arrivera jamais à rien dans notre tribu, même si c'est une guerrière exceptionnelle.

Reesa n'en dit pas plus. Son regard est fixé sur la nourriture, mais elle ne la prend toujours pas. Putain de svik. Je prends le pain de grain dans ma main et le tends vers elle sous le barreau inférieur de la clôture. Je me sens comme un imbécile alors que le bois de l'enclos effleure ma joue.

Je suis le Premier de ma tribu et me voilà en train de distribuer de la nourriture à la porte des esclaves. Je devrais simplement sauter les poteaux, entrer, prendre ma femelle et la ramener à mon dolsk. Mais je ne peux pas… d'une certaine manière, ce que je veux vraiment, c'est qu'elle vienne à moi.

– C'est ta nourriture, je déclare. C'est pour toi. Viens ici et mange.

Après plusieurs souffles longs et pénibles, mon entêtement est récompensé. Elle s'approche de moi et quitte le tapis qu'on lui a donné. Je remarque que les humains n'ont pas de couvertures et ma Reesa se recroqueville à chaque rafale de vent. A–t–elle froid ?

J'aboie un ordre à Rehet et Mor afin qu'ils trouvent des draps de rechange pour couvrir les femelles. Je note au passage que la femelle d'Erkan en a déjà une. J'ai honte qu'Erkan traite sa femelle mieux que je ne traite la mienne. Elle n'est pas à moi. Elle n'est qu'une esclave, et sera bientôt un autre membre sans visage de notre tribu. *Tu ne sais rien.*

Je secoue la tête, agacé par la façon dont ces pensées contradictoires entrent dans mon esprit.

– Nourriture, répète–t–elle.

Elle a atteint le mur de l'enclos et s'accroche aux poutres en bois. Son regard est rivé sur la planche de nourriture à ses pieds et elle se lèche les lèvres.

– Oui, c'est de la nourriture.

Je pousse le plateau encore plus loin vers elle.

– Mange.

Elle jette un coup d'œil par–dessus son épaule, désigne ses yeux, puis les autres, et je comprends. Elle a honte de manger devant les autres. C'est de ma faute, c'est moi qui l'ai mise dans cette position. J'arrache la planche de bois et, tandis qu'elle me regarde de ses grands yeux bruns inondés par la peine, je me lève, je passe par–dessus l'enclos et je l'attrape sous les bras. Je la soulève et quand je la pose à mes côtés, je prends le plateau et sa main et je commence à la traîner loin de l'enclos, vers mon dolsk.

Je suis surpris de ne rencontrer aucune résistance – au début en tout cas. Quand elle trébuche, je jette un coup d'oeil par–dessus mon épaule et je la vois regarder Erkan à genoux. Il a toujours l'air perdu. C'est le moment que choisit ma Reesa pour me dire :

– Rita, Erkan. Erkan, Rita.

Je ne sais pas exactement ce qu'elle veut dire mais je vois soudain où elle veut en venir quand elle lève sa main – et la mienne – et la secoue un peu. Je n'avais pas réalisé que nos doigts étaient entrelacés.

Je n'hésite même pas. Je sais ce qu'elle veut maintenant, et je le lui donne. Elle peut avoir tout ce qu'elle veut. Je lui donnerai tout ce qu'elle désire pour avoir le bonheur de la nourrir. J'ai *besoin* de la nourrir.

– Erkan, j'aboie précipitamment. Prends ta femelle et trouve un dolsk. Elle est à toi pour la lune.

Erkan ne cligne pas des yeux. Il ne bouge pas. Il ne m'entend pas du tout tant son regard est fixé sur la femelle dans l'enclos.

– Erkan !

Il tressaille, il lui faut encore un petit moment pour se tourner vers moi. Il a l'air menaçant. Les ombres lui donnent un air terrible, il paraît prêt à tuer. Sa lèvre supérieure est recourbée loin de ses dents dans un grognement et les muscles de son cou et de ses épaules sont tendus.

– Tu as entendu ce que j'ai dit ?

– Tszk.

Son regard se porte alors sur la femelle que je tiens dans mes bras. Son grognement devient plus fort. Ma petite Reesa, sentant le danger, s'éloigne de lui. Pense–t–elle que je ne peux pas la protéger ? Je gronde à cette idée. Elle m'a vu me battre pour elle contre un guerrier de la taille d'Erkan. *Peut–être qu'elle ne te fait pas confiance. Peut–être qu'elle ne nous fait pas confiance.*

Je la pousse en avant en l'étreignant, elle est maintenant comme vissée à mes flancs. Le grognement d'Erkan s'intensifie. Je sens mon propre manerak s'agiter en réponse.

– Je t'ai dit d'aller voir ta femelle. Prends–la pour cette lune. Et toutes les autres lunes. Par contre, ne t'avise plus jamais de te montrer menaçant envers ma femelle.

Ma femelle ? Putain de svik ! Pourquoi ai–je dit ça ? Heureusement, il ne commente pas.

Au contraire, il se raidit. Son manerak se déplace et frissonne, menaçant d'éclater.

– Mais je... ça n'a jamais été autorisé, dans aucune des autres tribus.

Il est nouveau dans ma tribu et plus enclin à remettre en question mon autorité. Je n'aime pas ça.

– Eh bien, ici je suis le Premier et je l'autorise. Tu as quelque chose à y redire ?

–Tszk. Tszk. Merci.

Il se lève et se dirige vers l'enclos, mais comme je viens de me souvenir des propos tenus par Dandena, je le rappelle à mes côtés.

– Erkan, je dis, Dandena m'a rappelé que nous avions déjà perdu des femelles à cause de notre agressivité. Elles ne sont pas maneraks et ne comprennent pas nos coutumes. Sois prudent. Quand tu auras fini d'installer ta femelle dans ton dolsk, dis aux autres mâles qui ont marqué leurs femelles qu'ils peuvent faire de même, tant que les femelles sont *consentantes*.

La compréhension passe sur ses traits avant que son menton ne s'incline brièvement, puis s'incline à nouveau un peu plus. J'observe la scène un moment de plus alors qu'il saute la barrière d'un mouvement souple et s'avance vers sa femelle. Elle se raidit, mais ne recule pas. Les autres femelles se mettent à crier.

Erkan tombe à genoux et baisse la tête profondément, le front frôlant le sable aux pieds de sa femelle. Il lui parle avec révérence, lui faisant des serments qu'elle ne peut comprendre. Pourtant, la petite femelle me surprend, car lorsqu'il lui tend la main, elle lui tend la sienne et le laisse refermer ses doigts sur les siens et la tirer vers ses pieds.

À côté de moi, ma Reesa sourit. Elle observe le couple les yeux mouillés. Cela m'inquiète mais alors qu'elle regarde Erkan guider sa femelle vers l'unique sortie de l'enclos, elle ne semble pas malheureuse.

Elle me pose une question dans sa langue. Je secoue la tête, je ne la comprends pas. Elle mime une expression de colère et me frappe la poitrine avec l'un de ses poings dans un geste qui ne veut rien dire pour moi. Frustré, je retourne sur mes pas et je me faufile entre les feux, les nattes et les guerriers jusqu'à ce que je trouve Chimara. Elle est en train de parler avec l'un des mâles, couchée sur le côté, quand elle me voit approcher.

– Premier, dit–elle en sursautant.

J'agite la main quand elle commence à se lever et à la place, je fais un geste vers Reesa.

– Demande–lui de me répéter ce qu'elle disait sur Erkan.

Une courte communication a lieu, puis Chimara déclare :

– Elle a expliqué qu'avant que nous prenions leur village, Rita était unie à un mâle humain repoussant. Il la battait souvent. Rita était terrifiée et blessée après qu'Erkan l'ait marquée, mais apparemment, les femelles humaines considèrent que c'est une bonne chose qu'Erkan ait combattu le mâle précédent de Rita et l'ait brutalement tué. Il a arraché l'un des bras du bâtard et lui a ensuite transpercé à la gorge avec ses propres os.

Elle rit de l'image. Je ne peux pas nier que ça me fait sourire aussi. Erkan. C'est un mâle autrement peu inspirant – je ne le savais pas capable de telles prouesses.

– Reesa dit que ça a beaucoup plu aux femmes – je les ai entendues en parler tout à l'heure aussi. Et ça a aussi plu à Rita. Ce qui inquiète ta Reesa maintenant, c'est qu'Erkan soit violent avec Rita.

Ma voix n'est que grognements lorsqu'elle sort de ma gorge. Je dois me rappeler de desserrer ma prise sur la taille de ma Reesa pour ne pas l'écraser.

– Tu lui as expliqué qu'aucun mâle ici ne battait sa femelle ?

Chimara le fait et j'entends Reesa expirer à mes côtés. Elle lève les yeux vers moi, un peu dubitative, mais pleine d'espoir. On dirait qu'elle me met au défi de contester une telle vérité. Je ne peux pas contrôler la direction de ma main. Elle se soulève et balaie sa joue dans le geste le plus tendre que j'aie jamais réussi à faire. Juste assez pour sentir sa chaleur, mais assez légèrement pour ne pas irriter sa peau avec mes callosités. Elle inspire fortement, puis elle sourit, apparemment satisfaite.

– Dis-lui qu'Erkan apprécie beaucoup cette femelle Rita, et qu'il fera tout ce qu'il peut pour gagner son affection. Il veut faire d'elle sa Sasorena, sa compagne.

Chimara traduit et je sens un élan d'hostilité monter à ma prochaine question, bien que je tente de le réprimer, en luttant contre mon manerak. Calme-toi. *Tszk.*

– Demande-lui maintenant si elle a déjà eu des mâles qui la battaient.

Je grince des dents en attendant que la réponse soit traduite.

– Elle dit qu'elle est une esclave et que c'est une pratique courante de battre les esclaves.

Je ferme les yeux et je me vois en pensée retourner dans ce village humain puis ressusciter chacun de ces mâles afin de les tuer tous une fois de plus. Une douzaine de fois de plus. Au lieu de ça, j'ouvre les yeux et je m'imprègne de sa vue. Je balaie son visage avec ma main, à la recherche de bleus ou de blessures plus graves. Elle dit quelque chose à Chimara et quand j'arrive à son cou, elle attrape mon poignet pour stopper ma progression. Elle me montre l'intérieur de ses poignets.

Chimara dit :

– Elle dit avoir été battue, mais jamais violée.

Je cligne des yeux, la fureur fait place à la surprise. Cela ne dure qu'un instant. Une petite pensée s'est déclenchée dans mon esprit et elle devient de plus en plus grande alors que je fais glisser mon pouce sur l'espace dans la bande noire tatouée sur son poignet. Je peux sentir son pouls battre frénétiquement sous sa peau bronze. C'est magnifique. Comme le sont toutes ses marques. *Je veux les dévorer toutes, passer ma langue sur leurs surfaces lisses, voir si je peux lire leurs histoires disparates à travers leur goût.*

Je me lèche les lèvres.

– Cette marque. Qu'est–ce qu'elle signifie ?

Le visage de Chimara se fait l'écho du choc que je ressens lorsqu'elle poursuit en ces termes :

– Elle… Elle dit que les femmes humaines avec des tatouages complets – des bandes qui vont tout autour du poignet – sont celles qui ont déjà eu des rapports sexuels. Si la bande est incomplète, cassée, cela signifie qu'elles sont… inexpérimentées. La colonie de ma mère n'avait pas cette coutume… ces tatouages. Apparemment, chacun d'entre eux raconte l'histoire du maître qui l'a possédée. Moins il y a de tatouages, plus le rang dans la tribu est élevé. Elle… Reesa était une esclave donc elle en a beaucoup, mais elle précise qu'elle n'a jamais laissé un homme compléter ses bandes.

Ma tête tourne. Je n'ai jamais rencontré de femelle vierge de cet âge. Les Maneraks ont besoin d'une libération sexuelle. Le sexe est naturel. Commun. Nous grandissons en le considérant comme une facette de la vie, et de nombreux accouplements ont lieu avant même le douzième tour du deuxième soleil. Il n'est pas rare que des adolescents se découvrent l'un l'autre en même temps qu'ils découvrent leurs formes de Manerak. C'est ce qui m'est arrivé.

La première femelle que j'ai prise était ma partenaire de combat de l'époque. Elle est maintenant jointe au Quatrième du tasmaran de Wenna. Nous avons baisé comme des chiens en rut, mais seulement pendant une brève période de temps. Ça ne m'a pas semblé important, du moins, de mon côté. Quand les cérémonies d'union ont eu lieu, je n'ai jamais pensé à concourir pour elle. Je me demande si elle pensait que je le ferais.

– Reesa demande que tu lui permettes de garder sa bande brisée. Elle a très peur de sauter le pas.

Mon corps se raidit et je tire Reesa plus près de ma poitrine. Elle trébuche.

– Combien de mâles ont essayé de te prendre ? je grogne.

Je m'arque vers son visage. Mes lèvres se trouvent à un souffle de ses lèvres. Elle hausse les épaules. Chimara poursuit :

– Elle dit qu'elle n'a pas compté.

Je frémis à nouveau et suis sur le point d'en demander plus à Chimara – *je veux des détails* – quand Reesa se lèche les lèvres.

– Tszk, dit–elle.

Je sais qu'elle en dit plus qu'il n'y paraît. Elle prend ma main libre – celle qui n'est pas encombrée par le plateau couvert de ses plats – et elle la pose sur sa poitrine.

Ma bite frémit, mais je ne bouge pas d'un cil. Je suis complètement immobile. Je ne respire même pas. Tout est suspendu à ce moment et à ce qui se passera ensuite. Je devrais la remettre dans l'enclos. Je devrais *vraiment* la remettre dans l'enclos. Elle est vierge et *les autres le savent*. De plus, elle ne veut pas être prise, pas par moi. *Prends-la quand même*. Je devrais la repousser et la garder à distance. Si elle ne veut pas être baisée comme un animal, alors je n'ai pas besoin d'elle. *Idiot*. Son corps est tout ce qui m'intéresse. *Tu mens*.

Ma main se serre autour de son sein. Il est petit. Et *parfait*. Je tremble malgré moi. Mon manerak est plein de surprises et une partie de moi sait que je devrais m'inquiéter d'en avoir perdu le contrôle – c'est le premier signe de la déchéance d'un chef fort – mais je n'arrive pas à me préoccuper d'autre chose que du regard inquiet et blessé qu'elle essaie de dissimuler par du mépris et de l'hostilité. Elle a beau être petite, elle est brave, ma Reesa. Elle est redoutable.

Je relâche sa poitrine.

– Tszk.

J'effleure son poignet avec mon pouce. Bien que cela me fasse si mal que la douleur se répercute dans mes reins, je répète le mot encore une fois.

Je peux voir l'incrédulité dans ses yeux, mais je veux mettre fin à cette discussion avant qu'elle ne me fasse honte devant mes guerriers. Je fais pivoter le plateau de nourriture entre nous.

– Voilà de la nourriture, je lui dis.

– Nourriture.

Elle sourit. Ses doigts s'avancent furtivement et, comme je l'avais prévu, elle prend le pain de céréales. Elle mord dedans immédiatement et s'assoit sur le sol. Elle s'installe sur la natte de Chimara, lève les yeux vers moi, puis tapote la place à côté d'elle.

Elle ne se doute pas que les guerriers de ce cercle – qui sont tous réveillés maintenant et me regardent – sont bien en–dessous de mon rang et sont honorés par ma présence ici. Cela n'a pas d'importance. Reesa m'a demandé de m'asseoir, donc je vais m'asseoir. *Tout ce qu'elle veut, cette petite femelle humaine peut l'avoir.*

Les guerriers me fixent avec des yeux écarquillés et stupéfaits. Je ris et m'installe à côté d'elle. Je croise les jambes et me rapproche suffisamment pour que l'extérieur de sa cuisse et la mienne se touchent fermement. *Putain de svik, sa peau est si douce, si seulement je pouvais...*

– Nourriture, répète–t–elle en faisant glisser le plateau plus près de mes jambes.

Elle jette un coup d'œil à l'érection qui déforme mes habits et je sens son corps tout entier se réchauffer. Cela attise encore plus mon érection.

Le plateau est lourd, chargé d'assez de nourriture pour me nourrir deux fois. Il contient des noix épicées, de la viande de battar épaisse, un flanc de bifteck d'endrea, des fruits secs et même des baies fraîches qui me rappellent celles que j'ai vues pousser à l'état sauvage près de la rivière à l'extérieur de la colonie humaine, du lait caillé mou et du poisson salé. Bien sûr, il y a aussi du pain de céréales en abondance.

Elle me tend un morceau de battar et je lutte contre l'envie d'enrouler mes langues fourchues autour de ses doigts et d'arracher la viande avec mes lèvres et mes dents. Ma bite frémit une fois de plus à cette idée. Je prends la nourriture de ses doigts avec les miens et la porte à ma bouche. Je me demande si son odeur a infecté la viande, car elle a meilleur goût que d'habitude.

– Nourriture, dis–je fièrement.

Elle ricane et me tend un autre morceau de viande. *C'est vrai qu'elle a meilleur goût.* C'est tellement bon que je ne peux plus m'arrêter d'en manger. Je vais m'étouffer avec et mourir; si cela se produit, je mourrai satisfait. Je m'éclaircis la gorge, et je constate sans surprise que les guerriers qui nous entourent sont tous assis bien droit à présent. Ils ont sorti un tonneau d'alcool de Sasor et ils en font circuler des tasses.

Reesa s'étouffe avec sa première gorgée et les guerriers réunis rient. L'inquiétude me traverse jusqu'à ce que j'entende Reesa rire aussi. Sa tête tombe en arrière et elle s'exclame, *dans notre langue.*

– Qu'est-ce que c'est ?

Elle se tourne vers Chimara, mais je réponds avant. Je veux être celui qui lui apprendra tout ce qu'elle a à savoir. *Nous le serons. Elle est à nous.* Mes pensées se dirigent dangereusement vers son inexpérience sexuelle, puis s'en éloignent rapidement. Mon manerak est en quelque sorte en train de bouillir et pourtant, il lui est reconnaissant d'être près d'elle. C'est *dangereux.*

– C'est du hibi. C'est pour les guerriers. Pour les maneraks. Pas pour toi.

Je tends la main vers sa tasse en bois, mais elle la porte rapidement à ses lèvres et en avale un peu plus.

Elle tousse, s'étouffe, puis rit à nouveau. Hibi. Ceux qui sont dans notre cercle sont près de neuf maintenant, plus du double de leur nombre initial. Quelqu'un attise le feu le plus proche et envoie des braises à la rencontre des étoiles. La fumée est éloignée de nous par la grâce de Sasorana. Je place mon bras dans le dos de Reesa.

L'homme en face d'elle, Ofrat, lui demande si les humains fabriquent des boissons fermentées.

– De la bière, répond-elle dans sa propre langue.

Elle réfléchit et continue:

– Pas de boisson forte. De l'eau aussi.

Elle fait des gestes de la main et nous comprenons ce qu'elle veut dire.

– Hibi forte, ajoute–t–elle.

– Yena, dit Ofrat.

Je me hérisse devant son sourire indulgent. Je sais qu'il se montre juste amical mais ça ne m'apaise pas pour autant. *Je déteste ça.* Ce que je déteste encore plus, c'est le sourire qu'elle lui adresse. Un sourire timide et mignon. Sa température monte–t–elle ? *Oh, putain de svik, il vaudrait mieux que ce ne soit pas le cas.* Mon manerak est impatient de défier le guerrier, mais avant que je puisse le faire, elle tourne son regard vers moi.

– De l'eau ? demande–t–elle entre deux bouchées de pain de céréales.

Je sens ma poitrine se gonfler de fierté. C'est à moi qu'elle demande de l'eau. Elle sait que je peux subvenir à ses besoins.

J'acquiesce et ordonne à l'un des guerriers d'apporter une outre d'eau fraîche. Quand il revient, je la lui prends, avant qu'il ait l'occasion de la lui donner.

– Merci, me dit–elle.

Elle le remercie aussi. Je n'aime pas ça non plus, mais je suis heureux de la voir boire avant de recommencer immédiatement à manger.

Chimara dit quelque chose à Reesa dans sa langue humaine que je lui demande de traduire.

– Je lui ai dit qu'elle allait se rendre malade en mangeant comme ça. Elle a fini plus de la moitié du plateau alors qu'elle a déjà mangé puisque les femelles avaient déjà été nourries.

Je fronce les sourcils.

– Reesa, mange lentement, je lui dis.

– Lentement ?

Elle fixe le plateau avec envie et pendant un moment, mon manerak et moi nous nous disputons. Il veut lui donner le plateau pour qu'elle en fasse ce qu'elle veut, mais je suis plus malin. Je lui donne du hibi et éloigne le plateau d'elle.

– Plus de nourriture, je lui dis.

Ses yeux s'écarquillent et mon manerak fulmine, furieux contre moi. Je le fais taire. Couché ! *Tszk* !

– Tu vas tomber malade, je reprends.

Chimara explique et la main de Reesa va vers son estomac. Chimara acquiesce.

– Reesa ne me croit pas. Elle ne pense pas qu'on puisse tomber malade en mangeant trop.

De l'autre côté du cercle, l'un des guerriers fait semblant de vomir sur le guerrier assis à côté de lui. Reesa sourit. Plusieurs guerriers rient, et moi aussi.

Chimara continue de lui parler, elle éclate de rire et se serre à nouveau le ventre.

– La nourriture rend malade ? demande-t-elle en massacrant notre langue avec une insouciance qui me séduit.

C'est mignon… et courageux. Je lui fais un signe de tête.

– La nourriture rend malade, je répète.

Reesa se mord la lèvre inférieure et ajuste le haut de sa chemise mais il retombe sans cesse, révélant la courbe lisse d'une épaule. Quelques petits tatouages noirs la décorent. Ils sont magnifiques, constellés de formes carrées et de lignes tourbillonnantes. Je les admire, toutefois, je n'aime pas qu'elle ait été marquée par d'autres mâles. D'autres maîtres, d'autres marques… Je veux être le seul à la marquer. *Tszk, c'est nous qui devrions être marqués.* Je rechigne à cette idée. Je suis le Premier. Mon manerak est absurde. *Idiot.*

– Nourriture… solaire ?

Je secoue la tête en reprenant peu à peu mes esprits, que l'hibi m'avait momentanément enlevés. Je demande à Chimara de traduire.

– Elle veut savoir si elle aura de la nourriture pendant le solaire de demain.

Ma mâchoire est contractée, mon ton est empli de colère.

– Tu m'insultes. Je suis le Premier de cette tribu et je ne permets pas à mon peuple d'avoir faim.

Reesa et Chimara parlent longuement, mais je les interromps en caressant le menton de Reesa pour attirer son attention. Il est si doux… Mon manerak ronronne. Je soulève ses jambes repliées et les place sur mes genoux. Elle se crispe mais ne s'éloigne pas. Je ne la laisse pas faire.

– Reesa, tu n'auras plus jamais faim. Tu mangeras tous les solaires jusqu'à ce que tu sois une grosse femme.

Chimara traduit avec un sourire. Reesa écoute jusqu'au bout avant d'éclater de rire. Elle rit si fort qu'elle ne remarque pas que je la soulève et la repositionne sur mes genoux. Lorsqu'elle s'en aperçoit, il est trop tard. Elle est dos à moi maintenant, mes jambes s'écartent autour d'elle. Je pose mon bras sur sa poitrine quand elle essaie de se lever et je l'ancre contre moi. Je sens sa chaleur monter et je me penche pour murmurer à son oreille.

– Reesa…

C'est tout ce que je réussis à dire. Je ne me souviens même pas de ce que j'allais dire d'autre…

Elle me regarde par–dessus son épaule en clignant très rapidement des yeux quand elle voit que je ne recule pas. Nos visages sont très proches l'un de l'autre. Je pose mon front contre le sien, j'effleure sa joue avec la mienne. Elle ne sait pas quoi faire de ses mains et les garde doucement repliées sur ses genoux. Mais je vois qu'elles s'agitent. Je passe la main autour d'elle et recouvre une main de ma paume, puis je mets mon autre paume contre sa cuisse, à l'extérieur de sa tunique. Je voudrais la lui arracher.

– Reesa ? fait–elle.

Je me demande si elle essaie de me distraire.

– Yena. Reesa.

– Tszk. Mian.

Elle montre sa propre poitrine et je manque exploser. Qui aurait cru qu'entendre un nom étranger pouvait faire de moi un enfant ? Ma bite est dure comme de la pierre contre la chaleur de son cul.

– Mian, je chuchote.

Le mot semble révérencieux, même pour moi. Je lui caresse la joue.

– Mian, ya reesa.

– Reesa ?

Elle montre ma poitrine.

– Tszk, je réponds en souriant. Je suis Neheyuu.

– Neheyuu…

Elle sourit. Que Sasorana me vienne en aide. Mon nom. Sur sa langue… Elle. me rend fou. Sa voix qui prononce mon nom inonde le monde d'obscurité et de pureté. C'est comme une simple goutte d'encre sur du sable blanchi. C'est déplacé, et c'est parfait.

– Répète, je souffle.

Je me contiens à peine. Elle se contente de me sourire, un peu perdue.

– Répète. Dena. Mian, Mian.

Je la pointe du doigt, puis je tourne mon doigt vers moi.

–Dena.

Elle comprend tout de suite.

– Neheyuu, dit–elle. Neheyuu reesa ?

Je ris et je secoue la tête.

– Tszk. Toi, Mian, toi tu es ma reesa. Chimara, dis–lui ce que signifie reesa.

Elle le fait et immédiatement après, Mian détourne le regard de moi et se mord la lèvre inférieure. Ce faisant, elle réussit à paraître cinq fois plus jeune. Je dois faire appel à tout ce que j'ai de force pour ne pas l'embrasser sur le champ, et c'est à cause de cette retenue si fragile que je décide de ne pas retourner avec elle dans mon dolsk cette lune. Mon manerak ne pourrait pas supporter la proximité qu'il recherche si désespérément. Ou peut–être que c'est moi qui ne le pourrais pas.

Alors à la place, j'attends que ses paupières se ferment et que son corps devienne lourd dans mes bras. Puis je nous allonge sur le tapis qu'un des guerriers m'a fourni. Je déroule le linge de ma taille et le jette sur nous deux. Même si mes guerriers continuent de parler sous la lumière de la lune, même si leurs voix basses et leurs rires sont proches, je ferme les yeux. Je suis aspiré par l'odeur de sa peau, celui de la vanthia. Les ténèbres tourbillonnent autour de nous alors que je serre son corps trop doux, trop fin dans mes bras, et le ronronnement satisfait de mon manerak noie bientôt tout le reste.

6

Mian

Ça y est, j'en ai marre.

Je suis pratiquement soudée à ce mâle insupportable depuis quatre solaires. Quatre solaires ! Il a tenu sa promesse et il m'a nourrie. Je n'ai jamais été aussi rassasiée, ou plutôt, je n'ai jamais été rassasiée en fait, et je ne sais pas comment occuper mes journées. Des journées sans faim ? Sans soif ? Quelle est cette nouvelle existence ? Est–ce que c'est ça la vie ?

En plus de ça, ce mâle ne m'a pas prise, mais il a tout mis en oeuvre pour *m'exciter*. Il me caresse, l'air de rien, sur l'extérieur de ma cuisse lorsque nous sommes assis ensemble, coincés sur sa bête. C'est une créature de six pieds à la fourrure hirsute et aux grandes cornes qui, d'après ce que j'ai compris, s'appelle un oeban. Il me tient la main quand il me conduit autour du camp, il me mordille gentiment et me couvre de petits baisers le long de ma nuque quand je dors...

C'est exaspérant, et *le pire c'est que ça marche* !

J'explique tout cela à Chimara, rouge de colère et paniquée, alors que nous approchons de l'entrée de l'enclos où sont gardées les femelles humaines.

– Ne t'inquiète pas. Je sais que tu ne veux pas t'accoupler à un autre mâle que ton futur compagnon.

Elle lève les yeux au ciel en disant cela. Elle est peut-être à moitié humaine, mais son point de vue sur le sexe est entièrement manerak.

– Je ferai de mon mieux pour l'éloigner de toi, mais je ne peux rien te promettre.

Le soleil est brillant et elle utilise son avant-bras pour essuyer la sueur qui perle à la racine de ses cheveux.

– Merci, dis-je, un peu plus sèchement que je ne l'aurais voulu.

Je jette un coup d'œil aux femelles rassemblées autour de grands plateaux en bois sombre chargés de nourriture. La moitié d'entre elles m'adressent des sourires amicaux et, tandis que je leur renvoie leur enthousiasme incertain, mon estomac gronde. J'étais tellement pressée de m'éloigner de Neheyuu après m'être réveillée en trouvant sa main sur mon derrière et *mon corps complaisamment lové contre lui*, que j'ai oublié de prendre le plateau qu'il m'a offert. J'ai oublié de manger. *Mais qu'est-ce qui m'arrive ? Combien de temps vais-je être capable de lui résister ?*

Chimara porte deux doigts à ses lèvres et siffle bruyamment :

– Hivet ! Togo dogo bai kath !

Quelques instants plus tard, une autre guerrière se précipite vers nous en portant un plateau, il est encore plus rempli que ceux des autres femmes. *Tu n'auras plus jamais faim*, je pense, et je ne peux m'empêcher de me demander si c'est son œuvre. Je l'ai pourtant quitté à l'aube. J'ai juré de ne *pas* revenir. Il a juste ri et m'a dit que je reviendrais.

Chimara et moi prenons un siège et entre deux bouchées de ce pain moelleux que j'aime tant, je demande :

– Tu dois monter avec les guerriers ?

Je commence à vraiment apprécier Chimara. Elle est presque... comme une amie. Je n'ai jamais vraiment eu d'amie.

Elle secoue la tête et aspire les entrailles d'un fruit jaune d'un seul trait. Je glousse au son lascif qu'elle produit – et au soupir encore plus sensuel qu'elle pousse ensuite. J'attrape l'autre fruit sur le plateau, impatiente de le goûter.

– Je suis tout à toi, dit Chimara en prenant le fruit de mes doigts et en le retournant pour que je voie la bonne ouverture.

Je l'épluche et le porte à mes lèvres. Il est doux, mais aussi amer. Chimara rit lorsque je repose la gourde sur le plateau sans l'avoir terminée.

– Le Premier veut que je garde un oeil sur toi.

– Tu dois me surveiller ? Je demande avec irritation. Pourquoi ?

– Aucune idée. Il a juste dit – et je cite – « garde un oeil sur Reesa ».

Elle hausse les épaules.

– C'est pas grave, ça ne me dérange pas. Au contraire, ça me fait plaisir.

– Vraiment ?

– Tu plaisantes ?

Elle lève un sourcil.

– Tu dois être la femme la plus amusante que j'aie jamais rencontrée. En plus, tu es en train de faire perdre la tête au Premier. Il dit qu'il n'y aura pas de rut entre vous, mais il te suit partout comme un manerak en pleine folie du rut. Il dit qu'il ne te marquera pas et ne s'unira pas à toi, mais il te traite comme une petite Sasorena gâtée.

J'acquiesce en rougissant un peu. Devenir la compagne de Neheyuu ? Je mets cette idée de côté. Les hommes de valeur ne cherchent pas à s'unir avec des esclaves maigres. Les hommes de valeur baisent les esclaves maigres derrière des portes fermées. La dureté de mes propres pensées me fait grimacer, pourtant, je ne suis pas naïve. J'ai déjà vu et entendu tout cela grâce à d'autres maîtres.

– Laisse–moi te dire quelque chose, déclare Chimara en pointant le fruit jaune vers moi et en ramassant l'enveloppe que j'ai jetée.

Elle aspire goulûment le reste du fruit et, lorsqu'elle a terminé, elle jette la coquille par–dessus son épaule.

– Je ne suis pas de taille contre le Premier. Pas du tout. Tu ne peux donc compter que sur toi. Continue à apprendre notre langue. Tu fais des progrès, mais concentrons–nous un instant sur ce que tu dois *vraiment* savoir.

– Je pensais avoir appris les choses que j'avais vraiment besoin de savoir.

Grâce à Chimara, je me débrouille maintenant plutôt bien et je peux discuter un peu avec les autres maneraks, y compris Neheyuu. Mes phrases ne comportent souvent qu'un seul mot, et je fais beaucoup de gestes de la main, mais les verbes de base comme « vouloir », « avoir » et « aller » sont maîtrisés, ainsi que de nombreux mots du vocabulaire courant. Mais je n'arrive pas à tous les utiliser à bon escient. Du moins, pas de façon cohérente.

– C'est vrai, tu apprends comme un poisson ou… je ne me rappelle plus très bien de cette expression humaine. Mais nous devons apprendre les autres bases. Les bases utiles. Comme le *begda na*.

– Begda na, je répète.

Chimara rit et acquiesce.

– Super. Tu es douée.

– Qu'est-ce que ça veut dire ?

– Ça veut dire « dégage ».

Je suis momentanément surprise, jusqu'à ce que je réalise l'importance de cette phrase et son utilité.

– Begda na, je répète.

– Parfait.

Elle met un petit truc rond et rouge dans sa bouche et le mord avec un sourire.

– Ça va être amusant.

Je lui renvoie son sourire avec joie.

– Ça l'est déjà.

Avec tous les nouveaux mots et la grammaire que j'ai appris au moment de la pause, mon esprit est en ébullition. Chimara et moi mangeons avec les autres femmes humaines près de la rivière, loin des mâles. La plupart des femmes humaines sont déjà nues et pataugent dans l'eau. Les autres vont bientôt les rejoindre.

C'est Rita qui a suggéré de se baigner et quand elle a enlevé sa tenue, j'ai compris pourquoi. Elle porte les traces de ses précédents solaires avec Erkan : des taches à l'intérieur de ses cuisses et sur la touffe de poils pubiens entre ses jambes. Des taches *dorées*. Le même or que leurs cheveux. Je rougis et rapidement, je détourne le regard.

En s'essuyant les mains, Chimara rit et jette sa lance sur la berge. Elle atterrit parmi les roseaux avec un bruit sec.

– Tu es vraiment une vierge.

Elle se débarrasse de son armure extérieure et plonge dans l'eau. J'enfonce une dernière miche de ce pain violet dans ma bouche et je mâche encore en la suivant.

– Ooph ! je m'écrie en entrant dans la rivière jusqu'aux genoux.

L'eau est fraîche contre ma peau tannée par le soleil. Je la prends dans mes mains, avant de la projeter en l'air pour me doucher. Plusieurs femmes rient et répètent l'action jusqu'à ce que le ciel entier soit rempli de gouttelettes d'eau qui retombent comme une pluie de diamants.

Quelques instants plus tard, nous sommes rejointes par d'autres femmes, des maneraks cette fois. Elles se déshabillent, et en les regardant, je ne vois pas de différences notables entre leur vraie peau et celle des humaines, à part leur taille supérieure à la moyenne.

Elles arborent différentes nuances de peau, allant de la crème à l'onyx, des yeux profonds, des pommettes hautes et des fronts plats. La plupart possèdent les mêmes mèches dorées scintillantes que les mâles, mais certaines ont des teintes plus foncées de cuivre et d'acajou, au niveau des cheveux et entre les cuisses. Toutefois, aucune n'est aussi foncée que la mienne. *Je me demande si cela ne me rend pas moins désirable. Je veux dire encore moins attirante...* Je fronce les sourcils à cette idée, puis la rejette. Même si c'est le cas, je ne peux rien y faire.

L'une des femmes s'approche de nous et entame une conversation avec Chimara que j'ai du mal à suivre. Elle parle de leur entraînement guerrier et d'un autre tasmaran appelé Nevay – un nom que Neheyuu et d'autres ont mentionné. Ensuite, tournant son attention vers moi, elle dit quelque chose à Chimara à propos de ma taille et je fronce les sourcils, couvrant avec gêne mon ventre, qui est aussi maigre que le sien est musclé.

Chimara me saisit fermement l'épaule puis parle assez lentement pour que je puisse comprendre l'essentiel de ce qu'elle dit.

– C'était une esclave. Les esclaves humains sont mal traités mais elle a survécu à tout ça : elle a l'âme d'une guerrière.

Mon cœur saute dans ma poitrine. *Cette gentillesse et cette bienveillance me prennent au dépourvu. Je n'y suis pas habituée après tant d'hostilité dans les colonies humaines.* La femelle acquiesce plusieurs fois et tant bien que mal, les lignes tranchantes de son visage s'adoucissent.

– Tu… tu vas vite reprendre des forces ici. Je suis Dandena.

– Je suis Mian.

Je lui tends la main. Elle se contente de la regarder jusqu'à ce que Chimara explique que c'est une tradition humaine. À ce moment-là, Dandena saisit fermement ma main dans la sienne et donne à ma paume une forte secousse qui manque me projeter dans l'eau.

– Je suis honorée de te rencontrer.

Elle sourit et parle rapidement avant que Chimara ne la fasse taire en levant les deux paumes.

– …trop rapide. Elle connaît mal notre langue… ça fait seulement quelques solaires.

Dandena expire longuement. Elle est clairement irritée, mais elle répète gentiment.

– Tu es la bienvenue ici.

Elle pose sa main sur sa poitrine, puis une autre sur la mienne, ce qui me remplit d'une chaleur renouvelée. *De l'affection. Comme la gentillesse, c'est un mot entièrement nouveau pour moi.*

– Ici… pas d'esclaves. Tu vas… trouver une place et… travailler dur… comme tout le monde. Pas plus. Pas moins.

– Elle cherche un compagnon, dit Chimara d'un ton taquin

Dandena frissonne et lève les yeux au ciel.

– *Un compagnon mâle* ? répète-t-elle stupéfaite.

Je hoche la tête et elle gémit :

– Mais pourquoi ? … juste grands et stupides…

Je ris si fort que je m'étouffe et Chimara répond en me frappant dans le dos, ce qui ne fait que me faire rire davantage. Je me redresse, et considérant tous ceux qui ont croisé ma route jusqu'à présent, je suis sur le point de partager son opinion sordide sur les mâles, quand un cri attire mon attention sur le haut de la colline. Une poignée de mâles se tiennent là, bouche bée.

– Tu vois ? s'écrie Dandena exaspérée.

Elle se tourne et met ses mains autour de sa bouche pour crier :

– Retournez à…

La suite m'échappe mais je ne peux que supposer qu'elle crie des insultes. Les mâles ne sont pas intimidés et finalement, celui qui s'appelle Mor se fraye un chemin à travers les roseaux violets et verts. Il commence à descendre la colline vers nous.

– Ugh. Xena, Reffa, venez avec moi.

Elle s'élance en avant, mais Chimara lui attrape le bras. En souriant, cette dernière se traîne dans l'eau, faisant de longs pas maladroits.

– Reste… Je…

– … pas manerak, rétorque Dandena.

Chimara fronce les sourcils et je commence à comprendre la conversation. Je sens mon cœur se glacer dans ma poitrine. *Chimara n'est pas manerak. Et elle ne le sera jamais.*

– Je… combats... les maneraks.

Dandena s'incline légèrement, elle comprend qu'elle s'est montrée insultante.

– Yena… dit–elle, je ne cherchais pas à te manquer de respect.

Je suis sous le choc. Même si Dandena est une guerrière de haut rang et que Chimara n'est pas une manerak, elle s'est quand même excusée… Les humains ne feraient pas ça. Pas dans les colonies.

D'un signe de tête, Chimara se rend au bord de la rivière et prend son bâton dans la pile d'armures. Elle et deux autres femelles maneraks commencent à remonter la colline, armes à la main, totalement nues et dégoulinantes d'eau. Plusieurs mâles battent en retraite, mais Mor tient bon et les femelles n'hésitent pas à le frapper avec leurs bâtons.

Sa peau scintille et il commence à se transformer, mais à l'exception de ses mains agrandies, il ne se métamorphose pas entièrement. Il se contente de frapper les femelles et leurs bâtons comme un mufle belliqueux et je ne peux m'empêcher de rire.

–Quels idiots ! s'écrie Dandena, en levant les mains vers le ciel avant de les planter sur ses hanches étroites. Regardez... ils se tiennent là…

Elle poursuit en marmonnant si vite que je n'essaie même pas de suivre. Je me baisse sur le sol de la rivière et laisse l'eau fraîche glisser sur mes épaules. Mes genoux s'enfoncent dans le sable boueux en dessous. Il est doux contre ma peau. Les petits cailloux, les pierres et les coquillages s'entrechoquent contre mes cuisses. Je crois sentir le battement de la queue d'un ou deux poissons, et j'incline ma tête vers le ciel. Je laisse tomber mes cheveux dans l'eau. J'aurais aimé avoir un peigne à dents larges ou des huiles, idéalement les deux. Il faudra plus que de l'eau pour démêler mes cheveux, mais j'essaie quand même.

Les arbres qui bordent la rivière émettent de légers craquements en se balançant, et leur feuillage clairsemé projette des ombres sur certaines des femmes qui barbotent et parlent entre elles chaleureusement.

Je m'allonge sur le dos et laisse le courant m'entraîner dans des eaux un peu plus profondes. Je pense à l'étrange tournure des événements qui nous ont amenées ici, dans ce qui ressemble, ne serait-ce qu'en cet instant, à un petit coin de paradis. C'est un monde où les maîtres, la faim et la soif n'existent pas. Un endroit où les amis existent, et où un compagnon pourrait bien exister. *Un lieu où le désir existe.*

Je déglutis en pensant à Neheyuu et à l'aspect de son visage dans les profondeurs de la lune, là où la lumière ne peut le toucher. Chimara a raison. Il me traite comme si j'étais un trésor, un bien précieux qu'il chérit. Je me demande juste combien de temps tout cela va durer... Un cri de surprise me ramène soudain à la réalité.

Un hurlement se fait entendre à ma droite et les femmes humaines qui se baignent ensemble se dispersent. Je ne vois pas tout de suite ce qui ne va pas jusqu'à ce que l'une des femmes disparaisse sous la surface de l'eau. Elle s'est enfoncée comme une pierre plongeant dans l'eau douce. Ou plutôt, *elle a été happée par les profondeurs.*

– Il y a quelque chose dans l'eau ! crie un femme dans notre langue humaine.

Un instant plus tard, elle a disparu elle aussi. En un clin d'oeil, le groupe de femmes a diminué de moitié.

– Mian ! Strena ! crie Dandena entre deux ordres qu'elle transmet aux autres guerrières présentes.

J'entends Chimara prononcer également mon nom, mais au moment où je me dirige vers le rivage, quelque chose m'attrape par la cheville.

Je retiens un cri de surprise. La chose me tire sous l'eau et l'air quitte doucement mes poumons. L'eau s'écoule au-dessus de ma tête, emportant l'air chaud et la lumière du soleil avec elle. Je me débats, je griffe, je mords et je tire, mais cela n'empêche pas une douleur brûlante d'atteindre ma colonne vertébrale et une chaleur de remplir mes poumons. Je ne peux pas respirer, mais la pression des bras qui encerclent mon corps fait monter mon adrénaline.

Je me défends de toutes mes forces et quand j'ouvre les yeux, je vois une silhouette sombre. Une peau d'un brun profond, ainsi que des cheveux filés d'or et de soleil. *Neheyuu ? Mais quelle brute !* Cet espoir momentané est réduit à néant quand je réalise que ce n'est pas lui. Il n'y a pas d'éclat joyeux dans les yeux de ce mâle.

Alors qu'il tente de me repositionner, ses doigts glissent sur mon mollet et je parviens à caler mon genou contre ma poitrine et à étendre complètement ma jambe entre nous. Je le pousse alors contre le lit de la rivière et moi, je pars dans l'autre sens. Je crie à l'aide en remontant à la surface, mais ma voix n'est qu'une voix parmi d'autres.

Les corps sont projetés de haut en bas tandis que l'eau gicle et écume. Les guerrières maneraks sont maintenant armées et se battent nues sur les berges de la rivière, tandis que des femmes humaines également nues se précipitent derrière elles. Quelques–uns des mâles que je reconnais, comme Mor, dévalent le long de la colline tandis que les têtes dorées d'autres mâles – que je ne reconnais pas – émergent de l'eau tout autour de moi.

Un cri à ma droite attire mon attention sur une femelle prise au piège dans les bras d'un des mâles. *Par toutes les étoiles... c'est Rita.* Elle appelle Erkan alors que le mâle qui la tient l'emmène avec une autre femme humaine. Elles ont beau se débattre toutes les deux, son emprise est fixe et ses yeux couleur de pierre flamboient. Avec un grognement et un plouf, il se jette vers le centre de la rivière où le courant est le plus fort et en un rien de temps, il est trop loin pour que moi – ou quiconque – puisse l'atteindre.

Tous les mâles emploient la même tactique – attraper les femelles et laisser la rivière faire le reste. Quelques intrus armés poursuivent les femelles humaines qui se précipitent vers le rivage, mais les femelles maneraks sont dotées d'une force formidable et les retiennent. Je sais que je serai en sécurité aussi, si j'arrive à les rejoindre.

– Mian ! La voix de Chimara résonne dans mes oreilles.

Je nage jusqu'à ce que je sois assez près du rivage pour me tenir debout. Dandena se rapproche de moi. Je me jette en avant quand elle me tend la main, mais je ne peux qu'effleurer ses doigts. Nous nous manquons d'un cheveu, puis le bras lourd de l'étranger m'attrape la taille et soulève tout mon corps dans les airs. Tirée contre son énorme poitrine, je peux le sentir frissonner et se transformer derrière et autour de moi. Je peux sentir que la peau d'apparence humaine commence à prendre un aspect plus dur, plus rugueux. *C'est un autre mâle serpent. Un autre manerak.*

– Dandena ! crie Chimara en lui lançant son bâton.

Celle-ci n'hésite pas et elle s'élance vers l'avant. Sa bouche est distendue et ses yeux forment d'énormes diamants noirs au sommet de son visage allongé.

– Libère-la… C'est l'une des nôtres, siffle Dandena.

Les cordes de mon cœur s'agitent. *Personne ne s'est jamais autant soucié de moi avant. Personne. Du moins, personne qui ne prétendait pas aussi me posséder.*

Le mâle répond avec des mots que je ne connais pas encore, mais le fait qu'il me rapproche de son corps, écrasant ma cage thoracique au passage, en dit long. Dandena grogne encore plus fort :

– …ne te laissera pas…à nous !

Elle charge, mais il fait un pas en arrière vers le centre de la rivière et je remarque que la plupart des autres mâles ont disparu. L'un d'entre eux semble avoir été piégé au bord de la rivière par les guerriers qui s'y trouvent, tandis que deux autres sont engagés dans une bataille avec Mor et une autre femelle combattant nue.

Dandena ouvre la bouche, mais un son bas et terrible attire son attention – et la mienne. Il nous parvient de loin, au-delà des guerriers qui ont formé un cercle de protection autour des femelles humaines, au niveau de la crête de la colline.

C'est *Neheyuu.*

Un cliquetis semblable à des tambours de guerre fait trembler l'air et la terre. Ou peut–être que c'est moi qui tremble. Parce que Neheyuu me regarde avec une hostilité et un désir non dissimulés. Dans ses yeux, je peux aussi lire quelque chose de plus grand et de plus terrible que les deux.

– Neheyuu , je chuchote.

Même s'il est si loin, il est pris de spasmes, puis il semble se briser. C'est comme si je l'observais à travers la chaleur d'une flamme: son corps entier se met à scintiller, jusqu'à ce que le monde rétrécisse autour de lui et que les arbres transpercent le sol à ses pieds comme des bâtons de géants, prêts pour la bataille. Son visage n'est plus celui d'un être humain, c'est presque entièrement celui d'un serpent. Son nez s'aplatit jusqu'à n'être plus que deux fentes dans une large étendue de brun où brillent des crocs et des écailles rugueuses.

Je sursaute, effrayée – mais pas par lui. Non. D'une certaine manière, le fait que ses épaules soient devenues des rochers, ses jambes des troncs d'arbres et que ses mains soient semblables à de la peau tendue sur des couteaux, ne m'effraie pas du tout. Ce qui m'effraie, c'est que le mâle au–dessus de moi s'agite. Il se secoue et nous pousse plus loin dans la rivière. Ce qui m'effraie c'est que je suis sur le point de me faire capturer à nouveau. Et ce qui est peut–être encore plus effrayant, c'est de réaliser que cette fois–ci, je ne veux pas l'être.

– Neheyuu !

Je ne sais pas pourquoi je l'appelle. Je ne suis qu'une esclave. Un objet qu'on peut voler. Un prix qu'on peut posséder comme une marchandise. J'ai probablement la même valeur qu'un tonneau de bière. J'ai peut–être même moins de valeur.

Un mur d'eau s'abat sur ma tête, brouille mes pensées, noie mes sens et envahit mes oreilles alors qu'il m'aspire, profondément, sous terre. Il s'engouffre dans ma bouche, noie les mots que j'aurais pu crier.

C'est sans doute mieux ainsi, me dis-je amèrement tandis que le mâle et la rivière m'emportent avec insouciance.

7

Neheyuu

Mon manerak fait des siennes. Je n'ai jamais ressenti cela auparavant et je dois garder la main serrée sur mon cœur, si je ne le faisais pas, mon manerak exploserait sur ma vraie forme et décimerait tout sur son passage. C'est dangereux. *Plus dangereux qu'on ne pourrait le croire.*

Je fixe Erkan à travers le cercle de guerriers : ses yeux sont aussi noirs que les miens. Ils ont pris sa femelle. Elle était marquée, elle avait partagé ses tapis et portait peut-être déjà ses petits. Je n'ai pas de telles prétentions envers Mian, et pourtant, tous peuvent voir la couleur sombre de mes yeux ou la violente poussée de mon manerak. Il a pris mes griffes et je mène une bataille perdue d'avance pour l'empêcher de s'emparer de tout le reste.

— C'est une insulte... ils pensent que nous sommes faibles, dit Preena.

Ses griffes de manerak projettent leur éclat argenté dans la lumière. Creyu, le père de Tekevanki et le plus ancien de mes guerriers, secoue la tête.

— Ils n'ont pris que six femelles. Il nous en reste quatorze. Partir à leur poursuite pour celles-là mettrait toutes les femelles restantes en danger.

– Il a raison. Il pourrait y avoir une seconde attaque. Si ça se trouve, ce n'est que le début, intervient un autre.

– Vous croyez qu'ils ont l'intention de nous attaquer une seconde fois et de s'en prendre aux autres femelles ? Ce serait une stratégie bien trop risquée…

– La première était assez risquée ! Prendre nos femelles sous l'eau en comptant sur leurs formes maneraks pour leur permettre de retenir leur souffle le temps de s'approcher sans se faire repérer…

– Ils ont été intelligents, c'est tout, souffle Creyu, Nous avons eu la bêtise de laisser les femelles se baigner comme si nous étions invincibles. Comme s'il n'y avait pas de chiens du désert, assoiffés de sang, qui rôdent dans cette région. Comme s'il n'y avait pas de tempêtes de sable capables de déchirer leurs peaux délicates. Elles sont faibles et nous avons été arrogants. Nous aurions dû voyager pendant les lunes et chevaucher comme des oebans. Même s'il ne s'agit pas de Maneraks, elles représentent un tel prix qu'il n'est pas surprenant qu'un autre Dolsk ait envoyé des guerriers après nous. Le plus surprenant, c'est qu'un seul l'ait fait.

Creyu me fixe audacieusement du regard. C'est un mâle plus âgé, et un formidable combattant. Me défier ici et maintenant est pure folie. Mais il a raison. *Tu es un putain de svik d'imbécile de croire qu'on peut s'attacher à la lumière pure des étoiles sans qu'un autre tente de nous l'arracher. Tatana.* Tatana. Tatana détient la femelle que mon manerak et moi convoitions. Notre femelle. La nôtre. *La mienne.*

Le silence s'installe. Ils attendent que je parle. C'est ce qu'ils attendent depuis quelques instants. De mon côté, j'ai attendu, ces derniers instants, que mon manerak s'apaise. Il n'en est rien, bien au contraire, il me défie. Il veut courir. Il veut être déchaîné. Il veut verser le sang, tuer.

Mon regard se tourne vers Erkan. Il m'observe et quand nos regards se croisent, sa peau ondule. Peut–être qu'il m'en veut. Il n'aurait pas tort. Peut–être qu'il s'en veut. Il n'aurait pas tort non plus. Je suis son Premier. Je l'ai laissé tomber. *Et maintenant, ils la détiennent. Je veux qu'elle revienne. Je veux la récupérer maintenant.*

Mon manerak bondit et j'émets un sifflement terrible. Au même moment, le manerak d'Erkan répond à l'appel. Son visage se courbe et se distend dans des proportions horrifiantes. Mes épaules se voûtent et les articulations de mes genoux s'écartent et se recousent selon de nouveaux angles. Je domine les autres, je ne contrôle plus rien. *Ramène–la.* Je ne me suis jamais senti aussi vulnérable. Ou si fort. C'est comme si je pouvais décimer des villages à moi tout seul. Je le peux. *Et je le ferai.* Tszk. Nous n'irons pas là–bas sans être préparés et armés. *Je veux qu'elle revienne.* Nous ne risquerons pas la vie de nos guerriers. *Nous avons besoin qu'elle revienne.* Nous ne risquerons pas notre position. *Ramène–la.* Tszk !

Nous ne mettrons pas sa vie en danger. Charger sans arme et sans préparation c'est risquer qu'ils serrent les rangs autour d'elle, c'est risquer qu'ils forment une barrière protectrice qui m'éloignera d'elle. Je cours le risque que nous ne la récupérions pas, que Tatana reconnaisse sa valeur pour moi et lui fasse du mal pour se venger des dolsks que je lui ai volés. Il pourrait la *tuer*.

Mon manerak est silencieux. Il est toujours présent, il remue, mais il ne se rebelle pas contre moi et ne me contredit pas. Pas cette fois–ci.

– Premier ?

La voix de Dandena est prudente. Ils me regardent tous comme si j'étais quelqu'un qu'ils n'avaient jamais vu auparavant. *C'est le cas. Ils ne m'ont jamais vu comme ça.*

– Nous sommes les guerriers de *ton* tasmaran. Quoi que tu veuilles faire, nous sommes avec toi.

Creyu crache du fond de sa gorge. Normalement, je garderais pour moi mon irritation – Creyu est un mâle influent – mais aujourd'hui, mon manerak enfonce ses griffes en moi et fait bouger ma bouche comme une marionnette.

– *Comment oses-tu ?*

Je frappe un poing lourd et griffu contre ma poitrine.

– Comment oses-tu me manquer de respect ici ? Maintenant ? Agir ainsi devant ton Premier ? Je t'arracherais les mains pour ça si je n'en avais pas besoin. Nous allons nous occuper des femelles. Si tu essaies de me dissuader, je prendrai cela pour un défi et je peux t'assurer, Creyu, que tu vas amèrement le regretter.

Les yeux du mâle en question ne sont plus que des fentes. Il n'a pas l'habitude qu'on lui parle ainsi, et pour une fois, je m'en moque. Je ne me soucie de rien d'autre que du martèlement dans ma poitrine. Les poings de mon manerak me disent que nous perdons de précieux instants à rester là à nous disputer comme ça.

– Je ne voulais pas te manquer de respect, Premier, dit-il les dents serrées.

Je siffle et bien que je meure d'envie de l'étrangler, je retiens mon manerak. Il a envie de sang. N'importe quel sang. Mais surtout celui de Tatana. Ses bras nus étaient enroulés autour de son corps doré et lumineux. Elle était une lumière de feu pure. Un chef d'oeuvre exquis, incandescent. Je ne l'avais jamais vue nue auparavant. Au cours des derniers solaires, je l'ai imaginée. Oh yena, je n'ai pas cessé de l'imaginer. De ses côtes fines à sa peau luminescente en passant par ses mamelons sombres et la toile encore plus sombre de ses cheveux. Je revois son corps couvert de gouttes d'eau. Elle avait l'air de me chercher, de m'appeler, d'avoir besoin de moi. Elle avait besoin de moi. *Et nous n'étions pas là. C'est entièrement de ta faute. Imbécile* !

J'expire. Mes épaules se contractent tandis que je détourne mon attention de Creyu pour m'adresser aux six guerriers rassemblés autour de moi.

– Vous qui vous tenez à mes côtés, sachez que vous n'avez pas tort. Aucun d'entre vous. J'ai été arrogant, je n'ai pas pensé un seul instant que l'on pourrait s'en prendre à nous. Maintenant les femelles humaines nous ont été enlevées et la femelle choisie par Erkan se trouve parmi elles.

Ma femelle aussi. La mienne. Mon manerak tremble. Les cieux qui s'assombrissent trahissent mon désarroi. Ils sont striés d'orange flamboyant et de rouge amer.

– Je ne peux pas le permettre. Ma propre fierté et celle de mon Dolsk sont secondaires. Nous allons les chercher maintenant. Sans tarder. Je partirai avec neuf guerriers. Les vingt-huit autres prendront les femmes qui restent et chevaucheront comme des putains de svik d'oiseaux jusqu'au tasmaran. Abandonnez tous les chariots. Chaque guerrier prend une ou deux femmes avec lui sur un oeban. Ne suivez plus la rivière. Nous passerons par l'intérieur des terres. Prenez le chemin le plus court possible et ne vous arrêtez pas. Personne ne mange. Personne ne dort. Personne ne se repose tant que vous n'êtes pas en sécurité dans le tasmaran. Preena et Dandena, j'ai besoin de vous pour mener à bien cette mission et veiller sur le tasmaran en mon absence.

– Yena. Répondent mon second et ma troisième à l'unisson.

Je me tourne vers les autres et appelle :

– Xi, Xena, Rea, Mor, Rehet, Chimara, Reffa, Issa et Erkan !

Je vois les épaules d'Erkan se détendre légèrement. Peut–être avait–il craint, ne serait–ce qu'un instant, de ne pas faire partie de cette expédition.

Ils ne voient en moi qu'un jeune impétueux, un imbécile prompt à s'emporter. C'est ce que nous allons les laisser croire.

8

Neheyuu

– C'est comme ça qu'ils ont pris les femelles ? demande Issa.

Rea passe ses doigts dans une parcelle de boue, les renifle et incline son visage vers le crépuscule.

– Yena, répond–il.

Sa tête pivote sur son cou épais. Sa forme de manerak se redresse. Il respire par ses narines fendues et quand il ouvre ses yeux reptiliens, il siffle :

– La marque de la femelle d'Erkan est forte. Elle est toujours avec eux.

– Ils devraient l'avoir abandonnée depuis le temps, fulmine Mor.

Je lui frappe la mâchoire. À dire vrai, je pense la même chose que lui. Comme tous les autres, j'en suis sûr. Les femelles marquées portent une forte odeur pour éloigner les autres mâles maneraks. En d'autres circonstances, ils l'auraient abandonnée après avoir réalisé qu'elle était marquée; mais ils ne l'ont pas fait. *Et s'ils ne l'ont pas fait, c'est pour nous narguer. Pour nous déshonorer.*

Une douleur fulgurante me traverse le cou à cette idée. Une seconde plus tard, je pense à ce qu'ils font subir à ma Reesa. À ce que Tatana lui fait. Est–ce qu'il la marque ? *Est–ce qu'il marque ma femelle ? Ma femelle. La mienne* !

Mon oeban – une bête appelée Danon – bat ses sabots avant sur le sol dur. Mon manerak et lui se connaissent bien et se nourrissent souvent des émotions de l'autre. Cette lune, le lien est encore plus fort.

– Rea, indique–nous quel chemin suivre.

Mon pisteur le plus expérimenté se lève de la rive, maintenant sous sa vraie forme, et se tourne vers son oeban. Avant de monter sur la bête d'un seul mouvement, il me dit :

– Ils n'ont pas beaucoup d'avance. Ils sont à moins d'un souffle d'ici. Les femelles les auront ralenti. Surtout si elles se débattent.

Il fait une pause, le regard tourné vers Erkan.

– Et elles se sont débattues.

Je lui fais un signe de tête. Mon coeur se remplit d'une fierté nouvelle, puis j'enfonce mes genoux dans les flancs de Danon et nous chevauchons.

Nous atteignons le camp avant que l'obscurité ne s'empare du ciel. Je peux voir scintiller au loin des torches rougeoyantes me narguant comme si elles avaient été mises là explicitement pour que Sasorana connaisse ma honte. Je serre les dents et grogne :

– Ramenez–les moi. Ramenez–les toutes. *Indemnes.*

Mes guerriers se mettent en branle et quand je suis sûr qu'ils ont eu assez de temps pour se positionner, je pousse Danon à avancer.

La lune scintille et brille. Les torches de leur camp créent des étoiles sur la terre. *Je suis empli de haine et de fureur*. Mon manerak est gonflé, il ondule sous ma vraie forme. J'en profite pour les attirer en rugissant :

– Je suis Neheyuu et je viens chercher ce qui m'a été enlevé !

Danon s'approche du périmètre. Je suis certain que c'est Tatana qui se présentera avec ses hommes. Ici, le Premier n'a même plus besoin de faire des raids: le tasmaran Nevay est trop grand pour cela. De plus, Tatana, le second, sait organiser les attaques et les défenses... efficacement. Deux douzaines de tentes triangulaires forment un grand cercle tandis que des fourrures roulées et les guerriers qui les occupent s'étalent au centre. Lorsque je m'approche, les guerriers Nevays s'avancent entre les interstices des tentes, ils forment un mur de boucliers. Un mur que je ne peux pas pénétrer seul.

Les trésors à l'intérieur de leur tasmaran itinérant sont bien protégés. Bien mieux protégés et mieux disposés que les miens. Cela me rappelle brutalement que je suis toujours le plus jeune Premier guerrier de nos tribus. *Tu l'as mise en danger avec ta naïveté et ton arrogance.*

Le rugissement qui s'ensuit est alimenté par la rage – surtout la mienne – et je hurle à pleins poumons :

– Viens ici avec les femelles humaines et je ne décimerai pas ton tasmaran itinérant !

Il n'y a pas de réponse. Je perçois des déplacements parmi les guerriers que je peux voir, plusieurs deviennent maneraks. C'est un acte de défi. Je me demande ce qu'on leur a dit de moi. Je me demande ce qu'ils pensent. Ils pensent sans doute que je ne suis rien. *Laisse-les penser ce qu'ils veulent. Je me fiche de ta fierté. Je ne suis ici que pour elle.*

Mon manerak devient plus grand et plus agressif. Mes dents font le bruit de couteaux qui s'entrechoquent.

– Amenez–moi Tatana !

Danon grogne son consentement. Il veut se battre et festoyer.

Les guerriers restent fixés à leur poste, silencieux et immobiles. Seuls le crépitement des feux et la respiration lourde de mon propre oeban rompent le silence. Je crie encore quelques insultes. Je les maudis jusqu'aux confins du cosmos. D'autres guerriers apparaissent, attirés par mes injures. *Cela fonctionne.*

– Seuls les lâches ou les charognes s'abaissent jusqu'à voler le butin d'un raid réussi de Tasmaran. Ne sais–tu pas à quoi ressemble une femelle, Tatana ? C'est pour ça que tu n'as pas pu trouver et revendiquer la tienne ? Où es–tu, Tatana ? Pourquoi ne sors–tu pas pour me faire face ? As–tu peur de moi, moi qui possède le tasmaran que tu convoitais tant ?

Mon manerak siffle sa rage vers le ciel, ivre de vengeance. Danon cède et s'avance. La foule des guerriers, ils sont au moins cinquante, s'agite. Ce rassemblement n'est rien pour les Nevays. Ils ont plus de deux cents guerriers. Ils constituent le deuxième plus grand tasmaran après les Sessenas. En comparaison, mon tasmaran ne compte que soixante guerriers au total. Si Nevay le voulait vraiment, il pourrait utiliser toute la force de son tasmaran contre moi pour s'assurer la victoire. Si Tatana le voulait, il pourrait mener cette attaque, mais *leur nombre n'a pas d'importance. Elle est à nous. Je vais la récupérer seul.*

– Tatana ! Tu t'es montré audacieux, je vois. Tu as volé quelques femelles, tu as essayé de m'humilier… Es–tu sur le point de te déshonorer maintenant? As–tu peur?

Je n'ai qu'une chose en tête : Tatana. Je me demande pourquoi il ne vient pas. *Qu'est-ce qu'il lui fait ?* Ses mains sont-elles sur son corps ? Parcourent-elles sa chair ? J'ai envie de crier. Pas à cause de ma jalousie – pas seulement à cause de ma jalousie – mais parce que je sais que ce n'est pas ce qu'elle veut.

Elle veut que ses bandes restent intactes, incomplètes. Elles sont précieuses pour elle. Elle a besoin de nourriture. *Il va lui faire ce que les humains considèrent comme un viol, puis il la négligera, et elle aura faim. Nous lui avions promis que cela ne lui arriverait jamais.*

Mon manerak lance un cri de guerre et je m'élance dans la clarté de la lune. Ce n'est que lorsque Danon gémit de souffrance que je réalise que je suis devenu trop grand pour lui. Je bondis hors de son dos. Mes pieds touchent le sol et semblent... s'y enfoncer. Ils se transforment en boue et le son qu'ils créent est un tonnerre grondant. Des roseaux d'herbe s'éloignent de mon corps comme s'ils étaient poussés par les mains invisibles de notre déesse. Il y a des échos tout autour et je remarque que les guerriers debout contre leurs dolsks sont maintenant agités. Que se passe-t-il ?

Une voix plus sombre, inconnue, s'infiltre dans mes pensées. *Tu m'as caché pendant trop longtemps. Tout ce temps, je suis resté dans l'ombre, et aujourd'hui, elle est en danger.* Au même moment, mes jambes fusionnent, ne font plus qu'une. Une brume soudaine se mêle à mes pensées délirantes et quand je regarde devant moi, tout est inondé de lumière.

Les lumières des torches flamboient contre ma peau. Pas ma peau... mes écailles. Ma peau a entièrement disparu et quand je regarde mon corps, je vois qu'il brille comme s'il avait été huilé. Mes bras fusionnent avec mes flancs, je ne peux plus les bouger. *Je ne peux pas atteindre mon épée, mais que ferai-je d'une épée, avec un physique pareil ? Tout ce dont j'ai besoin est déjà en moi.* Je me précipite en avant.

Les guerriers Nevays, qui gardaient leur position stoïquement il y a quelques instants, galopent en arrière. Ils sont paniqués maintenant, ils crient. Les formes de Maneraks s'élancent en avant, mais elles ondulent toutes, incertaines… avant de s'éloigner. Les guerriers trébuchent, s'enjambent les uns les autres et alors qu'ils fuient, Tatana paraît.

Mon cœur fait un bond. Ma tête pivote sur un cou… ou, plutôt sur une absence de cou, lourde et puissante. Que suis-je ? Un fou. *Tu ne sais rien de moi.* Danon piétine à mes côtés et quand je jette un coup d'oeil vers lui, il penche sa grosse tête vers le bas, exposant sa nuque. C'est un signe de soumission à un plus grand alpha. Aucun oeban n'a jamais fait un tel signe à une autre bête de Sasor auparavant. Pas même un manerak. Mes coeurs commencent à battre la chamade. Que suis-je, si ce n'est un manerak ? *Tu es ce qu'elle a fait de toi. Ce que tu as toujours été.*

Le dernier morceau de mon armure tombe de ma nouvelle forme reptilienne. Je suis propulsé en avant à travers les hautes herbes par une volonté qui n'est pas la mienne. Alors que je me rapproche, la forme de Tatana devient plus indistincte au milieu des feux qui entourent son camp. Mais je peux tout de même le sentir, je peux percevoir jusqu'au poids de ses pas et jusqu'aux vibrations qu'ils créent dans le sable. Le plus léger frôlement du vent qu'il agite, l'odeur qu'il transporte, celle du vanthia et du palmier, font onduler mes écailles. Ma rage se déchaine pour mieux gagner en puissance. Il porte son parfum à elle. Son parfum ! *Je vais arracher la peau de sa chair et l'avaler en entier. Son parfum est à moi, et à moi seul.*

– Neheyuu ?

Le son vient de loin, de l'arrière du camp, un endroit que même mes sens exacerbés ne peuvent atteindre.

– Neheyuu, c'est toi ?

C'est une voix aussi douce que des pétales et pleine d'incrédulité. Comme si elle n'arrivait pas à croire que j'étais bien présent ou que je viendrais pour elle.

La bête que je suis devenu tend sa tête incurvée vers les étoiles jusqu'à ce que je puisse voir toute l'étendue de leur camp. Il est si petit maintenant… *Elle est à l'arrière. Je vais la récupérer.* Ce n'était pas le plan. *Je vais tout décimer sur mon passage.* Mes guerriers étaient censés la récupérer pendant que je distrayais Tatana et les autres guerriers Nevays présents. Je ne vais pas m'attaquer à tout le tasmaran tout seul. Je ne suis pas assez fou pour penser que j'ai des chances de gagner. *Tu as raison. Toi, tu ne peux pas. Mais moi, je peux.*

Je vois les guerriers prendre leurs formes de maneraks, saisir des armes, créer un mur entre moi et celle que je suis venu chercher. *Ils peuvent essayer, mais ils ne sont rien face à moi.* Attends. Mes guerriers vont aller la chercher. *Je vais la récupérer. Attends. Tszk. Et ne me donne plus jamais d'ordre.*

Un sifflement strident s'échappe du plus profond de ma poitrine. En réponse, les guerriers se resserrent autour de leur Second, comme des poussins cherchant à s'abriter de la tempête sous les ailes de leur mère. *Détruis–les tous.* Tatana fait un pas en avant et ma raison m'abandonne; elle me fuit, comme des miettes de pain de céréales s'écoulant d'un poing serré. Un rire noir m'envahit. *Son manerak n'est rien. Il n'est rien face à ce que nous sommes devenus: un naxem.*

9

Mian

Encore ? Mais c'est pas possible ! C'est tout ce qui me vient à l'esprit lorsque le mâle qui m'a enlevée s'agenouille sur le bord des fourrures. Ils ont de la fourrure ici. Je ne m'attendais pas à ça après avoir dormi à la belle étoile sur des nattes de roseaux tressés aux côtés de Neheyuu, le mâle le plus exaspérant qui soit. Chaque lune, *son corps se moulait contre le mien comme un serpent autour de sa proie.* À vrai dire, ça ne me dérangeait pas. Ça ne m'amusait pas de devoir le repousser en me réveillant, mais dormir dans ses bras, dans sa chaleur, bercée par ses promesses murmurées dans le noir... ça, j'aimais bien. J'adorais ça, pour être honnête.

Je ne sais donc pas quoi penser de ce nouveau mâle qui me domine de toute sa hauteur. Il n'a pas été méchant avec moi depuis qu'il m'a brutalement kidnappée alors que je me baignais dans la rivière. Il ne m'a pas fait de mal. Il ne m'a pas violée. Pas encore, du moins. Je déglutis. Je parviens à peine à me soustraire à son contact lorsqu'il s'approche de mon épaule. Je suis trop épuisée pour m'éloigner davantage. Il recule d'un coup, puis s'approche à nouveau de moi avec plus de certitude. Sa main se pose sur ma peau, chaude et lourde, tandis qu'il trace un chemin vers mon coude.

D'un geste vif, je saisis les fourrures posées près de ma hanche avant de les faire glisser sur mon corps pour couvrir mes seins et ma taille. Il ne fait pas un mouvement pour m'arrêter. C'est à ce moment que je me rends compte que son attention ne se porte pas sur mes seins ou mon sexe.

– …blessure… me dit–il.

Je suis sous le choc. Il parle une langue que je comprends ! C'est celle que j'ai entendue au cours des derniers solaires alors je ne sais pas pourquoi je suis aussi surprise. Il est l'un de ces serpents fous lui aussi, après tout.

Je suis son regard vers une bande rouge peu profonde marquant mon avant–bras droit et je sursaute.

– Oh ! Yena. Blessure.

Je m'attends à un sourire en coin en réponse à mon vocabulaire limité et à ma grammaire hésitante, mais je me rappelle que je ne suis plus avec Neheyuu. Ce mâle ne rit pas, mais me gratifie d'un "tut" aigu avant de s'extirper des fourrures pour récupérer un petit coffre en bronze. L'objet empeste les médicaments et, lorsqu'il ouvre la boîte, une odeur d'herbes et d'antiseptique emplit l'air.

Je tousse un peu à cause du parfum entêtant qui s'en échappe et masque mon dégoût par un petit sourire. C'est pour lui que je me force à plaquer ce sourire sur mon visage, c'est parce qu'il me regarde fixement maintenant. Il dit quelque chose que je ne comprends pas. Je secoue la tête.

– Blessure ? je lui demande.

Il cligne des yeux plusieurs fois, comme s'il essayait d'éclaircir sa vision ou ses pensées, avant de reporter son attention sur la coupure de mon avant-bras. Elle est profonde en son centre et nécessite d'être recousue, ce qu'il fait avec quelques sutures serrées et élégantes. Je me mords la lèvre inférieure, mais je ne me plains pas. Je me contente de regarder avec une fascination horrifiée les petites gouttelettes rouges qui coulent comme des rivières sur la courbe lisse de ma peau. Elles dégoulinent sur les fourrures en dessous, mais ça ne semble pas le déranger.

– Ça va? demande-t-il quand il me voit grimacer.

Heureuse de pouvoir le comprendre et touchée par cette marque d'intérêt, je me force à sourire malgré ma douleur. J'acquiesce, mais il appuie sur mon bras avec son pouce, et j'étouffe un cri. Il répond par un autre « tut » et récupère une coupe en bronze dans un panier contre un mur de la cachette.

– Qu'est-ce que c'est ? je demande en prenant la tasse quand il me la tend.

Ses doigts sont chauds contre les miens. Pas aussi rugueux que ceux de Neheyuu, mais tout aussi chauds.

– Bois, me dit-il.

– Qu'est-ce que c'est ?

– La douleur... moins...

– Oh, je...

Je me lèche les lèvres. La soif m'envahit. Je penche la tête vers la tasse, même si mon instinct me pousse à la reposer. *Tu ne sais pas quand tu seras à nouveau nourrie. Bois, remplis-toi l'estomac.* D'un autre côté, ça pourrait être empoisonné. *Pourquoi s'embêterait-il à te recoudre s'il prévoyait de t'empoisonner ? Bois. Accepte ce qu'il te donne. Ça t'évitera d'avoir faim. Fais tout pour ne pas avoir faim...*

C'est en tremblant que je porte la tasse à mes lèvres et que j'en bois une gorgée. C'est frais. C'est pur et frais. L'eau frappe ma langue et glisse au fond de ma gorge comme une bonne bière. Je manque m'étouffer avec, mais avant de comprendre ce qui s'est passé, la tasse est vide, des gouttes glissent des coins de ma bouche et ma langue s'élance pour les lécher toutes.

Je tends la tasse vers le mâle qui me fixe avec une intensité et une sévérité qui finissent par m'embarrasser.

– Encore ?

Il me lance à nouveau un « tut » et reprend la tasse pour me la rendre un instant plus tard, pleine. Je fixe le liquide pendant un moment et je sens mon torse osciller doucement. Une chaleur duveteuse qui commence dans mon ventre irradie vers l'extérieur, partout. Ça doit être les effets de la douleur... ou de l'anti douleur...

– La douleur... moins ? le demande.

Il se renfrogne.

– Tszk. C'est seulement de l'eau.

Soulagée, j'expire.

– Super. Merci.

– Toi... détends–toi...

Il continue à parler mais j'ai beau me concentrer, je ne comprends pas la suite. Je lui fais un sourire, un sourire empreint de mollesse et de décontraction.

– Yena.

Je suis détendue. Très détendu. Je suis presque somnolente. Soudain, le faible éclairage des torches enchâssées rend l'atmosphère intime et j'oublie presque que j'ai été kidnappée deux fois en une petite poignée de solaires.

– ...tu t'accouples avec...Neheyuu ? demande–t–il brusquement.

– Tszk, je réponds.

J'ai parlé sans réfléchir et bien mal m'en a pris car dès qu'il entend ma réponse, il bascule sur ses genoux et se met à chevaucher l'un des miens. Sa grande main atteint la couverture qui couvre ma poitrine et il commence à tirer, tandis que le tissu de l'avant de son pantalon commence à se tendre et à gonfler.

– Tszk tszk tszk !

Je le repousse violemment et quand je reprends la parole, je me répands en phrases complètes et bien construites – des phrases que j'ai mémorisées.

– Je n'ai pas été marquée. Je n'ai jamais été prise par un mâle. Je ne m'accouplerai qu'avec le mâle auquel je me lierai.

Le mâle devant moi, avec ses cheveux scintillants et ses yeux humides et brillants, penche la tête sur le côté. Il s'incline et sa main se referme sur la couverture. Je lève mon bras pour bloquer le sien.

– Déshonneur ! je crie. Déshonneur !

– Tut.

Il se lève et pendant une seconde j'ai une impression de déjà vu. Bien qu'il soit plus grand que Neheyuu et moins volumineux au niveau des épaules, il ressemble en tous points à Neheyuu la première fois que j'ai refusé de me laisser prendre : il est passablement frustré.

Il commence à faire les cent pas dans le petit espace que lui offre la tente et passe ses doigts dans ses cheveux, qui sont plus argentés que blonds. Ils n'ont pas l'éclat doré, la couleur de blé des cheveux de Neheyuu. À ma grande surprise, un petit pincement au cœur met en émoi ma conscience à ce moment précis: cette brute arrogante et souriante me manque. Je ne sais pas pourquoi. Les maîtres sont tous les mêmes. Je ne devrais rien ressentir de particulier pour celui–ci, ou pour un autre. Des maîtres, j'en ai eu des douzaines. Et si je me fie à ma chance jusque là, j'en aurai des dizaines d'autres...

Déprimée par cette idée, je ne m'aperçois pas que ce nouveau maître m'adresse la parole.

– Quoi ? je lui demande.

– unir…avec toi...

– Quoi ? je répète.

La surprise et la léthargie se livrent un combat sans merci dans mon esprit. Je ne sais où donner de la tête.

– Moi… m'unir... avec toi..

Il dit autre chose mais je ne retiens que ces mots–là. Je cherche en vain à trouver d'autres significations à ce qu'il vient de dire. *Est–ce qu'il essaie de me demander en mariage ?* Cette pensée est si comique que je ne peux me retenir de glousser. Il fronce les sourcils et ses lèvres se retroussent aux coins.

Il continue à parler. Même si je ne saisis pas tout, je sais qu'il m'interroge sur ma réaction et je peux difficilement l'expliquer. Tout ce que je sais, c'est que je me sens comme si je m'étais endormie, satisfaite, avant de me réveiller menacée par la marée. Une marée qui serait soudainement montée tout autour de moi et à laquelle je ne pourrais m'opposer, même si elle menaçait de me ramener dans les profondeurs de l'océan. Une marée qui aurait tout pouvoir sur moi.

Il me fixe intensément et je ne me rends pas compte que je me suis laissée tomber sur les fourrures jusqu'à ce qu'il vienne sur moi.

– Tszk ! je crie.

Je presse mes mains sur ses épaules et répète:

– Tszk!

Il grogne dans mon oreille:

– Je vais m'unir avec toi.

Je vois ce qu'il veut dire mais je ne sais pas comment lui expliquer que nous devons d'abord être en couple officiellement et qu'*ensuite*, viendra le temps de l'accouplement. Je ne sais pas comment lui expliquer que je ne veux pas m'unir à lui... comme ça ! Je n'imagine pas m'unir à qui que ce soit alors que je suis complètement paniquée et que la boisson qu'il m'a donnée me fait un peu planer. Ses mains atteignent les lacets qui ferment l'avant de son pantalon, et je sursaute.

– Tszk !

Il doit enfin me comprendre car il se fige. Ma propre respiration frénétique se calme. C'est là que je l'entends. Un murmure lointain sur la brise filtre à travers les rideaux entrouverts de la tente. On dirait de la pluie. Le mâle siffle et je ne manque pas la façon dont ses muscles se contractent sous sa peau. Ils gonflent, deviennent plus grands et plus imposants. Sa bouche se distend vers la naissance de ses cheveux. Sa peau scintille alors qu'il se dresse dans sa forme de manerak.

Il attend encore un moment avant de disparaître si rapidement que c'est à peine si j'ai le temps de le voir partir. Le vent s'agite dans son sillage. Je m'assois plus haut et fouille dans les couvertures pour trouver quelque chose de plus convenable à enrouler autour de moi, sans y parvenir. Les fourrures sont lourdes et difficiles à soulever. Cependant, elles ont beau être plus luxueuses, je préférais dormir sous des draps... *avec Neheyuu, en sécurité.*

Je fronce à nouveau les sourcils. Je ne cesse de penser à Neheyuu. Pire, je peux presque le *sentir*. La brise s'infiltre à nouveau dans la tente et je lève les yeux: un dé à coudre de clarté attise le délire provoqué par mon épuisement. Je dois être en train de perdre la tête.

– Neheyuu ?

J'ai parlé à voix haute sans le vouloir, et au moment où j'ai prononcé ce mot, j'ai senti les poils de ma nuque et de mes bras se dresser.

La tente est vide mais l'air qui la traverse est pesant, comme s'il annonçait une tempête à venir. Mon esprit doit me jouer des tours. Si ce n'est pas mon esprit, c'est certainement la douleur, car à ce moment précis, lorsque j'inspire, je crois percevoir *son parfum*. Je regarde alors bêtement autour de moi, je n'y crois pas moi–même mais je demande quand même:

– Neheyuu ? C'est toi ?

Un son me répond, un son proche. Je *sais* que c'est une réponse parce que ce n'est pas un son naturel et parce que ce son *m'appartient*. C'est un son fait pour moi. Si c'est ce que je pense, alors l'antidouleur que m'a donné ce mâle est vraiment puissant.

Je secoue la tête. J'essaie en vain de me concentrer sur ce qui m'entoure pour m'orienter mais je me sens toute drôle. Au moment où je secoue la tête pour retrouver mes esprits, tout ce qui m'entoure *disparaît*.

Le vent. La tente. La menace qui semblait peser sur moi. Le pouls dans mes poignets. Le battement dans ma poitrine. Les tambours. Il y avait des battements de tambours quelque part dans le camp mais maintenant ils sont muets. Je pouvais aussi entendre des cris avant, des cris et des voix claires et nettes; mais ils se sont éteints.

Le chaos a fait place au silence. Un vent s'élève soudain brutalement. Un rayon de lumière danse sur mes lèvres et le haut de mes jambes. Je sens un feu se développer au plus profond de mon corps et puis d'un seul coup... le tonnerre éclate.

Il s'abat sur moi au moment où la tente s'effondre en morceaux. Le tissu tombe vers l'intérieur puis est arraché. Les chevilles qui supportaient son poids n'existent plus. Elles *ont disparu* en un clin d'oeil. À leur place, se tient une créature géante. Un serpent.

Un serpent que je reconnais.

Alors tandis que je souris, mon souffle et mon pouls s'accélèrent. L'impression d'avoir été abandonnée n'est plus qu'un lointain souvenir. Il est venu. *Il s'est changé en serpent et il est venu pour moi*. Oh la la... C'est sûrement l'un des effets de l'antidouleur, je dois halluciner: cette créature ne peut pas être...

– Neheyuu, c'est toi ?

Le serpent tourne sa tête géante pour me regarder de près. Il est de la taille d'un arbre de prairie millénaire, lisse et brillant comme s'il était couvert d'huile. Des écailles de cuivre couvrent son corps et scintillent sur son grand ventre jaune. Si on ajoute à cela une tête large et évasée dont la largeur correspond au diamètre d'un corps posé à plat, je dirais qu'il est parfait. Pour un serpent.

Avec assurance – peut–être ai–je complètement perdu la raison – j'avance le bras vers la créature. L'énorme tête ornée de festons se tortille sinueusement tandis que les yeux me regardent. Il m'inspecte avec ces yeux. Chaque oeil a la taille d'une tête d'oeban. Je peux me voir dans leur noirceur. Je peux aussi voir les feux qui flamboient dans leurs profondeurs.

Le camp a été décimé. Il n'est plus que ruines et lambeaux. Pas une seule structure ne tient debout et les pierres qui encerclaient les foyers ont toutes été brisées.

Des morceaux de fourrure et les peaux qui composaient autrefois tant de tentes sont enflammés et personne ne semble désireux de les éteindre. Pourquoi n'éteignent–ils pas les feux ?

Il y a beaucoup d'eau stockée dans d'énormes barils scellés à côté de bacs de viande séchée, de fruits, de noix et d'avoine. Contrairemennt aux guerriers de Neheyuu, les Nevays sont extrêmement prévoyants. Mais en cet instant, alors qu'ils laissent brûler leurs tentes et leurs réserves, toute cette sagesse semble inutile. Presque tout a pris feu et une sorte de panique féroce s'abat sur moi: je suffoque et je tousse. La fumée n'aide pas. Le monde entier s'est transformé en bûcher.

Le serpent mammouth qu'est Neheyuu siffle et soudain quelque chose surgit derrière moi. Le reste de son corps. Lisse comme une pierre polie et tout aussi dur, il est frais dans la chaleur ambiante et il me donne l'impression que ces flammes ne peuvent pas me toucher, qu'à ses côtés, rien ne peut m'atteindre. Pas même le feu. *Il est… immense* !

L'extrémité de la queue disparaît dans les anneaux du corps de Neheyuu tandis que la tête se penche bas et que deux langues fourchues, de la couleur de la cendre, se glissent dans la fine ligne de sa bouche. Je frissonne de partout lorsque cette humidité fraîche se presse contre mon épaule.

– Neheyuu…

À travers la lumière vacillante du feu qui grésille et crachote lorsqu'il touche de nouvelles choses, je peux voir les autres mâles qui sont venus nous chercher à la rivière. Ils se tiennent bonne à distance et se contentent de nous regarder fixement, Neheyuu et moi. Ils observent surtout le serpent. Leurs visages, bien qu'un peu flous à cause de la distance, révèlent leur stupéfaction. Je ne comprends pas la raison de cette surprise. Ils peuvent tous se transformer, non ?

Le serpent siffle. J'appuie une main sur l'espace entre ses narines fendues tandis que le monde brûle autour de nous.

– Je vais bien.

Je réponds à une question que personne n'a posée. Le serpent cligne lentement des yeux, sa bouche s'élargit et s'ouvre. Des crocs aussi épais que mon bras dégoulinent de ce que je ne peux que supposer être du venin, épais et visqueux; mais je ne ressens aucune peur. Pas du tout. C'est comme si je connaissais ce serpent et c'est comme s'il me connaissait. Je souris et le serpent brille à nouveau.

– Neheyuu !

Un cri plein de rage retentit dans le silence et mon attention est attirée ailleurs. Les flammes sont maintenant à hauteur de taille, elles dévorent tout autour de nous.

Le corps du serpent se resserre autour de mes hanches tandis que la tête se tord pour faire face au mâle retenu par trois de ses guerriers. Il est dans sa peau de serpent – ou dans sa peau d'homme–serpent, car contrairement à Neheyuu, il a encore des jambes et des bras.

Son visage est distendu, ses yeux sont deux flaques sombres, ses mains sont des poignards griffus. Il est plus grand que n'importe quel mâle, mais il ne représente qu'une fraction de la taille totale de Neheyuu et sous cet angle, il semble bien moins menaçant. Surtout lorsque la mâchoire inférieure de Neheyuu s'ouvre: ses deux langues pendent, ses crocs dégoulinent d'un liquide épais qui éteint tout feu qu'il touche, et il émet un sifflement terrible qui me fait mettre les mains sur les oreilles.

Lorsque Neheyuu s'élance en avant, je me mets à hurler. La force du mouvement me donne un coup de fouet alors que je suis entraînée avec lui. Mes pieds ne touchent pas le sol, je suis dans un cocon de la taille aux orteils.

– Neheyuu !

Il s'arrête brusquement et sa tête pivote.

– Rentrons à la maison, lui dis–je, d'abord dans ma langue puis dans la sienne.

Ironie du sort, j'ai choisi un mot dont le sens m'échappera toujours, quelle que soit la langue.

Le serpent incline sa grande tête comme s'il avait reçu un ordre et que c'était moi, chose menue dans son ombre, qui le gouvernait. Sans prévenir, il change de direction et nous tire à gauche. Les feux font rage, les cendres tombent et les guerriers sautent à droite et à gauche tandis que nous fonçons vers eux. Le monde défile dans une symphonie de couleurs et tout ce que je peux faire, c'est m'accrocher aux écailles glissantes du serpent qui m'entraîne, hors du feu et hors du camp.

L'avant du serpent devant moi glisse doucement, ondule sur les hautes herbes comme une vague cherchant le rivage. De mon côté, je suis une petite bosse en son centre. Chaque secousse est un véritable enfer. Son corps est une lourde corde enroulée, serrée autour de mes côtes et ses écailles irritent la peau de la moitié inférieure de mon corps tandis que mon torse et mon visage sont complètement exposés au vent lunaire et aux boulettes de sable que Neheyuu soulève. Il avance sans s'arrêter.

Il ne s'arrête pas lorsque la fumée du campement se dissipe, révélant un ciel plein d'étoiles. Il ne s'arrête pas quand un oeban hennit à son arrivée et que ses sabots battent la mesure de notre rythme. C'est pourtant un rythme brutal mais il ne s'arrête pas, pas même quand nous atteignons la rivière.

Nous la traversons d'un seul coup et la projection d'eau qui accompagne notre progression me prend par surprise. J'aspire de l'air convulsivement alors qu'une plaque de glace s'écrase sur ma tête. Il ne s'arrête pas lorsque ma peau nue s'enflamme, prise par une éruption de chair de poule si douloureuse que tout mon corps se fige. Mon souffle se bloque et mes dents commencent à claquer bruyamment.

C'est seulement là que Neheyuu s'arrête.

La tête du serpent cesse d'avancer tandis que la queue s'élance derrière elle, s'effilochant autour de moi au fur et à mesure de son déplacement jusqu'à ce que je me retrouve au sommet d'un tas de fourrures et de morceaux de bois brisés.

Je vacille sur place. Les effets de l'antidouleur, de la montée d'adrénaline et du froid se combinent pour créer une sensation épouvantable au creux de mon estomac. *Ne vomis pas, ne vomis pas, ne vomis pas.* Mon estomac se soulève mais je mets ma main sur ma bouche et j'avale à plusieurs reprises. *Ne vomis pas la nourriture ou l'eau. Conserve-les. Tu as besoin de nutriments.* Le mantra m'aide à tenir mes résolutions. Respirer profondément facilite les choses.

En fouillant dans les restes en lambeaux de la tente, je trouve un grand morceau de fourrure et le passe sur mes épaules. J'ai beau avoir arrêté de frissonner, Neheyuu ne bouge toujours pas. Il se contente de me regarder et de passer sa langue dans l'air près de mes joues.

– Qu'est–ce qu'il y a ? Qu'est–ce qui ne va pas ? Je demande dans ma propre langue humaine avant de bégayer un faible "Sevebeya ?".

C'est un mot qui signifie « quoi? », ou « explique » dans la langue manerak. Il siffle une réponse, mais je secoue la tête.

– Je ne comprends pas « sssisss ssis", je lui lance en imitant ironiquement son sifflement de serpent.

Neheyuu lève la tête vers les étoiles, grogne, secoue la tête puis crache plusieurs fois... et ses écailles commencent à s'effriter comme du sucre dans l'eau. Il rétrécit, sa queue s'incline vers l'intérieur, sa tête s'amincit et se raccourcit, ses bras et ses jambes prennent forme. Ses épaules semblent se contracter pendant un moment puis il est pris de spasmes. Sa tête se balance d'avant en arrière et des mèches de cheveux dorés familiers volent au vent. Il passe le dos d'un bras sur son visage et les dernières écailles se détachent de sa joue.

Je souris quand le visage auquel je me suis habituée paraît, mais quand j'ouvre la bouche pour parler, je m'aperçois que... je ne peux pas. L'air est immobile, lourd de quelque chose. Je me serre la gorge. J'ai soudainement du mal à respirer.

– Ne...Neheyuu ? je coasse.

Son visage – son visage *humain* – se tord de rage. Et de peur. Il fonce, attrape le bord de la fourrure que je viens de mettre autour de mon corps et l'arrache.

– Neheyuu !

Mon adrénaline monte en flèche et je lève les deux mains. C'est ainsi que tout ça va finir ? Il a attendu tout ce temps pour violer la promesse qu'il m'a faite, ici et maintenant ? Je commence à bégayer un semblant de protestation, mais Neheyuu couvre ma voix et donne un ordre à son oeban.

La créature s'agenouille juste à côté de moi et alors qu'elle se laisse tomber au sol, Neheyuu la recouvre de la fourrure qu'il m'a volée. Il attrape un deuxième morceau de peau, plus fin, dans la pile et, en tombant sur moi, il le fait glisser sur nous deux. Sous la fourrure, il fait si sombre que je ne peux pas voir. Je peux à peine respirer. Le petit trou est à peine suffisant.

Il ne s'appuie pas sur moi, mais sa tête est inclinée. Ses épaules tremblent un tout petit peu. Je tapote son épaule. J'espère attirer son attention alors que sa chaleur et sa peur m'inondent.

– Neheyuu, sevebeya...

– Kogoyo , il grogne.

– Quoi ?

– Kogoyo.

Alors que le ciel s'effondre de tout son poids, je me mets à hurler comme une possédée. Une tempête de sable s'abat sur nous.

10

Neheyuu

Ça n'a rien de sexuel, et pourtant, je n'ai jamais ressenti une aussi grande tension sexuelle. Nos corps nus se fondent en un, la sueur nous lie comme un adhésif. Ses petits seins se pressent contre mon abdomen. Elle est complètement repliée sous moi et ainsi placée, l'avalanche qui tombe du ciel ne peut pas l'atteindre. Je couvre ses jambes avec mes jambes, ses hanches avec mes hanches, et je place la totalité de son torse sous la courbe de ma poitrine. J'essaie de rester concentré sur la tâche à accomplir. J'essaie de ne pas frotter ma bite contre son ventre, mais c'est difficile car je suis nu, elle est aussi et chaque putain de svik de fibre de mon âme en est *douloureusement* consciente.

Ses doigts doux s'agrippent à moi et, malgré l'épuisement, le raclement de ses ongles contre mon torse me fait frissonner. Mes hanches se déplacent légèrement et le feu brouille mes pensées. Il fait une chaleur infernale sous la peau qui nous recouvre. Le premier soleil s'est levé et mais sa lumière est masquée par la tempête et elle ne contient pas de chaleur.

Les muscles de mes bras, de ma poitrine, de mes côtes et de mon dos tremblent sous l'effort que je dois fournir pour maintenir mon corps à distance du sien afin qu'elle ne soit pas écrasée par le sable ou mon poids. Elle est tellement plus petite que moi... Ses os sont comme des roseaux... Je tiens ainsi pendant l'éternité que prend la tempête de sable pour passer.

Près de nous, Danon hennit de douleur mais je ne peux rien pour lui. J'aurais dû m'en tenir au plan. J'aurais dû rejoindre les autres. Je ne devrais pas être ici. Je n'aurais pas dû perdre le contrôle de mon manerak. *Qu'est-ce qui te fait croire que c'est toi qui es aux commandes ?*

Je grogne, je m'accroche, j'hallucine. Elle sent l'huile et la sueur. *L'huile de Tatana.* Je siffle de rage. *Elle devrait porter mon odeur.* Notre odeur. *Alors marque-la.* Cette pensée vient à moi au moment où je me représente en train de la prendre. Il me suffirait pour cela de glisser vers l'avant. Cela ne demanderait presque aucun effort. Je n'aurais qu'à me déplacer vers la droite et à laisser aller mes hanches pour être bercé par ses douces cuisses. Je n'aurais qu'à les écarter plus largement autour de moi. Je trouverais sa chaleur et je m'y enfoncerais profondément. Je toucherais ses seins, j'effleurerais ses mamelons. Je découvrirais ce qu'elle aime. Je lécherais le goût sucré du côté de sa gorge.

Je me relève, surpris par le bruit autour de moi, ou plutôt, par l'absence de bruit. Depuis combien de temps c'est aussi calme ? Combien de temps s'est-il écoulé depuis que la tempête est passée ? Combien de temps a-t-elle cherché l'air, comme une prisonnière ensevelie sous moi ? Je m'effondre sur le côté et même en m'affaissant, je garde son corps trempé de sueur contre le mien.

J'enlève brutalement la peau qui nous couvre et je fais de même avec celle de Danon. Ses inspirations rauques blessent mon âme, même si je me répands en râles similaires. Ma poitrine se soulève et s'abaisse avec régularité. Le ciel est plus sombre maintenant, il est strié de cendres. Les vestiges oranges du sable qui s'est abattu ici, qui est reparti et qui cherche maintenant de nouveaux territoires à conquérir, envahissent les décombres. À côté de nous, l'herbe, autrefois violette et verte, a été aplatie, cependant, quelques tiges sèches et coriaces, trop têtues pour mourir, se dressent de travers sous une nouvelle couche de sable. Le paysage a complètement changé, mais je suis sûr d'une chose : la nature reprendra ses droits.

Je ferme les yeux et je tente de retrouver mon calme mais je suis tout tremblant: c'est dû à l'énergie nécessaire pour ma transformation. Tous les jeunes manerak apprennent la douleur de la transformation très tôt – avant leur troisième ou quatrième tour, pour certains. Nous apprenons à contrôler notre transformation, nous apprenons à atténuer cette douleur et après bien des efforts: une métamorphose en manerak ne génère plus qu'une légère démangeaison, tout au plus, une légère brûlure. Par contre, me transformer comme je l'ai fait pour devenir… cette chose – *tu sais ce que je suis*– c'était *douloureux*, très *douloureux*. Et me retransformer en mâle provoque une nouvelle agonie.

Ça ne m'empêche pas de la désirer avec une vigueur renouvelée. Même alors que j'ai toujours des écailles, des griffes et des crocs. Elle est blessée. *Elle est à nous.*

Marque-la maintenant. Je serre les dents et, pour ne pas la regarder, je passe distraitement un bras sur mon visage.

Elle respire faiblement maintenant. Son coeur bat la chamade. Je me demande si elle peut entendre les chiens du désert au loin. C'est peu probable. Nous devrons nous déplacer rapidement pour les distancer. Les chiens suivent toujours de près les tempêtes de sable. Charognards, ils se nourrissent des créatures blessées et affaiblies que la tempête laisse derrière elle. Ils ne nous auront pas, mais je dois reconnaître que je suis trop faible pour me battre. *Pas moi.* Puis-je assurer sa sécurité si je dois aussi repousser une meute entière ? Mon manerak est silencieux.

Mon oeban est faible et, ma Reesa, quant à elle, peut à peine respirer, encore moins se tenir debout. Il est bien sûr hors de question qu'elle marche ou qu'elle coure, même s'il faudra se déplacer rapidement pour s'en sortir. Je vais devoir la porter. Son corps sera pressé contre le mien pendant des heures. Sa chair nue m'appelle déjà, nos deux couleurs s'associent parfaitement sous les soleils ardents qui menacent de nous consumer…

Je tourne sur le côté avec un grognement avant de planter mes deux avant-bras dans le sable de chaque côté de sa tête. Je caresse sa lèvre inférieure avec mon pouce. Elle est sèche, mais si douce que je suis fasciné. Elle est trop douce. Elle se lèche les lèvres, puis déglutit : elle essaie sans doute de tromper la soif qui la tenaille. Ce simple geste fait monter le sang dans ma bite.

Je me raidis lorsque j'effleure sa hanche extérieure avec mon membre et j'essaie de m'éloigner encore plus d'elle. Je ne le fais pas pour elle, mais pour moi. Je lui ai fait une promesse et en ce moment, tenir mes engagements me fait souffrir le martyre. Qu'et-ce que

que j'ai promis déjà ? J'ai dit que je la laisserais conserver ses tatouages brisés intacts. Je n'ai jamais promis plus que ça. *Moi, je n'ai rien promis du tout.* Je regarde sa bouche et je fonds. Sa putain de svik de bouche...

Je me penche pour l'embrasser mais elle recule. Je fais glisser mes doigts sur le côté de son visage, le sable roule entre sa peau et la mienne. Sa joue est un peu plus ronde que lorsque je l'ai rencontrée.

Juste un peu.

Je doute que quiconque le remarquerait. Seul quelqu'un qui passerait son temps à l'observer, comme moi, peut le voir. Sa peau sent encore le bégua sous le musc de Tatana. C'est le signe d'un début de marquage. Est–elle au courant ? Cela n'a pas d'importance. *Elle ne le reverra jamais.*

Je me penche à nouveau, mon manerak grandit... et je suis trop faible pour l'en empêcher.

– Je veux juste... te goûter, je soupire contre sa peau.

Ma voix n'est plus qu'un grognement. Elle tressaille à nouveau et cette fois, ses paupières papillonnent. Elle m'observe avec ce même regard que je n'arrive pas à lire. Je ne la quitte pas des yeux, même si chaque nerf de mon corps m'ordonne de la prendre sans tarder. Ai–je jamais désiré quelque chose aussi fort ?

– Tszk, lui dis–je en faisant glisser ma main le long de son bras et en faisant le tour de son poignet. Je ne vais pas te prendre. Je veux juste te goûter.

Je repense à l'époque où j'étais le troisième du tasmaran de Nevay. Je n'étais qu'un jeune guerrier prêt à tout pour se démarquer, gagner et revendiquer un tasmaran pour ma gloire. Je pensais alors connaître le désir, mais là... c'est une toute nouvelle forme de désespoir. Lorsque son menton s'incline en signe d'accord, mon corps tout entier se couvre de chair de poule. Je tremble. Je *tremble*. Pourtant, tout ce que je ressens, c'est un incroyable soulagement.

Je n'attends pas qu'elle change d'avis. Je passe une main dans ses cheveux mouillés par le sable et j'écrase mes lèvres contre les siennes. Il me vient à l'esprit que je devrais y aller doucement avec elle et que je devrais être doux: elle est petite, elle n'est pas manerak et elle est indigne de moi. Je pourrais et je devrais ignorer cette étrange obsession que mon manerak a pour elle – mais il y a la raison d'un côté, et la folie de l'autre. Je suis passé de l'autre côté il y a des solaires. Dès le moment où je l'ai vue pour la première fois.

Il n'y a donc rien de délicat ou de doux dans ce baiser. Ma grande bouche s'empare de la sienne avec vigueur, comme pour la punir de m'avoir fait attendre si longtemps. Elle effleure, mordille, et ma langue transperce sa chaleur humide. Elle a si bon goût que c'est à peine si je parviens à le supporter. Mes os m'abandonnent. Mon esprit se désintègre. Ses lèvres sont un nirvana que je n'aurais jamais cru atteindre un jour.

– Mian, je murmure dans le petit espace qui nous sépare.

Un souffle quitte ses lèvres et je gémis bruyamment, durement, profondément. Je maintiens son visage immobile d'une main, puis j'incline son menton vers le haut pour pouvoir prendre le contrôle total de son corps et l'embrasser comme je souhaite le faire depuis si longtemps.

Au moment où j'approfondis le baiser, l'impensable se produit... Ma petite Mian délicate commence à m'embrasser en retour.

Elle enfonce sa langue dans ma bouche et se cambre. Elle se serre contre moi. Un rire brut, empli de surprise, s'échappe de mes lèvres. Son empressement subtil me rend fou et je manque de m'évanouir lorsqu'elle passe un bras dans mon dos et attrape ma nuque. Ses doigts sont doux contre ma peau. Ils s'enroulent dans mes cheveux et tirent. Je suis si surpris qu'un juron m'échappe:

– Putain de svik.

Ses lèvres douces sucent ma lèvre inférieure, ma bouche se relâche. Une euphorie pure m'envahit et je reste stupéfait lorsque Mian se décale légèrement sur sa droite, poussant sa poitrine contre la mienne. Ses petits tétons marron foncé forment des pics. Elle roule des hanches. Elle se frotte contre moi. Je m'affaisse sur elle avec un cri étranglé.

Ma bite est maintenant bercée dans la vallée de son ventre creux. Elle est encore trop mince. *Nous la nourrirons chaque jour qui passe, jusqu'à la fin de notre existence.* Yena, je suis d'accord. Je pousse des hanches et la tête engorgée de ma bite glisse plus bas, trouve la jonction de ses cuisses. Je me fige. Je me fige car c'est tout ce que je peux faire, si je bougeais ce serait pour écarter ses cuisses et me jeter en avant. Je ne me suis jamais senti aussi bien, allongé sur une femelle. *Tszk.* Jamais. Et je ne suis même pas en train de la prendre. Je gémis dans sa bouche.

– Qui t'a appris à embrasser comme ça ?

Nous utiliserons ses os pour nous curer les dents. Heureusement elle m'épargne la douleur d'un aveu et ses doigts se mettent à serpenter le long de mon corps. Elle m'attrape. J'émets un son étranglé lorsque ses doigts entourent ma queue.

– Mian…

Je suis tout haletant maintenant. Mes hanches plongent d'elles–mêmes en avant, je suis désireux d'être gainé par son corps mais je suis aussi heureux d'utiliser son poing comme substitut.

– Putain de svik ! Tu n'as pas besoin de... j'ai dit que je voulais seulement «te goûter »... tu n'as pas à faire ça...

Elle n'écoute pas et son expression ne *semble* pas être celle de quelqu'un qui se force. Mais je ne peux pas en être sûr. J'attrape sa poitrine, puis je retire ma main. J'ai dit « juste un peu ». J'ai promis. Mais si elle en veut plus... Je peux lui donner plus.

Elle commence à me caresser de haut en bas, et je ne songe même pas au sable coincé entre sa peau et la mienne. Les grains sont doux et je suis trop dur et trop désespéré pour m'en soucier. Je bouge d'avant en arrière et elle écarte un peu plus les jambes.

– Je vais jouir…

Je n'ai aucune idée de ce dont elle parle, mais son poing se resserre et elle guide ma queue quelque part... oh, putain de svik ! Est–ce qu'elle... est–ce qu'elle a l'intention de...

Elle amène la tête de ma bite à son entrée, et la fait glisser à travers les plis sans me laisser entrer. *Pas encore.* Je gémis sans retenue, à la fois de déception mais aussi de soulagement. Je vais la prendre, c'est certain, mais je ne veux pas m'accoupler avec elle pour la première fois comme ça : brisés par la tempête de sable, accompagnés par les hurlements des chiens du désert.

Nous avons le temps. *Pour elle, nous aurons toujours le temps.* Je grogne dans ses cheveux quand elle commence à faire pivoter la tête de ma bite d'avant en arrière sur sa peau immensément douce. Elle est mouillée. *Je la fais mouiller*. Savoir cela est presque suffisant pour me faire éjaculer.

Je tiens bon pourtant. Je laisse ses doigts glisser de haut en bas sur ma queue. En même temps, elle fait tourner ma queue sur sa propre chair humide et chaude. Sa chatte s'agite au rythme des battements de son cœur et à chaque fois qu'elle fait passer ma queue sur ce petit bouton des plus dangereux, elle gémit, puis elle souffle profondément.

– Putain de svik, Mian. Utilise–moi, je grogne contre son oreille.

Je saisis ses cheveux plus fort que je ne l'aurais voulu, je fais basculer sa tête en arrière, puis j'embrasse son cou. *Perce sa peau*, murmure doucement une voix sombre, mais je ne comprends pas ce qu'elle veut dire et je ne cède pas.

– Umpf , elle crie, puis plus doucement, Neheyuu…

– Jouis pour moi, Reesa.

Mes lèvres murmurent presque des mots trop précieux, alors je les retiens fermement. *Idiot. Marque–la. Prends–la. En retour, donne–lui tout de toi. Tout de nous. De nous trois.*

Elle grogne à nouveau, sa main autour de ma queue s'accélère. J'aurais pu exploser sur elle une douzaine de fois déjà, mais je veux l'attendre. Je veux qu'elle jouisse d'abord, c'est plus important. *Nous sommes là pour la servir.* Mes pensées viennent plus vite et plus fort maintenant, tout comme sa main.

– Mian, je grogne.

Sa tête tombe en arrière. Ses cheveux se détachent en cascade sur le sable clair en dessous. Sa bouche s'ouvre largement et révèle l'éclat de ses dents. Elle sourit alors qu'elle jouit avec moi. Elle sourit. Elle sourit toujours. Elle est parfaite.

J'explose. Ma semence jaillit et se répand sur ses boucles, sur son clitoris, sur ses grandes lèvres brunes et pleines. Son poing me tient fermement, éloignant ma queue de son entrée. Elle ne veut pas... elle ne veut tomber enceinte, elle ne veut pas un enfant de moi. Svik !

Je déteste ça. Je *déteste* ça. Mais j'aime, j'adore ce qui vient de se passer.

Alors que ma semence se déverse sur sa peau, je me force à garder les yeux ouverts. Je veux pouvoir me perdre davantage dans son regard, être sous l'emprise complète de son charme.

– Mian, je grogne, en poussant contre son poing une dernière fois avant de me laisser tomber sur elle. Svik !

Ma femelle rit doucement et je relève la tête avec beaucoup de difficulté. Je ravage sa bouche une dernière fois. Je respire difficilement quand je me retire, je mémorise sa saveur. Elle est à la fois sucrée et salée, elle est la noix d'un arbre du canyon et son sirop en même temps.

Ça me frappe alors : l'ai–je appelée « ma femelle » ? Tszk, je ne peux pas me permettre de penser ça, elle est juste un prix. Je ne la marquerai pas. Je dois marquer et revendiquer une femelle d'une autre tribu, une femelle d'une ancienne lignée. Mian n'est pas à moi. Elle ne le sera jamais. Elle n'est qu'une esclave pour le rut.

Idiot... Un rire sombre résonne en moi.

J'ouvre la bouche pour parler, pour dire quelque chose. Pour lui demander pourquoi diable elle a fait ça et quand on pourra recommencer, mais je suis réduit au silence par le hurlement d'un chien. Ils se sont rapprochés . *Ils sont assez proches pour sentir notre odeur.* Il est temps d'y aller. Même mon manerak – et peut–être même cet autre être sombre qui vit en moi – est d'accord.

Sans prononcer un mot, je prends ses deux poignets et je la hisse sur mes épaules. Je l'enveloppe à la hâte dans une des fourrures mises de côté que j'utilise pour créer une protection autour de son corps, et la jette par–dessus mon épaule. Je me détourne du bruit lointain des chiens déchiquetant un animal et des hurlements que ce dernier émet en mourant. Lorsque Danon frappe le sol de ses sabots lourds, secoue sa crinière sableuse , cavale vers l'horizon lointain, et je m'élance à ses côtés.

//

Neheyuu

J'ai envie de recommencer. J'aimerais recommencer des milliers de fois. *Nous recommencerons. Elle sera à nous pour toujours.* Je grimace. Je déteste les voix qui chantent triomphalement dans mon crâne. Depuis que j'ai répandu ma semence sur ses cuisses nues, elles n'ont pas cessé de chanter. Nous avons pourtant d'autres chats à fouetter.

Nous franchissons la prochaine montée. À cette distance, les lumières de mon tasmaran ressemblent à des étoiles, mais la splendeur de cette vision n'atténue pas l'horreur portée par les hurlements qui nous poursuivent. Je serre les dents et ordonne à mon manerak de se taire. Je suis trop épuisé pour me battre. Je suis trop épuisé pour écouter les voix. Et je suis bien trop épuisé pour prendre part à la dispute qui sejoue dans ma tête.

En mon absence, personne ne dirige le tasmaran. Je ne délègue pas mon pouvoir. Il n'y a pas de rôles clairs définis pour les autres membres de mon clan. Il serait assez facile pour un autre guerrier cherchant à revendiquer mon tasmaran de le faire. Il n'aurait qu'à me tuer. Il n'y aurait pas de rébellion de la part de ceux qui me suivent, ils ne parviendraient pas à s'unir pour ça : il y a déjà des mésententes entre eux.

Envahi par la déception, je trébuche. Devant moi, les lumières de mon tasmaran se brouillent. Les tiges d'herbe qui se balancent lentement et m'entourent jusqu'aux hanches m'empêchent de discerner où se trouve réellement le sol. Je titube mais je ne tombe pas. Je ne peux pas. Elle se traîne derrière moi, elle s'agrippe à moi même si elle essaie de marcher par elle–même. Il y a un quart de solaire, elle a refusé de me laisser la porter.

À ce moment–là, les chiens étaient hors de portée et s'étaient depuis longtemps déplacés vers le sud à la poursuite de la tempête de sable et de nouvelles cibles. Elle ne le savait pas et je ne le lui ai pas dit. Elle m'a laissé la porter un peu plus longtemps avant de dire que ses côtes n'en pouvaient plus et qu'elle allait vomir. Étrangement, Mian semblait plus contrariée par ce dernier point que par le premier.

Mian murmure quelque chose dans sa langue. Ça ressemble à « parlé zétouales ». Je veux savoir ce qu'elle dit, mais quand je lui demande de répéter, elle se contente de me sourire. C'est un sourire épuisé. Exténué. Ses épaules sont voûtées et, dans la lumière de Sasorana, elles brillent comme des pierres nacrées.

Ses yeux sont gonflés et si douloureusement fendus qu'on dirait qu'elle ne peut même pas voir. Sa bouche est gonflée aussi. Ses lèvres sont sèches et craquelées. Elle n'a pas l'air bien. Putain de svik, elle n'a vraiment pas l'air bien. Au lieu de prendre soin d'elle, je ne pensais qu'à goûter...

Je suis sur le point d'appeler Danon pour voir s'il peut la porter sur le reste du chemin, mais quand je me retourne, je vois que Danon est à une douzaine de pas derrière nous. Svik. Il souffre aussi. Ils souffrent tous les deux. *Et c'est à cause de toi.* C'est à cause de toi ! Il y avait un plan ! *Il y avait un plan. Il fallait la récupérer.* Nous ne sommes pas responsables de son enlèvement.

Nous nous rapprochons de mon tasmaran. Je sais que les éclaireurs nous ont repérés car je vois un petit contingent de mes guerriers s'éloigner des lumières et foncer vers nous. Preena nous rejoint le premier. Il commence à donner des ordres, à faire venir des guérisseurs, à ordonner qu'un bain, de la nourriture et de l'eau soient apportés à mon dolsk et à réveiller Trekor, le maître d'œuvre des oebans.

Alors que les guerriers se précipitent devant moi pour s'occuper de Danon, Dandena arrive à mes côtés, stupéfaite. Nous devons offrir un bien étrange spectacle, tous les deux.

— On dirait qu'un chien du désert t'a mâché et recraché, Premier.

— C'est presque ça. Les autres sont revenus ?

J'ai la gorge sèche, comme si j'avais avalé une étoile.

— Ils sont revenus au crépuscule, il n'y a pas si longtemps, mais ils avaient bien meilleure mine que toi. Putain de svik… Qu'est-ce qui vous est arrivé ?

— Tempête de sable.

Dandena jure à nouveau et passe mon bras sur sa nuque, pour essayer de supporter un peu de mon poids. Ock se précipite vers nous et tente de faire de même pour Mian mais mon manerak surgit et s'écrie :

— *Que personne ne la touche.*

En faisant une embardée en avant, la force de mon manerak nous propulse, Mian, Dandena et moi, et envoie Ock trébucher sur son cul. De sa position au sol, Ock s'écrie :

– J'allais juste l'emmener avec les autres humains.

– *Personne ne la touche.*

Ma poitrine se soulève. Je la serre plus fort contre moi et je la sens relâcher plus de son poids sur mon bras.

– Elle reste avec moi. Apporte de la nourriture et de l'eau à mon dolsk. Beaucoup d'eau. Fais faire un deuxième bain pour Mian. Je veux que Verena l'examine d'abord, avant toute chose.

– Verena s'occupe d'une des femelles arrivées lors du dernier solaire. Elle était enceinte quand elle a été enlevée de son village et il y a des complications. Nous ne sommes pas sûrs que l'enfant vivra.

Cette nouvelle me laisse bouche bée. Une des femelles était enceinte ? Et je ne le savais même pas ? Le petit pourrait mourir à cause de ma négligence ? Secoué, je balbutie :

– Je...

– Je vais bien, murmure soudain Mian.

Je baisse les yeux vers elle. Elle est accrochée à mon bras et son visage est rouge vif. Sa peau sèche et tachetée est couverte de mon sperme. Ses cheveux sont pleins de longues tiges d'herbe, de sable et seules les comètes savent dequoi d'autre. Mais elle sourit. Elle sourit toujours. *A–t–elle souri comme ça à Tatana ?*

Mon regard se pose sur le sang qui suinte du bandage de son bras droit. J'avais déjà vu qu'elle portait un bandage quand je l'ai sauvée, mais à ce moment–là, le bandage était blanc. Maintenant, il est marron et jaune et ne colle à sa peau que grâce à sa sueur. Tatana l'a guérie.

Qu'ai–je fait pour elle à part la traîner dans une tempête de sable et mettre sa vie en danger ?

– Alors envoie–nous Reepal.

Je m'éclaircis la gorge et avance, laissant Dandena porter la majeure partie de mon poids.Alors que nous approchons de mon dolsk, elle me murmure à l'oreille :

– Tu te comportes comme un idiot, Premier.

– Prépare le dolsk pour la lune. Aux premières lueurs du solaire, je veux que tu rassembles Preena et les plus anciens guerriers. Nous devons faire quelques changements.

Le manerak qui se tortille en moi vacille. *Nous* ?

– Je dois... j'ai besoin de faire quelques changements. Les choses doivent changer.

Dandena me regarde alors que je m'éloigne d'elle. Même de dos, je sens qu'elle est sceptique.

– Des changements ?

– C'est un putain de svik de bordel ici, je réponds.

– Ça a toujours été le bordel et tu ne t'en es jamais soucié avant.

Elle pose une main sur une hanche et son regard se porte sur la femelle que je tiens dans mes bras. Je m'accroche à elle comme si je tenais un cœur qui bat. *Le mien*. Je la serre comme si ma vie en dépendait.

– Préviens les autres: il y aura une assemblée aux premières lueurs du solaire, je répète.

La bouche de Dandena se plisse. Ses lèvres mal assorties donnent à son visage un air comprimé, mais satisfait.

– Bien.

Bien ? Alors qu'elle se détourne de moi, je réalise qu'elle n'a pas répondu à mon ordre. Je n'ai donc aucune idée de ce qu'elle veut dire. Mais je m'en fiche.

Je fais entrer Mian dans mon dolsk et rabats les volants pour que nous soyons enfin à l'intérieur et enfin seuls. Je la dépose délicatement sur un espace moelleux et ferme l'entrée de la section réservée au sommeil. Ce n'est guère plus qu'un grand matelas carré surélevé par rapport au plancher en bois, mais quand je place Mian sur le matelas à côté de moi, elle soupire comme si elle était tombée directement sur un tas de fourrures et d'oreillers luxueux. *Je lui offrirai ce qu'il y a de mieux. Nous lui donnerons tout ce qu'elle veut.*

Ses yeux se ferment et sa respiration s'approfondit. Elle semble sereine mais je m'inquiète toujours de sa coloration rouge alarmante et de la peau sèche et cendrée autour de ses lèvres et de ses doigts. Elle est *déshydratée*. Elle a besoin de boire quelque chose. Où est le guérisseur ? Je maudis Reepal et tout ce qui le retarde. *Va le chercher.*

Armé d'une volonté que je ne savais pas que je possédais, je me hisse hors du dolsk pour trouver moi–même le guérisseur et les fournitures dont Mian a besoin. Il me faut un peu de temps pour obtenir les deux et lorsque je reviens à mon dolsk, les bras chargés de fournitures et avec Reepal, je fronce les sourcils.

Mon dolsk est une structure large et trapue posée sur une plateforme de bois surélevée. Rond, il a un toit incliné qui se rejoint en un point, mais les murs sont faits de peau et les poutres de soutien en bois semblent grossièrement bricolées. Je repense aux magnifiques dolsks de la tribu Nevay, à celui de Tatana en particulier. Il n'est que Second, mais lui il lui offrirait une demeure bien plus agréable.

J'entre dans mon dolsk au son d'un cri aigu accompagné d'un bruit sourd. En entrant, je vois le corps de Mian toucher le sol. Tekevanki se tient au–dessus d'elle, elle saisit l'une de ses chevilles. Mian est étalée nue sur le dos. Elle tente de se redresser, mais il est clair que cet effort lui fait mal.

– Tekevanki ! Je rugis, en jetant tous les matériaux dans mes bras sur le buffet à ma droite. Libère-la !

Tekevanki lâche la cheville de Mian comme une pierre chaude et s'approche de moi.

– Il y a une esclave dans ton lit et je compte la ramener dans son trou avec les autres humaines reproductrices. Après lui avoir appris sa place dans ce tasmaran, bien sûr.

Tekevanki lève un bras et je la regarde, ralenti par mon épuisement et figé par cette vision d'horreur : elle gifle Mian.

Mian grogne très doucement, même si sa tête est projetée sur le côté avec violence. J'atteins Tekevanki sans la voir. Ma vision est floue, je me déplace plus vite que je ne me suis jamais déplacé sous ma vraie forme. Je me déplace aussi vite sous ma vraie forme que si j'étais Manerak. *Crois-tu être plus?* Je saisis le bras qui vient de gifler ma Mian et mon manerak me hurle de le casser. Et pas seulement cebras , je veux briser tous les os de son corps.

Je retrouve un peu de contrôle et projette Tekevanki vers l'entrée de mon dolsk où Dandena apparaît à côté de Reepal. Dandena l'attrape et les deux femelles trébuchent contre le mur. Tekevanki se relève et quand je cligne des yeux, je remarque pour la première fois ce qu'elle porte. Une robe diaphane, presque transparente. Les nombreux volants ne cachent rien de ce qui se trouve en dessous.

Ce corps nu, je le connais bien, et je suis certain que Tekevanki s'est habillée de cette façon pour me séduire.

D'ordinaire, je serais impatient de la jeter sur mon lit et de déchirer cette robe, volant par volant, mais pour la première fois depuis que j'ai accepté Tekevanki comme akimari, la voir ainsi n'a aucun effet sur moi. C'est la respiration poussive et les gémissements venant de derrière moi qui menacent de me rendre fou, et quand je parle, cette folie se manifeste.

– Le prochain ou la prochaine qui essaiera de me prendre Mian perdra la vie ou un membre, je le jure sur les putain de svik d'étoiles ! Maintenant, sortez !

Dandena tente de tirer Tekevanki vers la sortie par le bras, mais malgré ce que mon ancienne Akimari voudrait faire croire, elle a autrefois été formée comme guerrière. Elle parvient à échapper à la prise de Dandena et se plante au centre de mon dolsk, juste en dessous de la lucarne. La colère ne fait rien pour diminuer l'éclat de sa beauté et encore une fois, je suis sous le choc : cet étalage de beauté et de peau nue glisse sur moi comme de l'eau sur un bouclier huilé. C'est le « aïe » murmuré derrière moi qui retient toute mon attention.

Mian a du mal à se lever et quand je me tourne vers elle, la vue des griffures sur sa peau me donne l'impression que tout mon corps n'est qu'une énorme blessure à vif. Et par contraste, la vue de sa nudité, entachée seulement par les boucles emmêlées entre ses jambes, dont certaines scintillent encore d'or... me transporte hors de ce monde. Ma bite se durcit brusquement à l'idée de passer toute la durée de la lune à couvrir d'or jusqu'au moindre centimètre carré de son corps.

Derrière moi, Tekevanki s'esclaffe. Je me demande si elle a remarqué l'effet qu'a Mian sur moi. Je grimace à cette idée et me penche vers Mian pour l'aider à se relever, mais lorsqu'elle repousse ma main, je ris franchement. Ma queue se balance entre nous avec joie.

Mon rire doit la surprendre– svik, je suis moi–même surpris – car Mian sursaute. Je l'attrape à nouveau et elle s'éloigne de moi en grimaçant. Je n'aime pas ça. Je lève les deux mains et m'approche d'elle précautionneusement.

– Pardon, Mian, je dis à nouveau plus doucement. Je ferai attention.

Tatana, lui, a fait attention à elle. Mes mains se crispent à cette idée, les griffes s'allongent avant de se transformer en ongles aux bouts arrondis. *Svik* ! Je suis fatigué, si fatigué… Je ne suis qu'une blessure sur pattes– je dois être prudent. Il faut que je sois prudent avec elle. Mais putain de svik, je ne sais pas comment. *Tatana savait comment faire.*

– Reepal !

Je jette un coup d'œil par–dessus mon épaule et je m'aperçois que mon dolsk est toujours plein de gens.

– Putain de svik, que faites–vous tous ici ? Dégagez !

Tekevanki agite ses longs cheveux dorés par–dessus son épaule et fait un pas, pas en arrière, mais en avant. Ma vision s'assombrit dangereusement. La rage est tout ce que je peux voir pendant un souffle. Épargnant à Tekevanki une décapitation prématurée, Dandena glisse sa main autour du bras de la femelle et la tire vers la sortie.

– Laisse–le avec elle cette lune. Notre Premier a trouvé un nouveau jouet.

Dandena croise mon regard avec un air entendu. Elle essaye de me dire quelque chose – un nouveau jouet, ou tout le contraire ? Je n'en sais rien, mais ses mots semblent avoir l'effet désiré car les omoplates de

Tekevanki s'abaissent et un sourire sanguin révèle une bouche pleine de dents blanches et droites. Elle passe une main dans ses longs cheveux dorés et déclare :

– Un nouveau jouet, hein? C'est une première pour notre Premier. Je suppose que je peux être... conciliante.

Ses grands yeux bleus passent de mon torse nu à Mian. Elle la méprise. Elle pense que Mian ne vaut rien. Je ne devrais pas m'en soucier. Je devrais laisser couler. Je devrais accepter l'excuse que Dandena m'a trouvée.

Mais je ne le fais pas, je ne peux pas.

– Mian n'est pas un jouet.

Je ne sais pas ce qu'elle est, mais une chose est sûr: elle n'est pas un jouet. La joue de Tekevanki tressaute. Je ne supporte pas le regard plein de haine qu'elle lance à Mian. Elle la menace, alors je me glisse entre les deux femelles et après un moment, Tekevanki répond:

– Je suis ton akimari. Je mérite...

– Dégage.

Mon ton est bas cette fois. Profond. Guttural. Lourd de menaces.

– Je ne me répéterai pas.

Lorsqu'elle se retourne vers moi, le visage de Tekevanki est déformé. Elle jette un coup d'œil par-dessus son épaule, croise mon regard, et comme je ne dis rien, elle disparaît dans la clarté de la lune avant que je sois obligé de me déshonorer davantage et de la jeter dehors par le cou. Ou de la démembrer. Reepal commence à la suivre et je manque de le tuer. Je me mets à hurler:

– Pas toi, putain de svik... viens par ici. Dis–moi comment la guérir. Dandena !

Je me retourne, mais Dandena n'a pas bougé. Elle se tient dans l'embrasure de la porte, avec un sourire en coin. Je lui lance un regard noir et lui demande :

– Où sont les bains ?

– Ils sont là.

Elle siffle entre ses dents de devant et deux baignoires de cuivre fumantes sont hissées dans mon dolsk, portées par des assistants – trois hommes et une femme. Bien qu'ils soient maneraks, ils ont été maudits et ne peuvent pas se transformer. S'ils avaient pu se transformer, ils auraient été formés pour être des guerriers lorsqu'ils se sont joints à nous, ou peu après leur enlèvement. Je ne garde pas de trace des raids et je ne recense pas le peuple de mon tasmaran, donc je ne suis pas sûr. Ma Mian... sera aussi une assistante. *Elle sera mon assistante.* Et après ? Tu sais ce qui se passera ensuite. Non, je ne veux même pas y penser. *Idiot.*

Les assistants vont et viennent. Je me tourne vers Mian. Je l'appelle et lui tends les mains. Elle cligne rapidement des yeux et elle renifle plusieurs fois avant de baisser les yeux vers mes paumes. Très timidement, elle laisse ses doigts se lier aux miens. Je me réjouis inutilement de cette petite acceptation.

– Viens, je lui chuchote.

– Le...

Reepal bégaie. Il n'a jamais été très bavard, mais là, il semble plus muet que d'habitude.

– Quoi ?

– L'eau... elle est trop chaude. Sa peau a l'air gravement brûlée. Elle a besoin d'un bain froid.

Svik. Et j'allais la mettre là–dedans. *Tatana lui aurait préparé un bain d'eau froide lui.*

– Changez l'eau. Apportez de l'eau fraîche. Rien de chaud.

– Tu peux toujours utiliser l'eau chaude, toi, me dit Reepal, mais je secoue la tête.

– Apportez–nous de l'eau froide. Dandena… je dis alors qu'elle se tourne pour suivre mon ordre.

– Yena, yena, je vais limiter les dégâts avec Tekevanki…

– Tszk. J'en ai rien à svik de Tekevanki. Je veux que Danon ait cette eau pour son bain. Offre–lui un festin. Assure–toi qu'on s'occupe bien de lui. Et garde un oeil sur l'horizon. Je veux huit guerriers postés en permanence dans le périmètre à partir de maintenant.

Dandena cligne des yeux, surprise. Elle baisse la tête en signe d'assentiment. Ses lèvres font à nouveau cette drôle de grimace et j'ai envie de l'interroger, mais juste avant qu'elle ne disparaisse par la toile du fond, elle déclare :

– Sois gentil avec ton nouveau jouet. Contrairement à Tekevanki, il se trouve que j'aime celui–ci.

Je me demande si elle veut dire qu'elle n'aime pas Tekevanki ou que Tekevanki n'aime pas Mian.

– Sûrement les deux, je grommelle tandis que Dandena disparaît et que je retourne vers Mian pour l'aider à descendre dans le bain qui arrive vers nous.

Je lui donne le premier qui arrive. Les assistants mettent un certain temps à apporter le second, alors pendant que j'attends, je m'assois au bord de la baignoire et la maintiens en position verticale. Je suis le seul à pouvoir le faire. La tête de Mian penche et sur son visage se dessine un sourire, même dans le sommeil.

Elle me laisse appliquer des huiles sur ses cheveux et masser doucement son cuir chevelu. Elle grimace beaucoup au début, jusqu'à ce que je m'adapte et que j'obtienne la pression idéale. Quand j'ai fini, je passe mes mains sur le reste de son corps et elle me laisse faire aussi. J'aimerais que mes callosités soient moins rugueuses et au moment où l'idée me vient, des écailles apparaissent sur mes paumes, les rendant lisses. *Des écailles de Naxem.* Super. C'est très utile. Cette étrange voix grave se répercute dans mes pensées. Elle chuchote: *je ne fais pas ça pour toi...*

Je la lave doucement jusqu'à ce qu'elle soit aussi propre que possible, sans la blesser. Puis je la sors de la baignoire. Ses yeux gonflés sont fermés maintenant. Elle est comme de la pâte à modeler dans mes bras. Je la sèche et la place au centre de mon lit avant de la rincer dans la même eau. Lorsque l'eau fraîche apparaît à temps pour que je puisse prendre une serviette pour moi, je leur dis de la laisser. Elle pourra l'utiliser dans le solaire à venir.

– Et maintenant ? je demande à Reepal.

Il s'approche du lit et la peau de ma nuque se hérisse. Mon manerak est à nouveau actif... *Il s'approche de notre femelle, de notre lit. Pour quel putain de svik se prend–il ? Démembre–le ! Dévore–le. J'ai faim, et ton naxem aussi...*

– Qu'est–ce que tu fais ?

Je claque des doigts et Reepal tressaille. Ses cheveux sont tirés en un chignon haut, mais il caresse encore des mèches imaginaires derrière ses oreilles.

– Je vais appliquer une pommade rafraîchissante sur sa peau. Cela aidera à guérir la brûlure et à réduire le gonflement.

– Je vais le faire. Dis–moi comment.

– Ça... ça peut être appliqué sur tout son corps, mais son visage aura besoin d'un traitement plus agressif autour des yeux. Verena a utilisé des masques réfrigérants pour traiter les brûlures des humains, qui n'ont pas la protection naturelle que nous avons. Je recommanderais de commencer par ça...

Sa voix s'éteint sous mon regard. Je lui arrache les produits des mains et l' oblige à se tenir près de moi – mais pas trop près – pendant que je commence à appliquer consciencieusement la pommade sur la peau de Mian.C'est une tâche éreintante, que j'exécute avec le plus grand plaisir.

– Quand tu auras fini, tu pourras lui mettre ça sur les yeux. Si elle se réveille et qu'elle a mal, tu pourras lui donner ceci. Un seul suffit, mais j'en laisserai trois ici et je t'en ferai apporter d'autres au prochain solaire quand je reviendrai vérifier... que tout va bien...

Reepal lutte pour ne pas baisser les yeux quand je me tourne vers lui. Agenouillé sur le lit comme je le suis, lui et ma bite se regardent en face et ma bite est furieuse qu'il soit encore là.

– C'est tout pour cette lune, alors ? je demande.

– Yena.

Reepal déglutit et fait une petite révérence à ma queue.

– Je te remercie. Tu peux partir maintenant.

Reepal s'incline deux fois de plus en se dirigeant vers la porte, avant de trébucher finalement sur le rebord relevé de mon dolsk et de tomber à l'extérieur. J'entends le fracas d'objets qui tombent après sa chute, mais le rideau de la porte se referme, bloquant tout le reste et nous enfermant, Mian et moi. Nous sommes enfin seuls, propres et au chaud. Blessés, mais en voie de guérison. J'expire.

– Mian, tu m'entends ? je lui demande.

Je veux entendre sa voix. J'en ai besoin. J'ai besoin de l'entendre.

– Mmm, gémit–elle.

Ce n'est pas suffisant. Je tapote le centre de son front avec mon doigt le plus long.

– Dis mon nom.

– Chut, Neheyuu. Je dors.

Je souris quand ce son étrange emplit mon dolsk, ce son que je n'ai entendu que quelques fois auparavant et uniquement en sa présence. C'est comme si le cliquetis des chaînes s'associait au ronronnement d'un grand chat. Elle a dû s'en rendre compte, car elle essaie d'ouvrir les yeux.

– Ne bouge pas, je chuchote, Tes yeux sont gonflés. Je suis censé appliquer ça sur tes paupières.

Je pose la bande de tissu vert sur les yeux de Mian et mon pouls s'emballe lorsqu'elle expire de soulagement.

– Merci, me dit–elle.

Je lui souris même si elle ne peut pas le voir, puis je passe une main sur ses cheveux avant de reprendre la boîte et d'y plonger mes doigts. J'applique de la pommade au centre de sa poitrine, en marquant une ligne épaisse entre ses seins. Sa respiration reste régulière, mais je perçois avec bonheur le léger frétillement de ses orteils.

J'ajoute une autre bande à côté de la première et je masse son sein droit. Son mamelon se plisse et se durcit, il me supplie, il veut être sucé. J'essaie de me concentrer. Je suis là pour la soigner, pas pour la caresser. J'essuie rapidement le reste de son corps, j'éteins les torches montées sur des supports sur les murs et je me glisse à côté d'elle sur le lit.

Maudite soit la lumière qui filtre depuis le plafond. Senta, la septième lune de Sasor, a une teinte bleu vif qui me permet de la contempler. Le halo de boucles humides étalé sur mon lit, ses jambes et ses bras écartés, ses mains légèrement recroquevillées comme pour attraper son pain oublié. Cela me rappelle qu'elle n'a pas mangé. *Nous ne l'avons pas nourrie.*

La culpabilité alourdit mon estomac, elle est encore plus puissante que le chagrin. Le pire, c'est que ma queue ne semble pas se soucier de la faim, de ses blessures ou de quoi que ce soit d'autre. Elle se tend en avant et se heurte souvent à l'extérieur de sa cuisse ou de sa hanche.

J'ai envie de la baiser – ou au moins de saisir ma queue et de répandre ma semence sur son corps, ou mieux encore, de la regarder la saisir. Je veux lécher son corps pour ôter la pommade que je viens de lui appliquer. Je veux le faire en la nourrissant. Je veux la nourrir pendant qu'elle me suce. Je veux enrouler mon poing dans ses boucles en même temps. Je veux plier mes membres étroitement autour des siens juste pour avoir sa soumission totale. Je la veux. Je la *désire*...

Mais d'abord, il faut qu'elle mange.

Je me penche sur elle et je fais glisser le bout de ma langue sur le bord de ses lèvres, je veux la goûter une dernière fois avant que le sommeil ne m'écrase entre ses puissantes mâchoires. Je suis récompensé par son léger gémissement et la pression de sa langue sur la mienne. Je place ma bouche sur la sienne, mais au moment où j'approfondis le baiser, elle pousse un soupir de douleur.

– Svik. Je t'ai fait mal ?

– Tszk, dit–elle, mais elle ne répond pas à ma question.

Elle a les yeux couverts mais ses genoux sont serrés. Ses mains tâtonnent maladroitement sur son corps. Elle essaye de se cacher. L'irritation m'assaille en premier, mais la culpabilité se fait aussi à nouveau sentir.

J'écarte ses poignets de son torse et j'écarte ses jambes de mes mains. Elle est trop faible pour lutter contre moi et je couvre son sexe de ma paume. La chaleur se déchaîne en moi, je rêve de la prendre, mais je tiens bon. Je tiens bon alors que ma semence d'or suinte du bout de ma queue, comme si elle pleurait le plaisir qu'elle sait qu'elle ne ressentira pas. Pas cette lune. Peut–être *jamais* si elle n'est pas d'accord.

– Tszk, je répète.

Je tiens fermement sa chatte, je suis marqué par son odeur, sa chaleur. Je suis *détruit*.

– Tszk.

Je me penche et plante un baiser au centre de son front, le goût de la pommade est fort – orties de feu et graines de braise – mais pas assez fort pour effacer l'attrait de sa peau douce et sirupeuse.

– Dors, Mian.

Aussi irrité que satisfait, je me jette sur le dos et je sens que Mian, à côté de moi, s'installe. Sa respiration s'apaise, ses genoux se détendent, sa main glisse et son visage se tourne vers moi. Je le fixe. Je regarde le sourire sur son visage se transformer en quelque chose de plus serein. Je regarde sa fine poitrine se soulever et s'affaisser sous la lumière de la septième lune. Je la regarde et je sais qu'elle est dangereuse, mais pour le moment, cela me convient parfaitement.

12
Mian

Ça brûle puis c'est froid. Ça brûle puis c'est froid. C'est froid, ça brûle. C'est froid. Ça brûle, je m'embrase, je me consume. La douleur est insoutenable. Je me perds dans la souffrance, j'agonise. Ensuite, ça recommence. La seule chose qui me permet de savoir que le temps passe, ce sont les lèvres de Neheyuu.

Il lui arrive de manquer de douceur quand il applique la pâte transparente sur ma peau, et c'est pire quand il m'embrasse sur le front, le sommet de ma tête, la joue ou le bout du nez; mais c'est aussi agréable. J'aime ça. Parfois, après m'avoir embrassée, il applique une pommade apaisante sur ma peau et d'autres fois il me nourrit jusqu'à ce que mon estomac se rebelle. Souvent, il murmure des mots que je ne comprends pas contre ma chair, des mots qui me donnent l'impression de flotter.

Je sais que ça ne va pas durer : toutes les bonnes choses ont une fin. Je pense même que cela va se terminer dans la violence, comme cela a commencé. Je sens tout à coup la pression brutale de doigts autour de mes chevilles, avant que le monde ne se dérobe sous moi comme un tapis. Je vole… avant de retomber violemment.

– Lève–toi.

La douleur inonde mon flanc droit. Dans ma chute, ma peau encore à vif frotte durement le tapis dur et texturé sur lequel j'atterris.

– Quoi ?

Je réussis tant bien que mal à m'exprimer après tant de solaires passés sans parler.

Il m'est extrêmement difficile de parler manerak ou quelque langue que ce soit. Combien de temps s'est écoulé depuis que le serpent qu'était Neheyuu m'a ramenée ici à toute vitesse sous la clarté de la lune ? Combien de temps s'est écoulé depuis que j'étais dans la tente avec le mâle qui m'a fait une offre ? Combien de temps s'est écoulé depuis que j'ai été arrachée de la rivière ? Combien de temps s'est-il écoulé depuis que je me suis recroquevillée dans une salle d'approvisionnement aux côtés d'autres visages humains affamés et décharnés ?

– Ne fais pas…

Encore des mots. Je n'arrive pas à les comprendre.

– Plus lentement s'il vous plaît, je dis, en l'interrompant.

Un grondement plein de rage me répond et la femelle m'attrape le bras. Avec force, elle me hisse sur mes pieds. Mes genoux se dérobent et je tombe à nouveau, mais elle continue à me traîner.

– Debout. C'est l'heure de…

Elle dit quelque chose d'autre et cette fois, je ne me donne pas la peine d'essayer de comprendre. Au lieu de cela, je la laisse me tirer hors de la tente de Neheyuu dans une violente lumière blanche. Je lève mon bras libre pour me protéger le visage. Cela m'aide un peu, bien que chaque endroit de ma peau que la lumière touche se trouve comme enflammé. Je gémis et grogne mais la femelle ne semble pas entendre ou si c'est le cas, elle s'en fiche complètement. Je ne lui en veux pas. J'ai déjà eu droit à ce traitement auparavant. En tant que maîtresse, elle ne fait que remplir son rôle. Tout comme moi. Je n'essaie donc pas de me défendre.

– Tu es une esclave, dit–elle.

Je cligne plusieurs fois des yeux et je finis par voir les hautes tiges d'herbe que je sens s'enrouler autour de mes jambes. Elles me ralentissent à chaque pas.

– Yena, je réponds.

Elle émet un son brutal, peut–être un juron, avant de tourner la tête. Ses cheveux dorés me transpercent le visage comme des aiguilles.

– Tu sais...ce que promet ton... Que...tu akimari ? *Je suis akimari.*

Je comprends une partie de ce qu'elle essaie de me dire mais je n'ai aucune idée de ce qu'elle attend de moi. Donc je lui dis juste « Yena ».

Elle émet un trille frustré et je remarque que les gens sortent maintenant de leurs tentes pour nous observer. C'est la première fois que je vois la colonie – le tasmaran – ou les nombreux dolsks qui la composent. J'essaie de regarder à travers la lumière aveuglante pour avoir un aperçu de l'endroit où je me trouve, mais d'après ce que je vois, c'est plutôt chaotique. Des dolsks aux murs arrondis et aux toits en pente semblent éparpillés sans ordre particulier. Certains sont grands, d'autres sont petits, mais aucun ne semble assez grand pour être un entrepôt ou un atelier, comme ceux dans lesquels j'ai travaillé pour mes maîtres humains. Près d'un autre dolsk, je trébuche sur un bâton et je crie lorsque son bord dur heurte mon pied comme un fouet. La femelle en face de moi semble s'en réjouir.

– Toi… ici ! Ne fais pas...

Elle hurle des ordres que je ne saisis pas et un instant plus tard, nous arrivons à une rivière. Le soleil y brille, ce qui me distrait un instant de la vue d'un grand dolsk bronzé reposant près de ses rives, jusqu'à ce que je sois projetée en avant, dans son ombre.

La femme aux cheveux d'or et aux robes violettes et brunes me crie dessus, elle ne cesse de crier. Je ne comprends que quelques mots. Akimari. Neheyuu. Esclave. Vas–y. Ne le fais pas. Mais j'ai du mal à les relier entre eux. Les volets de la tente dans laquelle je viens d'être poussée s'ouvrent à nouveau et une femme entre à l'intérieur. Je la reconnais.

– Chimara , dis–je en soupirant.

Chimara me regarde, puis regarde l'autre femme.

– Tu n'as rien à faire ici, dit–elle à la femme en robe.

Les mots de Chimara sont bien plus faciles à comprendre. Peut–être parce qu'elle est à moitié humaine et qu'elle parle avec un léger accent. Peut–être parce que c'est elle qui m'a appris le manerak.

– Dis à ta... plus de Neheyuu.

– Ce n'est pas à toi de décider. Il est le Premier.

Je respire difficilement et je me bats pour essayer de me tenir debout lorsque la femelle aux cheveux d'or tente de frapper Chimara, mais cette dernière réagit à peine. Elle lève une main et l'utilise pour attraper le poignet de la femelle, qui s'envole.

– Ne recommence pas... ne fais plus jamais ça. Tu... es manerak et ton père est Creyu, mais je suis une guerrière

de ce tasmaran, et ces humains... ont de la valeur...
déclare Chimara.

Lorsque Chimara fait un geste derrière moi, je suis la
ligne de son bras, surprise de voir que nous ne sommes
pas seules ici. Ce dolsk est rempli d'humaines, que des
femmes, y compris des membres du groupe avec lequel
j'ai voyagé pour venir ici. Certaines ont même été
reprises dans la rivière avant moi. Je suis heureuse de
voir qu'elles ont également réussi à revenir. Surtout Rita.
De l'autre côté du dolsk, elle me fait un petit sourire et
un signe presque imperceptible. Elle a une coupure sur
la joue qu'elle n'avait pas avant, mais sinon, elle semble
indemne.

– Tu n'es pas une manerak. Tu n'es pas une guerrière.
Tu n'es rien, dit la femme aux cheveux d'or, la méchante.

Je regarde à nouveau son visage et décide à ce
moment-là qu'il n'est pas vraiment si beau. Peut-être
même pas du tout. La mâchoire de Chimara se serre. Je
peux le voir d'ici. Mais elle parvient tant bien que mal à
contenir les muscles saillants de ses bras.

– Ce n'est pas à toi d'en juger. Tu n'es pas la Première.
Tu n'es pas Sasorena. Tu es akimari...

Je ne comprends pas bien le reste de ce qui est dit,
mais je vois les sourcils de la femelle se rapprocher et ses
épaules se tasser. Elle n'est pas satisfaite de ce qu'elle
entend et je ne peux m'empêcher de me demander ce que
Neheyuu pense de tout cela. Est-il un tant soit peu gêné
que la femelle à laquelle il a donné du plaisir – moi – se
retrouve maintenant en compétition avec son autre
femelle, qui a clairement un certain rang dans ce
tasmaran ? Par toutes les étoiles – *et si c'était sa femme* ?

Cette pensée me révulse et je me sens indésirable. Les sensations demeurent longtemps après le départ de la femme aux cheveux d'or.

Chimara secoue la tête en soupirant longuement, puis vient m'aider à me relever.

– Tu vas devoir apprendre à l'ignorer.

– Qui est–elle ? je demande, bien contente de pouvoir passer à ma propre langue.

Chimara demande à l'une des femmes humaines d'aller me chercher une tenue de travail pendant que nous brossons toutes les deux ma chair nue pour en ôter la saleté. Nous travaillons avec précaution, car ma peau est encore aussi douloureuse qu'une plaie ouverte. Chimara lève les yeux au ciel et arrache une plume errante de mes cheveux.

– C'est Tekevanki, la fille de Creyu. C'est l'un des plus anciens guerriers maneraks du Tasmaran. C'est la seule raison pour laquelle on la respecte. Elle pense aussi qu'elle est destinée à devenir l'épouse du Premier.

– Elle n'est pas sa femme ? Je demande, crispée, craignant sa réponse.

J'ai laissé Neheyuu m'embrasser, mais si j'avais su qu'une femme l'attendait, je ne l'aurais jamais fait. Chimara éclate de rire avant de répondre:

– Pas même si elle pouvait lui offrir tout l'or du monde !

Je ne comprends pas ce qu'elle veut dire et je fais la grimace. Elle secoue la tête.

– Non. Elle ne l'est pas. Elle voudrait l'être, mais elle ne l'est pas et elle ne le sera jamais. Neheyuu prévoit de s'unir avec une femelle d'un autre tasmaran pour construire une alliance.

Elle secoue la tête et rit tristement.

– Personnellement, je ne le vois pas s'unir à qui que ce soit.

Mes entrailles se resserrent un peu quand elle dit ça, mais tout aussi rapidement, elles se relâchent. Je secoue la tête. Je me sens soudain stupide. Les projets d'alliance de Neheyuu n'ont aucun rapport avec moi. Je suis juste heureuse d'apprendre qu'il n'est pas *déjà* uni à une femelle.

– C'est comme ça qu'on rejoint un autre tasmaran ? Par une union ou un raid ? je demande.

– Yena.

– Il n'y a pas d'autre moyen ?

Chimara fronce les sourcils.

– Tu ne penses pas à partir, n'est–ce pas ? Neheyuu n'est pas une cause perdue, même s'il en a tout l'air.

Cela me fait sourire.

– Non, non…

– Super, dit Chimara. On ne voudrait pas te perdre. En tout cas, pas moi.

De petites bouffées de chaleur remplissent ma poitrine comme des taches. Avant que je puisse ajouter quoi que ce soit, une voix humaine attire mon attention. Reconnaissant la femelle, je lui adresse un sourire timide tandis qu'elle me tend un fin manteau et aide Chimara à l'enfiler sur ma tête.

– Merci, dis–je aux deux femmes.

– De rien, dit la femelle. C'est bon de te voir debout. Nous étions inquiètes.

Les petites taches s'épanouissent de plus en plus, mais je n'ai pas la possibilité de répondre.

– Asseyez–vous pour la première leçon d'aujourd'hui, s'il vous plaît, lance Chimara.

L'une des femmes humaines, qui ne porte aucun tatouage, se tient au centre du dolsk et frappe dans ses mains. Quand je me tourne vers elle, elle me sourit gentiment et fait signe aux femelles rassemblées devant elle. Nous devons être trente ou plus, toutes de formes et de couleurs différentes. Certaines ont des tatouages, mais pas autant que moi. Je me frotte les bras, un peu gênée.

– Une leçon ? je chuchote.

L'humaine aux cheveux roux tire sur le bord de ma tenue et me fait avancer à ses côtés.

– Yena, nous apprenons à parler manerak.

– Et là, je dois y aller, dit Chimara. Je vais à l'entraînement des guerriers, mais je viendrai vous retrouver au deuxième repas.

– Parfait !

Je salue Chimara, qui se contente de rire à nouveau et de secouer la tête, puis je me retourne vers la rousse.

– Au fait, je m'appelle Mian.

Je lui tends la main, et à ma grande surprise, elle la prend. Aucun tatouage ne vient entacher sa peau pâle.

– Enchantée de te rencontrer. Je m'appelle Claire.

– Claire? C'est un nom de l'ancien monde.

Elle me rend mon sourire, mais sa voix se fait plus grave alors qu'elle s'assied, les jambes croisées, à l'arrière de la foule rassemblée.

– C'est le cas. Toutes les femmes de ma famille s'appellent Claire depuis que mon arrière–arrière–arrière–arrière–grand–mère a quitté le vieux monde, de la station spatiale qui nous a amenés ici.

– C'est incroyable ! Remarque, je n'arrive pas non plus à croire qu'ils vont vraiment nous donner des cours.

Des leçons ? Un enseignement ? Dans toutes les tribus humaines dans lesquelles j'ai vécu, les esclaves n'ont jamais connu un tel luxe. Je peux à peine lire ma propre langue, encore moins celle d'un autre peuple.

– Yena. Je ne fais pas vraiment de progrès, mais tu as passé plus de temps avec eux et Tri est très bonne. Elle était apparemment enseignante avant que son village humain ne soit attaqué par les Hox. Elle les a quittés il y a quelques années quand elle a rejoint Gergoro. Maintenant elle enseigne ici.

– Y a–t–il d'autres cours ?

Claire acquiesce. Notre professeure, Tri, nous lance un regard perçant qui suffit à nous faire taire. A partir de là, Tri se plonge dans son cours.En plus des structures de phrases et du vocabulaire usuel, elle décrit les coutumes et la culture du peuple manerak. Elle explique, par exemple, que chaque tasmaran a sa spécialité: les Nevays, sont liés à la production d'épices et de céréales tandis que les Hox salent et échangent différentes viandes et produits laitiers. Les Sessena produisent une grande partie des fruits et légumes de Sasor ; les Wrens construisent des épées et des armes.

Les Neheyuus sont connus pour produire et tanner des peaux pour les dolsks et pour façonner des armures. Toutefois, de nombreuses femmes humaines de cette tribu s'essaient à créer de nouvelles formes de vêtements avec différents textiles et à manier des métaux précieux pour fabriquer des bijoux.

Il semble que le tasmaran de Neheyuu soit encore en train d'évoluer, mais Tri maintient que les Neheyuus sont respectés pour ce qu'ils produisent et pour la perspicacité de leurs guerriers. Apparemment, Neheyuu lui–même est l'un des guerriers les plus habiles de Sasor.

Après l'avoir vu se transformer en un serpent de cent pieds de long, cela ne me surprend pas...

Tri explique qu'il y a dix-sept tasmarans maneraks sur Sasor. Tous sont des adorateurs de Sasorana, la déesse des étoiles, et la plupart se sont unis pour former les Tribus Maneraks Unies. Quelques tasmarans cependant, restent nomades et non affiliés. Le plus important de ces tasmarans est celui des Gevabaras, qui sont près de quatre-vingt-dix. Ils représentent l'une des plus grandes menaces qui pèsent sur les tasmarans comme celui de Neheyuu, surtout pour nous, les femmes enlevées lors de raids – du moins, celles d'entre nous qui ne choisissent pas de partir lors du prochain sessemara, la cérémonie d'adhésion.

Je trouve tout cela *fascinant*. Elle passe ensuite en revue les mots nécessaires pour décrire les différents tasmarans et leurs nombreuses fonctions. Je ferme les yeux et répète les mots et les phrases comme elle le fait, pour les garder en mémoire. Pendant que nous récitons, je remarque que plusieurs femmes me regardent. L'une d'entre elles est Rita. Elle lève quelques doigts, me fait un signe de la main et me sourit gentiment. Elle est rayonnante. Même au milieu d'une douzaine d'autres filles, je peux le voir.

Tri interroge l'une des filles de la classe: une petite aux cheveux bruns un peu plus clairs que les miens. Elle porte également une robe et non une chemise, la sienne est verte. Très habilement, elle répond à la question de Tri avec des phrases complètes en Manerak. Je commence à transpirer. Je suis loin d'être aussi avancée. Que répondrais-je si j'étais la prochaine à être interrogée ?

– Mian !

Je m'apprête à répondre, paniquée à l'idée d'avoir manqué une question qui m'était adressée, mais la voix n'est pas celle de Tri. Étonnée, je constate qu'il s'agit de la voix de Neheyuu... mais à dire vrai, *je suis pas si surprise que ça*. Au fond, je suis heureuse qu'il soit venu me chercher.

Le cours est interrompu. Tout le monde se déplace et les visages se tournent vers l'entrée où Neheyuu se tient debout. Sa silhouette se découpe sur le soleil. Il porte un pantalon en lin et rien d'autre. Ses cheveux pendent en écheveaux autour de ses épaules, mettant en relief les muscles de ses épaules et de sa poitrine. Il est à nouveau furieux et je n'ai aucune idée de ce qui a pu le mettre en colère cette fois–ci.

– Où est–elle ? Mian !

Il s'élance vers l'avant à la vitesse d'un manerak et plusieurs filles secouent la tête, effrayées.

Comme je n'ai pas mangé ou bu quelque chose depuis le début du solaire , la faim commence à se faire sentir: je vacille en me levant. Ce n'est pourtant pas une sensation nouvelle et d'habitude, je suis plutôt douée pour la combattre. En déglutissant fortement et en me concentrant sur le contour de Neheyuu, je lève la main.

– Neheyuu ?

Sa tête pivote et ses yeux se transforment en diamants noirs pendant un instant avant de redevenir des anneaux dorés.

– Qu'est–ce que tu fais ici ?

Il commence à avancer, mais une douzaine de femmes sont assises entre nous. Il essaie de lever ses genoux et de poser ses pieds avec précaution pour les contourner, mais cela demande un certain effort. Après trois pas, il tape du pied. Il ressemble à un enfant géant, et je ne peux m'empêcher de pouffer de rire. Il me regarde fixement.

– Strena, Mian.

J'inspire profondément. J'ai la ferme intention de lui faire savoir ce que je pense de lui et de son akimari, mais je ne vais pas provoquer une dispute devant autant de monde. Au lieu de cela, je m'avance en contournant les femmes avec un peu plus d'agilité que Neheyuu. Mais déjà, les étudiantes se sont déplacées pour dégager un chemin. Je remarque qu'elles sont toutes en train de le regarder.

La chaleur monte à l'arrière de mon cou, ce qui n'arrange rien vu mes brûlures en voie de guérison. J'enroule rapidement mes cheveux autour de mon poing et les noue pour qu'ils reposent sur mon cou. Quand je croise à nouveau le regard de Neheyuu, il contemple ma coiffure, il la fixe.

– Neheyuu, je dis doucement. C'est la classe de Manerak.

Ce que j'ai envie de lui dire, c'est que nous dérangeons ladite classe, mais je n'ai pas encore les mots pour ça.

– Je le sais, dit–il d'un ton sec en reprenant ses esprits.

Il détourne son regard de mes cheveux vers mon visage, puis légèrement plus bas. Regarde–t–il ma poitrine ? Il se lèche les lèvres.

– Ce que je veux savoir c'est pourquoi tu es dans la classe de manerak. Toi... au lit.

Ses paroles ne sont pas difficiles à déchiffrer, même si je ne comprends pas tous les mots. Je fronce les sourcils.

– Tekevanki.

Ses yeux deviennent des fentes. Il souffle par les narines, comme le ferait un dragon, une créature crachant du feu tirée d'une des histoires de Mirabelle.

– Elle t'a fait du mal ?

Il attrape mes bras et commence une inspection minutieuse de mon corps avec ses doigts. Si ce cinéma le met mal à l'aise, il n'en montre absolument aucun signe.

– Tszk, tszk. Pas de douleur. J'aime le cours de manerak. Je reste.

Son froncement de sourcils devient presque comique, les coins de sa bouche rejoignent sa mâchoire sévère.

– Tu reviens dans mon dolsk, grogne-t-il.

– Tszk.

– Tszk ?

– Tszk.

Neheyuu se lève. Il fait plusieurs têtes de plus que moi. Les femmes derrière moi traînent à nouveau les pieds, et chuchotent entre elles.

– Tu… te reposes… je suis le Premier, tu fais ce que je dis. Tu reviens dans mon dolsk.

Il a de bons arguments, d'après ce que j'ai compris. Il a raison, je suis épuisée: mes muscles sont endoloris, mes os sont en bouillie et ma peau bien trop tendue me fait souffrir le martyre. En outre, je ne suis même pas sûre d'avoir le droit de lui dire non. Il est le Premier, et je ne suis qu'une esclave, n'est-ce pas ? *Les rois ne suivraient pas une esclave à la trace et ils ne se ridiculiseraient pas pour s'assurer du bien être d'une esclave. Les rois ne risquent pas des vies pour retrouver une esclave perdue.*

Je touche de mes doigts le bandage qui couvre mon avant-bras. Je me souviens sans mal de Neheyuu et de l'autre mâle qui ont, au cours des derniers solaires, recousu mon corps et appliqué de la pommade sur mes blessures. C'est Neheyuu qui s'est chargé de la plupart du travail. Il a demandé au mâle de lui expliquer comment faire. Il était très prudent, très attentionné. Aussi attentionné qu'il le sera un jour avec sa femme…

Je grimace à cette idée, même si j'aimerais que ce ne soit pas le cas, et je regarde mes pieds avant de me souvenir de l'ordre qu'il m'a donné. J'ouvre la bouche, mais Neheyuu parle en premier, cette fois avec un peu moins d'hostilité.

– As–tu mangé ?

À la mention de nourriture, mon estomac gargouille. Neheyuu jure.

– Viens avec moi… Je vais te nourrir.

– Quoi ?

– De la nourriture, explique–t–il en pointant un doigt contre mon estomac et en chatouillant mon nombril. De mes mains. Je le veux.

J'essaie d'associer les mots qu'il vient de prononcer, mais cette fois, je n'y arrive pas.

– Tu veux me nourrir ?

– Yena, répond–il comme si c'était la chose la plus normale du monde. Strena.

Mon estomac s'agite comme des feuilles sèches secouées par un vent sauvage mais je me débarrasse de cette émotion. Ce n'est pas parce qu'il est venu pour moi, qu'il m'a traînée dans le désert, qu'on s'est embrassés et qu'il tient à me nourrir, qu'il m'aime. Non. Je suis sûre que c'est ce qu'il fait à chaque fois qu'il trouve une nouvelle femelle lors d'un des raids…

Peut–être qu'il est juste en colère parce qu'il ne m'a *pas encore* eue – du moins pas comme il le voudrait. Je suis sûre qu'une fois que ce sera le cas, il arrêtera de prendre soin de moi et il passera à la femelle suivante. Je fronce les sourcils. Ces pensées ne me conviennent pas, je n'aime aucune d'elles.

– Mian, dit–il.

Sa voix me ramène au présent. Il me tend la main et je remarque que sa paume rugueuse est striée de nombreuses lignes différentes que mes mains n'ont pas. Cependant, elle est toujours plus claire que la couleur de sa peau, comme la mienne. Un point commun. J'ai un point commun avec l'homme–serpent. Je souris et quand je lève les yeux, Neheyuu me fait un clin d'œil, l'air un peu perdu.

– D'accord, je soupire en plaçant ma paume dans la sienne. J'ai faim.

Un sourire fend son visage et les feuilles dans mon ventre se remettent à s'agiter de plus belle. *C'est mauvais signe. C'est même dangereux.*

– Bien.

Il me prend par la main et il commence à me tirer vers l'entrée sans accorder un regard aux autres femelles humaines. C'est comme s'il ne les voyait pas. Neheyuu ne fait aucun geste pour me libérer, alors je dois maladroitement me retourner et faire signe par–dessus mon épaule à Tri, Claire, Rita et les autres.

– Au revoir ! Je reviendrai en cours plus tard, promis !

Plusieurs filles me regardent avec horreur, mais la majorité d'entre elles sourient. Claire me fait signe.

– Ne t'inquiète pas. Je serai heureuse de t'aider à rattraper, me lance–t–elle.

Je n'ai même pas la chance de la remercier avant d'être tirée vers l'extérieur. Neheyuu se déplace rapidement. Il siffle de temps en temps quand l'ardeur du soleil le dérange et il jette parfois un coup d'œil en arrière, pour s'assurer que je le suis bien. Il ouvre la bouche plusieurs fois, mais la referme aussitôt. Nous atteignons sa tente en un rien de temps et à l'intérieur, Neheyuu regarde le lit, les yeux bridés.

– Est–ce qu'elle...

Je ne comprends pas exactement ce qu'il veut dire et je secoue la tête. Il prend mon bras à deux mains et exagère le mouvement en me tirant en avant.

– Trekara, dit–il, et je comprends ce qu'il veut dire.

Trekara signifie *tirer*.

– Elle t'a tirée hors de mon dolsk ? répète–t–il.

Je hoche la tête.

– Yena.

Il se renfrogne.

– Elle…

Je ne sais pas ce qu'il dit ensuite, et lorsque l'énorme plateau de bois recouvert de nourriture apparaît dans ses mains, je ne m'en soucie plus. Mon estomac gronde à nouveau. Quand Neheyuu me montre son lit, je n'hésite pas cette fois. Je me perche sur le bord, en attendant impatiemment que Neheyuu s'assoie à côté de moi. J'ai sans doute l'air trop impatiente, car la lèvre supérieure de Neheyuu se redresse et au moment où je prends le premier morceau de viande entre ses doigts, il rit.

Son rire est profond, franc, et vient du ventre. Il me fait sourire. Je continue à sourire alors qu'il continue à me nourrir de viande, de fruits, de fromage, de noix et d'autres choses dont je n'ai jamais entendu parler, que je n'ai jamais goûtées et que je ne peux nommer. Je lui pose des questions sur tout, en essayant de mémoriser les noms de mes mets préférés.

Il brandit l'une des sept brioches violettes empilées sur l'assiette.

– Opikopi, dit–il et je répète.

– Opikopi préféré, lui dis-je, en prenant une deuxième bouchée du pain directement de ses doigts.

Il sourit et m'offre de l'eau. Tandis que je bois à même la peau, il reprend :

– Je sais.

Ses yeux sont doux, sa mâchoire n'est plus aussi dure. Ses muscles sont détendus et lorsque je rote, il rit si fort que quelques baies tombent du bord du plateau. Il les ignore, son regard ne s'éloigne jamais de mon visage.

Maintenant que je suis rassasiée, et reconnaissante, je souris bêtement en pointant du doigt le reste de la nourriture sur le plateau. Il est encore à moitié plein.

– Neheyuu a faim ?

Neheyuu semble sur le point de répondre, puis s'arrête. Il jette un coup d'œil au plateau et hoche la tête, mais il ne prend pas les aliments lui–même. Au lieu de cela, il me regarde, comme s'il attendait que je fasse quelque chose. Il doit s'attendre à ce que je le nourrisse. Puisqu'il m'a nourrie – *et qu'il n'a pas de femme*. Je ne vois pas d'inconvénient à lui rendre la pareille.

Je prends un morceau de viande grasse, probablement d'une bête qu'ils appellent battar, et le porte à ses lèvres. Il ouvre la bouche et je ne peux pas ignorer la provenance de ce sifflement étrange cette fois, parce qu'il est fort et que je suis lucide. Je suis absolument certaine que ce son n'est pas celui que pourrait faire un humain. *Il n'est pas humain. C'est un serpent.*

Je glousse à cette idée, mais mon rire est rapidement étouffé lorsqu'il se jette en avant, capturant mes doigts entre ses lèvres. Je me demande s'il mâche la viande. Elle est là dans ma main et elle disparaît l'instant d'après. Quand j'essaie de retirer mes doigts, Neheyuu suce plus fort.

Je n'avais aucune idée de l'intimité que l'on peut ressentir en nourrissant quelqu'un et je rougis. J'ouvre la bouche – peut–être pour dire quelque chose ? Je ne le saurai jamais – parce que Neheyuu me réduit au silence lorsqu'il saisit mon poignet et retire lentement mes doigts de ses lèvres avec un bruit sec.

Il dit quelque chose, mais je suis trop distraite pour me concentrer sur la compréhension du manerak à ce moment–là. Je secoue la tête.

– Quoi ?

– Je t'embrasse.

– Tu veux m'embrasser ?

– Yena. Seulement goûter. Comme avant.

Comme avant. Je sens mon visage brûler alors que je me souviens de la folie qui m'avait envahie à cause de la douleur et de la chaleur des soleils ardents. Je l'ai laissé m'embrasser. Je fait *plus* que ça. J'ai pris sa queue dans mes doigts, je l'ai caressée, je l'ai laissé répandre sa semence d'or sur moi, j'ai utilisé sa bite pour me faire jouir. *J'ai aimé ça*. Et j'ai aimé qu'il tienne sa promesse. Il m'a laissé le toucher, sans me toucher en retour, en dehors de ses baisers. Peut–être... que je pourrais le laisser faire un peu plus ? *C'est dangereux*, je le sais, mais j'acquiesce encore timidement.

Je sursaute. Rien ne pouvait me préparer à la voracité du prochain mouvement de Neheyuu ni à sa soudaineté. Il est sur moi tout de suite, son bras musclé s'enroule autour de ma taille. Le plateau a été posé sur le sol. Il me tire plus haut sur le lit. Il appuie un avant–bras de chaque côté de mon front et attaque mes lèvres avec ses langues.

Leur surface fendue et texturée est étrange sur ma langue. Avant lui, elle n'avait connu que des garçons humains agressifs qui brutalisent plus qu'ils ne caressent. Même si Neheyuu respire fort et que ses lèvres s'attachent furieusement aux miennes, ses langues sont un pur délice.

Elles caressent ma propre langue, effleurent mon palais, tournent autour de mes dents, et aspirent mes gémissements. Je gémis sans retenue. L'abondance de nourriture m'a rendue paresseuse; de plus, Neheyuu est venu me chercher pour me nourrir. Tout ceci a mis à mal ma méfiance. Je dois prendre de profondes inspirations pour garder mes esprits et m'assurer que je ne laisse pas Neheyuu obtenir plus que ce que je suis prête à donner. Sa bouche quitte la mienne et trouve immédiatement ma mâchoire. Il la lèche et la suce, jusqu'à atteindre mon oreille, qu'il mord. Je couine un peu et serre les doigts, consciente à ce moment-là qu'ils sont pressés contre son dos et que je tire sur sa peau nue. Je la griffe. Comme une manerak, je le marque. Cette pensée me fait sourire et je frissonne lorsque Neheyuu me regarde. Ses yeux oscillent entre le noir absolu et les jolis iris bruns de sa vraie forme. Je me demande ce que signifient ces couleurs... Le brun se maintient une seconde de plus et il me fait un sourire de loup.

L'inquiétude monte dans mon ventre, et les feuilles qui y flottent s'éparpillent. Il se fraye un chemin le long de mon corps, léchant et mordant ma gorge, puis mon cou.

– Goûter… Mian ? demande-t-il.

Mes pensées s'embrouillent, je hoche la tête distraitement. Il touche mes seins et j'ouvre la bouche pour changer d'avis mais il les masse délicieusement, forçant mes mamelons à durcir, ce qu'ils font avec plaisir.

Je lève les yeux vers le plafond. Ce n'est qu'une simple peau. L'ouverture me taquine avec des promesses de lumière du jour. Il fait chaud ici. Il devrait y avoir des fenêtres. Oui. Des fenêtres. J'essaie d'y penser. J'essaie de me rappeler que je ne laisserai pas Neheyuu compléter mes cercles de poignet. Seul mon futur mari pourra le faire. C'est tout ce que j'ai à offrir. Ce mari, il me nourrira, m'habillera et me donnera un toit. *Neheyuu fait déjà tout ça.* Mais il ne veut pas de femme. Je devrai trouver quelqu'un d'autre et il ne voudra pas de moi si mes cercles sont remplis parce que je n'ai pas pu résister à la sensation du souffle chaud de Neheyuu sur ma peau, au poids de son corps contre le mien, à ses mains me couvrant de caresses.

Je ne devrais pas, mais je le regarde quand même. Je contemple ses cheveux dorés et de ses épaules de bronze. C 'est alors que je perçois alors son intention. Il s'abaisse le long de mes jambes, qui sont écartées sous son torse, puis il lève les yeux vers moi et soutient mon regard tandis qu'il remonte lentement le long de mes cuisses et sur mes hanches.

– Neheyuu, j'expire.

– Tszk, répond–il d'une voix graveleuse, seulement goûter.

J'acquiesce, bien que ce ne soit pas la question que j'allais lui poser. J'allais lui demander s'il savait que je n'avais jamais vu un homme mettre sa bouche là avant, si c'était ce qu'il prévoyait, et si oui, je comptais lui demander d'y aller doucement. Mais je ne parviens pas à dire autre chose qu'un glapissement étranglé avant que Neheyuu ne baisse les yeux sur la touffe de boucles entre mes jambes et utilise ses deux mains pour m'écarter davantage.

Il jure et ouvre encore plus mes jambes. Il place sa paume à plat entre mes hanches et tire vers le haut. Je suis complètement offerte à son regard affamé. Puis il se penche et inspire. Ses yeux se ferment et il murmure ce qui ressemble à des incantations rituelles.

Je tremble un peu maintenant. Je suis nerveuse et je ne sais pas à quoi m'attendre. Je n'avais pas réalisé qu'il était possible d'être aussi excitée, mais quelque part entre le moment où elle m'a crié dessus et celui où il m'a nourrie, ma chatte a commencé à fondre et maintenant je peux voir son doigt scintiller quand il passe juste le bout sur mon trou humide et glissant. Mes hanches s'emballent, mais il les retient assez longtemps pour lécher son doigt. Tout comme il a léché mes doigts avec le steak. La similarité est émoustillante. Ma poitrine se soulève et s'affaisse rapidement. J'ai la tête qui tourne. Neheyuu lève les yeux vers moi et demande :

– Je veux te goûter. Maintenant. Es–tu prête ?

Ça ira, je me dis, les autres mâles voudront tout de même de moi. *Mais est–ce que moi je voudrai toujours d'eux ?* Je n'en suis pas sûre. J'acquiesce rapidement avant d'avoir le temps d'y réfléchir plus longtemps et j'attrape ses épaules. Il prend mes mains et les pose sur ses cheveux.

– Dis–moi ce que tu veux... ordonne.

Et puis il me surprend en me faisant un clin d'oeil.

– Comme je suis un... esclave. Ton esclave.

J'ouvre la bouche pour dire quelque chose, mais je n'en ai pas le temps. Il me maintient au sol et enfouit son nez entre mes cuisses. Ses lèvres se posent sur mon clitoris, ses deux langues lèchent et caressent chaque crête et chaque vague. Le choc est tel que je hurle. Mes cuisses tremblent et les muscles derrière mes tibias se contractent et s'agitent. Mes orteils dansent sur les draps. Mes doigts s'agrippent à ses cheveux, tirent et poussent, totalement insouciants, alors que je l'utilise pour atteindre le septième ciel.

Il fait tout ce que je l'incite à faire, sa brutalité est oubliée. Il n'y a pas de maître ici. Pas d'esclave. Il n'y a que mes gémissements murmurés, mes supplications et les jurons qui me viennent dans ma langue maternelle alors qu'il me torture de plaisir.

Ses langues plongent à l'intérieur de moi tandis que ses lèvres tirent sur mes grandes lèvres. Je crois que des larmes de plaisir, roulent aux coins de mes yeux, coulent sur mon visage, mais je ne peux pas être sûre. Parce que c'est en train de venir. La chaleur. La pression. Avec toute la puissance d'une tempête de sable, l'extase frappe.

Je commence à trembler et à frissonner, mais Neheyuu est un mâle impitoyable. Une main ancre mes hanches tandis que les doigts de sa main libre caressent mon corps, trouvent mes lèvres et les dépassent. Il pousse d'abord un doigt à l'intérieur de moi, puis en ajoute un deuxième.

Il dit quelque chose, mais je ne l'entends pas. Tout ce que je peux sentir, c'est la pression et le désir humide, terrible, alors qu'il les fait entrer et sortir de moi, pas complètement, mais suffisamment pour que ma poitrine se contracte. C'est trop. J'en veux plus. Je ne peux pas respirer. Qui a besoin de respirer, de toute façon ?

Pendant que ses doigts entrent et sortent de moi avec une lenteur angoissante, ses lèvres trouvent mon clitoris et le sucent, une fois, deux fois, et la troisième fois, mon corps m'abandonne. Je pars en spirale dans une direction inconnue pendant ce qui me semble être une éternité, et je refais surface pour me rendre compte que je tire si fort sur les cheveux de Neheyuu que je pourrais les arracher. Il rit quand je le lâche, mais il ne s'arrête pas.

Alors que je commence à redescendre, il appuie plus fort avec ses langues et me pénètre plus fort avec ses mains. Je ne savais pas qu'il était possible pour moi, ou pour n'importe quelle femme – ou n'importe quel homme – d'éprouver tant de plaisir, mais je me brise en mille morceaux une deuxième fois, cette fois, encore plus fort que la première.

Je crie son nom si fort que tout le tasmaran peut m'entendre. Lorsque l'orage se calme enfin, me laissant trempée et brisée, ma poitrine est secouée de légers spasmes. Je ne peux pas bouger. Neheyuu passe sa langue sur mon clito une dernière fois et mon corps entier tremble.

– Tszk, tszk, dis–je d'un ton suppliant en repoussant son front.

Neheyuu rit et me lèche une fois de plus avant de retirer sa bouche et ses doigts de mon corps. Il remonte sur le lit: la moitié inférieure de son visage est imbibée de mon orgasme. J'imagine que d'autres mâles seraient gênés, mais il me sourit comme s'il venait de vaincre un tasmaran entier à lui tout seul. Ce qui, je suppose, est possible, vu que je l'ai vu se battre de mes propres yeux. *Et il l'a fait pour moi. Il a vaincu un tasmaran pour moi, une esclave.* Pourquoi n'ai–je pas la sensation d'en être une ?

Je sens une bulle d'air dans ma poitrine et je la retiens, sur mes gardes. Je ne sais pas pourquoi mais je m'attends à ce qu'il utilise ma satisfaction pour me prendre entièrement mais il se contente de tomber sur un coude à côté de moi et caresse quelques cheveux tombés sur ma joue et mon front.

– Repose–toi. Je…

Je ne sais pas ce qu'il dit, je sais seulement qu'il commence à se détacher de moi et je ne peux le supporter. Pas quand tout est sens dessus dessous. Il se disait esclave et il vient de me vénérer comme si j'étais sa maîtresse– non, une reine, une déesse – mais il n'a pas été satisfait lui–même. Je vois bien qu'il ne l'est pas. Je ne suis pas sûre d'avoir jamais vu une érection si... eh bien, si dure. Il a beau s'éloigner de moi, le devant de son pantalon en lin est tendu et trempé à l'entrejambe, comme s'il avait déjà joui. L'espace d'un instant, je me demande s'il l'a fait. Cette pensée me fait sourire.

Je tends la main en me débattant un peu, mais je réussis à attraper son poignet avant qu'il ne soit trop loin. Je porte sa main à ma bouche et lèche une ligne le long de ses doigts – ceux qui sont mouillés. Ils ont mon goût et bien que je n'aie jamais fait quelque chose comme ça auparavant, je suis surprise de trouver ce goût si érotique. Ou peut–être que c'est le fait de savoir où ils ont été. C'est sans doute le fait de savoir quelle magie il a fait naître dans mon corps avec ces doigts. Je suis une esclave. Je n'ai pas l'habitude d'être bien traitée, d'être choyée ou rassasiée. Pas sans avoir à donner quelque chose de bien plus grand en retour.

– Mian… je dois m'entraîner, dit–il, mais avant qu'il ne puisse finir, sa voix s'étrangle.

J'ai maintenant ses doigts dans ma bouche et je les suce avec force, comme je le ferais avec le membre d'un homme, bien qu'un coup d'œil au devant du pantalon de Neheyuu me confirme que je n'ai jamais sucé quelque chose d'aussi gros auparavant. Pourtant, j'aimerais bien essayer.

Non sans peine, je parviens à me hisser sur un coude alors que Neheyuu retombe sur le sien. Il s'effondre sur le dos, tout en marmonnant des mots futiles de résistance.

– Mian, tu n'es pas obligée de le faire. J'aime...

Bla bla bla. Manerak manerak.

Je suis lente comme si je nageais dans le sirop, mais Neheyuu ne remarque pas ma maladresse ou s'en moque alors que je fais doucement descendre son pantalon le long de ses jambes musclées. J'admire à quel point il est large – tout, chez lui, l'est – ses cuisses font facilement la même taille que mon torse et son membre est assez long pour que je m'étouffe avec. *On verra bien...*

J'inspire fortement en m'asseyant – je suis inondée par une douleur nouvelle. La douleur du désir. La douleur du manque. Je ne peux en supporter davantage. Entre mes cuisses, une merveilleuse explosion me pique et attise ma souffrance.

J'observe Neheyuu et je me demande si ce serait mieux pour lui si j'étais nue. Prestement, j'enlève rapidement ma tenue. Neheyuu grogne et ouvre la bouche, mais au lieu de mots, ce cliquetis familier emplit à nouveau l'air. Il ponctue le bruit des battements accélérés de mon cœur. Je m'assois sur mes talons et le laisse me contempler et masser mes seins. Je ne peux empêcher le gonflement de fierté que je ressens lorsque ses yeux s'écarquillent et que ma poitrine frémit.

Il prononce mon nom à voix basse, mais ne semble pas capable de parler. Je sais qu'il y a des femmes bien plus belles à Sasor, dans ce tasmaran, qui ont partagé son dolsk – comme Tekevanki – et que je suis maigre et faible en comparaison, mais là, il me regarde comme si j'étais quelqu'un d'autre. Comme si j'étais son égale.

Je fais glisser mes mains le long de ses cuisses, j'enfonce mes ongles dans ses hanches. Il murmure mon nom ainsi qu'une douzaine d'autres mots alors que je souffle légèrement sur la longueur de sa bite. Et puis je lèche tout le long de son membre. Je lèche la semence qui s'est formée en perles le long de la fente de son gland gonflé. Il sent comme une forêt lointaine, la sueur, le métal et un peu comme moi. Je souris à sa virilité palpitante avant de desserrer ma mâchoire et de me remplir la bouche de lui.

Il frappe le lit du poing, ce qui me fait presque sursauter, mais pas assez pour interrompre le rythme de ma tête qui monte et descend, du moins, pas plus d'un instant. Je n'arrive pas à faire entrer plus de la moitié de son membre dans ma bouche, mais quand je lève les yeux vers son visage, ça ne semble pas avoir d'importance. Il me regarde avec des yeux énormes, ronds, parfois noirs, parfois bruns. Sa poitrine se soulève et s'abaisse lourdement. Il prononce à nouveau mon nom et jure lorsque je ralentis, ou lorsque je m'arrête.

Je me lève et prends ses mains, une par une pour les placer sur l'arrière de ma tête. Je lui fais un clin d'oeil. Il jure à nouveau.

Je le caresse avec ma langue et mes mains. Je vais vite, puis plus lentement quand je le sens se tendre sous moi, et je lui fais subir la merveilleuse torture à laquelle il m'a soumise en répétant le processus encore et encore. Je le fais si longtemps que je sens le matelas entre mes cuisses légèrement écartées devenir humide... puis carrément trempé. J'en veux plus. Je suis *prête* à en avoir plus. *Prête pour qu'il se glisse en moi entièrement et me chevauche pour le reste de ma vie.* Non. Je réfrène cette pensée et me concentre sur la sensation de ses doigts serrés dans mes cheveux, montrant une retenue que je ne savais pas qu'il possédait alors qu'il soulève ses hanches et pousse ma tête vers le bas, juste un peu. Pas assez pour me faire mal.

Je manque m'étouffer une fois ou deux et il me tire en arrière pour observer mon visage et vérifier que je vais bien. Je lui fais un clin d'œil à chaque fois et il me sourit, il rit même une fois, puis il laisse sa tête tomber en arrière en s'abandonnant au plaisir que je lui procure.

Il tient plus longtemps que je ne l'avais pensé – que je ne l'avais espéré. Je ne l'ai fait que quelques fois et il est plus grand que les mâles humains avec qui j'ai tenté l'expérience. Ma mâchoire commence à s'engourdir, alors j'augmente ma vitesse. Une main sur sa bite, je fais descendre l'autre vers le bas pour caresser ses pierres. Il crie mon nom et sans prévenir, il explose. Sa semence pénètre dans ma gorge avec une force surprenante. Je sursaute, mais je reste stable, en faisant de mon mieux pour avaler à plusieurs reprises.

Alors que je finis d'engloutir sa semence et à la seconde où je le libère de mes lèvres et roule sur le dos, il se baisse, passe ses mains sous mes bras et me traîne le long du lit. Il se roule sur moi et m'embrasse fort. Il écarte mes jambes avec ses genoux et avant de comprendre ce qui se passe, je sens la longueur chaude et veloutée de son corps se presser à l'entrée de mes cuisses.

Je me fige, mais il se retire juste assez longtemps pour dire "Tszk". Il halète, il respire fort et je halète aussi, comme un animal en rut. Je sens la plus étrange des sensations m'envahir lorsqu'il aligne sa queue sur mes grandes lèvres et je commence à onduler de haut en bas. Un gémissement étouffé s'échappe de ma gorge. Une odeur étrange emplit l'air.

– Mian, dit–il.

Qui parle ? Où suis-je ? J'ouvre les yeux et je vois son visage. *Oh oui, je suis ici avec l'homme-serpent.*

Je lui fais un sourire et commence à me déhancher en même temps que lui. Je n'ai jamais été aussi proche du rut avec un mâle et une petite voix en moi, amère et en colère, délire de désir. *Ok, pas une petite voix – une voix forte, une voix qui hurle.* Il abaisse encore plus ses hanches, les enfonçant en moi de telle sorte que maintenant, à chaque fois qu'il pousse, une délicieuse étincelle douloureusement tentante s'allume dans mon clitoris.

Je gémis plus fort. Neheyuu répète mon nom encore et encore, comme si la partie de son cerveau responsable de la parole s'était soudainement cassée. L'odeur dans le dolsk s'épaissit et devient presque trop forte pour que je puisse respirer, mais j'inspire quand même, comme si j'aspirais à nouveau le sable de cette tempête, sauf que ce sable a un goût de métal, de sel, un peu de moi et de tout ce qui est masculin et divin. Un goût de promesses, de pain de grain, de chansons murmurées contre mon oreille sous le clair de lune. Et dire que je ne le connais que depuis quelques solaires…

Mon sourire se brise lorsque la rupture se produit, Neheyuu se raidit au-dessus de moi, mais refuse de relâcher l'emprise qu'il a sur mon regard. Il me retient captive. Ses doigts s'entrelacent avec les miens. Ses hanches accélèrent leur rythme, se pressent contre moi avec plus d'urgence maintenant. Soudain, un jaillissement de semence chaude imbibe mon entrée, mes grandes lèvres, mon clitoris et tout ce qui se trouve entre les deux.

Il grogne comme un sauvage, mais entre les grognements et les gémissements, sa main trouve mon sein droit et effleure mon téton. Tout ce que je peux faire, c'est m'accrocher à sa nuque et essayer de me concentrer sur son visage, alors que le reste de mon corps s'emballe en spirale, se fissure aux encoignures, part en millions de morceaux en ne laissant dans son sillage qu'un monceau de chaos et de paix.

Les taches dans mon champ de vision s'éclaircissent à la vue de ses yeux qui me fixent intensément. Et alors que nos yeux se retrouvent, je sais qu'il essaie de me communiquer quelque chose dans son expression. Quelque chose de profond. Quelque chose qui ne peut exister qu'en ce lieu et en cet instant.

Je n'ai aucune idée de ce que c'est. C'est dommage, car alors que je souris et qu'il me fixe comme s'il ne m'avait jamais vue de sa vie, je me dis que c'est peut-être important.

13

Neheyuu

Qu'est-ce qui m'arrive ?

Mon manerak s'exaspère. Il est déçu : pas à cause de ce que j'ai fait, mais à cause de ce que je n'ai pas fait. *Imbécile ! Tu aurais dû la prendre !* C'est ce qu'il me répète depuis que j'ai appelé deux assistants et deux guerriers pour escorter Mian au bain des femmes. J'aurais pu faire apporter son bain à mon dolsk, mais j'avais besoin de temps pour réfléchir. À ce que j'ai fait. À ce que je n'ai pas fait.

J'observe le chaos qui m'entoure. Ma semence et les traces de l'orgasme de Mian sont étalés sur ma queue et mon ventre. Je suis toujours à moitié en érection, comme si ma bite attendait encore son retour. Putain de svik. *C'est bien ça.* L'odeur de l'air dans la pièce est différente. *C'est bien ça.* Mon manerak rit. J'essaie de faire abstraction de tout ça – de l'odeur, du rire – mais rien ne change quand j'ouvre les yeux.

J'expire longuement. Tout mon corps tremble lorsque je me lève et que je me dirige vers la baignoire peu profonde que les assistants ont apportée pour que Mian puisse l'utiliser ce matin. Je songe à plonger dedans, mais j'hésite: un pied dedans, un pied dehors. L'eau est froide – c'est ce que j'avais demandé, mais elle est peut–être plus froide que nécessaire. Pourtant, ce n'est pas ce qui m'arrête. Je ne veux pas me laver. J'aime avoir son odeur sur ma peau, son humidité qui sèche sur mon ventre et mes cuisses. Ma bite se durcit complètement à cette idée: j'aimerais qu'on puisse mettre son nectar en bouteille et j'aimerais me baigner dedans.

Je regarde vers l'entrée fermée. Je me demande où elle est maintenant – même si je le sais. Je regrette de l'avoir éloignée de moi, je veux qu'elle revienne. Elle est *à moi*. Elle est dangereuse. *Nous t'avons prévenu.* Nous ? Cette voix plus sombre et plus profonde refait surface dans mes pensées. C'est une voix distincte de mon manerak, elle est plus sauvage , plus froide et infiniment plus ancienne. C'est comme si je parlais à un être éthéré. Un être qui vit à l'intérieur de moi. *Nous l'attendions. Elle. Notre Xiveri. Celle qui va libérer notre Naxem. Moi.*

Je frissonne en m'installant dans l'eau. Je frotte durement ma peau tandis que mes pensées vont de l'incrédulité au doute. Un doute que mon manerak ne ressent pas. L'autre voix et lui semblent tous deux immensément heureux de la façon dont les choses ont tourné.

– Ce n'était pas prévu, je grommelle à voix haute.

Mon manerak rit. *C'est la vie, on ne peut pas tout prévoir.* Je suis surpris par le bruit du tissu qu'on repousse: l'entrée du dolsk s'ouvre et se referme. Mian s'avance, me voit, et cligne rapidement des yeux. Malgré tous mes doutes, je ne peux m'empêcher de lui sourire. Cela semble la rassurer et je suis heureux qu'elle ne recule pas devant moi, ou qu'elle ne s'enfuie pas, terrorisée par ce que je pourrais lui faire ensuite. *Par ce que nous lui ferons, tous les trois.*

Je la sens un peu nerveuse: elle n'arrive pas à soutenir mon regard et je n'aime pas ça. Ce que j'aime encore moins, c'est que je ne sais pas du tout ce qu'elle pense. Est–ce qu'elle regrette ? Peut–être ne veut–elle pas de nous… De nous trois ? Mon manerak et mon naxem sont tous deux silencieux, même s'ils sont toujours présents. Yena, je ne les ai jamais sentis comme ça, comme deux présences distinctes qui vivent entre mes deux cœurs, nichées juste sous la surface de ma poitrine.

Inutile de se battre pour les faire disparaître, inutile d'essayer de nier leur existence. Plus maintenant. Pas après ce que je viens de partager avec Mian. Ce que j'ai fait en la marquant a brisé quelque chose en moi. Ou a rapproché des parties brisées de mon âme. Je n'en sais rien. Tout ce que je sais, c'est que si je le voulais, je pourrais me transformer en naxem sans douleur ni difficulté, et revenir à moi en moins d'un instant. Nous sommes trois entités distinctes maintenant, chacune avec ses propres pensées, mais nous n'avons jamais été aussi *unis* qu'en ce moment. Je ne comprends pas cela. Je ne comprends pas ce qui m'arrive.

– Ça va ? je demande.

Ma voix se bloque comme celle d'un jeune en pleine puberté. Je tousse pour la clarifier.

– Yena. Je, euh... Je n'ai jamais ressenti... avec un homme... comme ça...

Elle fait un geste de la main comme si quelque chose explosait. Une fierté féroce et alarmante bat dans ma poitrine. Je ne peux m'empêcher de sourire.

Ses lèvres se serrent, mais ses joues se relèvent. Elle lève les yeux au ciel un instant et s'avance dans la pièce.

Je remarque qu'elle porte toujours la robe de chambre que je lui ai donnée, et non un uniforme. Je serre un peu les dents. Seules les femmes revendiquées portent des robes. Toutes les assistantes portent des uniformes. *Imbécile. Nous allons lui donner bien plus. Nous lui donnerons tout. Tout ce qu'elle veut.* Je déglutis et dis:

— Alors laisse—moi continuer.

Elle penche la tête sur le côté, elle n'a pas compris. Ses compétences linguistiques se sont améliorées, mais il lui reste encore du chemin à parcourir. Je me lève du bain, mon érection dans mon poing, comme une épée. Une épée avec laquelle je veux tuer des serpents. Sa peau de bronze s'assombrit et je ris avant de sortir de la baignoire.

— Je pense que tu devrais retourner sur le lit.

Je lui fais signe qu'elle n'aura aucun mal à interpréter.

— Laisse—moi oublier mon entraînement de guerrier pour le reste du solaire. Aide—moi à l'oublier.

Elle doit comprendre suffisamment ce que je veux dire, car elle regarde le lit et se mord la lèvre inférieure comme si elle hésitait. Putain de svik: ce seul geste me rend fou. Je grogne – mon manerak et mon naxem font de même – mais elle lève les mains et recule.

— Tszk. Je n'irai jusqu'au bout qu'avec le mâle qui m'aura choisie comme compagne.

Cette phrase, elle la prononce parfaitement. Elle doit l'avoir mémorisée.

Choisis—la alors, fais d'elle ta compagne. Rien de plus simple. Cette pensée traverse mon esprit et le quitte aussi vite. Je dois choisir une compagne de rang élevé pour unir mon tasmaran à un autre. C'est mon devoir. Je dois choisir une femelle forte, une femelle manerak, pour assurer et protéger ma lignée. *Et elle, que va-t-elle devenir ? Nous l'avons déjà marquée.* Je grimace en entendant cela. C'est vrai, je l'ai marquée. Je n'aurais pas dû, mais je l'ai fait. *Elle n'est peut-être pas à toi, mais elle est à nous. Elle est à moi,* ajoute une voix plus sombre, plus menaçante, *à moi.*

Je secoue ma tête pour chasser les voix. Elle me regarde comme si j'étais devenu fou. Elle a raison, j'ai perdu la tête.

– Je ne vais pas choisir de compagne de sitôt.

Ça a le mérite d'être clair et vrai. Je m'inquièterai de ce que veulent mon tasmaran, mon manerak et mon naxem plus tard. Pour l'instant, j'ai juste envie de prendre du plaisir avec elle, même si cela doit rester une... pâle approximation de ce que nous pourrions vraiment faire. Nous pourrions *produire des héritiers. Des héritiers Naxems,* dit encore la voix sombre, et *maneraks.* Elle acquiesce.

– D'accord, mais dans ce cas, je ne peux rien faire de plus avec toi. Mes lignes…

Elle montre ses poignets.

– … rester brisées.

– Pourquoi ?

Elle se mord la lèvre inférieure, les effets sur ma bite ne se font pas attendre. Elle lui jette un coup d'œil et mon membre recommence, bouge pour elle avant que je prenne une fine serviette en lin et que je me sèche avec. Puis je l'enroule autour de ma taille comme pour dire à ma bite qu'elle doit se calmer. *Elle n'en fait rien. Elle lui appartient.*

– Je ne possède rien d'autre, dit-elle enfin.

Je fronce les sourcils et ouvre la bouche pour la contredire – mais je la referme aussi sec. Les maneraks ne vénèrent pas et ne craignent pas le sexe de la même manière que ces tribus humaines – mais nous devrions peut–être le faire, car son abstinence me laisse tout à fait déstabilisé, déchiré et blessé. Elle n'a pas de compétences à proprement parler, elle ne peut pas se défendre, et elle est maigre, probablement trop pour donner naissance à une portée saine. Elle n'a pas grand–chose d'autre à offrir au mâle qui la revendiquera, si ce n'est le fait qu'il aura quelques secondes de satisfaction en sachant qu'il est le seul mâle à pénétrer sa chaleur. *Sa chaleur intense. Une chaleur serrée et humide.* Ma bite se bat contre ma serviette, elle veut s'en débarrasser. *Prends–la.* Tszk.

Je secoue la tête. J'essaye d'imaginer ce que ça ferait de savoir qu'un autre mâle revendique cet espace sacré pour lui. Un mâle qui tatouerait cette petite bande noire sur sa peau pour compléter ses lignes. Un mâle qui la posséderait. Pour toujours. Elle ne s'accouplera pas avec un mâle juste une fois, pour le plaisir. Cette femelle–ci s'accouple pour la vie. Je fronce encore plus les sourcils.

– Strena, je dis.

Elle penche la tête.

– Où ?

– À l'arène d'entraînement des guerriers.

Elle ouvre grand les yeux et elle penche la tête dans l'autre sens.

– Je ne suis pas une guerrière.

– Yena, je sais.

Si elle l'était, ce serait plus facile. *Mais c'est facile, idiot ! Prends–la !*

– Tu vas venir avec moi et regarder.

Elle tend les bras et fait un geste vers sa robe. Je vois son problème, mais avant que je puisse l'aborder, elle dit :

– Je veux une leçon de manerak avec les humains.

La frustration me chatouille la nuque. Je réduis la distance entre nous – ou j'essaie – mais à l'instant où j'arrive près d'elle, mon manerak se révolte et tente de l'attraper. Je finis par contrôler le mouvement, mais sans grâce. Pour elle, je dois avoir l'air d'une toupie qui a perdu la tête. Je soupire, les bras ballants.

Luttant pour contrôler mes désirs mais ne sachant comment y parvenir, je touche sa poitrine du doigt. Sa poitrine mince. Elle a passé trop de solaires sans manger. *Tatana l'a–t–il nourrie ? Ou a–t–il juste essayé de marquer notre femme ?*

– Je suis le Premier. Tu dois venir avec moi. C'est un ordre.

Les mots semblent étranges et sonnent faux quand je les prononce, mais je tiens bon. Du moins, j'essaie. *Ne lui donne pas d'ordre. C'est elle qui est aux commandes. Elle nous possède.* Je déglutis en entendant les mots de mon manerak, ce ne sont que des bêtises.

– Pourquoi ?

Elle lève les mains en soufflant, son agacement m'irrite. Mis à mal, mon stoïcisme se brise et je grimace. Puis je réfléchis sérieusement à ce qu'elle m'a demandé. Pourquoi suis–je en train de lui refuser ce plaisir ? C'est une bonne question.

– Je suis... parce que j'ai dit...

Je grogne de frustration et tape du pied sur le sol. Frustrée elle–même, elle se retourne pour partir. *Retiens–la.*

Je pense à l'attraper, mais il me vient à l'esprit que cette action pourrait sembler menaçante et je ne veux pas donner l'impression de la menacer. Au lieu de cela, mon manerak surgit – ou peut–être mon naxem – et je traverse la pièce si rapidement que la lumière pourrait m'envier ma rapidité. Je bloque sa sortie. Elle pose ses bras sur ses hanches, lève le menton et me regarde fixement. Durement.

Je pense à tous les ordres que j'aimerais lui donner et je réalise rapidement qu'aucun d'entre eux ne convient. En outre, tout ce qu'elle m'a fait m'a épuisé et je suis fatigué. Cette pensée fait naître sur mes lèvres un léger sourire qu'elle n'apprécie visiblement pas.

– Pourquoi je ne peux pas aller au cours de manerak ? demande–t–elle.

Ça me fait rire. Tout ce qu'elle fait me fait rire. Elle est le plaisir incarné, sous toutes ses formes. Je fais un pas pour franchir l'espace qui nous sépare et je saisis ses poignets, doucement cette fois. Je porte ses mains à ma bouche et embrasse ses jointures. Je m'attarde. Mes yeux se ferment. Mon cœur bat plus vite. Je goûte à l'egra, au sable et aux grands roseaux, fraîchement cueillis. *Mian. Sasorena...*

– Neheyuu, je…tszk, dit–elle.

Sa mâchoire s'agite, elle vacille en faisant un geste vers le lit.

– Douleur.

Elle fait un geste vers l'espace entre ses jambes et mes yeux s'illuminent, mes sens s'exacerbent. Je suis sur le point de l'attraper, de la jeter sur le lit et de l'examiner moi–même quand elle commence à me faire signe.

– Tszk, tszk. Pas de douleur. Je suis... trop, dit–elle en me faisant un sourire de travers alors qu'elle rapproche ses mains – avec les miennes – et fait à nouveau ses signes pour les explosions.

Je lui fais un sourire malicieux, et j'embrasse le centre de chacune de ses paumes.

– Je ne peux pas te prendre à nouveau. Si j'essayais, il faudrait que je te prenne jusqu'au bout. Alors tu me tuerais et je serais séparé de toi dans la mort. Mais je te veux… C'est pour ça que je ne peux pas encore te laisser partir. Elle cligne rapidement des yeux. Elle essaye de comprendre ce que je viens de dire. Je ne sais pas si elle y arrive, car elle plisse les yeux et se mord la lèvre inférieure.

– J'ai besoin de toi.

C'est la vérité.

– Juste pour le moment.

C'est faux.

– Tu verras tes humains et tu suivras tes cours de manerak le prochain solaire.

Tszk, ça n' arrivera pas.

Elle a l'air sceptique: ça veut dire qu'elle m'a compris. Je suis heureux qu'elle ne réponde pas et qu'elle se contente de lever les yeux au ciel.

– Seulement ce solaire, précise–t–elle en arrachant ses poignets de ma prise et en les frottant, comme si elle n'appréciait pas la sensation.

Je fronce les sourcils et penche la tête.

– Très bien. Viens avec moi maintenant. Nous avons déjà perdu pas mal de temps.

Tu compares vos ébats à du temps *perdu* ? Mon manerak siffle de déception, ce qui me donne froid dans le dos.

Je l'entraîne dans la lumière. Nous nous faufilons entre les nombreux dolsks, puis nous passons dans les champs environnants et, à l'intérieur, dans l'arène de terre battue que mes guerriers utilisent pour s'entraîner. Trente guerriers s'entraînent maintenant et je fronce les sourcils en les regardant. J'imagine Tatana menant les guerriers de Nevay, fils sont plus d'une centaine, pour venir me l'arracher.

Mes doigts se crispent. J'ai besoin d'un tasmaran plus fort. J'ai besoin de plus de crédibilité. J'ai besoin du respect des anciens guerriers pour qu'ils rejoignent mon tasmaran et amènent leurs familles dans la sécurité que je leur offre. *Quelle sécurité* ? J'ai besoin de m'associer à une femme respectée, une femme que les guerriers admireront et suivront. Je jette un coup d'oeil à Mian et fronce les sourcils. Les guerriers ne la suivront pas. Je ne peux pas m'unir à elle, je le sais, mais mon raisonnement ne me satisfait pas pour autant : ma principale motivation pour m'unir à une autre femelle est de renforcer mon tasmaran pour ne pas avoir à l'abandonner, elle. Pour mieux la protéger. *Il y a une solution, idiot. Tu nous oublies...*

Je ne comprends pas les réflexions de mon naxem ou de mon manerak et décide de les ignorer – de tout ignorer – pour le moment.

Un grand dolsk se trouve de l'autre côté du terrain de sable compacté et j'y emmène Mian, attirant les regards de tous les guerriers qui ne sont pas engagés dans la bataille – et de plusieurs qui le sont. Je les ignore également en faisant signe à Mian d'entrer. L'entrée n'est qu'un mince morceau de tissu, enroulé. Je m'avance dans l'obscurité, mais Mian ne fait que passer la tête au–delà de la barrière.

Elle renifle et fait la grimace.

– Mauvais…

Elle passe sa main devant son nez.

– Qu'est–ce que c'est ?

Je croise les bras sur ma poitrine et fronce les sourcils.

– Des armes. Tu vas rester ici.

– Qu'est–ce que je fais ici ?

C'est une bonne question.

– Je ne sais pas.

Est–ce que tu sais quelque chose ? Je lève les bras et me gratte le front .

– Je ne sais pas moi… Nettoie quelque chose.

Elle jette un coup d'oeil à la pièce derrière moi. Elle est grande, mais elle est mal éclairée par l'unique puits de fumée du dolsk. Pour les yeux de mon manerak, ce n'est pas un problème, mais ses yeux humains sont moins efficaces, tout comme le reste de ses sens.

Elle hoche lentement la tête et désigne les râteliers à armes les plus proches de nous.

– Nettoyer avec quoi ?

Je regarde autour de moi. La chaleur monte sur les côtés de mon cou, faisant pulser les muscles qui s'y trouvent. Comment pourrais–je savoir avec quoi nettoyer les armes ? Je suis le Premier. C'est le travail d'un gardien d'armes. Et je suis un Premier... sans gardien d'armes. *Comment veux–tu que ton dolsk devienne puissant ?* Un rire noir envahit mes pensées et je crie dehors pour demander de l'aide.

Une femme qui passait s'empresse de venir. Elle porte un panier rempli d'épices. *Des graines de Vanthia.* L'odeur me rappelle trop Mian et pendant un moment je fixe la femme et son panier alors qu'elle s'attend clairement à ce que je parle.

– Va nous chercher du détergent, je finis par balbutier, de l'huile pour le cuir, du savon et de l'eau, ainsi que plusieurs chiffons. Donne–les à cette femme.

Je désigne Mian. Mian sourit à la femelle qui lui répond par un sourire timide. C'est une autre manerak sans peau de manerak, comme tant d'assistantes.

– Bien sûr. Je vais d'abord remettre ceci aux guérisseurs.

Je hoche la tête.

– Bien.

Elle part rapidement, elle se déplace plus vite qu'avant. Mian la suit du regard.

– Assistante… Son nom ?

Mes lèvres se plissent à cette question.

– Tszk. Les assistants effectuent des tâches dans le dolsk. N'importe qui peut leur demander de faire n'importe quoi. Ils finissent par trouver leur spécialité et après ils ne sont plus des assistants.

– Moins vite, dit–elle en plissant les yeux, elle est trop adorable ainsi, elle me donne envie de tendre la main et de toucher son visage, alors je le fais.

Puis je répète pour elle, beaucoup plus lentement et avec moins de mots, plus simplement. Ses yeux s'illuminent lorsque mes doigts effleurent sa joue – parce qu'elle aime ça, ou parce qu'elle comprend, ou les deux, je ne suis pas sûr. Elle hoche la tête et montre sa poitrine.

– Je suis aussi une assistante?

– Yena. Tu es *mon* assistante. Tu n'aides pas les autres. Seulement moi.

L'idée qu'un de mes guerriers lui ordonne de faire quelque chose – *d'apporter de l'eau pour un bain dans sa tente par exemple* – me donne envie de poignarder quelqu'un.

Je retire ma main et la frotte sur mon pantalon de lin. Putain de svik. J'ai oublié de mettre mon armure. Je suppose que je vais devoir m'en passer...

– Reste ici. Je vais aller m'entraîner avec mes guerriers et quand j'aurai fini, nous retournerons à mon dolsk, puis je te nourrirai.

– Tekevanki ?

L'irritation monte à l'arrière de mes jambes. Mon manerak pousse contre ma poitrine, il s'est mué en une créature en cage qui demande à être libérée.

– Je vais lui parler. Elle ne te touchera plus.

Elle ne se mettra plus jamais en travers de notre chemin. Mian sourit d'un air incertain avant de rabattre ses cheveux derrière son oreille. Ils sont en désordre et partent dans tous les sens. Je lui fais un sourire. Elle sourit un peu plus. Je souris encore quand je me retourne pour rejoindre mes guerriers. À en juger par leurs expressions, il n'y a aucun doute sur ce qu'ils pensent. Dandena sourit lorsque je m'approche de son cercle de combat. Chimara en fait partie et est la seule à froncer les sourcils. Je croise son regard, elle fait une génuflexion, et j'éprouve l'étrange besoin de m'expliquer.

– Je n'ai pas complété ses bandes, ne t'inquiète pas.

Elle n'a pas l'air de me croire, mais qu'importe, me dis–je. Elle n'est qu'une guerrière de mon tasmaran, et cela ne concerne que Mian et moi. Ma Mian. *Notre Mian. Elle est à nous tous.* Et Chimara ? *Chimara est son amie et elle prend soin de Mian.* Dandena attire mon attention en déclarant :

– C'est sympa de te joindre à nous, Premier. J'ai cru que le pauvre Preena allait démissionner quand il a vu que tu n'étais même pas sorti de ton dolsk le premier solaire.

Les autres guerriers du cercle de Dandena gloussent et je souris aussi.

– Je vois que tu as réussi à le faire fuir.

– Pas du tout. Je lui ai ordonné de se reposer. Cela faisait deux solaires qu'il n'avait pas dormi. Depuis ton retour au tasmaran.

Un sentiment de culpabilité surgit en moi mais se retire aussi vite qu'un oeban effrayé.

– Et c'est toi qui as pris le relais ?

– Yena. Juste pour ce solaire. Je me suis dit que quelqu'un devrait enseigner à ces vauriens quelques techniques de combat appropriées. Ça changera du bordel auquel tu les soumets habituellement.

Je ne sais si elle me taquine, ou si elle dit la vérité. Je ne peux pas demander car je crains sa réponse. Au lieu de cela, je change un peu de sujet:

– Y a–t–il eu des progrès ?

– Quelques–uns. Wilen a l'air un peu moins fou que d'habitude, et Torbara a enfin réussi à bloquer plus de deux attaques d'affilée.

Je hoche la tête.

– C'est bien. Voyons ce que tu leur as enseigné alors. Torbara, Wilen !

À mes cris, deux jeunes guerriers arrivent en trottant de deux groupes d'entraînement séparés, la sueur sur le front et de petites taches de sang sur les protections couvrant leur poitrine.

– Premier, dit Torbara en s'inclinant légèrement.

Wilen répète le geste. Aussi bons guerriers qu'ils soient, je n'ai pas passé beaucoup de temps à m'entraîner avec eux. Je préfère me concentrer sur les guerriers maneraks de mon tasmaran. Ils ne sont que quarante sur les soixante guerriers que je possède et tout le monde sait que les guerriers maneraks bénéficient d'un traitement préférentiel de ma part. C'est peut–être un tort. Et si, un jour, c'était à l'un de mes guerriers sans forme manerak d'assurer la sécurité de Mian ?

Wilen ne cache pas sa surprise. En effet, je ne fais pas souvent appel à lui. Je me sens soudain rongé par la culpabilité. Je m'éclaircis la gorge.

– J'ai entendu dire que vous vous étiez améliorés. Je vais le vérifier.

J'invoque mon manerak et il répond à l'instant même en se précipitant en avant. Il m'envahit plus vite qu'il ne l'a jamais fait – si vite que les guerriers les plus proches de moi sautent en arrière – même Dandena tombe à la renverse lorsque Torbara lui donne un coup de coude dans sa hâte de retirer son arme. Ses jurons ne se font pas attendre:

– Par toutes les putain de svik d'étoiles, Premier. Ce serait pas mal de nous avertir la prochaine fois.

J'aurais voulu m 'excuser mais mon manerak se contente de lui sourire alors qu'elle s'époussette et se remet debout.

Je ne me suis jamais entraîné avec eux en tant que manerak. Il n'y avait pas de protocole avant.

– Ils doivent être capables de se défendre contre n'importe quel adversaire. Manerak ou pas, dit mon manerak dans son sifflement grondant.

Il pense à Mian. Et si Wilen devait la défendre contre Tatana ? Il pourrait être sa dernière chance de s'en sortir, un solaire.

– Ils participent à la défense du tasmaran. Ils doivent la protéger.

Je me tiens à l'écart du duo, sans arme. Alors que je m'accroupis en position d'attente, mon pantalon de lin se déchire sur le devant autour des cuisses, qui se gonflent pour se préparer à bondir.

Les deux mâles échangent un regard. Un regard inquiet, comme il se doit. C'est un nouveau départ. Mais avant que l'un d'eux n'ait l'occasion de frapper, Dandena demande :

– La ?

Je l'interroge du regard, la tête inclinée.

– Tu as dit « la », tu as dit qu'ils devaient « la » protéger. De qui tu parles?

Je secoue la tête, pris de court. N'est–ce pas évident ? Si ce n'est pas le cas, ça devrait l'être. Mon manerak, dans un acte de défi, lorgne vers le dolsk des armes avant que je ne repasse aux commandes. Pour me rattraper, je réponds rapidement:

– La communauté bien sûr.

Je n'ai pas été assez rapide. Dandena regarde déjà vers le dolsk des armes, un sourire sur le visage.

– La communauté, hein? On aurait dit que tu parlais d'une femelle…

Je n'attends pas la réponse de mon manerak et je les attaque tous les trois en même temps. Mon naxem est situé juste en dessous de ma poitrine, haut sur son piédestal, comme le spectateur d'un spectacle réjouissant. Il n'intervient pas – il n'a pas été sollicité, pas encore – et je savoure son plaisir de voir mon manerak se battre contre les autres. Ce que j'apprécie encore plus, c'est le contrôle que j'ai sur mon corps. Sur mon être. C'est quelque chose que je n'ai jamais eu auparavant, que je n'ai jamais expérimenté. Et ça doit se voir.

Lorsque je mets Wilen à terre pour la quatrième fois, je reviens rapidement à ma vraie forme pour lui apprendre comment éviter d'être fauché par quelqu'un de plus lourd. Il n'a aucune chance de s'accrocher et de bloquer, comme il avait essayé de le faire, il doit plutôt utiliser mon propre poids contre moi, ou rouler pour échapper à ma trajectoire et compter sur sa vitesse pour l'emporter. Une autre transition plus tard, Dandena jure. Toujours sous sa véritable forme, elle hurle :

– Bon sang, comment as–tu fait ça ? Comment peux–tu passer d'une forme à l'autre si rapidement ? Tu n'as jamais fait ça avant. Il y a quelque chose qui m'échappe ? Si j'essayais de faire ça, je devrais passer des solaires allongée pour récupérer.

Le solaire s'achève, le deuxième soleil s'incline déjà à l'horizon, tandis que le troisième plane encore au–dessus de nous, trop loin pour être une menace. Le premier est parti depuis longtemps. Je remarque que bien que l'entraînement se poursuive bien après le coucher du deuxième soleil, beaucoup de guerriers maneraks commencent à paresser. Ou peut–être qu'ils veulent juste me regarder. Ils détournent le regard de leurs groupes pour m'observer quand je me déplace. Ils se posent peut–être les mêmes questions que Dandena.

Je n'ai rien à lui dire, je n'ai pas de réponse à ses questions. Enfin, j'en ai bien une, mais je ne suis pas prêt à la partager avec elle. Je jette à nouveau un coup d'œil au dolsk des armes. J'ai bien essayé de me retenir – je ne dois pas me déconcentrer pendant l'entrainement – mais ce besoin ne fait pas partie de toutes les choses que je peux maintenant contrôler.

– Retournez à vos groupes ! Le prochain guerrier que je surprends à ne rien faire sera le premier à faire le guet pendant cette lune !

J'ai crié assez fort pour faire tressaillir les guerriers des deux groupes les plus proches du mien.

Sous ma véritable forme, j'ignore Dandena et m'approche de Wilen. Je lui offre des conseils. Je lui montre où positionner ses pieds, quand tourner ses hanches afin d'éviter d'être piétiné et, en cas de succès, comment me faire basculer par–dessus sa tête et sur mon dos.

– Mettre un manerak sur le dos est ta meilleure – sûrement ta seule – chance de le tuer.

– Ou de la tuer, intervient Dandena.

Je lui fais un sourire et me transforme à nouveau, ce qui lui arrache un autre regard effaré, avant de grogner : « *On y retourne* ».

Ils ne réussissent pas à me projeter, mais Wilen et Torbara parviennent tous deux à me bloquer en utilisant les techniques que je viens de leur enseigner – jusqu'à ce que, dans un surprenant étalage de faiblesse, Torbara s'effondre sur son cul lorsque je balaie ses pieds.

– *C'était une feinte. Tu aurais dû la voir venir*, dis–je en avançant vers Torbara avec la ferme intention de prendre le petit à la gorge.

Il bégaie, ses yeux se déplacent dans leurs orbites comme des serpents en cage.

– D'accord, je... je sais. J'ai juste été distrait. Je n'aurais pas dû, mais je... Est–ce qu'elle est supposée faire ça ?

Il pointe du doigt quelque chose, et je suis la direction de son doigt jusqu'au dolsk des armes. Mon cœur manque sauter hors de ma poitrine quand je la vois.

Et ensuite, je prends conscience de ce qu'elle fait.

– Satanées comètes de svik ! Qu'est–ce que... je m'exclame en reprenant ma vraie forme.

Dandena glousse quelque part derrière moi alors que je suis déjà à mi–chemin de Mian. Elle est debout sur une caisse renversée – une caisse fragile– et quand je crie son nom, elle se retourne et bascule en arrière. Elle ne touche pas le sol parce que je me tiens en dessous d'elle et son corps atterrit dans mes bras.

Je ne sais pas comment je suis arrivé à elle si rapidement. Je suis certain que la rapidité qui me propulsait sur le sable compacté n'était pas seulement due à mon manerak. *C'est vrai.* Je n'ai pas le temps d'y penser. Son odeur me frappe comme une attaque de plein fouet. Une meute de chiens du désert désireux de me déchirer serait moins mortelle.

Je bande instantanément et mon pantalon de lin en lambeaux ne fait rien pour retenir le désir brut qui me fait frissonner. Je devrais la déposer tout de suite, mais je ne le fais pas. Je prends mon temps pour la tenir, sentir son poids contre ma poitrine, sa chaleur subtile, sa graine de vanthia, sa paume, son essence d'un autre monde. Ce serait trop facile de laisser son parfum m'emporter et me détruire à jamais.

C'est là que je vois le couteau dans son poing. C'est une énorme dague, fraîchement polie qui brille à la lumière, contrairement aux autres épées. L'arme fait la longueur de son bras, elle est bien trop grande pour elle.

– Tu pourrais te couper avec ça, je grogne en tendant la main pour lui prendre la lame.

Elle essaie de l'éloigner de moi, ce qui me force à attraper son poignet d'une main et à abaisser ses pieds au sol avec l'autre.

– Qu'est–ce que tu fais ?

Elle commence à m'expliquer quelque chose, mais son manerak est trop haché pour que je comprenne, surtout qu'elle emploie des mots humains pour combler les trous. Je ne réalise pas que nous avons de la compagnie jusqu'à ce que Chimara sorte de l'intérieur du dolsk et déclare :

– Elle m'a dit que c'est ce que tu lui as dit de faire.

Je remarque qu'elle tient une lame de taille similaire dans sa main. Elle est aussi propre que celle de Mian, sauf que Chimara, elle, est assez compétente pour la manier. Je regarde fixement la guerrière.

– Tu la laisses utiliser cette arme ? Elle va se blesser.

Je l'arrache des mains de Mian pendant qu'elle regarde Chimara. Sa mâchoire inférieure s'ouvre quand je refuse de la lui rendre.

– Tu dis nettoyer. Je nettoie.

– Si je peux me permettre, il est peu probable qu'elle se blesse vu l'état de cette lame. Qui sait quand elle a été aiguisée pour la dernière fois? Je ne suis même pas sûre qu'elle ait jamais été aiguisée… reprend Chimara.

Malgré mon énervement, je fais remarquer calmement:

– Je t'ai demandé de nettoyer, pas de manier des couteaux, même émoussés… Et qu'est–ce que tu as fait à mon dolsk?

Je me redresse; ainsi, je n'ai plus seulement son visage dans mon champ de vision, mais aussi le monde qui l'entoure. C'est alors que je vois qu'elle a découpé d'énormes bandes dans la peau extérieure du dolsk, qu'elle les a enroulées et fixées avec des liens, de sorte qu'il y a plusieurs entrées adjacentes les unes aux autres. Je ne comprends pas du tout ce qu'elle cherchait à accomplir.

Elle s'éloigne de moi et je ne sais pas pourquoi, mais je n'aime pas ça. Puis elle jette ses mains en l'air et lorsqu'elle les plante sur ses hanches, son visage se tord et ses yeux se plissent. Elle est trop drôle ainsi, mon irritation précédente est oubliée.

– Comment nettoyer quand je ne vois rien ? dit–elle en souriant.

Chimara rit et lorsque je lui lance un regard furieux, elle détourne rapidement les yeux et hausse les épaules.

– Elle n'a pas tort. Il fait sombre là–dedans. La plupart du temps, je ne suis même pas sûre de l'arme que j'attrape.

Je n'aime pas ça. Je n'aime pas ça du tout. Je regarde le dolsk et ce qu'il est devenu. C'est pire que lorsque nous voyageons, on dirait que des butins ont été jetés ici après chaque raid sans aucun soin dans ce dolsk permanent. *Pour être honnête, c'est un peu ça.* Les murs arrondis du dolsk abritent différents râteliers sur lesquels sont empilées diverses armes. Chaque étagère est pleine à craquer. Chaque arme est dans un état de délabrement différent. Certaines pourraient même avoir beaucoup de valeur, mais elles sont trop enterrées et abîmées pour qu'on puisse s'en assurer.

Un seul casier se démarque, près de l'avant. Toutes les armes ont été retirées et seules deux épées sont suspendues côte à côte, propres, les poignées huilées, les lames polies. Les armes brillent, mais seulement à cause de la peau roulée qui laisse passer la lumière solaire déclinante. La lame la plus proche devient violette.

– C'est toi qui as fait ça ?

Comment a–t–elle pu faire ça en si peu de temps? Je m'avance dans le dolsk pour inspecter les armes au moment où Reffa arrive.

– Mon épée, dit–elle avec amertume en jetant l'objet brisé sur la terre ombragée du dolsk.

L'arme fait un bruit sourd en tombant et en la regardant, je me demande ce que c'était avant. Pas une épée en tout cas, même si c'est ce qu'elle prétend. Je siffle entre mes dents.

– Nous sommes occupés…

– Je ne peux pas me battre. Je ne peux pas m'entraîner. Avec quoi vais–je me défendre contre Ofrat ? Mes dents ?

Elle fait tout le chemin sous le dolsk et ses yeux s'illuminent de compréhension quand elle lève les yeux et me voit.

– Oh ! Que Sasorana me soumette à mille supplices... Je ne t'avais pas vu, Premier, pardon.

– Il ne fait pas *si* sombre que ça.

Reffa regarde les deux autres femmes dans le dolsk avec moi, puis balaie les alentours du regard.

– Euh... Il ne fait plus aussi sombre que lorsque j'ai attrapé ma première arme, mais il n'y a pas beaucoup de lumière.

– Tu es *manerak*.

– Je ne vois pas grand chose sous ma vraie forme. Je pourrais me transformer, c'est sûr, mais c'est beaucoup de travail juste pour prendre une arme, explique–t–elle en déglutissant bruyamment. Mais je le ferai, bien sûr, si c'est ce que tu veux.

Trop frustré pour trouver les mots justes, je grogne :

– Laisse–nous.

– Attends, dit Mian d'une voix légère, mignonne et claire avec son fort accent. Pour toi.

Elle prend l'une des deux épées qu'elle a polies sur l'étagère et la tend à Reffa. Visiblement, la plainte de Reffa ne lui a pas échappé. L'idée qu'elle l'ait entendue me réchauffe le visage. *Elle est notre femelle et elle te prend pour un idiot. Elle te trouve faible. Elle ne te trouve pas apte à prendre soin d'un dolsk, encore moins d'un tasmaran. Elle ne te trouve pas apte à prendre soin d'elle, de ses futurs petits ou de quoi que ce soit.*

Reffa regarde Mian avec scepticisme, mais prend quand même la lame dans sa main tendue. La guerrière teste son poids. Elle l'incline de gauche à droite.

– C'est une arme solide. Et elle brille vraiment à la lumière, dit–elle. Elle n'est pas trop terne non plus.

– Je fais…

Mian regarde Chimara pour l'aider, et dit quelque chose en humain. Chimara explique :

– Mian dit qu'elle va l'affûter au prochain solaire.

Puis elle s'adresse à moi:

– Ça ne me dérange pas de prendre un peu de temps pour lui montrer comment faire. Elle dit que si elle ne l'a pas fait, c'est parce qu'elle ne sait pas comment manipuler la pierre à aiguiser.

Des éclairs jaillissent à l'arrière de mes jambes. Je secoue la tête.

– Tszk. C'est moi qui vais lui apprendre.

Je ne veux soudainement pas que quelqu'un d'autre que moi lui apprenne quelque chose. Surtout après ce que nous avons partagé dans mon dolsk ou dans les plaines sablonneuses... En pensant à cela, une question me vient à l'esprit: aucune femelle sans expérience sexuelle ne sait faire les choses qu'elle a faites. Qui lui a appris ? Avec quels mâles a–t–elle été ?

Je m'incline légèrement devant elle. Je ne veux soudainement pas qu'elle s'approche de *qui que ce soit*, même d'une autre femelle.

– La lame sera aiguisée demain, je murmure en guise d'adieu.

Reffa se dirige vers la sortie – la *très large* sortie maintenant – mais juste avant de partir, elle se retourne et dit :

– Merci… Mian, c'est ça ?

Mian hoche la tête et pose une question à Chimara, à laquelle Chimara répond en souriant.

– Quand quelqu'un te remercie, tu réponds, *«de rien »*: trego nogo na.

– Trego nogo na, répète Mian, un sourire aux lèvres que même l'ombre sous ce dolsk ne peut atténuer.

Reffa glousse et part. Je me tourne vers Mian et lui permets à contrecœur de poursuivre son travail. Je laisse Chimara avec elle et envoie deux autres guerriers pour l'aider. Je ne veux pas qu'elle utilise les armes. Les manipuler pour les polir et les nettoyer, c'est bien, mais je ne veux pas qu'elle se coupe avec une de ces merdes.

Je retourne vers les groupes de combat, vers Wilen et Torbara, et je leur fais faire quelques exercices avant de les envoyer tous courir autour du tasmaran. Je me fiche bien qu'ils soient épuisés.

Dandena me retrouve alors qu'elle rend ses armes à Mian et se lance à la poursuite du dernier groupe qui s'apprête à partir.

– Tu sais qu'aucun d'entre eux ne sera capable de tenir un poste cette lune sans s'assoupir vu comment tu les as fait travailler aujourd'hui. Tu veux que je reste en arrière et que je prenne le premier quart ?

Je secoue la tête.

– Tszk. Je prends le premier quart. Chimara et quelques autres aident Mian dans le dolsk des armes. Ils prendront le premier quart à mes côtés. Reste en arrière, tu vas gérer la seconde équipe. Je t'enverrai des guerriers quand ce sera le moment. Des guerriers bien reposés.

Dandena me fait un de ses sourires qui en dit à la fois trop et pas assez avant de disparaître dans le ciel lunaire. Le dolsk des armes est toujours plein comme une ruche quand je m'y rends: Mian essaye de remettre de l'ordre dans les armes qui ont été jetées là, et les autres essayent de fixer les nombreux volets du dolsk les uns aux autres afin de ne pas laisser le vent apporter du sable à l'intérieur.

Je donne l'ordre de faire des tours de garde et j'ordonne à tous les autres de se reposer. Y compris Mian. J'aimerais la garder à mes côtés mais je dis à Chimara de l'emmener prendre son dernier repas avec les autres humains, puis de la ramener dans mon dolsk. C'est là qu'elle dormira cette lune et *toutes les lunes à venir*. Je donne un dernier ordre à Chimara, celui de m'envoyer Tekevanki pendant la première veille au bord inférieur du tasmaran, dans la direction du troisième soleil, là où il se couche.

Je ne dis pas au revoir à Mian. Je n'aime pas la quitter, alors je la laisse avec Chimara. Ses armes et ses bras sont couverts de taches de cirage et d'huile. Je m'en vais.

Alors que je me faufile entre les nombreux dolsks, la terre chatouille la plante de mes pieds endurcis. Le vent a beau être calme et le ciel a beau être décoré de sombres nuances de sommeil, le tasmaran n'a jamais été aussi vivant que maintenant. Les assistants se précipitent entre les différents dolsks pour apporter des plateaux de nourriture aux familles qui y vivent, bien que la plupart mangent déjà autour des feux fraîchement allumés. De grandes couronnes oranges flottent dans la lune tandis que des maneraks – et des humains – s'assoient autour d'elles et mangent sous la lumière de Sasorana.

Les petits sont bercés dans les bras des adultes tandis que les enfants plus grands courent partout ou jouent à des jeux avec des bâtons et des roues. L'un d'eux a failli me percuter de plein fouet. Je tends le bras et attrape ses épaules pour le tenir à distance. Il ricane et repart en courant. C'est souriant et un peu surpris que je le regarde s'éloigner.

Ce petit n'est pas manerak. Il est plus petit que les autres, un peu plus délicat, il possède des os fins, mais il a bien le teint brun pâle et les cheveux dorés que nous partageons tous. Reste à voir s'il découvrira sa propre forme de manerak, mais pour l'instant, il dirige les enfants du camp comme s'il était né pour le gouverner.

Et il n'est pas manerak.

C'est *dangereux*. Le danger fait surface dans ma poitrine comme un ballon empli d'espoir. J'essaie de l'étouffer, mais il demeure. Il me distrait des odeurs de noix rouges grillées et de tiges de roseau, des rires, des gémissements lointains d'un bébé, d'un groupe de mâles qui se disputent.

J'arrive à la limite du tasmaran, et la pression dans ma poitrine s'atténue. Je cligne des yeux et me sens un peu plus stable. Je fixe le monde sombre, je regarde les hautes herbes se plier et se balancer dans l'ombre. Elles ressemblent à des monstres sinistres. D'autres tribus pourraient s'approcher de très près sans que j'en sois certain. Cela me fait penser que je devrais couper les herbes sur une longue distance, et établir un second périmètre de torches, plus éloigné. *Yena, tu aurais dû le faire il y a longtemps. Avant même d'avoir un tel trésor à protéger. Imbécile...*

– Neheyuu...

Le murmure d'une voix derrière moi me surprend. Je suis tellement plongé dans mes pensées qu'il me faut un moment pour me rappeler qui est cette femelle et pourquoi elle s'approche de moi dans un nuage brumeux de soies aux couleurs vives. Elle sourit lorsque je lève les yeux vers elle, et je ne peux nier que l'effet est éblouissant. C'est le destin, j'en suis sûr.

Ses cheveux sont soyeux et ses yeux sont inclinés vers le haut sur les bords, comme une allusion à son héritage manerak. Elle ferait un excellent parti pour n'importe quel Premier – et en plus, elle offrirait avec elle la force de persuasion de Creyu et les guerriers maneraks qui lui sont fidèles. Svik – si elle avait la fougue d'une combattante, elle pourrait se battre elle–même pour le statut de Première. Contre moi. Elle aurait peut–être gagné le combat que Tatana a perdu. Peut–être que ce tasmaran ne m'aurait pas été donné à moi, mais à elle. Peut–être... *Mais elle n'a pas de naxem*, grogne la voix grave dans ma tête, *car elle n'a pas de Xiveri*. Qu'est–ce qu'un Xiveri ?

– Neheyuu, elle roucoule, la voix haute, chantante et gutturale.

Je trouvais autrefois sa voix séduisante. J'étais aussi séduit par son corps avant. Maintenant, je ne peux à peine la voir sans éprouver de dégoût.

Mon regard perçoit la chair abondante sur ses os, sa haute taille et les notes de tromperie dans son regard – tout ce qui la différencie de la petite humaine aux anneaux de poignet brisés qui porte l'univers dans ses cheveux.

– Tekevanki.

Je m'éclaircis la gorge et me redresse. Je me détourne des ténèbres au–delà du périmètre de mon tasmaran, mais juste assez pour la voir. Je ne quitterai pas mon poste.

– Merci d'être venue.

Je me sens maladroit, je n'ai pas l'habitude de remercier. Tekevanki doit le remarquer, car elle hésite.

Ses pas sont trop courts. Son visage se tord et d'un seul coup, elle n'est plus la femelle gracieuse et élégante qui cherche à me séduire, mais une sorcière maléfique envoyée pour cracher des malédictions.

– Qu'est–ce qu'il y a?

Je jette un coup d'œil autour de moi, sincèrement confus.

– Comment ça… qu'est–ce qu'il y a ?

– Qu'est–ce qui se passe ? Pourquoi me parles–tu comme ça ? Je suis ton akimari et tu n'as pas fait appel à moi une seule fois depuis ton retour de ton dernier raid.

– C'est justement ce dont je veux parler.

Son expression devient froide. Les feux qui brillent autour de nous ne peuvent la toucher.

– Parler de quoi? Il n'y a rien à dire. Tu devrais parler à l'esclave humaine qui continue à se glisser dans ton lit. Je vais ordonner aux gardes de l'empêcher d'entrer dans ton dolsk.

Je ris.

– Tekevanki, je ne sais pas quels privilèges tu penses que le statut de ton père t'octroie ici, mais si tu comptes commander mes guerriers comme s'ils étaient les tiens, alors tu devras d'abord me défier pour ce droit. C'est ce que tu veux faire ?

Je fais un pas vers elle et mon manerak s'enflamme – non, mon naxem. Mes épaules s'élargissent, mon cou et ma tête forment un losange et je la domine. *Elle menace Mian. Assomme–la. Il n'y a pas à y réfléchir à deux fois.* Elle recule de deux pas, puis d'un autre.

– Tu… moi... je suis ton akimari...

– C'est toi qui as déclaré être mon akimari, et yena, je dois admettre que j'ai apprécié les moments que nous avons passés ensemble par le passé, mais ça, c'était le passé. C'est fini, tu n'es plus akimari.

Ses yeux se rétrécissent. Elle hausse ses épaules.

– À cause d'une humaine ?

– À cause de nous. Nous n'avons jamais été destinés à finir ensemble. Je suis le Premier de cette tribu, et tu sais que j'ai l'intention de prendre une femelle d'une tribu voisine pour conclure une alliance. Je ne vois pas trop ce que tu espérais gagner en continuant à être mon akimari.

Sa mâchoire se serre. Ses yeux s'enflamment. Un soupçon de manerak apparaît dans ses épaules et son cou.

– Comment oses–tu me parler de cette façon ? As–tu oublié qui je suis...

Mon naxem se soulève à la menace qui pèse sur Mian, et à l'idée qu'elle puisse m'être enlevée. Qu'elle puisse *nous* être enlevée. Mon naxem n'aime pas ça. Mon manerak n'aime pas ça. Et moi, je n'aime pas ça non plus.

– As–tu oublié qui *je* suis ? Tu n'as pas lancé de défi et battu Tatana pour former ce tasmaran. Ton père ne l'a pas fait non plus. Si je choisis de nommer une nouvelle akimari, c'est mon droit en tant que Premier de ce tasmaran, et si ça ne te plaît pas, tu peux partir. Avec ton père.

Les mots s'assombrissent au fur à mesure que je les prononce, jusqu'à ce qu'ils pénètrent dans des eaux trop profondes pour pouvoir émerger à nouveau. Putain de svik. Je ne devrais pas dire ça. Connaissant Tekevanki, elle *partira* et connaissant son père, il la *suivra*.

Les poings de Tekevanki se serrent, puis se desserrent. La tension dans son cou par contre, reste élevée.

– Tout ça pour un humaine.

Elle secoue la tête et quand elle repousse ses cheveux sur son épaule, le violet de sa robe apparaît. Elle ne porte rien en dessous. Je suppose qu'elle pensait que cette rencontre allait se dérouler différemment. C'est ce qu'elle espérait, et si ça n'avait pas été le cas, elle avait prévu de m'influencer.

— Tu n'as pas à te soucier d'elle. Et si je te vois l'embêter à nouveau, je te ferai rejoindre les assistants. Trouve-toi une autre occupation dans ce tasmaran.

Sa mâchoire s'ouvre et se referme dans un claquement sonore. Elle pointe un doigt menaçant vers moi.

— Tu es un idiot, Neheyuu. Et si cette fille ne le voit pas, alors c'est une idiote aussi. Elle te donne sa chatte dans l'espoir que tu la prennes pour ta Sasorena, mais sait-elle que tu n'as aucune intention de t'unir à une femelle de cette tribu, et encore moins une qui n'est même pas manerak ?

Je reprends ma vraie forme et fais un pas en arrière. Je détourne mon regard d'elle, vers l'horizon.

— Réponds-moi, Neheyuu.

— Bonne nuit, Tekevanki.

— Sait-elle seulement ce qu'est une akimari ? Est-ce qu'elle sait que sans grade et sans perspective d'avenir avec toi, elle n'est qu'une pute ?

La rage. Elle m'envahit et frappe comme un poing dans la mâchoire. Le goût du sang remplit ma bouche. *Celui de Tekevanki.* Je veux lui *arracher la tête à coup de dents.* Je lui tourne autour et je sais que je ne suis pas moi-même quand elle trébuche puis tombe. Je le contrôle. Je le contrôle facilement, même si mon naxem veut autre chose. Il m'écoute et bat en retraite. *Pour l'instant. Ne sois pas trop sûr de toi...*

— Elle est Mian. Elle est Reesa.

Elle est à moi.

– Tu n'as pas besoin d'en savoir plus que ça, je conclus.

– Tu ne sais même pas ce qu'elle est pour toi. Tu es *pathétique.*

D'une certaine manière, cette insulte ne me heurte pas comme elle le devrait. Je secoue la tête. Je laisse le vent frais passer dans mes cheveux.

–Mian est à moi et je veillerai à ce qu'elle soit en sécurité. Elle est entièrement sous ma protection. Une main sur elle est une main sur moi et une main sur ton Premier est une main dont tu n'as plus besoin.

– Tu n'as pas…

– Tekevanki !

Mes langues glissent hors de ma bouche pour mouiller mes lèvres. Ma patience a des limites.

– Pars. Maintenant. Ne m'oblige pas à me répéter.

Je croise son regard, je le soutiens et après un long silence tremblant, l'accord est signé. Elle s'en va par le chemin qu'elle a emprunté. Ses formes galbées se balancent avec grâce au milieu des hautes herbes. Et cela ne me touche pas le moins du monde. Je souris à moi–même et secoue la tête en détournant mon regard de Tekevanki vers le ciel où deux lunes orange vif flottent côte à côte: les yeux de Sasorana.

Elle me regarde fixement et je ris en la regardant. Pour la première fois de ma vie, je n'ai aucune idée de ce qu'elle essaie de me faire.

Et pour la première fois de ma vie, je n'ai jamais été aussi heureux.

14

Mian

– Tu as poli une épée pour Reffa… Est–ce que tu peux en polir une autre ?

Un guerrier s'approche de moi en tenant une arme si rouillée que je ne suis pas sûre de la couleur qu'elle avait avant. Je ne suis même pas sûre qu'elle puisse être récupérée. Je mets de côté la lance sur laquelle je travaille, ainsi que l'huile de bois, et je me lève d'un bond.

– Yena, bien sûr.

Le guerrier est un homme, plus maigre et plus grand que Reffa. Son visage m'est familier, mais je ne peux pas dire son nom, et l'épée qu'il tient semble un peu petite pour lui. Je ramasse rapidement la plus longue des épées que j'ai déjà polies et je lui tends la poignée.

– Pas aussi tranchante, mais meilleure, dis–je en faisant un geste vers la lame qu'il a jetée.

Il sourit lorsqu'il prend la nouvelle épée et la balance dans une large boucle. La moitié avant du dolsk a été enroulée et est grande ouverte, il a la place pour l'utiliser.

– C'est beaucoup mieux. L'épée de Reffa est si brillante ces derniers solaires qu'elle m'aveugle. J'arrive à peine à la suivre. J'ai besoin de quelque chose pour niveler le terrain.

Je sens une petite chaleur bouillonner dans ma poitrine, et éclater. Je souris au mâle. Il hésite, puis tend une main vers l'avant.

– Je suis Ofrat, l'un des guerriers. J'ai rejoint ce tasmaran après le dernier sessemara.

– Oh. Tu as rencontré une femme ?

Je retire rapidement ma main. Je ne veux pas être surprise en train de faire quelque chose que je ne devrais pas faire. À en juger par la réaction de Tekevanki à mon égard, les femmes semblent jalouses ici. Ou peut–être sont–elles jalouses partout. *Je me demande si, lorsque je rencontrerai enfin mon compagnon, je le serai aussi.* Mes pensées vont vers Neheyuu, mais je sais que je ne devrais pas penser à lui de cette façon, alors je m'arrête.

Il rit doucement.

– Tszk. On peut choisir de rejoindre un nouveau tasmaran pour n'importe quelle raison. Je faisais partie des Pikoras avant, mais ce tasmaran est immense. Il y est trop difficile de monter en grade...ou de s'entraîner... C'est mieux ici je pense, dit–il.

Je hoche la tête, je ne sais pas trop quoi dire. Il me remercie pour l'épée et propose de me rejoindre pour le dernier repas. Cela me surprend beaucoup. Cela fait trois douzaines de solaires que je suis là– peut–être plus – et jusqu'à présent, j'ai rejoint d'autres humaines pour des cours de manerak dans la première moitié de chaque solaire, et dans la seconde, j'ai rejoint les guerriers ici pour nettoyer les armes et la pièce qui les abrite. Je prends le premier repas avec les humaines et le deuxième et dernier repas avec Neheyuu et les autres guerriers. Généralement, autour de leurs feux de joie qui crépitent.

J'acquiesce, par politesse. Il me fait une petite révérence et un demi–salut avec son épée polie. J'aurais aimé pouvoir l'aiguiser, mais je ne sais toujours pas comment utiliser la pierre. Je suis en train d'y réfléchir quand Neheyuu apparaît.

– Qu'est–ce qu'il voulait ? s'écrie–t–il en claquant des doigts.

Je désigne le râtelier d'armes polies et je lève un sourcil. Neheyuu fronce les lèvres et disparaît à nouveau. Il réapparaît un moment plus tard avec un sourire.

– Sois moins...

Je ne saisis pas où il veut en venir, mais après quelques explications, je finis par comprendre.

– Je n'ai rien fait ! Je travaille !

Neheyuu rit et s'approche de moi comme s'il cherchait à me traquer – puis s'éloigne, comme si une main invisible l'avait attrapé par son armure et l'avait tiré en arrière.

– Tu le fais sans t'en rendre compte.

Je lui tire la langue. Il tire les siennes. Je ris et lorsqu'il change brusquement de cap et se remet à ramper vers moi, mon estomac se noue et mon pouls s'accélère. A moins d'une longueur de bras de moi, il se fige et déglutit à plusieurs reprises.

– Il ne vaut mieux pas.

Ses épaules s'affaissent vers l'avant, juste un peu. Il a l'air affamé. J'acquiesce, je comprends. Il ne vaut mieux pas, en effet; parce que nous finirions par nous embrasser longtemps et aucun de nous n'en a le temps. J'ai été en retard au premier repas plus d'une fois –

presque tous les solaires pour être honnête. J'aime dormir dans son lit à ses côtés. J'aime partager les repas avec lui. J'aime quand nous... quand nous nous faisons plaisir durant la lune et que nous chuchotons doucement après dans le noir. *C'est dangereux*. En ai–je déjà eu conscience? Maintenant, alors que Neheyuu sort lentement hors du dolsk, comme s'il reculait devant un animal prédateur, j'en suis sûre.

Je ris et lui lance un chiffon. Il se précipite pour l'attraper. Il se déplace à une vitesse que mon regard ne peut pas suivre, et avant que je m'en rende compte, il est déjà reparti. Il a rejoint l'un des sept groupes qui se forment. Certains solaires, ils forment de plus grands groupes, d'autres jours de plus petits, parfois, juste des paires. Mais chaque jour, Neheyuu marche parmi eux, passe du temps à corriger et à entraîner. C'est agréable de le regarder travailler. Il peut sembler jeune, mais quand il parle à ses guerriers, il le fait avec l'aplomb et la concentration d'un mâle beaucoup plus expérimenté. Il parle aussi à chacun d'eux comme si leurs progrès lui tenaient à coeur.

Alors que le ciel tombe, je parcours des yeux le terrain d'entraînement. J'aperçois Chimara et Dandena, ainsi que d'autres humains qui s'entraînent, puis mes yeux s'écarquillent à la vue d'un manerak. Ils ne se battent pas toujours sous leur forme manerak, mais quand ils le font, c'est une danse mortelle.

Mon regard suit Reffa sous sa forme de manerak. Elle se bat contre Ofrat, qui ne veut pas ou ne peut pas prendre sa forme de serpent. Sa nouvelle épée est bien visible. Je souris un peu en la voyant et quand il la brandit en l'arquant d'une certaine façon, puis en la tirant : la lame semble liquide – l'épée de Reffa s'envole.

L'instant d'après, il fonce sur elle, épaule la première, et quand il se relève, il a un pied sur sa poitrine et son épée pointée sur sa gorge.

Il lui sourit et l'aide à se relever juste après. Je suis si surprise qu'il ait pu vaincre une manerak sous sa forme humaine, que dès la fin de l'entraînement, je pose sans cérémonie toutes les armes sur lesquelles je travaille et je m'approche de lui.

– C'est incroyable ! Comment fais–tu… Comment as–tu fait ? je corrige. …avec Reffa ?

Reffa est là aussi et tous deux échangent un regard. Ofrat sourit, mais je suis heureuse que Reffa n'ait pas l'air le moins du monde gênée.

– Entre nous, ça n'est arrivé qu'une fois… Ça doit être l'épée.

Elle me fait un clin d'œil et je sens mon visage se réchauffer. Je secoue la tête.

– L'épée n'est pas tranchante. Je ne sais pas comment il a pu faire ça.

– L'épée et l'habileté vont de pair. C'est donc bien grâce à l'épée, explique Ofrat.

Il me fait aussi un clin d'oeil.

– Je peux t'apprendre à aiguiser les épées au dernier repas, si tu veux.

– Yena, merci, je réponds.

Je garde pour moi le fait que Neheyuu dit que je ne suis pas censée utiliser la pierre à aiguiser. Il pense que c'est trop dangereux.

– Avec plaisir. Mais veux–tu vraiment savoir comment je l'ai mise sur le dos ?

Je hoche la tête.

– Yena. Elle est tellement plus grande en Manerak. Comment as–tu fait?

– C'est... dit–il, mais la suite de son discours est impossible à comprendre pour moi.

Reffa sourit.

– Il veut juste dire que c'est facile. On va te montrer.

Les deux amis passent les quelques instants suivants à me pousser et à me tirer comme une grande poupée en peluche. Au bout d'un moment, je parviens à mettre mes pieds sous moi, à abaisser mes épaules et à serrer mes bras contre mes flancs. Je suis capable d'opposer une légère résistance quand Ofrat fonce sur moi. Légère, certainement pas suffisante.

Il ne doit pas s'attendre à ce que je m'envole, mais c'est exactement ce que je fais. J'atterris sur les fesses, le souffle coupé. Ofrat se précipite vers moi et me demande si je vais bien. Je ne peux pas m'empêcher de rire en répondant.

– Ça va, ça va.

Je le laisse m'aider à me relever. Il m'époussette le devant et le dos un peu trop agressivement et je me tortille pour lui échapper.

– On réessaye ?

Ma question le fait sourire et fait rire Reffa.

– Ok, on réessaye, répète–t–elle, en imitant le mauvais manerak et l'accent pitoyable qui me caractérisent.

Je me réchauffe un peu même si je sais qu'elle me taquine. Nous essayons encore deux fois, mais la deuxième fois, Ofrat me frappe assez fort pour que je décide d'arrêter. Chimara et lui m'aident à refermer le dolsk d'armes avant que nous ne rejoignions les autres aux feux de joie. Le temps que nous arrivions, le repas est déjà servi. Dandena nous appelle. Elle a un plateau qui m'attend. Juste pour moi.

– Un cadeau du Premier, dit-elle quand je prends place à côté d'elle.

Elle fait glisser le plateau sur mes genoux et passe devant moi pour prendre celui que Chimara lui tend.

– Nous pouvons manger ensemble, je propose en tendant le plateau.

Elle secoue la tête.

– Le premier a clairement indiqué que ce plateau était pour toi. Je ne vais pas prendre la première garde de cette lune parce que j'ai mangé ce qui se trouve sur ton plateau.

Elle me fait un clin d'oeil et quand elle se retourne pour faire face au feu, la cicatrice qui serpente sur le côté de sa tête brille dans la lumière comme de l'eau.

– Où est Neheyuu ? Je lui demande.

– En réunion avec Preena. Un messager est arrivé plus tôt dans la journée. Ils font des plans, et moi, je dois m'occuper de ces bons à rien.

Elle prononce ces derniers mots à voix haute, ce qui lui vaut quelques remarques cinglantes de Xi et Xena assis en face de nous. Ce sont des faux jumeaux qui donnent parfois la chair de poule. Le plus surprenant, c'est que même lorsque Xena rit bruyamment alors que Xi est silencieux à ses côtés, ils penchent tous les deux la tête à l'unisson.

Dandena lance une réplique enflammée qui lui vaut une nouvelle salve de rires. Xena ouvre la bouche, comme si elle allait répondre, mais Reffa lui donne une bonne claque sur le bras. Encore des rires. Xena désigne Ofrat du menton, de l'autre côté, et quand elle le fait, le feu atteint aussi la ligne de sa cicatrice. Le bord festonné de son oreille ressemble alors à une dague. Elle a l'air mortelle. Je suis sûre que c'est *le genre de femme qui ne recule devant rien.* J'essaie de ne pas laisser mon échec d'aujourd'hui avec Ofrat et Reffa me perturber. Je ne suis pas une guerrière, et je sais que je ne le serai jamais, je m'y suis faite. Mais juste une fois, j'aimerais pouvoir être... ou me sentir... puissante.

— Tu t'es bien défendu aujourd'hui, Ofrat.

— C'est grâce à mon épée polie, répond–il en me donnant un coup de coude sur le bras et en me faisant un clin d'œil.

L'extérieur de sa cuisse est pressé contre la mienne. J'essaie de me déplacer un peu pour qu'il y ait plus d'espace entre nous, mais ce n'est pas évident car il se rapproche juste assez pour combler l'écart à chaque fois.

— C'est tout ?

Le regard de Xena se tourne vers moi et je remarque que ses iris sont d'une étonnante couleur dorée. Je n'ai pas besoin de comprendre tout ce qu'elle dit pour savoir où elle veut en venir.

Je prends la tasse que Dandena m'offre et, bien qu'il s'agisse encore de leur terrible liqueur hibi, j'en avale une gorgée, en toussant un peu. Chimara, en face de moi, rit. Je me tiens immobile, je ne veux pas que quiconque autour du cercle de guerriers sache que je suis mal à l'aise – et tente de prouver que Xena a tort, ou qu'elle a raison…

Je remercie donc intérieurement Ofrat, quand il répond à ma place. Certains s'apaisent alors que d'autres sifflent. Chimara se penche derrière Ofrat et me tape sur l'épaule. Elle murmure :

— Il a demandé si elle dirait la même chose à Reffa ou si elle cherchait juste les ennuis, comme son nom l'indique. Xena signifie « ennui » en manerak.

Elle tire la langue et je ris aussi.

– Peut–être qu'elle *devrait* demander la même chose à Reffa, ajoute Dandena. Elle se battait mieux aussi. Et j'ai vu certains des mouvements que tu enseignais à Mian. Tu n'es pas mauvaise dans ce domaine.

– Quand il s'agit de retourner les petits mâles maneraks, j'excelle !

– Je parlais de l'enseignement. Je pense que ce serait bien de te confier certains les nouveaux guerriers quand on en accueillera.

Je dois m'imaginer des choses, mais lorsque la mâchoire inférieure de Reffa s'ouvre, je jure que je peux également voir les prémisses d'un rougissement haut dans ses joues. Reffa me regarde et secoue la tête. Elle se remet à manger une soupe que je n'ai pas encore eu le courage de goûter et grogne dans ma direction.

– Elle apprend vite, c'est tout.

– Peut–être qu'on pourra te montrer quelques mouvements supplémentaires demain pour t'aider à te défendre contre un adversaire plus grand, propose Xena.

Xi acquiesce. Leur offre me surprend. Je prends une gorgée, hoche la tête en même temps, et renverse un peu du liquide épicé. Xena rit légèrement tandis que je bégaie :

– Yena. Ce serait amusant.

– Amusant. Elle pense que ça va être amusant ! s'écrie Xena.

Quelqu'un change ensuite de sujet et je me sens reconnaissante lorsque l'attention se porte sur d'autres personnes. Enfin, jusqu'à ce qu'Ofrat murmure mon nom.

– Tu veux que je te montre maintenant ?

– Me montrer ?

– Comment aiguiser une épée.

– Je…

Je lève les yeux vers lui, les sens un peu émoussés par la boisson. Je fais tourbillonner ce qui reste dans ma tasse en bois et je m'éloigne un peu de lui sur la balle de roseaux séchés qui se trouve sous moi. Ils pénètrent dans ma tenue, ce qui me démange. Les feux contre mon visage sont chauds.

– Mais, j'ai bu…

– Tu es ivre ?

Je secoue la tête, peut-être un peu trop rapidement. Mes paumes sont un peu moites. Ofrat est un homme… séduisant. Il a de larges épaules, une petite coupure sur la gauche, et je l'ai vu se battre. Pourquoi lui parler me rend si mal à l'aise ? Je suis une idiote. Neheyuu et moi ne sommes pas liés. Il n'y a aucune raison de ne pas accepter son offre quand cela serait utile pour tout le tasmaran et ses guerriers. Je redresse les épaules et pose ma tasse.

– Yena. Je veux dire, tszk. Je ne suis pas ivre. Ce serait gentil, merci. On apprend ici ?

Sa bouche se plisse.

– Yena. Ici c'est bien.

Il sort une pierre à aiguiser de la demi-plaque de son armure de poitrine et la tend vers moi. Dans son autre main, il prend mon plateau, le pose entre mes pieds et sort une énorme dague de la ceinture à sa taille.

– Elle est déjà assez aiguisée, mais on peut quand même s'entraîner avec ça.

Il enfonce la poignée du couteau dans mon poing gauche relâché, puis passe derrière mon corps pour prendre ce poing dans sa propre main, son bras en bandoulière sur mon épaule. Il me serre contre sa poitrine nue, ce qui me pousse à jeter un coup d'oeil au feu. Je me demande s'il a été alimenté récemment. Il fait brusquement plus chaud, je dois être en train de transpirer. Je crois que je transpire. Ofrat est–il au courant de mes tatouages au poignet ? Je suis soudainement nerveuse. Neheyuu me manque tout à coup.

– Tu dois amener la pierre à aiguiser sur la lame par des coups fermes et réguliers. Il faut appuyer suffisamment, mais pas trop – sinon ça va glisser.

Il prend ma main libre et, en plaçant la pierre à aiguiser dans celle–ci, frappe la lame. Je sursaute au son aigu qu'il émet. La pierre est lisse dans ma paume, une petite rainure sur le devant est la seule indication qu'elle n'a pas été arrachée à la rivière. Il répète le geste quelques fois de plus, en maniant mon bras. Je ne fais pas grand–chose.

J'essaie de me concentrer et de me focaliser sur le mouvement, mais il va trop vite. Je secoue la tête et je suis sur le point de lui dire que je devrais peut–être m'entraîner à nouveau le matin, quand je serai moins épuisée, mais avant que je puisse le faire, ses bras se relâchent autour de moi. Tout son corps se redresse, même s'il ne fait aucun bruit. Je sursaute et pousse un petit cri lorsqu'il bascule en arrière de la balle de roseau, me laissant tenir faiblement la pierre et le couteau toute seule.

Je sursaute à nouveau au second bruit sourd, puis au troisième. Cette fois, c'est un corps qui prend la place de celui d'Ofrat sur la balle à côté de moi. Celui de Neheyuu.

– Neheyuu !

J'inspire rapidement, mes joues sont comme des flammes. J'ai l'impression d'avoir été surprise en train de faire quelque chose de mal. Impassible, le guerrier finit de jeter les jambes d'Ofrat par–dessus le bord de la balle. Je jette un coup d'œil en arrière, inquiète, et je vois que celui qui m'avait proposé ses services est inconscient.

– Qu'est–ce que tu lui as fait ?

– Qu'est–ce que *tu* fais ? Donne–moi ça.

D'un geste trop rapide pour être suivi, il attrape les objets dans mes mains et les jette par–dessus son épaule sur le corps d'Ofrat.

– Tu l'as tué ?

Paniquée, je n'ose élever la voix. Il secoue la tête, sourit même, mais on dirait qu'il essaie de ne pas le faire. Il se frotte grossièrement le visage en disant :

– Bien sûr que non. Mais peut–être que j'aurais dû. Tu pourrais te blesser avec ces trucs. Et que faisait–il avec ses bras autour de toi comme ça ?

Au moins, mes soupçons qu'Ofrat *était bien* trop proche sont confirmés. Je fais jouer mes doigts, je jette un coup d'œil autour du feu. Dandena nous regarde fixement, un large sourire sur le visage. Les autres ont au moins la décence de faire semblant de ne pas remarquer.

– Je… il… aiguise les armes.

– C'est bien ce que je craignais. Dandena, quand il se réveillera, dis–lui qu'il est de garde toute la nuit.

– Il ne peut pas rester éveillé si longtemps, dit Dandena, mais elle n'a pas l'air si inquiète ou contrariée.

– Je n'ai pas dit que je n'enverrais pas une autre équipe. Mais Ofrat reste pour les deux.

Dandena sourit. Elle termine sa tasse et la lance à Mor pour qu'il la remplisse à nouveau. Il en profite pour se glisser à côté d'elle sur sa balle.

– Peut–être que je pourrais *moi*, je pourrais t'apprendre à aiguiser les épées plus tard, lui susurre–t–il, et la foule entière se met à rire.

Je n'ose pas croiser le regard de qui que ce soit – surtout pas celui de Neheyuu.

– Tu as mangé ? demande–t–il à voix basse.

C'est comme si le monde autour de nous avait disparu. Je hoche la tête.

– Un peu.

Le grondement dans la poitrine de Neheyuu auquel je me suis habituée, reprend, doucement au début, puis plus fort quand je commence à manger. Neheyuu ne me prend pas le plateau quand je le lui propose, mais... quand je lui offre un morceau de flanc gras de mes doigts, il se penche et lèche toute la longueur de ma main avant de sucer la viande.

Je déglutis automatiquement et lorsque je me lèche les lèvres, les yeux de Neheyuu fixent ma bouche pendant un long moment.

– Tu veux vraiment apprendre à aiguiser des épées ?

Il me faut un moment pour réaliser ce qu'il m'a demandé. J'acquiesce rapidement et je jette un coup d'œil par–dessus mon épaule. L'emprise de Neheyuu sur moi se brise et je regarde Ofrat.

– Tu… Tu ne vas pas... il ne dort pas ici..?

– Si je m'assure qu'il ne dort pas ici, tu me laisseras t'apprendre à aiguiser les épées *correctement* ?

Il prend un morceau d'opikopi sur le plateau et le pose sur ma lèvre inférieure. Quelque chose, en plus de la chaleur savoureuse du mets, se glisse le long de ma colonne vertébrale. C'est comme un serpent qui me dévore entièrement, une vertèbre à la fois. Je pose mon regard sur le sien et le temps semble s'arrêter. Je hoche la tête, lentement cette fois, et encore plus lentement, je déguste le pain qu'il tient dans ses doigts, laissant juste les bords de ma langue effleurer sa peau.

Il scintille là où il est assis, le sommet de sa tête est arqué vers le ciel. Il reprend sa véritable forme et avant que je ne sache ce qui s'est passé, mon plateau *et* moi volons. Dans ses bras, dans les airs. Je laisse échapper un fou rire et le dernier visage que je vois est celui de Dandena. Elle lève les yeux au ciel.

De retour dans son dolsk voûté, concentrée sur la tâche à accomplir, je demande :

– Comme ça ?

Neheyuu s'agenouille en face de moi et incline la tête. La lumière chaude du feu illumine les huiles sur sa peau. Il vient de prendre un bain. Son regard nourrit encore ce serpent de désir qui a fait surface tout à l'heure. Celui qui vit en moi et qui ne semble pas vouloir s'en aller. C'est distrayant. Il est distrayant.

– Ne me regarde pas, regarde la lame, dit–il en souriant.

– Ce serait plus facile si tu portais des vêtements.

– Je porte des vêtements.

– C'est une serviette.

Il baisse les yeux.

– Tu as raison. Mais je te ferais remarquer que toi, tu ne portes qu'une robe de chambre.

Il n'a pas tort. La robe de chambre est arrivée dans le dolsk quand les assistants ont apporté l'eau pour nos bains. J'ai pensé qu'ils avaient fait une erreur, mais la femme qui est venue avec mon eau a dit que la robe était pour moi. Neheyuu a simplement haussé les épaules et n'a fait aucun commentaire, bien que je ne doute pas qu'il y soit pour quelque chose... Le tissu est d'un ton crème délicat et pâle. Contrairement à la robe précédente que j'ai portée pendant un certain temps, celle-ci me va bien... mais elle est transparente. Je jette un coup d'œil vers le bas et vois mes tétons créer des pics raides sur la surface.

– Ce n'est pas une bonne idée, dis-je dans un souffle.

Je laisse tomber les blocs de mes mains – à droite, j'ai une pierre à aiguiser, à gauche, un bloc de bois.

– Je ne peux pas...

Je ne connais pas le mot et je tourne autour du pot jusqu'à ce que Neheyuu propose enfin :

– Concentre-toi. Tu devras apprendre à aiguiser avec des distractions si tu as l'intention d'aiguiser au dolsk pendant que les guerriers s'entraînent. Alors concentre-toi.

Le sourire toujours aux lèvres, il s'avance et replace le bloc de bois sous la pointe de la lame. Il tend la lime vers moi et explique quelque chose que je n'arrive pas à comprendre. Quand j'y arrive enfin, je comprends que je suis censée façonner la lame avant de commencer à l'aiguiser. Neheyuu me guide. Il faut un certain temps avant que je puisse le faire toute seule. L'affûtage prend encore plus de temps. Mais au moins, Neheyuu m'apprend à garder la pierre à aiguiser sur le sol et à passer la lame dessus, plutôt que l'inverse, comme le faisait Ofrat. J'ai plus de contrôle de cette façon et après une douzaine de passages (*ou plutôt une centaine*), je commence à avoir le coup de main. Enfin, Neheyuu me montre comment poncer très soigneusement la lame à l'aide d'un fin morceau de papier granuleux afin de fondre les parties aiguisées avec le reste de la lame.

Quand j'ai terminé, l'épée est magnifique et je rayonne de fierté. Je l'incline vers Neheyuu, attendant son verdict, mais il ne fait que regarder mes yeux.

– Elle est belle. Tu as fait du bon travail.

– Tu plaisantes? C'est mieux que du « bon travail » ! C'est... super !

Je ne connais pas d'autres mots. Neheyuu rit et se balance en avant. Il pousse ma main sur le côté et la presse sur le sol chaud et moquetté. Son autre main glisse dans mes cheveux et il m'attire vers lui pour m'embrasser. Ses lèvres tirent et sucent tendrement. Il a un goût de viande fumée même s'il est aussi doux que de la crème fraîche et son odeur... son odeur de terre, masculine... son odeur est dangereuse. Plus le temps passe, plus elle fait des dégâts.

Je suis encore en train de me remettre de mes émotions quand il se retire moins d'un instant plus tard. Trop tôt.

– Tu as fait un super boulot. Mais tu as besoin de dormir. On en a tous les deux besoin.

Il gémit en se levant et la serviette se détache complètement de lui. Ça me surprend, même si ça ne devrait pas. Je l'ai vu nu de nombreuses fois. Je garde mon regard détourné, en essayant d'écarter les pensées de désir et de chaleur qui m'assaillent.

– Pourquoi es–tu fatigué ? Comment s'est passée ta journée ?

Il me sourit par–dessus son épaule, tout robuste et propre.

– Je ne veux pas parler de ma journée. Je veux juste m'endormir à tes côtés.

Je tente un sourire, mais il n'atteint pas mes yeux.

– Bien sûr.

Je ne suis que son esclave de lit, après tout, pourquoi voudrait-il se confier à moi? Plus dévouée que jamais, j'enlève ma robe et me glisse dans son lit. Il me regarde faire et ce n'est que lorsque je suis installée qu'il prend la peine d'éteindre les lumières. Puis il se glisse sur le matelas dense et rembourré avant de tomber sur le dos. Je me retourne pour lui faire face. Il me tire en arrière. Je le laisse faire. *Akimari.* Je connais le mot. Je l'ai appris en cours de manerak. La leçon où Tri passait en revue les différents rôles était très embarrassante.

Il y aura une cérémonie d'adhésion et ensuite je pourrai trouver un mâle qui ne verra pas d'inconvénient à ce que je sois akimari pour l'instant, surtout si mes anneaux sont encore intacts. Je ne suis pas une *vraie* akimari. C'est du moins ce que je me dis. Le mâle que je trouverai devra être d'une autre tribu, cependant. Je ne veux pas voir Neheyuu avec une autre femelle. Par contre, ça veut dire que je perdrai tous mes amis et cette petite vie que j'ai ici et que je commence à aimer. Je grimace.

– Qu'est–ce qu'il y a ? Je t'ai fait mal ? demande Neheyuu.

Ses bras quittent mon corps et l'endroit où ils avaient été fixés. J'en profite pour m'extraire de son emprise et tirer une couverture sur moi, laissant un peu plus d'espace entre nous.

– Tszk. Je vais bien. Dors profondément, Neheyuu.

Il ne répond pas tout de suite. Puis, il murmure enfin:

– Dors profondément, Reesa.

Il essaie de se tourner sur le côté pour se mouler autour de moi, mais je ne lui facilite pas la tâche, je me tourne et me retourne dans tous les sens. Je n'arrive pas à me mettre à l'aise. Pas avec ces pensées aigres qui envahissent mon esprit.

Ainsi, je ne suis qu'à moitié réveillée lorsque je l'entends expirer lourdement à mes côtés.

– Après l'entraînement du prochain solaire, je partirai pour un raid.

– Mmm ?

Il se penche sur moi, son souffle chaud évente le côté de mon visage. Il dépose des baisers le long de mon lobe d'oreille tous les deux mots. Il m'explique autre chose, mais je ne comprends pas. Je secoue la tête.

Il grogne : « De la nourriture ».

Je serre la couverture plus fort contre ma poitrine.

– Plus de nourriture ?

– Yena, de la nourriture pour toi.

Ça doit être dangereux.

– Dangereux ?

– C'est sur le territoire des Sessenas. C'est un peu dangereux.

Il repousse les couvertures, puis se glisse sous elles à côté de moi. Il me serre contre sa poitrine, et cette fois, il n'y a pas d'échappatoire.

– Tu vas me manquer, murmure–t–il.

Il embrasse l'arrière de ma tête.

– Tu vas me manquer aussi, je lui réponds, presque par réflexe, mais en prononçant ces mots, je sais qu'ils sont vrais. Prends soin de toi et prends soin des guerriers.

Le grondement s'intensifie, de plus en plus fort, mais au lieu de me distraire, je le trouve apaisant et je m'endors si vite que je manque presque l'odeur. Elle est de retour. D'habitude, ça ne vient que lorsque Neheyuu déverse sa semence, mais je peux sentir son érection, sèche et calée contre mon dos. Il n'est pas complètement dur cette fois, et il n'a pas répandu sa semence. Ça ne doit pas être sa semence alors. Ce doit être lui. De la terre, du métal, de la sueur et de la douceur. C'est une bonne odeur. Etrange, mais agréable. Ça sent comme à la maison.

– Je le ferai. Pour toi.

15

Mian

Je regarde les guerriers du tasmarans se préparer à partir et je leur rappelle ce qu'ils m'ont dit le solaire précédent, à l'entraînement: ils ont promis de tous revenir en un seul morceau, et pour prouver qu'ils feront de leur mieux pour tenir leur promesse, ils doivent m'apporter une pierre. Je finis de faire ma ronde et me retrouve finalement près d'Ofrat. Il tient les rênes d'un oeban dans chaque main et je reconnais l'une des deux créatures.

– Danon !

Je m'approche de la bête et la tapote par touches fermes et régulières le long de l'arête de son long nez. La créature à six pieds tape des deux pieds avant tandis que les pattes arrière donnent des coups de pied involontaires. Les deux pieds du milieu restent cloués au sol.

Je pouffe doucement de rire lorsque Danon incline sa tête pour sentir la pression de ma main et m'inciter à le gratter plus près de ses petites oreilles rondes.

– Je suis heureuse de te voir et de pouvoir m'assurer que tu vas bien. Merci de m'avoir aidée à traverser le désert. Tu es... tu as été très courageux. Tu m'aimes bien, toi…

Danon souffle et secoue la tête. Sa fourrure grise hirsute me chatouille le visage quand il bouge. Je ris à nouveau. Au–dessus de moi, Ofrat soupire :

– Bien sûr que tu lui plais. Ce n'est pas surprenant, vu ton odeur.

– Mon odeur ?

Mes mains sont toujours enfoncées dans la fourrure de Danon. Je caresse la longue ligne de son cou, toute en muscles. Ofrat me regarde en clignant des yeux. Il dit quelque chose que je ne comprends pas, puis termine par

– … comme Neheyuu.

Je comprends et je rougis.

– J'aurais dû m'en douter, mais je voulais te parler. Alors… poursuit–il en mimant quelqu'un qui lui couperait le cou.

Je grimace. Je me souviens sans mal du bruit qu'il a fait quand Neheyuu l'a renversé sans ménagement.

– Ça va?

– Mon cou? Oui, ça va, mais je suis uniquement chargé de m'occuper des oebans maintenant. Et celui–ci ne m'aime pas beaucoup.

Danon souffle par les narines, montrant ses grandes dents à Ofrat avant de remettre sa joue dans ma main. Je le récompense avec quelques caresses supplémentaires avant de laisser Ofrat conduire Danon et les autres oebans vers l'entrée principale, ou la sortie, du tasmaran.

Le lieu est maintenant noir de monde. Au–dessus de cette foule de guerriers et d'oebans, bien au–delà des hautes herbes, les trois soleils de Sasor rayonnent d'une étincelante lumière. D'un vert vif, ils semblent presque électriques dans cette clarté, mais au crépuscule, ils sont presque violets. Ils se balancent très doucement. Tout est si calme, ça ne peut être qu'un bon présage. J'expire et je me sens étrangement... bien. Je suis chez moi. C'est dangereux, je ne devrais pas me sentir aussi bien, je sais que je ne peux pas rester. En y pensant bien, ce n'est pas seulement dangereux, ça pourrait m'être fatal.

– Mian ?

Je lève les yeux.

– Oh pardon. J'étais perdue dans mes pensées.

– Je vois ça. Je voulais juste te dire que j'avais l'intention de te rapporter une pierre. La mienne sera la plus grosse.

Il me fait un clin d'oeil, je ris et je suis encore en train de sourire quand Chimara s'approche de nous en courant.

– Ofrat, je crois que le Premier a besoin de son oeban, ou quelque chose comme ça.

Elle me jette un regard de travers – un regard que je n'ai aucun mal à interpréter – et je scrute immédiatement l'horizon pour repérer l'endroit d'où Neheyuu nous observe inévitablement. Il m'a dit lors du dernier solaire qu'il ne me dirait pas au revoir avant le raid et que je ne devais pas l'attendre. Il a grommelé quelque chose sur son aversion pour les adieux. Je ne l'ai pas mal pris, mais j'ai trouvé son explication assez drôle. Par contre, je ne m'attendais pas à ce qu'il m'observe.

Ofrat lève les yeux au ciel, mais je peux voir une légère crispation s'installer sur ses épaules. Il jette un coup d'œil sur la gauche, comme si Neheyuu allait sortir de l'ombre du dolsk le plus proche. Mais c'est justement là que Rita et Erkan vivent. Elle se tient maintenant dans l'embrasure de la porte ouverte, vêtue de la tenue simple que portent toutes les femmes non revendiquées. Erkan se tient juste derrière elle. C'est étrange.

Je penche la tête tout en saluant Ofrat, qui me répond par un signe de la main à la manière des humains, puis je demande à Chimara en humain :

– Erkan reste–t–il ici ?

Chimara soupire :

– Oui, moi aussi.

Ça me surprend.

– Je croyais que c'était une grande chasse ?

– C'est bien ça. D'habitude, tous les guerriers d'un tasmaran partent pour les grandes chasses, mais le Premier a changé d'avis depuis le dernier raid. Il veut qu'on soit plus nombreux à rester qu'à participer aux raids. Il dit que nous avons plus à perdre qu'à gagner.

Elle lève un sourcil en parlant et je sens cette même chaleur envahir à nouveau mes joues.

– Donc maintenant, environ trente–cinq guerriers restent pour défendre les dolsks. Seuls vingt–cinq feront des raids.

– C'est une bonne chose ?

Je ne sais pas trop comment formuler la question. D'un côté, je suis sûre que Chimara n'est pas contente de devoir rester. De l'autre, je suis reconnaissante qu'elle et les autres s'occupent du tasmaran. Par toutes les étoiles, je ne souhaite pas être capturée à nouveau. Contrairement à la dernière fois, cet endroit, ces gens, pourraient me manquer. Je ne suis qu'une esclave, mais bizarrement... je ne me sens pas comme telle.

J'aime bien travailler dans la tente des armes. J'aime observer les guerriers et je sens qu'ils semblent... apprécier les éloges que je leur fais parfois. Ils prennent le temps de me montrer des manœuvres quand je le leur demande. J'ai l'impression que je suis, au moins en partie, respectée par la majorité d'entre eux. Est-ce qu'ils promettraient de m'apporter des pierres s'ils ne m'appréciaient pas au moins un peu ? Chimara hausse les épaules.

– Ce n'est pas sûr. C'est juste une autre façon pour le Premier de faire évoluer le tasmaran. Il faut avouer que jusqu'à présent, les autres améliorations auxquelles il a pensé comme les marqueurs de périmètre étendus et le nouveau système de rotation semblent bien fonctionner. On dirait qu'il a pris son temps pour y réfléchir, dit-elle en pouffant de rire. Ce n'est pas dans les habitudes de notre Premier. Mais peut-être que c'est juste un coup de chance. Qui sait ?

– Eh bien, moi ça me fait plaisir que vous restiez.

Chimara me sourit timidement.

– Et ça nous fait aussi plaisir de rester pour toi... et pour les autres. Je pense que tout le monde ici t'apprécie. En tout cas, c'est mon cas. Bon, viens. Les autres partent, mais les guerriers s'entraînent encore. Nous avons besoin de toi pour les armes. Peut-être que tu peux aider une autre humaine aujourd'hui et faire en sorte que je puisse obtenir une de ces lances acérées.

Je me relève sur le champ.

– Bien sûr ! Je le fais tout de suite. Je vais chercher de l'huile de bois chez Eoran et je te retrouve là-bas.

Chimara hésite, puis acquiesce.

– Fais vite !

Nous nous séparons rapidement, Chimara s'en va au pas de course, et moi de même. J'arrive au grand dolsk d'approvisionnement où Eoran conserve la plupart des outils et des ustensiles dont j'ai besoin pour entretenir –

dépouiller, réparer et remettre en état – le dolsk d'armes et les armes qu'il contient.

Après être entrée et sortie en saluant Eoran, je me retrouve avec les fournitures dont j'ai tant besoin. Le village tasmaran est encore plus calme maintenant. Il n'est plus agité du bavardage indistinct de ceux qui souhaitent aux guerriers une bonne chasse, et des guerriers et des oebans qui se préparent pour cette chasse. D'ordinaire, il est semblable à une ruche pleine d'insectes bourdonnants. Aujourd'hui, un calme, une paix inhabituelle, y règnent. C'est tout à fait étrange.

Je souris face à ce paysage si différent aujourd'hui mais si cher à mon coeur avant de foncer retrouver Chimara quand je me heurte à un corps.

– Oh, pardon, je suis désolée, je commence à dire en humain.

Les mots meurent presque immédiatement sur ma langue lorsque je lève les yeux et que je vois le seul visage de ce tasmaran que je n'apprécie pas.

– Oh… Tekevanki. Je suis désolée. Je vais juste… j'allais juste…

– Sur le terrain d'entraînement. Yena, je sais.

J'ai du mal à croiser son regard. Je me sens coupable, et en plus, elle m'intimide un peu. Ma position ici est précaire, au mieux, et elle se promène dans ce dolsk comme une reine au milieu de ses sujets. Je ne peux pas imaginer quelqu'un qui ne serait pas intimidé par elle. Comme je reste silencieuse, elle ajoute:

– Tu n'as pas à me craindre. Je ne vais pas te mordre. Même si je le pourrais si je le voulais.

Quand je regarde son visage, elle exhibe une bouche pleine de dents de manerak, tranchantes comme des lames. J'inspire avec difficulté.

– Ok.

Elle secoue la tête. Des mèches de ses cheveux dorés s'éparpillent autour de ses épaules comme des bijoux de valeur.

– Tszk, je ne suis pas ici pour te faire du mal. Mais… tu permets que je te donne un conseil ?

J'acquiesce. J'aimerais pouvoir dire non mais je n'ai pas l'impression d'en avoir vraiment le droit.

– Neheyuu choisira une femelle manerak d'une autre tribu lors du prochain sessemara. Tu peux commencer à faire de la place pour elle dans le dolsk de Neheyuu dès maintenant.

Je secoue la tête, confuse. Tekevanki se tourne vers moi et souffle.

– Plus tu attends, plus ce sera difficile pour vous trois quand elle rejoindra ce tasmaran. Il est clair que tu aimes bien Neheyuu et il a l'air de bien t'apprécier aussi, poursuit-elle.

Je ne comprends toujours pas. Tout ce que je perçois, c'est la puissante sensation sulfureuse qui ronge mes entrailles : elle ne laisse rien sur son passage.

– Commence à te faire à cette idée maintenant, tu auras moins mal quand elle le rejoindra à la cérémonie.

Elle secoue ses bras et c'est là que je remarque ce qu'elle porte. Une énorme série d'anneaux faits de métal précieux– est-ce de l'or ? – pendent d'un de ses coudes. Un tas de soies, de ficelles et de tissus sont mélangés dans un panier qu'elle tient dans son autre main.

Elle essaie de me dire quelque chose en secouant les objets, mais je suis complètement perdue. Je hausse les épaules et avant que je puisse dire quoi que ce soit, elle éclate de rire. C'est un rire terrible, douloureux. Un rire destiné à blesser. Et il atteint son but. J'ai beau ne pas avoir compris ses propos, je sens s'abattre sur moi la honte générée par ce rire profondément moqueur.

– Que Sasorana me vienne en aide ! Tu es vraiment pitoyable. Pourquoi crois–tu qu'ils partent à la chasse dans l'urgence ? C'est pour avoir une offrande pour le sessemara. Neheyuu ne t'en a même pas parlé, n'est–ce pas ? Tszk. S'il l'avait fait, tu serais en train de faire un de ces trucs.

Elle brandit ses anneaux et les drape sur son cou.

– Il est nécessaire de posséder une couronne pour participer au *sessemara*. Tous les hommes et les femmes qui cherchent à être unis doivent en avoir une. Plus la couronne est grande et ornée, plus le statut de celui ou celle qui la possède est élevé. Normalement, ceux qui n'ont pas de statut ne participent pas ou rarement aux cérémonies, mais je pensais te voir t'occuper de quelques tissus au moins, dans l'espoir d'être sélectionnée. À moins que tu ne *veuilles* rester ici et regarder Neheyuu partager son dolsk avec une nouvelle femelle. Ça ne me plairait pas à ta place, mais bon…

Ses yeux se rétrécissent un peu, puis se détendent, et lorsqu'elle se redresse et soupire, je sens son hostilité s'évanouir. Elle prend les traits et les couleurs d'une femelle bien différente.

– Je n'aime pas Neheyuu, avoue–t–elle. Il est égoïste, gâté et stupide. C'est un guerrier mais pas un stratège. Tout ce que je voulais, c'était être unie au Premier, et devenir Sasorena. Je pensais que Neheyuu était peut–être le meilleur moyen d'y parvenir, mais de toute évidence, je faisais erreur. Je partirai au prochain sessemara. J'emmènerai mon père avec moi et, d'après nos calculs, seize guerriers de Neheyuu s'en iront avec nous. Cela signifie qu'il *sera obligé* de s'unir à une femme lors de la cérémonie. S'il ne le fait pas, ses pertes seront trop importantes pour défendre son tasmaran. Il n'aura alors que peu de choix: s'enrôler dans un autre tasmaran en acceptant la position de Second ou être tué quand un tasmaran concurrent fera un raid. Et *il y aura* des raids, étant donné le butin qui se trouve ici. Cela signifie que tu as exactement treize solaires pour oublier Neheyuu, son dolsk, ce tasmaran, et toute ta vie ici.

– Treize solaires ?

Elle acquiesce.

– Le prochain sessemara aura lieu dans treize jours. Il sera organisé par les Hox. Seuls ceux qui sont incapables de voyager et les guerriers nécessaires pour assurer leur sécurité n'y assisteront pas, ce sera donc une bonne occasion de rencontrer plein de membres issus d'autres dolsks et de déterminer si un autre dolsk pourrait te convenir. J'espère que tu y participeras, car si tu aimes vraiment Neheyuu, tu ne peux pas rester ici. Cela vous détruira tous les deux.

J'acquiesce. Je me sens stupide. J'ai envie de pleurer. Le fond de mon estomac s'est ouvert et son contenu se mélange aux pointes des hautes herbes. Quand je regarde en bas, elles ont complètement avalé mes pieds. Si on les laisse là, je suis certaine qu'elles ne tarderont pas à avaler le reste de mon corps.

La main de Tekevanki s'est posée sur mon épaule. C'est une main ferme. La main d'une femme qui sait qui elle est et ce qu'elle veut. Qui suis–je moi ? Qu'est–ce que je veux ? Je veux m'unir à quelqu'un. Je pensais que je me fichais de qui il était du moment qu'il était gentil et doux mais j'ai laissé l'odeur et la présence de Neheyuu s'insinuer en moi, m'infecter comme un virus. Je fronce les sourcils, je me sens stupide, trahie.

– Tiens. Prends ça. Fais–toi une couronne. Durant le sessemara, attire l'attention de Neheyuu. Parle–lui, discute avec lui. Plus vous parlerez en public, mieux ce sera. C'est peut–être un imbécile, mais il est toujours le Premier de sa tribu, et s'il te montre ne serait–ce qu'un peu d'attention devant les autres mâles, tu as de bonnes chances d'être approchée par un guerrier inférieur d'un tasmaran concurrent. Avec un peu de chance, peut–être que plusieurs guerriers tenteront leur chance auprès de toi. Lorsque cela se produira, tu accepteras leurs couronnes et au deuxième solaire, ils se battront pour toi et t'offriront ensuite un cadeau. Au troisième et dernier solaire du sessemara, tu rendras les couronnes aux mâles que tu n'auras pas choisis, puis tu donneras au mâle que tu as choisi ta propre couronne en gardant la sienne pour toi. Tiens. Tu peux prendre ça pour faire ta couronne. Je n'en ai pas besoin.

Elle me tend un magnifique morceau de tissu d'un blanc pur. Il est aussi blanc que le second soleil si on le fixe directement. Je le prends entre mes doigts et je le salis immédiatement avec de l'huile de bois brun foncé. Le simple fait de le toucher projette mon estomac au–delà des hautes herbes, au–delà du sable en dessous et dans les fondations de la terre. Comment ai–je pu laisser cela se produire ? Comment ai–je pu commencer à éprouver des sentiments pour un homme inaccessible, qui n'a jamais été à moi et que je ne pourrai jamais avoir ?

J'expire longuement. *Il n'est plus temps de m'apitoyer sur mon sort.* Une esclave ne peut pas se payer ce luxe. Je bombe le torse, lève le menton et fixe Tekevanki du regard. Elle se redresse et me rend mon regard avec surprise.

– Merci, Tekevanki. Je veux que tu saches que je suis désolée que les choses ne se soient pas passées comme tu le voulais.

Elle fait juste un bruit entre ses dents. Un son très humain.

– Les choses ne se passent pas non plus comme tu le souhaitais. J'espère seulement que tu réussiras à être choisie par un mâle à peu près correct. Tu n'es pas une mauvaise femelle. Nous avons toutes les deux fait l'erreur d'emprunter une voie sans issue. Il est temps de changer de cap.

Elle réduit la distance entre nous, prend mon poignet en tenant le tissu et baisse le ton.

– Trouve un bon mâle et accepte d'unir sa vie à la tienne. Ne regarde pas en arrière. Ne laisse personne t'arrêter. Même pas Neheyuu. Surtout pas Neheyuu.

Sur ces mots, elle s'en va. Elle s'envole dans un tourbillon de jolis tissus teints et d'or. Tout ce qui me vient à l'esprit, alors que je fixe le morceau de joli tissu blanc dans mes mains sales et couvertes de cirage, c'est que Neheyuu le savait. Il m'a serrée dans ses bras et m'a parlé du raid et de la chasse, mais pas du sessemara. Il savait qu'il y aurait un sessemara et il ne m'en a pas parlé.

Je reste dans un état d'hébétude pour le reste du solaire et à l'approche de la lune, je me coupe deux fois sur deux armes différentes en essayant de les aiguiser. Chimara m'enlève la pierre à aiguiser après la deuxième fois. Bien qu'elle ne soit pas profonde, la coupure s'étend sur toute la longueur de ma paume. Elle m'emmène voir Reepal qui semble nerveux alors qu'il applique les bandages sur ma peau. Il s'excuse à plusieurs reprises car Verena n'est pas là pour s'occuper de moi et il explique qu'elle est avec le tasmaran. Je lui dis que je suis contente que ce soit lui et il sourit un peu plus.

Rapidement pansée, j'insiste pour retourner au dolsk des armes pour finir de polir l'épée sur laquelle je travaillais, mais alors que nous sommes à mi–chemin, l'anche d'avertissement retentit. Sa mélodie grave et sinistre flotte dans l'air, comme des carillons de vent doucement secoués. Elle précède le martèlement paniqué des pieds et les cris hystériques des familles qui rassemblent les petits manquants et les ordres envoyés aux guerriers restants.

– Que… que se passe–t–il ? je demande.

Je viens de retrouver la parole, le flot des mots s'écoule librement comme avant ma conversation avec Tekevanki. Chimara attrape mon poignet et commence à me tirer à travers le village en suivant un chemin dont je n'arrive pas à déterminer la destination. Je m'essouffle et me débats derrière elle.

– Chiens du désert, se contente–t–elle de répondre.

Je frissonne. Je connais les chiens du désert. Ce sont d'énormes créatures carnivores qui, sur leurs pattes arrières, sont bien plus grandes que les maneraks. A quatre pattes, ils sont presque aussi grands que le plus grand des oebans. Ils ont deux bouches, ce qui signifie deux fois plus de dents, deux séries de crocs acérés empilées juste au–dessus de l'autre. Des griffes aiguisées comme des poignards. Leur fourrure galeuse cache des insectes charognards qui se régalent de la chair des morts. J'ai vu un essaim d'entre eux dévorer les restes d'un de mes maîtres. Il avait été déchiqueté par un chien pendant que je me cachais, oubliée dans les combles.

Je n'étais que l'une des dix survivants de cette attaque. Nous avons erré dans les plaines de Sasor pendant près de quatorze solaires avant de trouver enfin une autre colonie humaine. Quatorze solaires sans manger. C'est la plus longue période que j'ai passée sans manger... Et quand j'ai atteint ce camp, j'étais prête à me vendre pour une miche de pain et un verre d'eau. C'est d'ailleurs ce que j'ai fait.

– Je... sommes–nous... pouvons–nous... où allons–nous ?

Chimara secoue la tête et me tire à l'intérieur d'un dolsk. Je suis surprise de trouver plusieurs autres humains déjà à l'intérieur jusqu'à ce que Chimara me dise :

– Ce dolsk est celui d'Ock. C'est l'un des dolsks du centre.

Elle expire bruyamment.

– Ce sera plus sûr ici. J'ai prévenu les femelles humaines de se rassembler ici au cas où elles entendraient la cloche d'alarme. Les autres devraient arriver.

Deux autres femelles font irruption par l'entrée et je reste bouche bée quand je rencontre les yeux bruns effrayés de Tri. Elle se blottit contre Chimara. Je me demande si nous ne nous sentons pas un peu plus en sécurité en sachant qu'elle est avec nous...

– Tu es sûre que tu dois rester ici ? Les guerriers n'ont–ils pas besoin de toi ? Je lui demande.

Elle me regarde par–dessus son épaule et sourit.

– On ne m'a pas demandé de protéger le dolsk, Mian. On m'a demandé de veiller sur toi. Mais ne t'inquiète pas. Il y a des guerriers dehors et ils feront le nécessaire. Il ne devrait même pas y avoir de combat.

Elle sort un bâton de la fronde qu'elle porte dans le dos, et une épée de la ceinture qu'elle porte à la hanche.

Elle les tient tous les deux devant elle au moment où des hurlements enragés et vicieux se font entendre au loin.

16

Neheyuu

Alors que nous approchons, je suis surpris de trouver mon peuple en pleins préparatifs pour la célébration. Ils n'ont même pas attendu notre retour. Les festivités semblent battre leur plein – je peux entendre les rires et voir les feux de joie éparpillés depuis le périmètre le plus éloigné des torches entourant mon tasmaran alors que nous arrivons.

Des acclamations s'élèvent quelques instants après que nous ayons été repérés par les gardiens. Lorsque je descends de Danon pour le remettre entre les mains d'Ofrat, ce mâle aussi agaçant qu'inutile, je me tourne vers Erkan, le guerrier de haut rang que j'ai laissé sur place.

J'aurais voulu qu'il m'accompagne mais c'est lui qui a proposé de rester. Il avait ses raisons. Mon regard se porte sur la femelle à son bras et mes tripes se remplissent de chaleur. Ma bouche salive. Mon esprit tourbillonne. J'imagine déjà comment je vais passer la prochaine lune : aux côtés de ma propre femelle, et ce sera tout aussi torride.

Je rêvasse avec envie, jusqu'à ce qu'un sourire fende son visage, ramenant mon attention sur Mian. Où est-elle ? *Où est–elle ? Nous voulons la voir.*

– Premier ! C'est bon de te retrouver, le tasmaran et toi. En un seul morceau, j'espère.

Je hoche la tête.

– Nous n'avons jamais eu un meilleur raid. On ne s'est jamais mieux battus.

– Et c'est à la petite reesa que nous devons tout ça, lance Mor, en me tapant fort dans le dos.

Il se déplace avec assurance, en jetant une pierre dans sa main. Elle est d'un bleu éblouissant, une couleur que je n'ai jamais vue. *Et si elle préférait la sienne à la nôtre ? Je devrais me battre avec lui avant qu'il ne la lui donne. Vas–y. Quand il s'agit d'elle, on ne prend aucun risque.*

Je lui donne un coup de dents de manerak et il trébuche. La pierre passe entre ses mains une demi-douzaine de fois avant d'atterrir quelque part dans les herbes. Il jure mais se baisse pour la chercher, comme si c'était un grand trésor. *C'est le cas, c'est bien un trésor, parce qu'il doit la lui offrir, à elle.*

– Pierre… Mian ?

La demande de la femelle d'Erkan me surprend. Son manerak est difficile à comprendre et je bénis Sasorana pour les progrès plus rapides de Mian. Mais je suis aussi heureux d'entendre cette femelle parler. Il faut du courage pour parler à son Premier. Cela doit aussi signifier que lorsque le sessemara arrivera, elle restera avec nous. Avec Erkan.

J'adresse à Erkan un regard subtil qu'il comprend, je le vois à la façon dont il gonfle sa poitrine. Il est fier et il a bien raison. Il a gagné une femelle de valeur.

– Yena. C'était vraiment bien. On a trouvé une tribu de charognards sablonneux sur les traces des Hox. Ils étaient nombreux, mais la bataille a été courte. Nous n'avons perdu personne et nous avons récupéré une douzaine d'esclaves, ainsi que de nombreux trésors.

– Et pour le festin ?

– Nous avons des délices de Sandorn et une meute de Erns sauvages.

Erkan semble déconcerté.

– Vous avez fait tout ça seulement avec trente guerriers ?

J'acquiesce en souriant. Je sens le poids de la pierre que j'ai trouvée pour elle sous mon plastron de cuir. Elle se trouve près de mon cœur gauche.

– Avec seulement trente guerriers.

Erkan éclate de rire, ce qui me surprend. Je ne l'entends pas souvent rire. Il me tape sur l'épaule tandis que Preena se met en rang à côté de moi et pose à Erkan la question que j'aurais dû poser en premier.

– Qu'est-ce qui se passe ? Pourquoi faites-vous la fête alors que le tasmaran n'est même pas revenu ?

Son ton est amer, presque insultant, et je lui lance un regard d'avertissement. C'est un jour victorieux, personne ne doit le gâcher. *Rien ne peut le gâcher. Pas après notre victoire. Rien ne peut gâcher ce moment : nous aurons le plaisir de l'avoir dans notre lit cette lune, son corps nu pressé contre nous. Nous devons la prendre cette fois-ci... jusqu'au bout...*

Erkan ne se soucie pas de ça. Il serre sa femelle plus fort contre lui alors que nous avançons dans le camp. Ils passent tous deux devant des feux de joie qui font rage et de nombreux visages qui sourient dans leur lumière. L'un de ces visages – une guerrière appelée Tegra – porte une entaille sanglante. Elle fend son front et sa joue et manque de peu son œil. Je me fige.

– Tu as été attaquée ?

Erkan hoche la tête.

– Yena. Nous avons été attaqués par une meute de chiens sauvages du désert. Ils ont dû voir le tasmaran décoller et ont supposé qu'il ne restait plus de guerriers.

Chaque os de mon corps est saisi. Mes pensées s'enflamment. Je ne peux plus rien entendre. Je ne peux plus parler. Mon naxem et mon manerak scrutent la foule à la recherche d'un visage, le seul qui compte pour nous.

J'attrape Erkan par la boucle de son épaule. Il y a de profondes éraflures sur l'armure de cuir qu'il porte. Proviennent–elles de cette attaque ? Ou d'une attaque antérieure ?

– Quelles sont les pertes ? Dis–moi–tout !

Erkan attrape mon poignet avec force.

– Aucune, Premier. Tout le monde va bien. Il y a bien eu deux blessures presque mortelles et des blessures mineures, mais elles ne concernent que des guerriers et tous se rétabliront selon Reepal. Il n'a pas chômé. Nous faisons la fête, mais il bosse dur. Nous avons tué plus d'une douzaine de chiens aujourd'hui. Les gardiens ont déjà commencé à dépecer et à saumurer la viande. Nous sommes en train de festoyer avec une partie de cette viande. Viens, joins–toi à nous.

– Je dois… J'ai besoin de voir...

Je serre ma poitrine, comme si j'essayais d'arracher la pierre, ou l'ensemble de mes os, à travers le cuir. Mais la femelle d'Erkan se penche en avant et croise mon regard sauvage de manerak avec un calme rassurant.

– Mian… avec les femmes humaines, déclare–t–elle.

– Où ?

Cette femelle humaine sait exactement ce dont j'ai besoin, même si elle ne me connaît pas. Je sais que je devrais me sentir gêné mais ce n'est pas le cas. Suis–je si transparent ? *Yena. Enfin, sauf en ce qui me concerne. Tu me caches parce que tu as peur de moi,* dit la voix sombre et destructrice qui vit en moi.

Les coins de ses lèvres brunes et pleines se relèvent. Elle pointe vers le troisième soleil, là où il se couche.

– Dolsk d'Ock.

– Le dolsk d'Ock ? Pourquoi diable est–elle dans le dolsk d'Ock ?

Erkan fronce les sourcils et éloigne Rita de moi, en faisant passer son épaule devant la sienne.

– Le dolsk d'Ock est le plus proche du centre. C'est là que Chimara a dit aux femmes humaines qu'elles seraient le plus en sécurité, et c'est là que Dandena a également ordonné aux jeunes et aux vieux de se rassembler en cas de problème. C'est une bonne directive, je pensais qu'elle venait de toi.

Il lève un sourcil et je frissonne intérieurement. Le plus près du centre. Je jette un coup d'œil au chaos qu'est mon tasmaran, en gardant à l'esprit la façon dont les Nevays ont structuré le leur. La façon dont Tatana a structuré ce qui n'était qu'un tasmaran itinérant. Le mien est *pitoyable* en comparaison.

Je frissonne à nouveau. Je n'ai rien à dire. Ma langue est un putain de svik de bloc dans ma bouche. Je me sens fiévreux, idiot, embarrassé et j'ai aussi un peu envie de rire. Demander à certains de mes guerriers de rester aujourd'hui s'est avéré être une bonne chose. Un raid réussi a été suivi d'une défense réussie de mon tasmaran.

Un tour plus tôt, je n'aurais jamais pris une décision de ce genre. Putain de svik… un tour, soit quarante solaires… Cela fait–il si peu de temps qu'elle est dans ma vie ? *Tszk. Tu l'as connue quand je l'ai connue. Depuis toujours. Les liens Xiveris ne connaissent pas le temps.* Je suis peut–être un idiot, mais j'apprends. Ce savoir me rend léger, me donne de l'espoir. L'espoir est permis pour moi en tant que chef, et pour ce tasmaran. J'ai bon espoir que ce tasmaran deviendra bon, peut–être même légendaire. J'ai bon espoir qu'il ne se contente plus de survivre, et qu'il prospère.

J'atteins le dolsk d'Ock et rejette les cuirs qui le ferment. Il est vide, mais le chaos qui règne dans le dolsk me dit qu'il y a eu un combat ici. La vue du sang sur le sol du dolsk et les petites empreintes de pas de forme humaine qui semblent l'avoir traversé me font savoir qu'au moins quatre humains différents ont quitté ce dolsk en vie.

Mes oreilles se tendent vers le son de rires. Ce sont des rires humains. Je laisse les cuirs se refermer et fais le tour du dolsk. Là, au centre du tasmaran, un groupe d'humains est assis autour d'un feu rugissant. Mon regard se pose instantanément sur Mian.

Elle tient un plateau de bois à la main et rit de ce que quelqu'un a dit – probablement Chimara, vu la façon dont ses mains s'agitent. Mor et Reffa, bien qu'ils soient plus lents que moi, sont déjà à leurs côtés. Une petite pile de pierres se trouve à côté de Mian.

Elle les a soigneusement disposées en une pyramide qui, telle qu'elle se présente actuellement, s'élève jusqu'à sa hanche. Elle est assise sur le sol et fait signe à Xi et Xena de s'approcher pour trouver des sièges parmi les humains. Je suis surpris. D'habitude, les guerriers restent entre eux – et les guerriers gradés sont encore plus exclusifs – mais pas ici. Plus maintenant. Pas avec Mian qui élargit le cercle pour inclure non seulement les humains, mais aussi Dandena et Ofrat lorsqu'ils s'approchent. Ils lui remettent également des pierres.

Mor se prélasse devant la pierre bleue qu'il a trouvée pour Reesa. Il lui demande laquelle est la plus belle. Je frotte la pierre que j'ai prise pour elle dans mon armure et, avant qu'elle ne puisse répondre, j'avance dans la lumière.

La bouche de Dandena se plisse. Ofrat saute de son siège à côté d'elle et trouve une nouvelle place de l'autre côté du feu, aussi loin d'elle que possible. *Il fait bien*. Le bavardage des humains diminue légèrement. Ils me regardent tous. Moi, je ne regarde qu'elle. Elle sourit, mais quand je croise son regard, elle détourne les yeux. Je fais une pause. Quelque chose ne va pas. Je me déplace autour du cercle et prends la place qu'Ofrat a libérée, tout près d'elle.

Tous les autres parlent du raid et de l'attaque, mais je me contente d'écouter le son de sa respiration, de son rire. Je ferme les yeux. *Touche–la. Emmène–la à l'écart. Prends–la.* Plus elle rit, plus elle parle, plus elle existe, et plus mon désir se fait présent. Ma bite se débat contre mon armure, mon coeur bat contre elle. Toutefois, quelque chose ne va pas. L'air autour d'elle est différent, elle a changé.

– Mian !

Ma voix est plus forte qu'elle ne devrait l'être étant donné qu'elle est assise assez près pour être touchée.

Tout le monde me regarde mais je ne m'en soucie pas plus que de la queue d'une comète. Le poids de la pierre est lourd. Mes doigts se recroquevillent sur eux–mêmes pour ne pas l'attraper. Au lieu de cela, j'attends l'éternité qu'il faut pour que son sourire s'incline dans ma direction, pour que je puisse voir la lumière orange du feu se refléter sur une moitié de son visage, transformant son teint bronzé en ambre.

– Yena ?

Je déglutis. C'est étrange. Elle devrait être en train de me taquiner maintenant, de rire, de froncer les sourcils, de réagir *d'une manière ou d'une autre*. Pour l'instant, elle se montre juste *polie*. Elle agit comme si elle ne me connaissait pas, comme si je n'avais pas tenu sa chatte toute mouillée dans la paume de ma main.

– J'ai vu du sang dans le dolsk d'Ock. Es–tu blessée ?

Ses yeux s'écarquillent. Elle secoue la tête.

– Tszk. Chimara a été incroyable. Un chien est arrivé... il est même entré. Elle a pris l'épée et la lance et whoosh.

Elle balaie l'air avec sa main, elle essaye peut–être d'imiter une feinte et un direct, si c'est le cas, l'imitation est mauvaise. Tszk, cette femme n'est pas une guerrière. Peut–être que si elle l'était... Je secoue la tête, je déteste quand mes pensées prennent ce tour, et elles ne cessent de le faire ces derniers temps.

– Un chien a fait tout ce chemin jusqu'à toi ? Je grogne.

Elle acquiesce.

– C'était effrayant. Mais il n'y en a eu qu'un. Et je fais confiance à Chimara. Merci pour... pour elle.

Elle m'offre un demi–sourire et bien que cela me prenne un moment, je comprends qu'elle sait que j'ai demandé à Chimara de rester ici pour elle. Chimara a dû le lui dire. Je grimace encore.

– La prochaine fois, je demanderai à quatre guerriers de veiller sur toi. Je ne veux même pas que tu voies du sang. Je veux qu'à tes yeux le monde soit comme toi : beau et bon, je souffle, en jetant un roseau raide et mort dans le feu.

Elle se crispe. Une colère sourde gronde en moi. Je ne peux plus la retenir. Sans me soucier de qui que ce soit d'autre, je me tourne pour lui faire face et je siffle :

– Qu'est-ce qu'il y a ? Qu'est-ce qui ne va pas ? Quelqu'un t'a fait du mal ou t'a embêtée ? Tu es en colère parce que je suis allé faire un raid ? Qu'est-ce qu'il y a ?

Elle cligne des yeux plusieurs fois et quand elle se retourne pour me faire face, je vois ce qu'elle a sur les genoux. Mes tripes plongent dans mes genoux, dans mes pieds, dans les roseaux et au-delà. Il n'y a rien d'autre que du sable. Rien que la coquille creuse de la terre. Je fixe *l'objet* si intensément qu'elle n'a d'autre choix que de s'expliquer.

Elle touche la boucle rigide de sa couronne. Elle est maigre et fragile. Les guerrières ont des couronnes épaisses où pendent les os de leurs victimes. Les couronnes des femmes riches sont ornées d'anneaux de pierres précieuses et, si elles sont très riches, d'or, de bronze et d'argent.

Elle est arrivée depuis peu. Sa couronne n'attirera personne. *En plus, nous l'avons marquée. Nous seuls pouvons la revendiquer. Elle est à nous.* J'ouvre la bouche pour la prévenir – l'informer qu'elle perd son temps – mais ses petits doigts gracieux se déplacent si délicatement sur le tissu, si prudemment, si timidement et avec tant de fierté que j'attends qu'elle parle la première, même si ça fait mal.

Elle se lèche les lèvres, se tourne pour me faire face – loin du feu, pour nous donner autant d'intimité que ce tasmaran rempli d'êtres le permet – et demande :

– Pourquoi ne m'as–tu pas parlé du sessemara ?

Les hautes herbes chatouillent l'arrière de mes tibias. Ses genoux frôlent les miens. Je peux sentir leur chaleur. Elle est si chaude. *Comment ce sera quand elle nous laissera la pénétrer ?* Et là, je suis frappé par une vérité assourdissante : si je continue comme ça, ça n'arrivera jamais. *Idiot. Nous ne le permettrons pas. Nous te détruirons s'il le faut.* Je déglutis et c'est avec rage que je prends la parole.

– Qu'est–ce que ça peut faire ?

– Nous étions ensemble pendant des lunes et des solaires et tu ne m'as rien dit.

J'ai chaud. Mon mensonge, mon mensonge par omission, me tenaille, s'enroule autour de moi comme un serpent. Comme un naxem. *Un mensonge ? Lequel ? Celui que tu prétends croire toi–même ?*

– Je n'avais aucune raison de t'en parler. Tu ne peux pas participer. C'est une perte de temps.

Je pointe du doigt la couronne qu'elle tient, celle pour laquelle elle a tant travaillé. La voir couvrir de ses mains la couronne sur ses genoux pour la protéger me heurte. Je n'ai jamais reçu de blessure plus brutale.

– Tous ceux qui le veulent peuvent participer au sessemara. Je *dois* y participer.

La fureur mord mes talons, menace de les trancher et de me faire basculer.

– Pourquoi? Pourquoi *dois*–tu participer?

– Parce que toi aussi tu vas y participer. Je ne veux pas rester ici et te voir avec une autre femme.

Son honnêteté crue me déstabilise, menace de me mener à ma perte. Je n'arrive pas à réfléchir car en même temps, sa jalousie embrase ma bite, la durcit jusqu'à la douleur.

– Et alors ? Tu veux rejoindre une autre tribu ? Tu veux partir ?

L'idée qu'elle parte me donne envie d'envelopper son corps entier de chaînes et de l'ancrer à moi pour qu'elle ne puisse jamais partir. Elle est *à moi*.

– Tszk. Je ne veux pas, mais je ne peux pas rester ici non plus. Comme Tekevanki, je ne peux pas regarder...

– Tekevanki ! C'est Tekevanki qui t'a mis ces putains de svik d'idées dans la tête ?

Elle ouvre la bouche et souffle, l'air frustré, comme si elle voulait en dire plus sans pouvoir le faire. De mon côté, je suis bien au–delà de la frustration. Je vais massacrer Tekevanki. Je vais massacrer tout le monde.

– Tous ceux qui le veulent peuvent participer au sessemara, répète–t–elle. Même les humains, même ceux dont la couronne est minuscule.

– Tu me menaces, c'est ça ? Tu penses que tu peux me forcer à m'unir à toi?

Ses lèvres s'ouvrent, sa respiration est plus saccadée. On pourrait croire qu'elle joue la comédie si le reste de son expression n'était pas si brutalement honnête, si je ne la connaissais pas, si je ne savais pas déjà qu'elle est incapable de tromper qui que ce soit.

– Tszk. Je sais que tu dois t'unir à une femme importante. Une guerrière. Je sais que tu dois le faire, pour le dolsk, pour qu'il soit plus grand. Alors je dois trouver un nouveau dolsk. Je dois essayer...

Un rire noir, malade, que je n'avais jamais entendu auparavant, s'échappe de moi. Un rire plein de méchanceté. Un rire plein de rage impuissante, mal dirigée.

– Mais enfin regarde ta couronne. Aucun mâle ne voudra de toi.

Elle fronce les sourcils et de l'eau coule le long du bord de ses paupières inférieures, ce qui génère quelque chose de terrible en moi. Mon manerak et mon naxem reculent. C'est comme s'ils tombaient à la renverse d'une falaise: rien pour les ralentir, rien pour les arrêter. Puis Mian se lève. Elle serre la couronne dans son petit poing tremblant et se dresse au–dessus de moi, comme une ombre, comme une déesse. Sous elle, je ne suis qu'un humble sujet.

– J'ai plus qu'une couronne.

Sa voix tremble. Cela me blesse plus que les épées ne peuvent blesser.

– Qu'est–ce que tu as ? Ton corps ?

Je regarde ses bras, ses tatouages. Mes tripes se remplissent d'effroi. L'idée d'un autre homme sur elle pendant qu'elle ferme les yeux et murmure son nom – n'importe quel nom qui ne serait pas le mien – me détruit. L'agonie remplace la rage qui me ronge.

– Le sexe n'est pas important ici, dis–je pour la dissuader.

Mais mes mots sonnent faux. Elle serre la mâchoire si fort que je pense qu'elle va la casser et secoue sa couronne vers moi à chaque mot, comme pour les ponctuer.

– Tu crois que tu es le premier mâle à vouloir coucher avec moi ? J'ai appris ce qu'il faut faire... appris... des maîtres qui veulent du sexe de moi. J'offre d'autres choses à la place. Comme dans la tempête de sable.

Je n'arrive pas à penser. Mon esprit est une mer tourbillonnante d'images amères qui me font mal, qui me torturent. La pensée de ses doigts parfaits enroulés autour de la bite d'un autre mâle, pompant sa semence sur les plis de sa chatte... Ou pire encore... La pensée qu'elle *me* considère comme un maître parmi tant d'autres me réduit à néant. Tout ce qu'elle m'a dit avant est perdu. La jalousie, le regret, le chagrin ont tout effacé. Je ne suis *rien* pour elle. Rien. Mon manerak est silencieux. Mon naxem encore plus.

Peut–être que je ne suis rien du tout.

La rage cède la place à l'agonie, puis à l'oubli. Je m'enfonce profondément et quand je me réveille, je suis debout, près de son visage, et je parle tout bas en frémissant :

– Donc tu es une pute alors ? C'est ce que tu vas offrir à tous les mâles au sessemara ?

– Je *suis déjà* une pute. Je suis *ta* pute. C'est ce que tu as fait de moi. Akimari, tszk ?

Je ne réponds pas. J'aurais aimé le faire, parce qu'alors j'aurais pu empêcher l'épée qu'elle a enfoncée dans mes deux cœurs simultanément de me lacérer sans pitié.

– Je fais ce que je dois faire pour garder mes anneaux brisés et m'unir à un mâle. Si tu ne veux pas de moi, je ne sais pas pourquoi ça te met en colère.

Si tu ne veux pas d'elle, alors je n'ai aucune raison d'être... La voix sombre s'éteint et j'ai l'impression d'avoir reçu un coup de lance dans le ventre. Je m'éloigne d'elle et parle par–dessus mon épaule, incapable de regarder son visage.

– Tszk. Je ne veux pas de toi. Ma place est auprès d'une femme qui possède plus qu'une bande de papier de roseau sale en guise de couronne.

17

Mian

Je ne sais pas à quoi je m'attendais. Je ne sais pas si ce que j'avais en tête ressemblait à ça de près ou de loin. Il a fallu attendre trois solaires pour le sessemara. Trois solaires tendus et difficiles. Les soleils étaient plus chauds que d'habitude, pour commencer, mais Neheyuu était aussi... d'une humeur massacrante. Cela imprégnait le tasmaran, tout le monde. Tout.

Des bagarres ont éclaté parmi les mâles et parmi les femelles. De mon côté, j'ai juste essayé de rester moi-même et de m'occuper. Comme je ne pouvais pas aller dans le dolsk des armes, je n'ai fait que polir et aiguiser les épées que les guerriers m'ont parfois apportées. Quand je ne travaillais pas sur les armes, je pratiquais mon manerak avec Tri, j'apprenais les phrases importantes et les coutumes dont je pourrais avoir besoin pour le sessemara.

C'est le grand soir et je viens d'arriver. Il y a déjà pas mal de monde. Mon appréhension s'accentue alors que la lumière des torches illumine le ciel lunaire jusqu'à ce que finalement une merveilleuse sorte de chaos se déroule devant nous, puis nous engloutisse. Les différents dolsks convergent les uns vers les autres, c'est à la fois divertissant et effrayant.

Différents dialectes résonnent autour de moi, je me sens un peu perdue. Des personnes de couleurs différentes, maneraks ou humaines, attirent mon attention. Les participants sont nombreux à taper des mains et à rire – voire à danser – près des feux de joie qui crépitent sous le large ciel étoilé de Sasorana. Je me demande si tous ces guerriers de tasmarans différents sont véritablement en compétition les uns avec les autres, ils ont plutôt l'air de s'amuser ensemble.

Je rejoins les femmes humaines que je connais du dolsk de Neheyuu pour boire un verre autour d'un des feux. Au bout d'un moment, je m'inquiète parce que nous ne parlons qu'entre nous, mais Chimara rit en expliquant que le sessemara n'a pas encore commencé.

Quand commencera–t–il donc ? Je suis submergée par tant de choses. *Neheyuu me manque, j'aimerais qu'il me guide dans cette folie*, mais je ne peux pas penser à lui maintenant. Le gong sonne et je suis Chimara de près alors qu'elle me conduit loin du feu vers le plus grand dolsk que j'aie jamais vus.

Seuls ceux qui cherchent à s'unir à quelqu'un, ainsi que les guerriers gradés et leurs compagnons, nous accompagnent. Quelques minutes plus tard, Chimara ouvre les volets de cuir du dolsk pour moi. Je suis sans voix. Ma main se serre autour d'une paume absente. *Où est–il* ?

La magnificence des lieux est écrasante. D'énormes tapis d'or et de fourrure sont éparpillés un peu au hasard, ils recouvrent entièrement le sol, tandis que des guirlandes de fleurs séchées pendent des supports au-dessus des têtes. De grosses bougies aussi épaisses que mes cuisses et aussi grandes que moi font le tour la pièce, tandis que de plus petites bougies ornent avec grâce de lourdes tables en bois. À côté de ces décorations illuminées, des mets de toutes sortes envahissent chaque espace disponible sur les tables. Mon estomac s'emballe immédiatement, il est désireux de goûter à tous les délices proposés.

Instinctivement, je gravite vers la table la plus proche et le plat le plus proche sur cette table – une sorte de gourde vert vif avec une sorte de purée orange au milieu, mais au moment où j'arrive et porte la gourde à mes lèvres, je lève les yeux.

Tekevanki est debout, dos à la table, et me regarde par–dessus son épaule. Elle cligne des yeux et je suis son regard à travers la pièce. Des sièges sont éparpillés ici et là, mais même dans la salle pleine, les Premiers se distinguent. Dix–sept tasmarans forment les Tribus Maneraks Unies de Sasor. Parmi les Premiers qui les dirigent, six cherchent à trouver leur compagne pendant ce sessemara.

De petites foules se sont formées autour d'eux, des corps se bousculent pour avoir le temps d'être vus, de voir, de choisir, et je... je comprends ce que Tekevanki me pousse à faire, mais je ne sais pas... comment le faire.

La foule autour de Neheyuu n'est pas la plus importante, mais il y a quand même huit – peut–être dix – femelles près de lui. Il me faudrait beaucoup d'audace pour attirer son attention, sans compter qu'il me *déteste*. Et en ce moment, je pense ressentir la même chose pour lui. Si je cherchais à lui plaire, ce serait *au détriment* de ma fierté.

Je jette un coup d'œil à Tekevanki et secoue un peu la tête. Elle soupire et hausse une épaule, puis se retourne vers la petite cour qui cherche à lui plaire. Trois mâles se tiennent devant elle et elle rit de ce que l'un d'eux dit. Ils font tous plusieurs têtes de plus que moi – y compris Tekevanki elle–même – et portent autour du cou des couronnes tout à fait magnifiques.

Je déglutis et je touche la couronne autour de mon cou. *Une bande de papier de roseau sale.* Je comprends maintenant ce qu'il voulait dire. Comparée à ce que les autres portent, ma petite couronne n'est qu'une bande de papier de roseau sale. J'ai bien ajouté quelques–unes des pierres que j'ai reçues des guerriers à leur retour, en les tressant dans le tissu blanc que Tekevanki m'a donné, mais ma couronne ne ressemble vraiment à rien. Elle est loin d'avoir l'éclat des autres couronnes de cette pièce.

Sur le cou de Tekevanki, des bijoux étincelants et des métaux précieux forment des formes complexes tissées parmi les boucles d'or avec des tissus colorés qui semblent assez résistants pour panser des blessures et assez doux pour bercer des enfants. Au moins une douzaine d'anneaux entourent son cou – ils sont si grands que la couronne entière dépasse de sa poitrine d'au moins la longueur d'un avant–bras. Si elle n'avait pas un visage aussi long, elle aurait probablement du mal à voir par–dessus. Et les mâles... bien que leurs couronnes aient tendance à être plus plates, elles sont énormes.

Les boucles sont aussi grandes que ma poitrine et si certaines sont en tissu, la plupart sont en métal brut ou en bois sombre. Les guerriers dans la foule sont facilement identifiables car ils portent les preuves de leurs accomplissements guerriers autour du cou comme des trophées d'honneur. Les dents des chiens du désert s'entrechoquent contre la poitrine de l'homme auquel Tekevanki parle actuellement, tandis que l'homme à côté de lui arbore un *crâne* qui semble légèrement trop petit pour être celui d'un manerak. C'est un crâne *humain*.

Je secoue la tête. Je n'ai pas besoin d'une lourde couronne. J'ai juste besoin de rencontrer quelqu'un de bien. Un mâle qui me désire… Pfff, je suis en train de rêver. *Il avait raison. Aucun mâle ici ne donnera sa couronne en échange de ça.*

Je porte la gourde verte à mes lèvres et en prends une bouchée, prête à laisser le goût me prendre. Ce faisant, je commets une grave erreur: cette chose est acide et aigre. Ma bouche se remplit de salive et je m'étouffe. Je pose le reste de ma gourde et je me relève au son du rire de Mor.

– C'est du deringa. C'est une pâtisserie de Hox mais ça a un putain de svik de goût, n'est–ce pas ?

J'acquiesce et examine sa couronne. Bien qu'elle ne soit pas aussi grande que celles des mâles qui parlent avec Tekevanki, elle est tout de même impressionnante.

– Yena, tout à fait.

Il rit.

– Goûte plutôt l'evrol.

Il passe devant moi pour prendre un mets rose et gonflé avant de le placer dans ma main. Nos doigts se touchent et il fléchit immédiatement les siens, comme si le contact était étrange.

– C'est délicieux, dis–je.

Pour être honnête, l'Evrol n'est pas vraiment délicieux. C'est un peu trop sucré, et ça a le goût d'une fleur au parfum capiteux. Un parfum qu'une femme pourrait porter – si elle se baignait dedans.

Mor sourit encore et penche la tête. Ses cheveux blonds reflètent la lumière. Son regard se pose sur ma couronne et je me crispe un instant : je sais qu'il va se moquer de ce pitoyable objet. Toutefois, au lieu de cela, il dit d'une voix douce :

— Je suis heureux de voir que tu as utilisé ma pierre. Tu es superbe.

Sa pierre occupe en effet une place de choix au centre de ma couronne. Je souris.

— Tu es superbe aussi, lui dis–je.

La tension dans ma poitrine s'apaise un peu. Il inspire et gonfle son torse nu. J'ai envie de rire mais je n'en fais rien.

— Tu cherches une compagne ? Tu vas t'unir à quelqu'un durant ce sessemara ? Je lui demande.

Il secoue la tête puis hausse les épaules.

— Tszk. Mais je regarderai. Si une femelle attire vraiment mon attention, alors je pourrais jeter ma couronne dans l'anneau pour elle. Mais seulement si elle est prête à s'installer dans le village de Neheyuu. Je me plais bien ici.

Je lève les yeux vers le large visage de Mor. Il vient de me rappeler que si je suis sélectionnée ce sessemara, le tasmaran Neheyuu et les amis que je me suis faits me manqueront. La tristesse tord quelque chose en moi.

— Je me plais bien ici aussi, je poursuis.

Mor se déplace de gauche à droite. Je sens qu'il est mal à l'aise et ses yeux se détournent de mon visage.

— Viens, dit–il, allons voir Neheyuu. Je suis sûr qu'il se demande où tu es.

Je secoue la tête, me crispe, et croise les bras sur ma robe à carreaux unie. Les femmes non revendiquées sont censées porter de simples uniformes, mais certaines femmes très riches contournent les règles tandis que d'autres les enfreignent complètement et arborent des robes colorées destinées à attirer le regard. Et elles atteignent leur objectif. *Je ne trouverai jamais un compagnon. Je n'ai pas besoin de Neheyuu pour me le rappeler ou me démoraliser plus que je ne le suis déjà.*

– Viens, je suis sûr qu'il aimerait te voir, répète Mor.

Je recule d'un pas et secoue à nouveau la tête.

– Tszk. Je vais...

– Mor, interrompt une voix.

C'est celle de Xena. Xi est juste derrière elle, il a l'air mal à l'aise.

– Pourquoi tu n'irais pas voir Neheyuu ? Il a besoin d'aide.

– On se verra plus tard alors, je déclare en reculant avec un signe de la main.

Xena s'avance rapidement et attrape mon avant–bras.

– Je ne suis pas là pour Mor, précise–t–elle tout bas.

Elle lève un sourcil. J'ai bien saisi le sous–entendu. Je grimace un peu, mais je la suis quand elle se fraye un chemin à travers le dolsk. Avant de le faire, je jette un dernier regard à Tekevanki. Elle m'observe aussi, et quand nos regards se croisent, elle baisse légèrement le menton.

Je m'avance nerveusement, pieds nus sur les tapis, mais je fais attention à ne pas le montrer. Je ne veux pas que Neheyuu pense que je sais qu'il a raison à mon sujet. Je ne veux pas qu'il pense que je vaux moins que lui parce qu'il le dit. Alors je relève le menton et je souris aux maneraks qui me sourient. Je me sens rassurée car tous ceux que je connais me regardent avec bienveillance. Même ceux que je ne connais pas m'adressent de subtils hochements de tête polis, comme pour me rappeler que je suis à ma place ici.

Je m'approche de la plateforme surélevée où Neheyuu s'est installé et je reçois des regards peu amicaux de la part des trois femmes qui se tiennent devant lui. Je ne reconnais aucun de leurs visages, mais je leur souris à toutes et j'ignore la façon dont elles regardent mon visage, ma tenue et ma couronne.

Je sais que je n'ai pas l'air aussi soigné qu'elles, ou aussi chic, mais... ce qu'elles voient, c'est moi, ce que je suis, et ce que je peux faire: je dois en être fière. Du moins, je dois essayer de l'être. Quoi qu'il arrive, je ne peux pas laisser l'opinion de Neheyuu m'effrayer.

Xena et Xi s'écartent de mon chemin et je vois Neheyuu de près pour la première fois ce solaire. Il est assis sur des palettes sur lesquelles se trouvent des oreillers empilés. Ses longs cheveux dorés emmêlés tombent sur ses genoux. Je souris presque à cette vue. Il n'a pas été capable de les peigner, même pour l'occasion, incroyable… Je fais un pas de plus et je peux sentir le parfum âpre qui émane de sa tasse. *Pas seulement sa tasse, de sa peau*. Est–il... est–il ivre ?

Son regard se pose sur le mien et il a l'air vif, ce qui contredit l'idée qu'il est sous l'emprise de l'hibi ou de quelque chose d'encore plus toxique. Il jette un coup d'œil à l'espace à côté de lui sur la plate–forme, plus précisément, il désigne le seul oreiller rouge à côté de lui. Je me sens un peu bête mais je le pointe du doigt pour m'assurer que j'ai bien compris, je ne veux pas me couvrir de ridicule en m'asseyant sur un siège qui revient à quelqu'un d'autre.

Il baisse le menton en signe d'assentiment et j'avance la main pour éloigner un peu l'oreiller de lui, puisque son bord frangé est directement contre sa cuisse, mais il repousse ma main et le remet près de lui. Mes lèvres se tordent. Je réponds directement à son regard et le maintiens, même si je dois lever les yeux. Contre toute attente, je suis la première à craquer. Il y a quelque chose de mortel dans son expression cette lune. Le Neheyuu impulsif et enjoué que je connais bien a disparu, il a laissé la place à un Neheyuu beaucoup plus volatile. Je ne suis pas sûre de pouvoir lui faire confiance.

– Je vais t'aider, dit Chimara en apparaissant à mes côtés.

Je rougis en utilisant sa main pour me hisser maladroitement sur la haute palette. Neheyuu, lui, a les pieds bien ancrés sur le sol. Le bout de mes fines sandales en cuir pend à côté de ses mollets.

– Merci, lui dis-je en prenant place tout près de Neheyuu.

Nos jambes sont pressées l'une contre l'autre et s'il se penchait en arrière, ses larges épaules ne pourraient aller nulle part. Heureusement, il se penche en avant pour le moment afin de parler à un guerrier que je ne reconnais pas. L'homme me regarde d'un air interrogateur, comme s'il voulait savoir ce que je fais ici : je ne le sais pas moi-même. Il discute avec Neheyuu de son tasmaran, de sa taille, de la fréquence de nos raids, de nos derniers succès et de nos dernières pertes aussi. Enfin… il s'agit maintenant de *leurs* succès, de *leurs* pertes.

Il s'en va en s'inclinant, mais sans promettre d'envisager de rejoindre le tasmaran de Neheyuu. Dans son sillage, la foule des trois femelles s'avance pour se tenir directement devant Neheyuu – et, vu la proximité de nos sièges, devant moi aussi. Au moment où la première femelle ouvre la bouche pour parler, Neheyuu lève trois doigts de sa main droite, c'est un geste manerak signifiant qu'elle doit *attendre*.

– Je ne m'unirai à aucune femelle lors de cette cérémonie, lâche–t–il sans ménagement.

Six yeux s'écarquillent de surprise, huit, si on compte les mien. L'une des femelles – une grande femme aux cheveux blond foncé que je n'avais jamais vue auparavant – s'exclame:

– Cette couronne semble terriblement lourde, Neheyuu. Es–tu certain que tu ne voudrais pas qu'une femme la porte pour toi ?

Sa voix est sensuelle, séduisante, et même si je n'avais pas vu la taille impressionnante de sa propre couronne, j'aurais su qu'il s'agissait d'une femme riche rien qu'à l'aisance avec laquelle elle s'adresse à lui.

– Pas ce solaire, Mervene, répond Neheyuu sans ciller.

Son attention passe rapidement sur moi.

– Est–ce l'une des assistantes que tu as volées à mon tasmaran ?

Son tasmaran ? Neheyuu hoche la tête.

– Je l'ai récupérée. Yena.

Sa voix est égale, froide. Elle penche la tête et j'essaie de ne pas me tortiller sous ce regard qui m'évalue et me juge, mais quand il se pose enfin sur ma couronne et s'attarde, je ne peux pas rester impassible. Je regarde ailleurs, vers Chimara. La mâchoire inférieure serrée, elle fixe la femelle. Sa main se tend vers l'épée absente à sa ceinture.

Les guerriers ne sont pas armés dans le dolsk pendant la cérémonie. C'est un moment sacré. Même les raids sont interdits à tout membre des Tribus Maneraks Unies. Toutefois, en ce moment, je sens que Chimara aimerait que ce ne soit pas le cas. Même Mor, juste derrière elle, regarde la scène se dérouler avec un froncement de sourcils glacé qui assombrit son expression habituellement chaleureuse.

– Elle est... commence la femelle.

– Fais *attention* à ce que tu vas dire…

La voix qui sort de la bouche de Neheyuu en sifflant n'est pas celle de Neheyuu. Elle est plus sombre, plus profonde. Sa main, toujours levée, fait un geste rapide. Un geste dédaigneux. Le visage de Mervene s'assombrit.

– À mon avis, tu tiendras encore trois tours des trois soleils, soit trois autres cérémonies d'union ratées. Ensuite, ton tasmaran tombera et nous le réabsorberons. Avec tous tes *assistants*.

Un grognement sort de la poitrine de Neheyuu si brusquement et avec une telle force que Mervene fait un bond en arrière. Son propre visage se transforme, la mâchoire inférieure se distend pour former la mandibule du manerak en forme de diamant avant de se remettre en place. Elle lui lance un dernier regard avant d'attraper un bord de sa robe aérienne et de disparaître dans la foule dans un tourbillon.

J'ai chaud. Je suis mal à l'aise.

Neheyuu respire fort à côté de moi et, bien que le grondement de sa poitrine soit audible, il est presque complètement immobile. Une poignée de ses guerriers les plus fidèles sont à proximité, mais aucun d'entre eux ne s'approche ou ne dit quoi que ce soit. Ils se contentent de le fixer, comme s'ils étaient soudainement incertains... ou même, *effrayés* par lui. Son silence est lourd de menaces.

– J'ai goûté du deringa.

Ma voix brise le silence. Elle n'est pas forte mais tout le monde me regarde. Par inadvertance, je commence à tripoter certaines des pierres qui pendent de ma couronne. Aussi lentement qu'un boulon rouillé ayant besoin d'huile, Neheyuu se retourne pour me regarder. Il est tout près. Je peux sentir l'hibi. Je peux sentir sa chaleur.

— C'est dégoûtant, dis-je en faisant en faisant la grimace.

Un coin de la bouche de Neheyuu s'agite. Mais seulement le temps d'un souffle. Puis son regard se détourne, il est tel un oiseau prédateur à la recherche de sa prochaine proie.

— Je mange aussi de l'evrol. Enfin, j'en ai mangé.

J'ai encore du mal à conjuguer au passé. Je secoue la tête et donne un petit coup de pied en avant, la chaleur enflamme mes joues.

— Qu'est-ce que tu en as pensé ?

Il répond si brusquement que je peine à comprendre. Son regard heurte le mien; il est complètement noir, mais je ne sais pas ce que cela signifie. Je déglutis, confuse, *nerveuse*. Comme tous les autres.

— C'est trop sucré pour moi.

Je me lèche les lèvres. Il inspire longuement et son regard passe de ma bouche à mes cheveux, enroulés sur ma nuque et fixés par de petites fleurs blanches. Il expire un peu plus profondément, avant de répondre :

— Pour moi aussi. Tu as entendu ce que j'ai dit à Mervene ?

Je hoche la tête.

— Yena.

— Je ne choisirai pas de femelle pendant ce sessemara.

— Je ne comprends pas, dis-je.

Ce que je veux dire, c'est que je ne comprends pas pourquoi il *me* le dit. Il lève sa tasse, la vide, et la passe à un guerrier appelé Petra, qui se trouve à côté de lui. Le mâle s'éloigne en courant.

– J'ai besoin de plus de temps. J'ai besoin de temps pour m'établir, pour réorganiser ce tasmaran. Ensuite, je pourrai m'occuper d'une femme.

Je veux lui dire que ça n'a aucun sens. Prendre une femelle n'est pas incompatible avec ce qu'il a mentionné, au contraire – du moins, c'est ce qu'il semblait penser quelques lunes plus tôt. C'est ce que pense aussi Tekevanki. C'est ce que Chimara pense. C'est ce que pensent tous les membres de son tasmaran. C'est ce qu'ils racontent autour de feux de joie chauds en buvant des tasses de bière humaine et d'alcools maneraks. Mais je n'en souffle pas mot. Je ne dis rien du tout, parce qu'il n'a pas l'air tout à fait... bien. Je veux lui demander s'il va bien – même s'il me déteste et même si je suis en colère contre lui, je me soucie toujours de savoir s'il est malade ou contrarié – mais pas ici, devant tout le monde, en plein sessemara.

Je hoche donc la tête, je me mords la langue et jette un coup d'œil à la foule. J'aperçois Menerva qui discute avec Tekevanki et son père, le guerrier Creyu.

– Quelle femelle choisiras-tu quand tu choisiras ?

Il grogne comme si ma question l'avait blessé. Il ne veut pas en parler ? Il passe une main dans ses cheveux et les emmêle encore plus.

– Je ne sais pas.

– Menerva ? Elle a l'air... sympa, je dis faute de mieux. Elle est jolie et c'est une guerrière manerak, non..?

– Ça se prononce Mervène, et Yena, elle est une manerak issue d'une des plus anciennes lignées.

Neheyuu grogne à nouveau, secoue ses cheveux et passe sa main dedans encore plus rudement. Ses doigts s'accrochent à des noeuds.

– Tout ce qu'elle veut c'est que je lui donne une couronne. Ça lui permettra d'attirer l'attention d'un Premier plus établi. Si les rumeurs sont exactes, elle devrait recevoir une offre de Wren et de Gigida, tous deux Premiers de leurs tribus. Elle essaie de faire en sorte qu'un maximum de Premiers lui fassent des offres dans l'espoir que Hox le remarque. Les Hox et les Nevays sont les deux tasmarans les plus puissants après les Sessenas. Elle ne veut pas de moi, elle veut une meilleure offre.

Neheyuu expire.

– Par contre, elle ne l'obtiendra pas de Hox.

– Pourquoi?

– À ce qu'il paraît, il est amoureux d'une femme capturée lors d'un raid.

Ça me surprend. Neheyuu ne me regarde pas, mais je sais qu'il sent mon regard sur son visage, car il se détourne complètement de moi.

– Une humaine, ajoute-t-il.

Les points de suture autour de la blessure fraîche qu'est mon coeur sont défaits. J'inspire profondément et, en expirant, je déclare :

– Ce sera plus facile pour Hox. Il a un grand tasmaran, comme tu l'as dit. Il peut s'unir à n'importe quelle femelle qui lui plaît.

Neheyuu acquiesce, mais ses épaules sont affaissées en avant. Il a l'air... brisé.

– Yena.

– Donc, tu ne choisiras ni Mervene ni Tekevanki, dis-je rapidement.

J'aimerais changer de sujet, nous détourner de cette ambiance pesante qui entraîne notre tasmaran entier dans son sillage comme une lourde pierre. Enfin, *son* tasmaran...

– Et elle ? C'est une guerrière. Elle porte une armure de guerrière.

Je désigne à travers la foule une femme un peu plus petite que les autres. Pourtant, elle ne ressemble pas au genre de femme que je choisirais de combattre, mais à celle que j'aimerais voir combattre à mes côtés. Son armure épouse sa poitrine et ses hanches. Elle porte des bottes en cuir marron assorties à celles des mâles. Les trous le long de sa ceinture montrent l'emplacement des armes. Elle en porte beaucoup.

– Elle est avec les Nevays. Elle ferait un bon parti pour n'importe quel mâle, mais elle n'est qu'à moitié manerak. Sa mère était humaine.

Je me rends soudain compte que ses cheveux sont bruns.

– Comme Chimara.

– Yena.

– Elle a beaucoup de choses sur sa couronne…

En effet, il s'y trouve un petit crâne, de grandes dents, un collier d'objet rouillés dont je ne veux rien savoir. Oh non, *ils ne sont pas rouillés, ils sont sanglants.*

– Mais elle n'a pas de forme manerak.

– Ah.

La tristesse m'appesantit, mais je lutte et cherche à me redresser. Je ne me laisserai pas faire.

– Et elle alors ? Elle est bien, c'est elle qui a la plus grande couronne que j'ai vue.

Je désigne au hasard une femme avec tellement d'anneaux différents en or, argent et pierres précieuses empilés sur le cou qu'elle ne peut pas voir par–dessus.

Neheyuu éclate de rire. Le son me surprend et je me retourne pour voir les coins de ses yeux se plisser. Il secoue la tête et boit dans sa tasse quand Petra revient avec. Petra m'en tend également une et j'en bois une gorgée avec reconnaissance.

– C'est Egretha. C'est la fille du Second de Sessena, une manerak au sang pur complètement folle.

– C'est celle qu'il te faut alors.

Neheyuu rit à nouveau, encore plus fort. Il se déplace de façon à ce que ses genoux soient pointés dans ma direction et tend un bras musclé au–delà de mon visage pour pointer du doigt le dolsk.

– C'est son père.

Le mâle qu'il désigne a une couronne si grande que lorsqu'il se retourne, elle heurte directement un mâle qui passe. Ce dernier renverse complètement le plateau et son contenu. Je couvre ma bouche en riant doucement.

– Par toutes les étoiles, dis–je en humain avant d'ajouter en manerak:

– Je vois. Heureusement que j'ai une petite couronne alors. Je n'ai pas peur d'attirer des mâles comme lui.

Neheyuu est silencieux. Il est très proche de moi maintenant. Je peux sentir sa chaleur envahir tout mon côté gauche. Je n'ose pas lever les yeux vers lui. Je ne veux pas m'y voir. Je ne veux pas voir ma peau s'enflammer ou mes lèvres trembler. *Il m'a manqué.*

– Tu m'as manqué, murmure–t–il contre mes cheveux. Ces dix–sept derniers solaires sans toi dans mon dolsk ont été un véritable supplice.

Un éclair parcourt ma colonne vertébrale avant de la redescendre. Mes orteils se recroquevillent.

– Et je n'aurais jamais dû te dire toutes les bêtises que je t'ai dites.

Je suis parcourue de frissons. *Oserais*-je répondre? Je retiens ma respiration et me tourne pour croiser son regard, mais ses yeux sont fermés, ses narines s'évasent et son front se plisse de concentration, comme si chaque mot lui causait une grande douleur. Je le soulage de ce fardeau.

– Tu n'as pas besoin de dire ça, dis–je en rougissant. Je... tu as dit ce que tu avais sur le coeur. J'ai dit ce que j'avais sur le coeur. Tu avais raison : ma couronne est petite, je ne trouverai pas de compagnon.

Il m'attrape la nuque si brusquement que je sursaute. Il m'attrape sans difficulté, alors que ses yeux sont fermés. Il me serre plus fort que je ne le voudrais, mais je ne lui demande pas d'arrêter. Au lieu de cela, je croise mes chevilles, je serre les cuisses et je prie pour qu'il ne puisse pas sentir la montée de chaleur qui s'accumule à leur jonction. *Maudit soit–il.*

– Tout homme serait honoré de porter ta couronne. J'en serais honoré.

Je suis sous le choc, complètement engourdie, mais pas assez pour être insensible à l'odeur fraîche de terre, d'herbe et de métal qui s'épanouit sur sa peau.

– *J'aurai* cet honneur. Mais j'ai juste besoin... de temps. J'ai besoin d'apprendre à gérer mon putain de svik de tasmaran et de savoir comment régler l'épineux problème des guerriers perdus. Creyu et Tekevanki emmènent douze guerriers avec eux. J'ai besoin de m'occuper de ça. Quand je l'aurai fait et que j'aurai sécurisé notre tasmaran, je serai là pour toi. Je m'unirai à toi. Jusque là, j'ai juste besoin que tu restes à mes côtés. Dans mon dolsk. Dans mon lit. J'ai besoin que tu aides mon tasmaran. Tu peux faire ça pour moi ?

Je suis tellement abasourdie par le tour que prend cette conversation faite à mi–voix que je ne réponds pas. Je ne sais pas quoi dire. J'inspire. Je ne veux pas lui avouer que je pense que c'est une mauvaise idée. Selon moi, s'unir à une femelle pourrait être le seul moyen pour lui de renforcer son tasmaran. Il y a bien d'autres possibilités, mais cela lui prendra tellement de temps que je serai une vieille femme quand il y parviendra.

Je sais aussi que je ne peux pas risquer de passer plus de temps avec lui dans son lit sans finir par céder à ce que son corps veut – parce que c'est aussi ce que *mon* corps veut. Je ne serai plus qu'une vieille assistante humaine souillée qui n'a rien à offrir lorsqu'il parviendra à gérer son tasmaran comme il le souhaite– *s'il y parvient*. Et s'il n'y arrive pas, alors il pourra toujours s'unir à quelqu'un, mais moi, je n'aurai plus le choix. Je n'aurai rien. Ni personne.

Et *pourtant*... c'est une offre intéressante. Je n'en aurai peut–être pas d'autres. J'*apprécie* Neheyuu quand il ne se comporte pas comme un égoïste. Je ressens peut–être plus que de l'affection à son égard. Je ne sais même pas de quelle couleur est ce mot insaisissable, Amour, parce que je ne l'ai jamais vu. Je n'en ai même jamais rêvé. Tout ce que j'ai toujours voulu, c'est quelque chose de concret. Un compagnon. Un toit. De la nourriture sur ma table chaque jour. Peut–être des petits pour ensoleiller chaque solaire. *Neheyuu ferait un bon père*. Je ferme les yeux.

– Mian, dit Neheyuu.

La pression de sa main sur mon cou s'intensifie, mais je retire doucement ses doigts de ma peau. Je glisse de la palette sur le sol et secoue la tête sans mot dire. Les yeux de Neheyuu s'ouvrent et ses sourcils se rapprochent. Ses poings se serrent. Tout en lui se crispe.

– Est–ce que tu me rejettes ?

Sa voix est un fouet vif et cruel qui brûle et déchire.

– Tszk. Tszk, je dis rapidement. Je dois juste... réfléchir. C'est... vraiment... Il est difficile de savoir ce que cela signifiera pour l'avenir…

Je suis bien consciente que mon manerak n'est pas clair du tout mais je n'y peux rien. Le visage de Neheyuu s'assombrit. La peur m'envahit. Je n'ai pas peur qu'il me fasse du mal de quelque façon que ce soit, j'ai peur qu'il fasse une scène, qu'il nous embarrasse, lui, moi, tout notre tasmaran. *Son*... son tasmaran...

– Si tu t'en vas maintenant, cette offre n'est plus valable et je choisirai une autre femelle pendant *ce sessemara* pour l'emmener dans mon dolsk.

La colère, le choc et le vent de la trahison me frappent de plein fouet. J'ai envie de lui cracher dessus. Je veux griffer, frapper, crier et maudire. Je tape du pied. J'essaye de contenir l'assaut de mes émotions, mais ce n'est pas facile. Mes mains tremblent. Mon visage rougit. Ma bouche est totalement sèche. Je m'insurge:

– Mais comment peux–tu dire ça ?

Ma voix se brise. Il entrouvre les lèvres, mais pas un son ne sort de sa bouche. Il cligne des yeux puis repère quelque chose par–dessus mon épaule. D'un seul coup, il grogne, descend de la palette, s'avance devant moi et étend son bras droit sur ma poitrine, comme pour me protéger d'un ennemi en approche.

– Tatana, gronde–t–il. Je suis occupé. Nous pouvons discuter de ton entrée dans mon tasmaran comme assistant plus tard.

L'insulte fend l'air, refroidit l'ambiance de plusieurs degrés et réduit au silence ceux qui se trouvent à proximité. Je suis encore sous le choc, prête à me déchaîner et à combattre Neheyuu avec tout ce que j'ai, mais toutes ces pensées s'arrêtent quand les yeux noirs de Tatana se posent sur moi.

– Je ne suis pas ici pour toi, Neheyuu. Je suis ici pour parler à Mian.

Sa voix est sereine, l'opposé de ce que je ressens maintenant et de tout ce qui touche à Neheyuu. Celui-ci fulmine :

– Elle est occupée aussi.

Des chuchotements sourds s'élèvent autour de nous et le bavardage dans tout le dolsk semble soudainement plus faible. Je rougis. Tatana fait claquer sa langue contre ses dents en formant un « tut », c'est l'une de ses habitudes que j'ai apprises à connaître durant notre très courte période de vie commune.

– Tu essaies d'empêcher un homme de parler à une femme non accouplée pendant un sessemara ? demande-t-il avec un petit rire noir. Tu seras banni de toutes les cérémonies futures, si c'est le cas. Comment feras-tu pour faire évoluer ton dolsk ? À ta place, je réfléchirais à deux fois avant de parler.

Preena fait soudainement irruption dans la petite clairière autour des deux mâles et pose une main sur l'épaule de Neheyuu. Je vois bien qu'il essaie de repousser Neheyuu, mais Neheyuu ne bouge pas. Les yeux de Preena se fendent. Il jette un coup d'oeil à Tatana et s'incline à partir de la taille.

– Notre Premier est juste un peu ivre. Ce n'est pas ce qu'il voulait dire.

– C'est ce que je pensais.

– Comment *oses*–tu…

Les deux mâles parlent en même temps. Les lèvres de Tatana sont plates. Ses yeux sont vides, mais c'est là que je vois ce qu'il tient dans ses mains: ce qu'il ne porte pas autour du cou. Sa couronne. Mon cœur se met à battre la chamade. Mon ventre plein me semble soudain aussi vide qu'un nuage.

– Mian, dit Tatana en me regardant comme si Neheyuu n'existait pas.

Le mot "*déshonneur*" résonne dans mon esprit.

– Strena.

Je déglutis, je me sens incertaine et *vraiment* effrayée mais je m'avance vers lui, et je m'éloigne de Neheyuu. Neheyuu fait mine de me suivre mais Preena lui attrape le bras et Mor se fraye un chemin dans le cercle, à temps pour placer ses deux mains sur la poitrine de Neheyuu.

Ma lèvre supérieure est moite, tout comme mes paumes. Je suis debout au centre du petit espace maintenant. Tatana est juste en face de moi et tout ce à quoi je peux penser, c'est au moment que nous avons passé dans son dolsk, quelques instants après qu'il m'ait dit qu'il s'unirait à moi. Il sent l'épice et le propre.

– Je m'excuse d'avoir permis que tu sois enlevée de mon dolsk, déclare–t–il lentement.

Je note qu'il ne s'excuse pas de m'avoir kidnappée et presque noyée dans la rivière pour y arriver ou d'avoir ignoré mes souhaits quand je lui ai dit et répété que je ne voulais pas de son corps nu près du mien, mais au lieu de faire une remarque à ce sujet, je me contente d'acquiescer.

– Merci pour ces excuses.

Sa bouche ne s'agite pas. Elle reste plate, mais ses narines se dilatent. Il se penche en avant sur la plante de ses pieds et une veine se dessine sur son front.

– Tu as été marquée ?

Derrière moi, Chimara s'exclame :

– Quoi ? Neheyuu, putain de svik...

– Yena, grogne Neheyuu, qui a élevé la voix pour couvrir les malédictions murmurées tout autour de moi. Je l'ai marquée. C'est *mon* akimari. Après tout ce qui s'est passé, elle ne peut pas être prise par un Second. Même si ce Second a failli être Premier mais a échoué.

– Tut.

Le son produit par Tatana semble involontaire. Son cou se crispe. Il baisse un peu la couronne dans ses mains. Je suis prise de panique et de colère. Je me sens trahie.

– J'ai été marquée ?

Je regarde Neheyuu par–dessus mon épaule, mais il refuse de croiser mon regard. Je me tourne vers Mor.

– C'est vrai, dit Mor. Tous les mâles maneraks peuvent le sentir sur toi. Neheyuu t'a marquée.

Il acquiesce solennellement et se lèche les lèvres. Son expression dissimule une douleur et un regret qui auraient dû être ceux de Neheyuu, mais qui ne le sont pas. Parce que Neheyuu n'est pas le mâle que je croyais connaître. Ce n'est pas quelqu'un de bien. Pas même un peu.

Ce n'est donc pas seulement la taille de ma couronne qui éloigne les mâles. Il m'a rendue *indésirable*. Pas *étonnant* qu'il m'ait demandé d'attendre. La culpabilité doit le rendre malade. Il m'a marquée. Il m'a *souillée*... Je refuse de le croire. Le *bâtard*. Le salaud. Les larmes mouillent mes cils et je commence à respirer plus fort en regardant mes poignets. Je siffle :

– Comment puis–je être marquée si on ne fait pas l'amour ?

Neheyuu s'étouffe. Les chuchotements de la foule se font entendre de plus en plus. Tatana attrape un de mes bras et tient mon poignet sous son nez. Il frotte la cassure de mon tatouage et pendant un instant fugace, un coin de sa bouche se soulève dans ce que je ne peux appeler qu'à contrecœur un sourire. Je n'ai jamais vu son sourire auparavant et je ne nie pas qu'il ne laisse pas indifférent. Moi par exemple, il me remplit d'amertume.

– Il t'a marquée, mais il ne t'a pas prise ? demande Tatana doucement.

Je grimace en entendant la phrase, mais j'acquiesce néanmoins. Tatana sourit de façon encore plus étrange en tournant son regard vers Neheyuu. Il ne le quitte pas des yeux lorsqu'il soulève une fois de plus son cadeau – une couronne massive, où pendent toutes sortes de trophées de meurtres, de vieilles armes et de richesses provenant de batailles inconnues – pour la placer sur mes épaules.

L'ouverture engloutit ma tête et je m'affaisse un peu sous son poids, tout comme mon âme. Ce moment que j'attendais avec tant d'impatience me semble *faux*. Tatana me l'a gâché – *non, pas Tatana, c'est Neheyuu qui l'a gâché en premier, il y a des dizaines de solaires*. Je lui ai demandé de ne pas faire l'amour avec moi, et il a accepté, mais ce marquage ressemble quand même à une violation. Des sentiments de frustration et de déception me chatouillent le fond des yeux, mais je les repousse avec force.

Je regarde Tatana dans les yeux et je dis les mots que Tri m'a appris.

– Je… suis honorée de recevoir ta couronne. Merci, Tatana.

Derrière moi, Neheyuu crie horriblement, comme un animal éviscéré. Couvrant ses hurlements, Tatana répond :

– Merci de t'être préservée pour moi comme tu avais promis de le faire Mian.

Quoi ?

– Et comme je te l'avais promis, je t'offre ma couronne et la promesse que je me battrai pour toi lors du prochain solaire pour prouver que je suis le mâle auquel tu devrais t'unir.

De quoi parle–t–il ?

– J'ai hâte de terminer le sessemara et j'espère être celui que tu vas choisir. Si j'ai cette chance, je serai heureux d'enlever l'odeur de marquage de Neheyuu et de la remplacer par la mienne. Par une odeur permanente.

Ses yeux brillent et je ne peux pas empêcher les muscles de mon estomac de se contracter à cette idée.

– Merci, Tatana, je conclus sans grande conviction.

Il s'incline devant moi jusqu'au sol. Neheyuu ne m'a jamais honorée ainsi et il ne le fera jamais. Cela me peine, même si Tatana semble jouer une mascarade et même si je me force. Il se retourne et au moment où il disparaît dans la foule, Neheyuu explose, libéré de la cage des bras de Mor. Il me fonce dessus et j'aurais pu tomber à la renverse si Chimara n'avait pas attrapé mon bras.

– Doucement, Premier, dit–elle en levant une main en signe d'avertissement, mais Neheyuu n'entend pas et ne voit pas.

Ses épaules se soulèvent, sa tête s'allonge, ses dents forment des crocs et il s'ébroue avec violence. Une violence d'homme serpent, je ne suis pas surprise.

– C'est vrai ? S'écrie-t-il.

– Quoi? Qu'est-ce qui est vrai ?

– C'est vrai ?

Sa voix est un rugissement qui anéantit tout. Je fais un bond en arrière et je sens des mains familières se poser sur ma colonne vertébrale. Reffa se joint à Chimara pour me soutenir et elles doivent se mettre à deux pour me maintenir debout. Reffa a déjà trois couronnes empilées sur le cou, mais aucune n'est aussi grande que celle que je porte maintenant. J'ai l'impression de m'effondrer sous son poids. Je pensais qu'elle serait plus légère, mais elle est oppressante. C'est *mauvais* signe.

– Tu t'es promise à lui ?

Je secoue la tête avant de cligner des yeux. Je fixe le serpent qui me fait face, ce serpent trompeur et menteur.

– Ce que j'ai fait avec Tatana ne te regarde pas.

Un souffle d'énergie pulse à travers Neheyuu – une énergie sombre et démente. Elle sort littéralement de lui comme un vent du désert, sec et chaud. Un cri collectif s'élève et je vois l'éclair des yeux noirs et les crocs dégoulinants d'énormes dents quelques secondes avant que le vent ne me jette – et tout le monde autour de moi – au sol. La dernière chose que j'aperçois peu avant la disparition de Neheyuu est une queue massive couverte d'écailles qui disparaît à travers les cuirs du dolsk. Du sol, Reffa, Chimara et moi échangeons un regard inquiet.

– Tout le monde va bien ? demande Reffa.

Je hoche la tête. Chimara acquiesce.

– Super. Bon, maintenant, est–ce que quelqu'un peut
me dire ce qu'était cette chose qui a quitté la tente et qui
n'avait pas l'air manerak..?

– C'est Neheyuu, j'explique avec amertume. C'est son
serpent.

– Son serpent ?

Chimara se contente de hausser les épaules.

– Elle doit parler de son manerak.

Je secoue la tête pendant que Mor m'aide à me relever.

18

Neheyuu

Mon naxem me propulse à l'extérieur avant de projeter ma vraie forme hors de son enveloppe. Du moins, c'est l'impression que j'ai. C'est comme si je recevais deux coups de poing d'affilée dans l'obscurité, sur le visage. Après avoir chancelé, je tombe à plat au milieu des hautes herbes. Je suis nu et j'ai à nouveau des doigts. Pendant un moment, j'ai cru que j'étais complètement naxem. Je dois l'avoir imaginé. Tout comme je dois imaginer la voix de Mian qui appelle mon nom... Mian... *elle nous cherche.*

– Neheyuu ! Putain de svik de Sasorana !

Non, ce n'est pas l'accent léger et agréable de Mian, c'est l'accent dur et tranchant de Dandena.

Trouve Mian. Donne-lui ta couronne. Demain, au combat, arrache les bras de Tatana avec les dents et dévore-les sous ses yeux. Tszk. Mian a fait son choix. Elle l'a choisi, lui. Elle lui a promis son corps alors qu'elle ne m'a rien promis de tel à moi. *Va voir Mian. Va lui parler. Donne-lui ta couronne. Fais-lui ton serment. Elle est à nous, mais seulement parce que nous étions à elle bien avant. Elle est notre Xiveri.*

– Putain de svik ! Mais qu'est–ce que tu fais dehors ? En plus t'es bourré comme un... Je ne sais même pas à quoi te comparer.

Elle attrape mon bras et me remet sur pieds. Je lui suis reconnaissant car je ne pourrais rien faire sans son aide. Je ne contrôle plus mon corps. Mes membres sont attirés vers le dolsk, mais ma vraie forme résiste.

Tszk. Mian ne mérite pas un Premier. Elle s'est comportée comme une pute, comme une petite pute Akimari... *Ne parle pas d'elle de cette façon. Tu devrais avoir honte de toi, Sasorana devrait avoir honte de toi. Tu ne sais rien, tu ne vois rien.* Ah bon? Pourtant je l'ai vue prendre la couronne de Tatana. Mes yeux m'ont–ils trompé ? *Mais enfin, de quoi parles–tu ?*

Ma jambe gauche fait un bond en arrière, vers le dolsk du sessemara, vers elle, mais c'est moi qui contrôle la situation. *Tu penses que c'est toi qui es aux commandes ?* Je commence à m'effondrer de nouveau. Soudain, d'autres mains sont sous moi. J'entends des voix qui résonnent au loin comme des cris d'oiseaux.

– Mais qu'est–ce qu'il a encore?

– Il est malade ?

– Premier, tu nous entends ?

– Premier !

– Premier ! crie Dandena. Svik ! Que se passe–t–il?

J'entends le martèlement de nombreux pieds.

– C'est le chaos là–dedans. Qu'y a–t–il?

– Neheyuu !

La dernière voix ressemblait à celle de Mor, celle–ci semble être celle de Preena. J'ouvre les yeux et je lis de la fureur dans l'expression de mon second. Il fait sombre ici, les feux de la veille ne sont plus que des braises. De loin, je vois des corps sortir du dolsk du sessemara. Ceux qui le font tendent le cou de ce côté pour essayer d'apercevoir le plus jeune Premier des tribus maneraks – le Premier *déchu* – et le désordre qu'il a causé. Je ne serai pas Premier bien longtemps. Qui s'en soucie ? Qu'ils prennent mon titre… et mon corps. Plus rien ne compte. *Idiot. Lâche* ! Preena rugit, ses cheveux raides s'agitent derrière lui comme un cerf-volant.

– Qu'est-ce que tu as fait ?

– Qu'est-ce qu'il a fait ?

Alors que Preena raconte ce qui s'est passé, je sens ma tête et ma poitrine se serrer. Mon manerak fait rage en moi, il est incapable de se détourner de son plus ardent désir: *arracher la tête de Tatana, puis s'accoupler avec Mian encore et encore.* Dans cet ordre. Donne-lui quelque chose pour sa couronne. Oh, je vais lui donner quelque chose, elle ne sera pas déçue: *la tête de Tatana, ses deux mains et toutes ses dents de manerak* – mais elle n'aura pas besoin de couronne parce que je vais tout détruire avant de déchiqueter tout le monde pour m'assurer qu'elle est à moi et à moi seul. Mon naxem est silencieux. La déception et le rejet coulent dans mes veines comme un prélude à mon chagrin. Qu'est-ce que je suis en train de faire ? *Bonne question: qu'es-tu en train de faire* ? Un sifflement sourd, un ton plus sombre, ajoute: *Qu'as-tu déjà fait* ?

– Nous parlions de Mian à l'instant...

– Quoi ? je grogne.

Je me retourne vers Dandena alors que je tente de me relever. Elle fronce les sourcils et bien qu'elle penche son corps sur le côté, elle reste stable. Elle pense que je vais attaquer, elle se prépare, mais sans frapper. J'aimerais qu'elle me frappe. J'aimerais qu'elle m'*assomme*...

– Yena. La majorité des membres du tasmaran sont venus me voir. Ils ont peur de voir partir Mian et de perdre une excellente gardienne d'armes et un membre essentiel du tasmaran. Nous avons décidé de réunir un petit groupe de guerriers afin de déterminer qui va se battre pour elle.

Je manque m'évanouir.

– Se battre pour elle ? Elle est à moi.

Dandena lève ses deux bras en l'air et s'écrie, l'air effaré :

–Tout ce dont tu parles depuis les deux derniers tours, depuis que tu es devenu Premier, c'est de la nécessité de t'unir avec une femele d'un tasmaran plus fort ! Ce que Mian a toujours voulu, elle, c'est de s'unir avec un mâle gentil et sympathique. Chimara était sûre qu'elle essaierait de trouver un mâle à ce sessemara et il se trouve que tes guerriers aiment Mian – nous voulons nous battre pour elle. Nous voulons la garder au sein de ce tasmaran – le tasmaran… ça te dit quelque chose ? Tu nous as déjà oubliés ?

– Aucun de vous n'aura Mian, je rugis.

– Tu as écouté ce que je viens de dire, Neheyuu ?

– Aucun de vous ne l'aura !

– Donc on fait quoi ?

Dandena me crie dessus maintenant. Je veux passer mes griffes sur sa gorge pour la faire taire. Et pour la regarder saigner. Mon manerak veut tuer chacun d'entre eux. Mais c'est surtout après moi qu'il en a.

– On la laisse partir avec les Nevays ? C'était envisageable avant, mais réalises–tu seulement ce que tu as fait en te déshonorant devant eux ? Si on laisse les

Nevays la prendre maintenant, tu auras l'air faible. Nous aurons tous l'air faibles ! Et en plus tu l'as marquée ? Putain de Svik, mais c'est pas possible ! Pourquoi aucun des mâles – tszk – pourquoi aucun des autres putain de svik de *crétins* ne me l'a dit ?

Dandena saisit mes épaules et me force à croiser son regard.

– Neheyuu, tu dois lui donner ta couronne. Si elle ne te choisit pas, nous aurons au moins la conscience tranquille parce que nous aurons fait tout ce que nous pouvions en tant que tasmaran pour la garder. Et si elle te choisit, alors nous pourrons conserver notre gardienne d'armes et toi tu auras la femelle dont tu es clairement amoureux. Nous trouverons un autre moyen d'augmenter nos effectifs.

Tout ce qu'elle dit a du sens. C'est clair. Le problème c'est que je n'ai donné à Mian aucune raison de me choisir – tszk, je lui ai donné toutes les raisons de ne *pas* me choisir – et je ne pense pas pourvoir survivre si elle me rejette. Tout ce que j'ai fait depuis que je l'ai rencontrée, c'est la ridiculiser et la repousser, alors que Tatana... il ne s'est pas contenté de soigner ses blessures de ses propres mains... il a vu le trésor qu'elle représentait et il lui a fait une offre sur–le–champ. Tout comme j'aurais dû le faire au moment où je l'ai vue qui m'attendait, assise, entre ces cruches en céramique, telle un prix à revendiquer. Tszk pas un prix... un *joyau*.

Il a été plus malin que moi sur ce coup–là. Peut–être est–il juste *meilleur* que moi. Que se passera–t–il si je n'arrive même pas à le battre demain lors du deuxième solaire de la cérémonie ? Lors de notre première bataille – celle qui m'a apporté ce dolsk – j'ai gagné de justesse. Il aurait pu avoir le dessus. En plus, je suis instable en ce moment. Il pourrait... Elle pourrait... Rien n'est sûr. Je pourrais gagner et elle pourrait quand même lui donner sa couronne au dernier solaire. Mian ne se soucie pas de la force physique. Elle veut juste un homme qui soit *gentil*. Tatana était gentil avec elle, je ne l'ai pas été. Svik, je ne sais plus où j'en suis. J'avais juste besoin de temps. Je lui ai juste demandé un peu de temps. C'est de sa faute, c'est elle qui m'a mis dans cette position...

– Neheyuu ! hurle Dandena.

Elle me donne un coup de poing sur l'épaule. Je soulève la couronne de mon cou et la jette. Je la jette dans le noir. Puis je maudis et je rugis. Mon manerak m'avale tout entier et je m'écrase dans l'obscurité pour rejoindre l'horizon. J'espère atteindre le légendaire bord de Sasor et tomber directement de son arête dentelée.

19

Mian

Où est Neheyuu ? Cela fait deux solaires que tout le monde espère obtenir la réponse à cette question. Depuis sa... crise du premier solaire, il a disparu et on ne l'a plus revu, pas même pour les autres épreuves du sessemara.

À ma grande surprise, trois mâles vont combattre pour moi ce solaire. Tatana m'a offert sa couronne et je suppose que cela a dû piquer l'intérêt des autres mâles, car j'ai reçu deux offres supplémentaires. L'une d'un fabricant d'armes Sessena et l'autre d'un guerrier Hox sans titre.

Tatana a gagné la bataille contre les deux, même si les deux autres mâles ont uni leurs forces au début du combat pour avoir plus de chances d'éliminer Tatana en premier. C'était une bonne stratégie, mais même avec mes connaissances limitées en matière de combat, j'ai tout de suite vu que Tatana allait tout de même gagner.

Après leur combat, les trois mâles m'ont offert leurs cadeaux: des hommages symboliques. J'ai reçu une modeste dague joliment ouvragée de la part du fabricant d'armes. Le guerrier m'a offert un bracelet en argent et

Tatana m'a remis un ensemble de robes d'une belle teinte bleue.

C'est le troisième jour du sessemara et je porte l'une de ces robes avec le bracelet. Mes cheveux sont attachés, mais ce n'est pas parce que j'ai remarqué que Neheyuu semble apprécier cette coiffure. Tszk, bien sûr que non... Il n'est même pas là, personne ne sait où il est et c'est déjà l'heure de la dernière partie du sessemara : la remise des couronnes. L'union.

L'atmosphère est plus tendue lors de cette cérémonie que lors de la première – du moins, jusqu'à ce que la première couronne soit déposée. C'est Rita qui commence. Trois hommes que je ne connais pas se sont opposés à Erkan pour la conquérir, mais quand le cadeau de ce dernier a été révélé, je pense qu'il est devenu clair pour tous que son choix était fait. Erkan lui a offert un berceau, un berceau qu'il a taillé lui–même dans du bois noir.

Je regarde Rita virevolter dans la pièce. Elle rend les couronnes aux mâles qui se sont battus pour elle, mais ont perdu. Ils acceptent tous leurs couronnes avec grâce.

– Pourquoi ne semblent–ils pas en colère ou déçus ? je demande à Chimara à côté de moi.

Ce faisant, je pense à Neheyuu: il aurait explosé de rage à leur place. Alors qu'elle se régale d'un de ses étranges fruits jaunes, elle répond :

– Ce sont les ragots le véritable moteur du sessemara. La plupart des mâles savent déjà si la femelle qu'ils désirent les acceptera ou pas. Et la plupart des mâles connaissent déjà les femelles qui seront prises par l'un des autres mâles.

– À cause du marquage ?

– Parfois, mais il ne faut pas oublier pas que toutes les femelles qui sont marquées ne le souhaitent pas forcément. Certaines femelles prises lors de raids veulent s'éloigner du mâle qui les a marquées le plus rapidement possible. D'autres fois, comme dans le cas de Rita, elles sont amoureuses et le font savoir. Dans ce cas, les autres mâles vont tout de même présenter leurs couronnes à cette femelle, mais ils ne le font pas dans l'intention de s'unir à elle. Ils profitent des épreuves pour montrer leurs compétences au combat, ou simplement pour attirer l'attention sur eux, afin d'obtenir une meilleure position au sein de leur propre tasmaran ou d'un tasmaran concurrent.

– C'est astucieux.. Et les femmes ? Comment font-elles pour montrer leurs compétences ?

Chimara expire et jette la coque de son fruit dans un bol prévu à cet effet.

– Ce n'est pas facile. Les femmes doivent travailler deux fois plus dur pour faire leurs preuves au combat afin de renforcer leurs couronnes et prouver aux autres mâles qu'elles valent quelque chose. Le bon côté des choses, c'est que comme il y *a* moins de femmes guerrières, nous avons généralement le choix pour ce qui est des mâles. Mais rejoindre un autre tasmaran *et* obtenir une position élevée *sans* s'unir à un des mâles – c'est vraiment compliqué.

Les applaudissements se répandent comme une traînée de poudre à travers le dolsk alors qu'Erkan – qui ne porte qu'une simple couronne de tissu violet vif – balaie Rita et sa couronne métallique de trois mains de diamètre – dans ses bras et court comme un fou vers les cuirs du dolsk, puis à travers eux dans la clarté lunaire.

– Il est temps pour eux d'aller se coucher, je fais remarquer en rigolant.

– Je pense qu'ils ne vont pas beaucoup dormir.

Chimara a déjà rendu les trois couronnes qu'elle a reçues des guerriers des autres tribus. Maintenant, elle se tient debout avec la sienne sur la tête et elle me regarde, moi et mes grandes couronnes empilées autour de mon corps beaucoup plus petit. Elles sont plutôt lourdes et difficilement maniables. Elle sourit alors que je m'efforce de soulever un petit morceau de viande pour le porter à mes lèvres.

– Et toi alors ? Est-ce que tu vas beaucoup dormir cette lune ?

Elle lève un sourcil. Mon cœur, qui battait de joie pour Rita, bondit de terreur dans ma poitrine. Je ne sais toujours pas quoi faire. J'ai eu tout ce solaire-ci et le précédent pour y réfléchir, mais je ne sais toujours pas à qui donner ma couronne.

– J'aime bien le forgeron, j'avoue en baissant le ton. Mais Reffa, Tri et d'autres femmes me poussent à donner ma couronne à Tatana. Elles pensent que c'est un très bon parti. Il est Second... mais je ne sais pas si je l'aime vraiment. Et Trehuro, eh bien, il est juste… sympa.

Les mensonges de Tatana n'ont rien de criminel, mais ils m'ont… déconcertée, au mieux. Lorsqu'il a souri en voyant la douleur de Neheyuu, j'ai vu à quel point il pouvait se montrer cruel. Est-il cruel ? Le fait que je ne puisse pas répondre à cette question semble être une réponse suffisante, et pourtant, je fais confiance à Tri et Reffa.

– Pas facile de prendre une décision. Un second est bon parti, c'est sûr, mais peut-être pas pour toi.

Elle me regarde de haut en bas, et je me demande ce qu'elle voit.

– Tu peux aussi attendre si tu n'arrives pas à te décider. Cela ne diminue pas ta valeur aux yeux des mâles maneraks. En fait, cela peut même l'augmenter. Ils vont certainement combattre pour toi à nouveau lors de la prochaine cérémonie.

Ces propos me surprennent et me redonnent une dose bienvenue d'espoir.

– Tu crois ? Même avec Neheyuu ? Même si j'ai été marquée ?

Chimara fait une grimace.

– J'ai entendu dire que les marqueurs olfactifs peuvent s'estomper avec l'espace et le temps. Cependant, si tu te réconcilies avec Neheyuu et si acceptes de revenir dans son dolsk et dans son lit... ça n'arrangera rien. Enfin, affirme–t–elle en expirant, c'est difficile de te répondre. Je n'ai évidemment pas envie de te voir partir – svik, si tu pars, je pourrais bien être obligée de te suivre.

Je suis sous le *choc*. Je parviens péniblement à balbutier une réponse inintelligible:

– Je... tu...

Je ne sais pas à quoi ressemble mon expression, mais Chimara rit.

– Pourquoi es–tu si surprise? Comme je te l'ai dit dès que je t'ai rencontrée, je ne croise pas souvent des gens aussi amusants, ni aussi gentils, intelligents, drôles ou attentionnés que toi. Les bons amis sont difficiles à trouver pour une manerak métisse qui ne peut pas se transformer, et pour une humaine métisse qui n'a jamais vécu dans un village humain.

Elle hausse les épaules et sa bouche se plisse.

– Tu es ma meilleure amie. Non, non, ne pleure pas…

Elle rit encore plus fort en éloignant mes mains de mon visage pour voir l'eau bouillonner dans mes yeux.

– Oh, Mian.

Elle me prend dans ses bras et je l'étreins à mon tour. Son cœur bat à travers son armure contre le mien. Nous n'avons qu'un coeur chacune.

– Je n'ai jamais eu de meilleure amie avant, je renifle. J'avais peur que tu ne m'accompagnes si souvent que parce que Neheyuu t'y oblige, mais tu es aussi ma meilleure amie. J'espère que tu le sais.

Chimara rit à nouveau et quand elle s'écarte de moi, je remarque qu'elle a de l'eau dans les yeux, comme moi. Elle renifle rapidement et me fait signe de partir.

– Arrête. Tu me fais honte. Maintenant va dire quelque chose à ces mâles. Je peux les voir te fixer d'ici. Ils se demandent probablement si es en train de te poser des questions, non plus seulement leurs couronnes, mais peut–être aussi ta sexualité.

D'abord bouche bée, je me mets à ricaner. D'une certaine manière, attendre est la meilleure décision à prendre. Je n'ai jamais reçu d'offres d'hommes qui me désirent, mais je n'ai jamais eu d'amie non plus. D'après les conversations que j'ai eues avec d'autres humains d'autres tasmarans à propos de leur mode de vie, je suis arrivée à la conclusion que même si aucun n'a l'air aussi chaotique que le tasmaran de Neheyuu, ils n'ont pas non plus l'air d'être aussi amusants. Le tasmaran de Neheyuu ressemble vraiment à une famille. J'y suis comme à la maison. Honte à moi d'avoir pensé qu'il pouvait m'en écarter. Et honte à Neheyuu aussi, pour avoir essayé.

Je suis encore tout sourire devant Chimara, mais avant que je puisse en dire plus, elle me donne une fessée, cinglante.

– Maintenant, va leur parler, Reesa. Quoi que tu décides, je te soutiens.

Je lui fais un salut qui lui arrache un autre éclat de rire avant de chercher dans la foule les mâles qui ont fait ce que j'espérais secrètement que Neheyuu fasse ce solaire: me regarder comme une femelle qui les rendrait fiers.

– Je ne suis pas prête à m'unir à un mâle, mais je suis honorée d'avoir reçu ta couronne et j'espère que je pourrais à nouveau avoir cet honneur lors d'un prochain sessemara, dis-je au forgeron, Trehuro, en récitant une phrase apprise. Je lui répète la phrase que j'ai servie à Ipo, le guerrier Hox, mais avec un peu plus de sincérité. Ipo n'a pas fait grand-chose pour moi et j'ai eu l'impression qu'il profitait peut-être de l'occasion de me donner sa couronne pour s'exhiber, comme Chimara l'a mentionné. Trehuro m'offre une révérence digne de quelqu'un d'un rang bien plus élevé et je rougis lorsqu'il dit :

– Ce sera un honneur pour moi.

Je me fends moi aussi d'une courbette et j'expire une nouvelle fois. J'ai l'estomac noué. Ni Trehuro ni Ipo n'ont semblé contrariés que je veuille attendre le prochain sessemara pour m'unir à quelqu'un. Peut-être que Tatana ne le sera pas non plus. Je l'espère en tout cas.

Je croise son regard de l'autre côté du dolsk et me dirige vers lui. Il se dirige vers moi en même temps. En marchant, j'attrape sa couronne, mais son expression ne change pas le moins du monde. Il n'a pas l'air heureux de me voir arriver, mais il n'a pas l'air déçu non plus. Il ne semble pas du tout perturbé.

Alors que nous nous rejoignons quelque part au milieu du dolsk, je sais que nous sommes observés, et quand je lève les yeux, je vois Chimara rejoindre un groupe de visages familiers – Dandena, Mor, Xi, Xena, Rehet, Ofrat, Ock. Ils chuchotent entre eux, et le bruit de leurs murmures me rend de plus en plus nerveuse.

– Mian, dit Tatana. Tu es magnifique dans cette nouvelle robe.

Son compliment ne fait qu'augmenter mon appréhension. Je porte en effet la robe qu'il m'a offerte et je suis sur le point de le rejeter. Non, je vais seulement reporter ma décision. Cette précision ne m'aide pas à me sentir mieux. Je me mords la lèvre inférieure.

– Merci. Je voulais te dire que je suis profondément honorée…

Il ne m'écoute pas. Son regard est passé par–dessus mon épaule et quand je me retourne pour le suivre, je n'en crois pas mes yeux. Je ne peux pas.

– Neheyuu..?

Je suis à la fois pleine de confusion et incrédule. C'est bien Neheyuu, ou plutôt, c'est une version de lui qui a complètement succombé à la folie. Nu, couvert de saleté et de quelque chose de plus rouge et de plus visqueux, les cheveux emmêlés qui pointent dans toutes les directions, il ressemble à un fou furieux.

De nombreuses voix dans le dolsk scandent son nom, mais la mienne est la seule qu'il semble entendre.

– Neheyuu, es–tu blessé ?

Ses yeux noirs et bruns brillent avec une hostilité glaciale que je n'avais jamais vue auparavant.

– Enlève la couronne de Tatana, Mian.

J'ouvre la bouche pour lui dire que ce que je fais des couronnes qu'on me donne ne le regarde pas, mais je réalise rapidement que ce n'est pas une bonne idée. Il ne vaut mieux pas pousser à bout ce « nouveau » Neheyuu. Je devrais peut-être lui dire que j'avais l'intention d'attendre de toute façon et que j'avais déjà décidé de rendre la couronne à Tatana, mais je n'en ai pas le temps.

– Neheyuu, je…

Je ne peux finir et je me mets à hurler. Neheyuu vient de se *jeter* sur moi. Je ferme les yeux pour éviter l'attaque soudaine. Je sens une légère douleur à la gorge et un poids m'est enlevé. Quand je les ouvre, Neheyuu tient la couronne de Tatana. Je bondis pour l'attraper, mais il me bloque d'un bras et utilise l'autre pour projeter ladite couronne contre le mur du fond. Une partie de la couronne se brise et s'effrite tandis que le reste s'écrase bruyamment sur le sol, ce qui provoque les cris d'une femme touchée par la couronne et un juron exprimant la douleur de quelqu'un d'autre touché par les éclats.

– Neheyuu!

Je ne peux m'empêcher de crier. Exaspérée et sous le choc, je fixe le fantôme d'un mâle qui était sain d'esprit, mais qui ne l'est plus.

– Qu'est-ce que tu fais ?

– Je t'empêche de faire la plus grave erreur de ta vie.

– Ce n'est pas à toi d'en juger. C'est à *moi* de décider.

Les yeux de Neheyuu portent un éclat mortel, mais je suis trop en colère pour avoir peur.

– Il ne t'aime pas. Il ne veut pas de toi. Il veut seulement m'énerver.

– Ah oui, bien sûr ! Comment un homme pourrait-il vouloir de moi ? De moi et de mon papier de roseau sale, hein Neheyuu?

Les yeux de Neheyuu se fendent encore plus. Il me surplombe. Derrière moi, Preena et Tatana se disputent, mais je ne les entends pas. Je n'entends que le fou devant moi et son souffle lourd. Je ne vois que lui et son expression irascible. Je ne sens que lui, le sang sur sa peau et l'odeur qui persiste juste en dessous, celle que je déteste parce qu'elle m'est douce au coeur et familière.

Serait-ce l'odeur de marquage ? Est-ce qu'elle s'immisce dans mon esprit en me convainquant d'aimer ce mâle qui n'est rien d'autre qu'une nuée de rage et de sauvagerie ? Il était différent, autrefois. Il représentait plus pour moi, mais après ce qu'il a fait au cours des derniers solaires, tout a changé. C'est avec une folie égale à la sienne que je me lève pour aller à sa rencontre.

– Ce n'était pas du papier de roseau sale. Mian, il y a quelque chose entre nous et…

– Je sais qu'il y a quelque chose entre nous, mais ce que tu as dit est faux : Tatana m'a fait des avances dès notre première rencontre. Bien avant qu'il sache que tu es… avant qu'il sache que je suis ton akimari.

Je bégaie, frustrée de ne pas pouvoir dire ce que je pense avec toute la rage qui m'anime maintenant.

– Et tu n'as pas pensé à me le dire ?

– Tszk ! Ça ne te regarde pas.

Je ne prends pas la peine de lui dire que je me serais sentie ridicule si je lui *avais* parlé de l'offre de Tatana, sans que Tatana ne propose de s'unir à moi par la suite.

– Putain de svik ! Mais c'est pas possible !

Neheyuu avance vers moi.

– Neheyuu… intervient Preena qui essaie de se mettre entre nous. Tu dois partir.

Sourd à ces recommandations, Neheyuu prend mon coude et essaie de me tirer en arrière. Je sais ce que Neheyuu va faire quelques secondes avant qu'il ne le fasse. Je crie alors que Neheyuu repousse Preena loin de moi avec tant de force qu'il le fait *voler*. Le mâle parcourt une douzaine de pas dans les airs avant de s'écraser sur un groupe de femelles qui s'effondrent sous son poids dans un amas de robes colorées et de gémissements.

Neheyuu attrape ma main et la presse au centre de sa poitrine nue. Ses yeux me transpercent.

— Tu es à moi. Tu es mon akimari, mon humaine. Tu es *à moi*. Tu m'appartiens.

La frustration explose à la base de mon crâne. Elle a un goût de métal. Je vois rouge. J'arrache ma paume de la sienne et le gifle sur la joue assez fort pour laisser une empreinte. —Je ne t'appartiens pas. Je ne suis pas une esclave. Les Maneraks n'ont pas d'esclaves.

Neheyuu rugit et perd tout contrôle sur sa vraie forme. Son corps entier se transforme. Il devient serpent, puis manerak avant de revenir à sa propre peau. Il a à nouveau des mains, mais elles sont toujours munies de griffes. Elles se tendent vers moi et j'essaie de les éviter, mais je suis trop lente et lui, il est d'une rapidité surhumaine.

Il m'attrape le haut des bras. Quand je tire en arrière, je sens une brûlure sur ma peau. La douleur vive et tranchante me fait trébucher. J'atterris sur mes fesses et je jette un coup d'oeil : quatre entailles parallèles ornent maintenant mes deux bras, juste en dessous de l'épaule. Le choc m'empêche de ressentir quoi que ce soit pendant quelques instants, puis vient le regret. Ce n'est pas parce qu'il m'a fait du mal, ça, je m'en fiche. Ce qui me chagrine, c'est qu'en un seul geste irréfléchi, Neheyuu a détruit mon seul habit de cérémonie.

Je tiens des propos inaudibles, juste pour moi-même alors que les larmes coulent sur mes joues. Je le regarde fixement, je lèche mes lèvres enflammées avant de poursuivre doucement, tristement :

– Tu gâches tout.

– Gardes ! Hox !

La voix de Tatana vient fracasser cet entre–deux presque silencieux. Une deuxième voix s'élève et je remarque que plusieurs mâles s'approchent. Ils semblent plus âgés que Neheyuu et Tatana, et ils ont l'air de guerriers féroces.

– Que se passe–t–il ? demande le mâle le plus imposant en balayant la scène du regard.

– Neheyuu ? Tu oses faire couler le sang d'une femme pendant *mon* sessemara ?

Neheyuu ne répond pas et me regarde comme si des cornes étaient apparues sur mon front. C'est le sang sur mes bras qu'il observe. Il suit les gouttelettes qui tachent mes manches et, d'un seul coup, il s'avance vers moi, mais je recule. Il se fige.

– Tszk, chuchote–t–il, reesa...

– Neheyuu !

Le vieux guerrier jure et aboie une série d'ordres par–dessus son épaule. Moins d'un instant plus tard, le bruit de pieds qui tapent et du métal qui s'entrechoque remplit le dolsk. Je vois quelques gardes distribuer des armes aux autres guerriers rassemblés, aucun n'appartient au tasmaran de Neheyuu.

– Neheyuu...

Je croise le regard de Dandena alors qu'elle se glisse entre Tatana, Neheyuu, les Premiers plus âgés et moi. Elle respire fort. Ses deux mains sont levées.

– Neheyuu, arrête avant que quelqu'un ne soit blessé. Quelqu'un d'autre, précise–t–elle.

Son ton est bas et apaisant, mais Neheyuu est figé. Il ne la regarde pas. Il ne me regarde même pas. Il regarde *à travers* moi.

– Ça va?

Tatana s'accroupit à mes côtés et arrache une de mes manches afin de créer un garrot pour ma blessure. Quand il commence à faire légèrement pression sur mon bras, j'émets un sifflement de douleur.

– Gardes ! Saisissez Neheyuu ! Hox, ordonne à tes gardes de l'arrêter.

Il y a un moment de silence inconfortable, puis l'ordre est transmis. Neheyuu ne réagit toujours pas. Il ne bouge même pas lorsque les mains d'une douzaine de gardes se posent soudainement sur lui. Ce qui est étrange, c'est qu'ils essaient de le tirer, mais il reste immobile. C'est comme si une douzaine de guerriers essayaient d'arracher un arbre ancien et enraciné du sol à mains nues.

– Il est trop fort avec son manerak… maudit l'un d'eux.

– Mais il n'est pas manerak là… c'est sa vraie forme…

Des exclamations de surprise similaires s'élèvent avant que l'un des guerriers ne finisse par relâcher la prise qu'il a sur l'épaule de Neheyuu pour crier :

– On ne peut pas le déplacer.

– Il me faut plus de gardes ! ordonne Hox. Preena et Dandena, contrôlez votre Premier. Tatana, fais sortir la femelle d'ici.

– Ne la touche pas, gronde Neheyuu, mais sa voix est étranglée.

Ses yeux se ferment. Quatre autres gardes commencent à essayer de soulever ses pieds du sol. Ils réussissent, mais seulement l'espace d'un instant, l'instant d'après, Tatana me tire dans ses bras.

– Tu vas bien ? Je vais t'emmener à mon dolsk et te soigner.

Neheyuu laisse échapper un gémissement d'agonie et tandis que sa tête s'affaisse en avant, signe de sa défaite totale, son corps semble se relâcher. Je l'entends alors prononcer des mots qui changent tout. Dans un souffle, si bas que je doute que les autres aient pu l'entendre, il murmure :

– J'ai besoin de toi.

Une pause. Rien de plus.

– Mian, reprend–il après quelques instants de silence.

Le monde rétrécit autour de lui. Sans passer par son état de manerak, il se transforme directement en serpent. Sa tête atteint le toit du dolsk en moins de temps qu 'il ne faut pour le dire. Les gardes qui le retiennent sont repoussés par l'énergie qui se dégage de sa peau – et moi aussi. Tatana et moi volons dans les airs – il retombe sur ses pieds, et moi j'atterris sur les tapis. Neheyuu continue de grandir, de me surplomber, de m'encercler par sa seule présence. Des écailles lisses recouvrent sa peau et j'entends des cris cette fois–ci – ce qui n'est pas surprenant – mais ce qui l'est par contre, c'est qu'ils sont dénués de peur. Il s'agit de cris d'*allégresse*.

– Sasorana ! Il est naxem ! crie quelqu'un alors même que la tête massive de Neheyuu plonge pour attaquer.

– C'est un naxem ! Nous avons essayé de vous le dire !

Il se cabre et recule. Un corps est piégé dans sa mandibule, c'est celui de Tatana bien sûr…

– Nous le savions !

– Louée soit Sasorana !

Je crie :

– Neheyuu, tszk !

– Que quelqu'un contrôle ce naxem !

M'a–t–il entendue ou non? Difficile à dire, toutefois, il projette le corps du guerrier contre un mur et Tatana se cogne contre une table, emportant tout ce qui y était posé, avant de disparaître derrière elle.

– Nous l'avons déjà vu comme ça…

– …quand il a attaqué le tasmaran itinérant de Tatana.

– Oui…nous avons vu…

En le regardant fixement, je réalise que ce serpent que j'ai appris à bien connaître est totalement inconnu de tous les autres. Il est aussi unique. C'est pour cette raison que personne ne peut lui tenir tête. Pas même moi.

Surtout pas moi.

La version la plus imposante de lui que j'avais eue sous les yeux, quand il est venu me chercher au dolsk de Tatana, avait une circonférence qui éclipsait ma taille. C'est la raison pour laquelle je ne peux pas voir par–dessus lui lorsqu'il commence à s'enrouler autour de moi, me laissant recroquevillée, seule au centre d'un tapis maculé de sang. Le bruit des tables qui tombent et des gens qui crient s'élève autour de moi. J'entends des pieds qui courent, du tissu qui se déchire.

– Neheyuu… tu es… tu es naxem… dit Hox de quelque part au–dessus de la crête de la forme de Neheyuu.

Neheyuu ne lui répond pas. Au lieu de cela, ses grands yeux noirs de serpent me fixent. Je le fixe aussi. Des larmes de colère brouillent ma vision jusqu'à ce qu'il devienne flou.

Je serre les mains dans mes poings et tape sur le tapis en dessous. Quand le serpent baisse la tête, je le frappe sur le nez. Mon poing rebondit, me frappe presque à la tête, mais c'est encore Neheyuu qui se cabre. Il tressaille, comme s'il était coupé, et même si la salle bondée est en plein chaos autour de nous, nous avons l'impression d'être seuls.

Je ne me suis jamais sentie aussi seule.

La tête géante de Neheyuu, guidée par des narines fendues, s'avance. Ses langues s'approchent du sang sur mon bras. Il le goûte mais je le repousse d'une gifle.

– C'est fini.

Je secoue violemment la tête, ce qui libère les épingles de mes cheveux. Mes cheveux se déversent hors de leurs torsades et de leurs tresses tandis que de petites fleurs bleues et blanches se répandent sur mes genoux, tristes reliques d'étoiles tombées.

– J'en ai assez !

Je frappe mes poings sur le sol, encore et encore.

– Va–t'en ! crie une voix misérable qui vient de moi mais que je ne reconnais pas. Eloigne–toi de moi !

La tête du serpent se redresse et j'entends plusieurs voix différentes prononcer mon nom. Ils veulent probablement savoir si je suis encore en vie. Le serpent, lui, se contente de m'observer. Je le fixe, je le défie du regard et au bout d'un moment qui me semble interminable, il émet un dernier sifflement aussi terrible qu'un tremblement de terre et glisse vers la porte ouverte. Il part et ne laisse que la destruction dans son sillage. Tout ce bel espace est renversé, laissé en ruines. Les bougies étant éteintes, des torches sont amenées pour essayer de créer de la lumière dans cette nouvelle obscurité.

Chimara m'appelle et je parviens à sortir de mon état de choc et à répondre. Un instant plus tard, je sens ses mains sur moi et l'instant d'après, Dandena, Ofrat, Xi, Xena et Rehet forment une sorte de groupe autour de moi. Avec leur aide, je parviens à échapper à la nuée qui entre et sort du dolsk pour me faufiler sous le ciel de Sasorana.

Xi et Xena rient – enfin, Xena rit. On dirait qu'ils viennent d'assister à la plus fantastique des batailles, et ils se régalent des récits qu'ils entendent à ce sujet. En fait, tout le monde les apprécie, et bientôt, notre petit groupe est devenu assez important. Il est composé de ceux qui, dans le dolsk, essaient de régurgiter ce qu'ils viennent de voir, tandis que certains – des Nevays – s'approchent avec de nouvelles histoires de leur cru. Ils content leur première rencontre avec Neheyuu en tant que créature qu'ils appellent naxem.

– A–t–il toujours été comme ça ? demande une femme Hox.

Rehet secoue la tête.

– Tszk, tszk…c'est la Sasorena...

Les yeux se tournent vers moi. Ce mot revient de plus en plus souvent alors que de plus en plus de gens s'entassent autour de moi. Un guerrier s'approche de moi et s'avance comme s'il allait me toucher avant de se rattraper.

– Je m'excuse.

Il jette un coup d'oeil autour de lui comme s'il se méfiait d'être observé, baisse encore le ton et demande:

– C'est toi la Sasorena ?

Non. Je suis bouleversée. Je secoue la tête et Chimara s'interpose entre nous avant que le mâle ne puisse en dire plus. Dandena arrive derrière moi et place une main entre mes omoplates de manière rassurante.

– Faites de la place ! La Sasorena est blessée. Nous devons l'emmener chez un guérisseur.

– Je ne suis pas sasor...sasor truc...

Je parle distraitement. Je suis ailleurs, comme dans un rêve. Ça doit en être un. Oui, c'est bien un rêve... ou un cauchemar.

L'odeur de la fumée me pique les narines. Je lève les yeux et je vois qu'une partie du dolsk du sessemara est maintenant en feu. Les gens crient. Une partie de notre groupe s'est détachée pour attraper des seaux de sable et d'eau afin d'éteindre les flammes. Elles s'élèvent en spirale vers le ciel lunaire, comme si elles essayaient de toucher le ciel lui–même et de le faire tomber sur nos têtes.

– Désolée, Mian.

Le visage de Dandena se détache de la foule qui m'entoure.

– Viens. Allons chercher...

– Mack est là ! crie Ock, en apparaissant devant nous avec une femme à sa suite C'est la guérisseuse la plus expérimentée de Hox. Elle est heureuse de pouvoir s'occuper de la sas... euh...

Un regard de Chimara le fait taire.

– De *Mian*, finit–elle.

– Mian, répète lentement Ock, comme s'il n'avait jamais entendu ce nom auparavant.

– Bien, dit Dandena. Faisons ça en privé. Désolée, Ock, mais tu ne peux pas venir. Il n'y aura que des femmes. Envoie Xena au dolsk de Neheyuu. Dis–lui de s'assurer que c'est dégagé et d'apporter tout l'alcool de grain qu'elle peut trouver. Je pense que notre Reesa va en avoir besoin.

Une fois dans le dolsk, je m'assois sur un pouf pendant que la guérisseuse s'affaire à nettoyer les coupures sur mes bras. Une seule nécessite une suture et grâce à l'alcool de grain, je ne sens rien pendant qu'elle recoud. J'ai la tête qui tourne.

– Mian, tu vas bien ?

La voix de Chimara attire mon attention.

– Elle n'aura aucun mal à guérir de cette blessure. Avec les points de suture, elle ne devrait avoir qu'une très légère cicatrice. A peine perceptible.

La femelle – Mack – me donne une petite tape agréable dans le dos, mais après avoir jeté un regard à Chimara et je comprends qu'elle ne parlait pas de mon bras. Je secoue la tête et je finis de boire le reste de ma tasse. Dandena m'en verse une autre.

– Qu'ai–je fait pour mériter ça ? je murmure en humain.

Les mots en manerak m'ont abandonnée. Chimara traduit pour moi et Dandena répond :

–Tu es née.

Je ricane.

– C'est donc ce que veut faire Neheyuu ? Il veut me faire regretter d'être née ?

Chimara fronce les sourcils et traduit. Xena et Dandena sifflent à l'unisson.

– Tu ne penses pas ça, dit Xena.

Elle a raison, mais cela n'apaise pas le bruit sourd et grandissant dans ma poitrine qui occupe la place de mon cœur. Il y a un trou à la place de mon coeur maintenant. Ça fait mal de se sentir vide.

– Ce qui est arrivé est une bénédiction.

– Quoi? Nous n'allons pas être expulsés des Tribus Maneraks Unies ? Neheyuu ne perdra pas son poste ?

Nous n'allons pas tous être dispersés dans différents tasmarans ou être absorbés par l'un d'entre eux ?

Chimara, Xena et Dandena échangent un regard que je ne peux interpréter, mais, surprise, c'est Mack qui répond :

— Tszk, Sasorena, au contraire. Neheyuu est naxem. Cela renforcera sa position, son tasmaran et tout ce qui s'y trouve. Je serais moi–même tentée de me joindre à vous si je n'avais pas une famille et des racines aussi fortes au sein du tasmaran des Hox, mais je suis sûre que beaucoup d'autres qui n'ont pas de telles attaches se joindront à vous après cette lune. Enfin, s'ils ne sont pas trop effrayés par votre Premier.

Des larmes mouillent mes cils. Je les chasse en fermant les yeux.

— Il se comporte comme un fou et il est... récompensé ?

— Je ne pense pas que Neheyuu ait l'impression d'avoir été récompensé pour quoi que ce soit en ce moment, dit Dandena, morose. Ce que Mack a dit ne sera vrai que si Neheyuu revient. Et je ne parle même pas de son corps. Je veux dire son esprit. Il semble... brisé. Espérons que Rea sera capable de le suivre et que nous pourrons le trouver rapidement.

— J'espère qu'il ne reviendra pas.

— Tszk, tu ne penses pas ça, dit Mack après que Chimara ait traduit.

Toutefois, Chimara murmure :

— Moi, je te comprends. Quel putain d'idiot...

— Comment est–ce que je vais faire pour qu'il me laisse tranquille ? je demande.

Elle traduit et les femelles semblent avoir le souffle court un moment. Puis Dandena prend la parole:

– Tri t'a déjà appris les légendes anciennes du naxem, Mian ?

Je secoue la tête et l'écoute me conter une histoire de dieux et de guerre. Une histoire d'amour éternel, de lien Xiveri. Quand elle a fini, je secoue la tête une seconde fois.

– Mais qu'est–ce que ça a à voir avec moi ?

Elle expire, comme si elle se préparait à dire quelque chose, mais Chimara l'interrompt.

– Rien. Tu n'as qu'à te préoccuper de toi et du mâle avec qui tu veux être.

Dandena se renfrogne et semble vouloir en dire plus, mais elle ne le fait pas. Au lieu de cela, elle baisse la tête et fixe le plafond à travers ses paupières fermées. Les muscles de son cou pulsent comme des veines massives.

– Chimara a raison. Tu n'as pas à faire quoi que ce soit si ce n'est pas ce que tu veux. On est là pour toi.

Je l'observe longuement avant de déclarer en manerak.

– Même si ça veut dire agir contre Neheyuu ?
Elle hoche la tête.
– Oui, même contre Neheyuu.

– Alors dis–moi comment faire pour qu'il arrête... de me faire du mal.

Ce n'est pas exactement ce que je voulais dire mais je ne sais pas comment dire « tourmenter » en manerak.

Dandena fait grincer ses molaires arrière si fort que je peux l'entendre. Xena se contente de répondre :

– Neheyuu est un homme simple et stupide. Il est comme un chien après son os. Quand il était troisième du tasmaran Nevay, il savait qu'il voulait son propre tasmaran. C'était tout ce à quoi il pouvait penser. Tout ce qu'il faisait, il le faisait pour atteindre cette place. Tatana avait un rang supérieur au sien, mais c'est quand même Neheyuu qui l'a battu. C'est Neheyuu qui a remporté l'épreuve et qui a pu devenir le nouveau Premier des Tribus Unies.

– Tu veux dire que... s'il atteint son but, il me laissera tranquille ?

Xena a l'air confuse.

– Tszk. Désolée, Mian, mais ce que je voulais dire, c'est que ce n'est pas un mâle que j'associerais à l'idée de défaite. Il est peut-être simple et stupide, mais il a aussi la tête dure et c'est un combattant. Il n'abandonne pour rien au monde et il est clair qu'il *te* veut. C'est *toi* qu'il veut.

Je regarde mon poignet droit. Une fine trace de sang a coulé le long de mon bras et complète la bande noire tatouée que je porte gravée sur ma peau. Le rouge reflète la lumière des torches montées sur le mur. J'acquiesce alors. Mon estomac tangue, mon esprit est embrouillé par toutes les décisions à prendre. J'ai l'impression de nager dans l'alcool de roseau.

– Tu as raison.

– Euh… Mian, je ne sais pas trop ce que tu as compris de ce que Xena vient de dire, mais ça m'inquiète, souffle Chimara.

Je secoue la tête.

– Ne t'inquiète pas. Je ne me battrai pas.

– Te battre ?

– Puis-je avoir plus de hibi ? je demande, en levant ma tasse et en attendant que Dandena la remplisse à nouveau.

Elle hésite.

– Tu te souviens de ce que j'ai dit avant ? Nous sommes là pour toi.

– Yena, mais tu es la troisième et je ne suis qu'une esclave.

– Tu es notre gardienne d'armes, corrige Xena avec fermeté, et tu es Sasorena.

Je secoue la tête et avale mon hibi d'un trait.

– Il s'agit de Neheyuu, je ne sais pas si ça fera une grande différence.

20

Neheyuu

– Tu es étonnamment difficile à trouver.

La voix me fait sortir de ma torpeur. Je suis stupéfait ou … dans un état de béatitude. Putain de svik, je n'en sais rien.

Tout le reste n'est qu'agonie, une agonie qui me prend aux tripes. Je dois voir la lumière. Ouvrir les yeux. Je dois surtout ouvrir les yeux. Alors, je pourrai m'assurer que je suis là. Que je suis réel. Tout comme la douleur qui parcourt mon âme. Mon corps pourrait se relever, mais le reste, je ne suis pas sûr...

– Par la grâce de Sasorana, putain de svik Neheyuu ! C'est pas possible... Par toutes les comètes, qu'est–ce que tu as fait ? As–tu chassé une meute entière de chiens du désert tout seul ? Ou tu les as laissé essayer de te manger vivant ?

– Yena.

– Quoi ? Tu les as chassés ou ils t'ont mangé?

– Les deux. C'était les deux...

Le son d'un raclement et d'une chute engourdit mon esprit, rend brièvement la douleur supportable. Mes paupières en profitent pour s'ouvrir et elles voient... des pierres. Des rochers ? Yena, des pierres. Beaucoup de pierres.

– Où suis-je ?

– Tu ne le sais pas ?

Je secoue la tête et je cligne des yeux. J'essaie de bouger. Je n'y arrive pas. Je grogne.

– Putain de svik, ne bouge pas ! Tu es... attends... attends.

J'entends des pierres glisser et un instant plus tard, des bottes apparaissent dans mon champ de vision. De petites pierres jaunes et noires s'éparpillent autour d'eux. Je lève les yeux et bien que la lumière du soleil m'aveugle, je sais de qui il s'agit.

– Dandena?

– Yena, Dandena. Tu m'as déjà oubliée ?

Elle se baisse et attrape l'un de mes membres – un bras. Il est toujours attaché à mon corps, bien que je ne le sente pas. Elle le passe par-dessus son épaule et laisse échapper une expiration de douleur alors qu'elle m'aide à me hisser à la verticale.

Je parviens ensuite à me remettre debout. Des pierres acérées s'enfoncent dans la plante de mes pieds nus, ce n'est qu'à ce moment que je comprends sur quoi je viens de marcher. Je jette un coup d'oeil vers le bas et vois que je suis nu. Ma bite molle tombe près de la hanche de Dandena quand elle replace son bras autour de moi en prenant appui sur de gros rochers qui mènent...je ne sais où... Elle nous tire tous les deux vers le haut.

– Ne me touche pas avec ta bite ou je vais la couper.

Je rigole, même s'il n'y a rien de drôle là-dedans.

– T'inquiète pas. Je n'en ai plus besoin.

– Qu'est–ce que tu racontes, bordel ? grogne Dandena en se hissant sur le rocher suivant et en tendant le bras vers moi.

Je me sens un peu plus vivant maintenant. Un peu moins mort. Je lève les yeux et vois qu'il y a trois petits plateaux au–dessus de nous, avec beaucoup de terre et d'éboulis entre chacun d'eux. Au sommet, le doux balancement des hautes herbes me permet de comprendre que j'ai dû tomber dans une sorte de trou. Une sorte de tanière. La tanière de chiens du désert. Il y a des os tout autour de moi. Des d'images, des bribes de souvenirs me reviennent. Il y avait bien une meute de chiens ici, et je les ai tous massacrés.

– Qu'est–ce que tu as dit ? demande–t–elle.

Elle respire fort au–dessus de moi. Lorsqu'elle prend ma main, je cligne des yeux. Je ne sais pas de quoi elle parle mais je la laisse me tirer à côté d'elle.

– Tu as dit que tu avais mangé quelque chose. Qu'est–ce que tu as mangé ?

Je secoue la tête et lève les yeux vers le plateau suivant. Je me hisse dessus et j'attrape les mains de Dandena.

– Ce n'était pas moi, mais lui. Il aime chasser les chiens du désert.

– Svik ! s'écrie Dandena.

Je ne sais pas si c'est à cause de ce que j'ai dit ou parce qu'elle a glissé. J'attrape son bras avant qu'elle ne tombe complètement du petit plateau et je tire. Les cordes de mon cœur se déchirent plus que les muscles de mes bras.

– Putain de svik ! Tu as *chassé* des chiens du désert ? Tout seul ?

– Pas moi. Lui.

Et maintenant, il n'est plus là.

– Mais de qui tu parles?

En passant la dernière corniche, elle se jette hors de l'antre et je la suis. Les pierres sous mes pieds retombent bruyamment sur les plateaux inférieurs. Je m'effondre sur l'herbe. Ça me gratte les fesses. J'aimerais avoir des vêtements, mais il est peu probable que j'en trouve ici. La seule chose que j'ai avec moi c'est ce truc serré dans mon poing. Je n'avais pas réalisé que j'avais grimpé avec jusqu'à maintenant. Quand j'étais naxem, il se glissait parfaitement sous mes écailles. Avant cela, je pense que je l'avais peut–être tissé dans mes cheveux.

C'est une pierre. La pierre de Mian. La pierre que je ne lui ai jamais donnée. Celle qui lui revient de droit, comme mon cœur.

J'inspire longuement en regardant mon corps, à la recherche de blessures. Il y a beaucoup de sang, mais aucune ouverture, aucune plaie.

– Svik ! souffle Dandena.

Elle doit être parvenue à la même conclusion que moi.

– Comment… Tu t'es battu contre une meute entière de chiens du désert et tu t'en es sorti sans une égratignure ?

– Il faut croire que oui.

Ses joues se remplissent d'air. Elle l'expulse en soufflant.

– Combien ?

Je hausse les épaules.

– Je ne sais pas. Une meute entière. Mon manerak aime les chasser.

– Ton… ton *manerak* ? Tszk, tszk, tszk, tszk. Tu te fiches de moi. Ce n'est pas l'oeuvre d'un manerak.

Son visage se fend d'un énorme sourire et pendant un moment, ça la rend presque attirante. C'est dommage que je la considère comme une soeur. C'est dommage que je ne puisse plus jamais faire l'amour.

– Tu es devenu *un putain de svik de naxem*. Tu étais plus large que vingt corps, plus haut que trois corps empilés l'un sur l'autre. Et ta tête à elle seule avait la taille d'un oeban, tes yeux la largeur d'un tronc d'arbre en bois blanc, chacun d'entre eux. Tu ne t'en souviens pas ? Tu as une idée de ce à quoi tu ressemblais ? Et tu t'es juste... métamorphosé, transformé en naxem sans effort.

Elle applaudit et lève la tête avant d'éclater de rire.

– C'était incroyable !

Je ne réponds pas. Je regarde juste mes mains, je les fléchis. J'observe la façon dont la couleur frappe la pierre de Mian au soleil. Mes entrailles sont creuses. Je suis une coquille vide. Tszk. Je ne suis même pas une coquille. Une coquille peut être remplie. Je ne suis que... des morceaux. Des morceaux insignifiants. Dandena me donne un violent coup de pied dans le tibia. Je siffle.

– Tu m'entends ? Tu es un *naxem*.

Je secoue la tête, mets la pierre dans mon poing et la lance. Je la regarde décrire un arc dans le ciel, disparaître au loin, devenir inaccessible, comme celle à qui elle appartient. Celle à qui j'appartiens aussi. Mon manerak et mon naxem sont silencieux. Depuis que je n'ai plus la forme de mon naxem, ils ne m'offrent que leur absence.

– Neheyuu. Ne me dis pas... ne me dis pas que tu savais que tu étais un naxem. Ne me dis pas que ce que les guerriers Nevays ont dit était vrai, poursuit–elle.

Je ne le dirai pas puisqu'elle ne veut pas l'entendre. Je croise juste mes bras sur mes genoux pliés et je fixe l'horizon. Il est vide. Nous sommes loin du territoire de Hox. Je me demande où nous sommes. Je me demande comment elle m'a trouvé, mais surtout, je me demande où est Mian. Je suis tendu. Est–elle avec Tatana maintenant ? Ont–ils conclu le sessemara ? Svik, est–ce que j'ai vraiment envie de le savoir ?

Tszk. Je ne le veux pas, mais j'aimerais tout de même savoir si elle est en sécurité.

Yena, ça je le veux. Je veux être près d'elle. Je veux la tenir. Je veux voir son joli visage, il est encore plus mignon quand elle est en colère contre moi. Par contre, je ne veux pas la voir pleurer, ou saigner. Je ne veux plus jamais la voir ainsi. Mon manerak n'a pas cessé de m'accuser. Idiot. Cette fois, c'est moi qui choisis cette insulte pour me décrire, et ça n'a jamais été plus vrai.

– Neheyuu !

– Yena ! je rugis.

Son visage se décompose. Dandena se penche en arrière et secoue la tête.

– Tu savais que tu étais naxem, mais tu n'as rien dit ?

Je ne réponds pas.

– Depuis combien de temps le sais–tu ? Certains Nevays ont dit que tu avais attaqué leur camp en tant que naxem lorsque tu es reparti chercher nos femelles. C'était la première fois ?

– Je ne suis pas allé chercher nos femelles, je murmure. Je suis allé chercher *ma* femelle. Et yena, c'était ma première transformation en naxem; mais ce n'était pas la première fois que je le ressentais. J'ai senti sa présence dès la première fois qu'elle m'a frappé, pendant ce premier raid, celui où je l'ai trouvée. Je l'ai ressenti lorsque nous étions seuls. Elle a accepté de venir avec moi en échange de la libération d'un groupe d'êtres humains. J'ai accepté. Je ne les ai pas... emmenés avec nous. Ils étaient une vingtaine, peut–être plus – je ne m'en souviens pas – mais je les ai laissés là parce que c'était ce qu'elle voulait. Je ne la connaissais pas, mais ses désirs étaient déjà des ordres pour moi.

Je commence à me balancer d'avant en arrière. Mon regard suit l'arc que je peux encore voir s'attarder sur le ciel rose et bleu vif. Pourquoi l'ai-je jeté ? Je vais devoir aller le chercher maintenant. J'en ai besoin. Il lui appartient. Tout comme mon coeur.

Dandena grogne et c'est le seul avertissement qu'elle me donne avant que son manerak n'attaque. Elle fonce sur moi, me plaque contre l'herbe et m'immobilise facilement. Elle passe ses griffes sur ma poitrine une fois, deux fois, puis une troisième fois avant de rouler loin de moi. Je n'essaie même pas de me défendre. La douleur est agréable. Je mérite de souffrir.

– Combats-moi !

Elle se relève et commence à tourner autour de sa proie faible et blessée. Achève-la. Achève-moi.

Mais elle n'en fait rien, alors je roule sur mes genoux et elle s'élance à nouveau. Elle se déplace rapidement et je réussis à éviter le premier coup de griffes, mais pas le second. C'est un jeu d'enfant. Ça devrait l'être en tout cas, mais je n'ai pas le coeur à ça.

– Tu ne mérites pas d'être Premier, lâche Dandena.

– Tu as raison, je grimace.

Elle me charge avec un grognement et je ne prends pas la peine de me préparer. Je la laisse me mettre à terre et je la regarde se relever, cracher et se tordre tandis qu'elle reprend difficilement sa véritable forme. Si j'étais Naxem, je serais capable de l'aider, mais je ne le suis pas. Je ne suis rien du tout.

– Qu'est-ce qui se passe ? Bats-toi, Neheyuu !

– Je ne peux pas !

Je me redresse, arrache des tiges d'herbe par la racine et les jette en l'air. Je les regarde : les brins verts se transforment en violet selon la façon dont la lumière les frappe.

– Je ne suis pas naxem. Je ne suis même plus manerak.

– Quoi ?

– Ils ne se battent pas pour moi. Ils ne se battent que pour elle ! Ils m'ont dit qu'ils partiraient si je ne m'unissais pas à elle. Je ne les ai pas écoutés et maintenant, ils sont partis.

– Je ne comprends pas, se lamente Dandena.

Elle lutte encore contre les effets de sa transformation. Elle lisse son armure de manerak et referme une boucle qui avait cédé.

– Qu'est–ce que tu ne comprends pas ? Ils se battent pour elle. Ils ne se battent pas pour moi. Elle est partie maintenant, alors…

– Tszk, pas ça, espèce d'enfoiré de svik ! Je ne comprends pas pourquoi tu ne t'es pas uni à elle. Pourquoi ne lui as–tu pas donné ta couronne ? Si tu avais ne serait–ce que *l'impression* qu'elle pouvait être notre Sasorena et ta compagne Xiveri, pourquoi ne l'as–tu pas marquée dès que tu l'as vue ?

Je grogne. Je n'aime pas la désinvolture avec laquelle elle parle de Mian. Mian n'est une femelle quelconque à revendiquer ou à marquer. Mian est… Mian. La seule et l'unique.

– Elle ne voulait pas être marquée.

– Mais tu l'as marquée quand même.

– Yena, mais je… je ne l'ai pas fait exprès.

– Ok, ok… Et la couronne ?

– Je n'étais pas… prêt.

– *Putain de svik! Pas prêt* ? Neheyuu ! C'est ta Sasorena. Tu lui appartiens.

Yena, c'est vrai; mais pendant tout ce temps, je croyais qu'elle m'appartenait. Je me maudis pour cela.

– Elle est humaine. Elle n'a pas de manerak. Elle n'a pas de tasmaran, pas de guerriers pour la suivre... Je voulais que le tasmaran reste fort. Creyu et Tekevanki partaient. J'avais besoin de plus de guerriers, et je...

Dandena me frappe. Je la regarde faire, je la regarde former un poing de manerak et je regarde ce poing se diriger vers mon visage. J'ai l'impression que ma tête se brise sur la gauche, emporte mon cou, puis mes épaules et enfin mon corps tout entier. Je m'effondre sur un genou. Des taches clignotent dans mon champ de vision, ma mâchoire brûle.

– Que Sasorana te vienne en aide. Qu'elle nous vienne en aide à tous.

Dandena se tire les cheveux.

– J'ai toujours su que ta stupidité serait un problème pour le tasmaran, mais je n'avais pas réalisé l'ampleur du problème. Ou à quel point tu es stupide.

Elle s'arrête et se tourne pour me faire face entièrement, ses mains plantées sur la ceinture d'armes à ses hanches. Elle brandit son épée. Je ne réagis pas. Si elle voulait m'abattre, je la laisserais faire.

– As–tu seulement écouté les cours sur les traditions anciennes quand nous étions enfants ? Connais–tu l'histoire du naxem ?

– Qu'est–ce que ça peut faire..?

– On dit que Sasorana a créé le naxem à cause de sa solitude, poursuit–elle en couvrant le son de ma voix. Elle se lassait des étoiles, qui couvraient alors l'ensemble du ciel lunaire, mais lorsqu'elle a donné naissance aux naxems, ils ont commencé à avaler avidement les étoiles. Réalisant son erreur, Sasorana les a bannis à Sasor. Elle leur a donné des jambes et des bras pour les ancrer au sol. Sous leurs vraies formes, ils ne pouvaient pas se battre ou se protéger des dangers de cette planète. Elle leur a alors donné leurs formes maneraks, mais trop tard. La plupart d'entre eux avaient commencé à oublier leurs origines. Ils ont commencé à l'oublier, et elle s'est sentie à nouveau seule. Alors Sasorana leur a offert de quoi se rappeler d'elle. Elle leur a donné la *promesse* du naxem. Elle a placé une version d'elle–même sous une forme mortelle sur le sol de Sasor comme *Sasorena*, son incarnation. Une Sasorena a le pouvoir de libérer le naxem, et parce qu'elle est mortelle, elle garde le naxem lié à elle, lié au sol. Ils sont liés par un lien éternel, un lien Xiveri. C'était important car cela signifiait que celui qui ressentait ce lien Xiveri pour sa Sasorena lui serait si dévoué qu'il ne serait pas tenté de se nourrir d'étoiles.

Xiveri... Ma tête se lève en sursaut à l'évocation de ce mot qui fait écho aux recoins les plus profonds de mes pensées. Ces profondeurs où vivait mon naxem. Cette caverne creuse d'où il observait le monde autrefois. Mon naxem le savait depuis le début. Dandena lève un fin sourcil et poursuit :

– La Sasorena mortelle a le pouvoir de déverrouiller le naxem du manerak qu'elle juge digne. Ce dernier a alors la responsabilité de l'aimer et de la vénérer comme Sasorana elle–même cherche à être vénérée. Le compagnon de la Sasorena occupe une position importante dans les histoires... mais pas en tant que propriétaire ou maître de la Sasorena, ricane Dandena, et certainement pas en tant que celui qui lui fait du mal – comme l'a dit Mian *elle–même*.

Ses mots ont l'effet d'un poing qui s'enfonce dans mon âme et qui en retire mon squelette par la bouche. J'ai du mal à déglutir.

– Elle a dit ça ?

Je peine à respirer. Dandena hoche la tête.

– Yena, c'est ce qu'elle a dit. La tradition veut que le compagnon de la Sasorena soit son *protecteur*. En récompense, son naxem est réputé être le plus fort de tous ceux créés par la force vitale de la Sasorana. Il n'a jamais été son Premier ou son seigneur. C'est juste une invention de notre part, parce que nous avons oublié et parce que nous n'avons jamais vu de naxem ou de Sasorena. Du moins, les contes modernes n'en parlent pas.

Je suis brusquement tiré du conte qu'elle a tissé et ramené à la réalité.

– Ce ne sont peut–être que des histoires. Il se peut que ce ne soit que des contes pour enfants… conclut–elle.

– Ce ne sont pas que des histoires. Pas d'après ce que j'ai vu, dis–je d'un air sombre.

Je sais bien que ce que les histoires peuvent dire importent peu. Elles n'ont aucune importance ici, dans ce svik de cauchemar que je me suis créé.

– Pas d'après ce que j'ai vu non plus.

– Ni d'après ce que j'ai ressenti.

– Alors ? Que vas–tu faire?

Je ne suis pas sûr de ce qu'elle veut savoir, mais je sais ce qui bat dans ma poitrine. Rien.

– Elle ne veut pas de moi… je murmure en secouant la tête.

– Alors convaincs–la. Je ne te permettrai pas de priver ce tasmaran – ce *monde* – d'une Sasorena. La première que nous ayons jamais connue. Je ne te permettrai pas non plus de nous faire perdre Mian. Nous l'aimons trop pour la laisser partir. Nous l'aimions avant de savoir qu'elle était sasorena.

Je frotte mes mains sur mes cheveux et mon visage si brutalement que je manque m'arracher la peau. Je ne la mérite pas. J'avais peur, alors je lui ai menti. Je l'ai trahie. Je l'ai blessée. Je me suis fait du mal. Je l'ai fait pleurer et saigner.

Pendant un moment, on n'entend plus que le vent. Il siffle allègrement entre nous. Il ne se soucie pas de la douleur, ni de la mienne, ni de celle de Mian ou de qui que ce soit d'autre.

— Fais quelque chose.

Je secoue la tête. Une étincelle d'espoir s'allume dans ma poitrine, mais je l'éteins avant qu'elle ne s'enflamme. Je couvre mes yeux avec mes mains.

— Je ne peux pas.

C'est trop douloureux. J'ai déjà perdue une fois. Si j'essaie et que j'échoue, je ne sais pas ce que cela me fera. La voix de Dandena me parvient, basse, lente, et dégoulinante d'une souffrance qui m'appartient de droit

— Sais-tu pourquoi j'ai quitté les Nevays pour rejoindre ton tasmaran ?

C'est une question rhétorique, je le sais, mais je plaisante quand même :

— Par stupidité ?

Elle rit sans bonne humeur.

— Je ne l'ai pas réalisé à l'époque, mais tszk, j'ai rejoint votre tasmaran parce que je ne pouvais pas évoluer avec les Nevays. Il y avait trop de guerriers et trop de compétition pour cela. Ton tasmaran à toi était jeune et inexpérimenté. Avec toi, j'avais une chance.

Je m'irrite.

– Yena, je sais que mon tasmaran est pathétique et que je ne suis pas qualifié pour le poste que j'occupe...

– Il y a une autre raison pour laquelle je suis venue, reprend–elle en couvrant le son de ma voix pour la deuxième fois, bien plus importante. *Je t'ai vu combattre Tatana*. Je t'avais déjà vu te battre plusieurs fois, mais je ne t'avais jamais vu te battre comme ça pour quelque chose que tu voulais *vraiment*. Tu t'es transformé. Ton manerak était impressionnant. Je me suis dit que si je pouvais apprendre d'un Premier comme toi, je pourrais devenir une grande combattante. Je me suis aussi dit que si tu te battais comme ça pour ton tasmaran, on ne perdrait jamais. C'est *ainsi* que se construit un tasmaran fort. Une union avec un membre d'un autre tasmaran puissant est toujours une bonne stratégie, mais je t'ai vu te transformer facilement en naxem ! Tu es devenu un être ancien, un être de légendes. Comment un tasmaran pourrait–il être plus fort qu'en étant dirigé par un Premier comme toi ? Quand tu étais naxem, tu as balancé Tatana à travers le dolsk du sessemara comme s'il s'agissait d'un pétale de fleur. Si tout ce que disent les Nevays est vrai, alors tu as vaincu tout leur tasmaran itinérant seul. Ou plutôt... avec ton naxem.

Elle fait claquer sa langue contre son palais et fixe l'horizon.

– Peux–tu seulement imaginer ce que ce serait si tu ne te battais pas pour nous, ou même pour toi, mais pour Mian ? Pour la Sasorena de ton tasmaran ? Comment pourrais–tu perdre ?

Son regard rencontre le mien et m'arrache la peau. Mon sang se met à circuler plus fort, plus vite... C'est une idée dangereuse. Cette discussion est dangereuse, parce qu'elle fait naître… L'espoir. Il jaillit à nouveau. J'essaie à nouveau de l'étouffer, mais cette fois, il s'enflamme.

Je me lèche les lèvres. Je regarde mes mains. Je serre mes doigts qui tremblent. Je secoue la tête.

– Je n'ai même plus de tasmaran. Depuis combien de solaires suis-je parti?

– Six.

Je suis sous le choc.

– Ça fait déjà six solaires ?

– Yena. Et yena, ton tasmaran est toujours là, même après ton départ. Aussi surprenant que ce soit, il te reste encore quelques guerriers – gradés et non gradés – qui ont accepté de te remplacer pendant cette courte absence. Ce n'est pas si difficile, c'est pas comme si tu faisais des choses extraordinaires…

Je grogne. Je me sens plus léger. La charge sur mes épaules est moins douloureuse, plus facile à porter.

– Des guerriers sont restés… comme toi.

– Comme moi, dit-elle avec un soupir, même si honnêtement, je n'arrive pas à croire que je sois encore là après tout ce que j'ai entendu. Contrairement à moi, Preena a eu plus de bon sens. Il est parti. Et Creyu aussi. Lui et Tekevanki ont emmené huit guerriers avec eux.

Je grimace. Preena est parti. C'est une grande perte.

– Où sont-ils allés ?

– Preena est maintenant le quatrième de Sessena. Creyu et cette charmante Tekevanki appartiennent aux Requemis maintenant.

Ça me surprend.

– Mais c'est à peine une meilleure tribu que la mienne.

– C'est quand même mieux, et Tekevanki est maintenant unie à leur Premier qui, contrairement au nôtre, n'est pas *un fou furieux*, répond Dandena en mimant des guillemets visuels quand elle prononce l'insulte. Je cite Mian.

Je grogne en souriant un peu.

– Il y a au moins une femelle qui a obtenu ce qu'elle voulait de ce sessemara.

– Yena, soupire Dandena. Elle se fait déjà appeler Sasorena, même si les guerriers gradés des Tribus Maneraks unies ont discuté, et décrété qu'il n'y aurait plus de Sasorenas.

– Plus de Sasorenas ?

Je secoue la tête, je ne comprends pas.

– Comment ça?

– Ils ont dit qu'il n'y aurait plus de Sasorenas parce qu'il ne peut y en avoir plus d'*une* sur cette planète : et c'est Mian. Les autres sont des compagnes et c'est ainsi qu'on les nommera.

Je souris sans retenue

– Sait–elle ce qu'elle est ?

Dandena hausse les épaules.

– Difficile à dire. Chimara dit que nous n'avons pas le droit de l'appeler ainsi. Elle n'aime pas ce titre. Mais c'est comme ça qu'on l'appelle quand elle ne peut pas nous entendre. C'est ce qu'elle est, et je te préviens: elle *fera* toujours partie de ce tasmaran. Je me fiche de devoir renvoyer tous les mâles de notre tasmaran, mais nous ferons tout pour qu'elle reste dans cette tribu, d'une manière ou d'une autre, car si elle part, tu peux être sûr que tous les guerriers la suivront. Je la suivrai.

Je hoche la tête. Je comprends, bien sûr. La sensation de compression dans ma poitrine se relâche puis se resserre à nouveau. J'expire puis je prends la parole:

– Si elle part, je la suivrai. Où qu'elle aille, j'irai avec elle.

Dandena cligne des yeux, surprise. Je ne sais pas pourquoi elle est si étonnée. Je pense qu'il est plus que clair maintenant que je suis amoureux de cette fille. Mon cœur bat pour elle *douloureusement*. Elle penche la tête.

– Tu l'aimes vraiment, n'est–ce pas ?

Je sens la chaleur de mon cou atteindre mon abdomen quand je pense à la façon dont je l'ai désespérément aimée dans l'enceinte fermée de mon dolsk. J'ai eu trop peu de lunes avec elle. Nous avons passé trop de lunes séparés. À cause de moi. Je suis un sextuple idiot. Je change soudain de sujet.

– Y a–t–il des guerriers avec elle en ce moment? Est–elle bien protégée ? Si les autres pensent qu'elle est Sasorena, ils pourraient essayer de l'enlever.

– Elle est en sécurité. Ça fait trois solaires que notre tribu est repartie dans le tasmaran. Ils doivent être arrivés depuis longtemps. Chimara est avec elle en permanence, Xena et Reffa aussi, mais à distance. Elle n'est pas heureuse, Neheyuu. Pas heureuse du tout. Et elle n'aime pas la nouvelle attention dont elle est l'objet. J'ai essayé de dire à tout le monde de se comporter aussi normalement que possible avec elle, mais tu sais comment peuvent se comporter ces idiots de mâles, puisque tu en es un. La dernière chose dont nous avons besoin c'est qu'un imbécile fasse une bêtise pour essayer de débloquer son naxem.

Je m'étouffe. La rage m'envahit et je ressens un petit picotement lointain au bout de mes doigts et sous la plante de mes pieds. Je me lève. Dandena se moque de moi depuis sa position sur le sol.

– Ne me dis pas que tu n'y as pas pensé ? Comment as–tu pu ne pas y penser ? Personne ne sait exactement comment tu as déverrouillé ton naxem. Je te garantis que quelqu'un va essayer quelque chose… n'importe quoi.

– Nous devons rentrer.

J'ai besoin de la voir.

– Il n'y a pas assez de guerriers pour la surveiller.

J'ai besoin de la surveiller. Dandena sourit et ébouriffe ses cheveux.

– Dis donc, tu ne m'as interrogé que sur nos pertes.

– Quoi ?

J'écoute à peine ce qu'elle dit, je bous d'impatience.

– Tu as perdu huit guerriers, mais tu en as gagné douze.

– Il y a quatre guerriers de plus dans le tasmaran ?

– Tszk, nous avons *douze* guerriers de plus qu'avant. Il y a *vingt–trois* nouveaux membres au total, y compris les non–guerriers qui nous ont rejoint avec leurs familles. Trois petits, un soudeur de la Sessena – ne t'inquiète pas, ce n'est pas celui qui a offert sa couronne à Mian – ainsi qu'un apprenti guérisseur de la tribu Eros et une paire de sœurs humaines qui cuisinaient pour les Nevays ont rejoint nos rangs. Je dois préciser que ces sœurs m'ont spécifiquement dit qu'elles avaient l'intention de rejoindre notre tasmaran même avant ton… coup d'éclat. Elles ont dit que c'était parce qu'elles avaient rencontré certaines de nos femmes humaines et qu'elles avaient tant vanté la vie dans le tasmaran de Neheyuu qu'elles voulaient voir ce qu'il en était par elles–mêmes. Elles ont parlé de Mian, Neheyuu. Elle n'était qu'une esclave – mais elle les a convaincues de venir avec nous. Elle était en colère contre toi pourtant, grogne Dandena.

Mon cœur bat la chamade. Je commence à transpirer. Mes doigts et mes orteils picotent comme s'ils étaient en train de gonfler. J'ai besoin de rentrer. Je dois la voir. Je me baisse et prends le bras de Dandena qui me dit :

– Si je te dis tout ça, c'est pour te prévenir Neheyuu. Tu devras te faire à l'idée qu'à notre retour, le tasmaran ne t'appartiendra plus. Bien qu'elle ne le veuille pas et qu'elle n'en ait aucune idée, le tasmaran est à elle.

– Yena. Elle le mérite.

Je souris et soulève Dandena comme si elle n'était rien d'autre qu'une plume. Son corps se heurte au mien avant qu'elle ne me repousse rapidement avec un juron dégoûté. Je ris à son indignation.

– Super. Je suis contente de voir que tu commences enfin à entendre raison.

Mes lèvres se plissent. Alors qu'elle brosse son armure pour en ôter quelques herbes, elle déclare :

– Et puisque tu sembles être moins fou qu'on ne le pensait – moi y compris – je suppose que je devrais te dire que *cinquante* personnes ont fait connaître leur intérêt pour le tasmaran de Mian après le sessemara.

Cinquante. C'est la première fois que j'entends de tels chiffres. Les seuls à s'en approcher sont les Sessenas, et c'est un grand tamaran expérimenté et prospère, ils sont attractifs. Ils sont tout ce que nous ne sommes pas.

– Ne t'emballe pas trop, murmure Dandena, ce nombre a chuté après ton quatrième solaire d'absence. Quand je suis partie, le nombre était de vingt-trois, peut-être que maintenant il y en a encore moins que ça. Nous verrons bien.

– Merci, Dandena.

Je croise son regard et lui fais un sourire. C'est une perspective nouvelle, fragile, et qui pourrait s'évaporer sous mes yeux, mais mon sourire est plein d'espoir. Débordant d'espoir. Je prie Sasorana pour que cette avalanche d'espoir ne me tue pas.

– Ouais, ouais, dit–elle.

J'éclate de rire. Mes pensées sont lourdes lorsque je me tourne vers l'horizon. Il y a des vestiges de vie là–bas. Des traces de légèreté, une légèreté qui pourrait me soutenir. Si seulement je pouvais m'y accrocher. Si je le fais, je ne pourrai pas la laisser partir. Pas cette fois.

– Tu es prête à courir ?

Ma voix est pleine d'émotion. Dandena me regarde, puis contemple les longues plaines ininterrompues qui s'étendent devant nous.

– Tu veux faire la traversée de retour d'un solaire, sans manerak et sans oeban ?

– Yena.

– Tu ne seras pas capable de tenir le rythme.

– Je tiendrai le coup. Je l'ai déjà fait avant. Et en plus, ma vraie forme a besoin de bouger un peu.

Elle a aussi besoin de souffrir un peu.

– Mais d'abord, j'ai perdu quelque chose et je dois aller le ramasser.

– Qu'est–ce que c'est ?

– Une pierre.

La pierre de Mian. La pierre qui lui appartient. Celle que je la supplierai de prendre. Tout comme mon coeur.

– Tu te svik de moi, Premier?

– Appelle–moi Neheyuu à partir de maintenant, et tszk, je ne plaisante pas.

Dandena gémit longuement et bruyamment, mais me suit quand même. Nous parcourons les hautes herbes à la recherche d'une pierre: Dandena, en tant que manerak, moi, avec ma vraie forme. Et complètement nu.

21

Neheyuu

– Tu veux…attends… *quoi ?* demande Rea.

Réa est mon meilleur pisteur. En ce moment, il me regarde comme si j'avais deux têtes ou une tête bien plus grosse que la moyenne. Je ne sais pas si cela doit me rendre fier ou m'inquiéter.

Je fais passer mes épaisses mèches crasseuses par-dessus mon épaule et je jette un regard à chacun des guerriers réunis. J'ai demandé à Dandena de réunir les guerriers gradés, ainsi que des éléments de choix : Erkan, Reffa, Chimara et quelques autres, maneraks et non-maneraks. Je ne me suis pas baigné. Je ne suis pas allé la voir. Chimara m'a dit qu'elle était en sécurité, qu'elle travaillait dans le dépôt d'armes et que Xi et Xena veillaient sur elle.

Je me penche en avant et l'écharpe que Dandena m'a donnée pour me couvrir glisse. Je la laisse tomber et me penche en avant sur la lourde table en bois. J'ignore sans mal le regard confus de Rea qui se pose sur mon aine exposée. Je grimace alors qu'il fronce les sourcils.

– Je veux que tout le village du tasmaran soit restructuré. Le centre sera ouvert. Nous continuerons à l'utiliser pour les feux de joie et les petits rassemblements informels, mais plus près du centre, je veux que l'on place le plus grand dolsk. Nous y logerons les femmes que nous capturons lors des raids et toutes les assistantes. À l'opposé, se trouvera mon dolsk.

Je ne précise pas que je ne m'y installerai que si Mian le partage avec moi.

– Dans ce cercle, je commence en dessinant un anneau imaginaire avec mon doigt, s'installeront les familles avec des petits, les femmes seules vivant seules ou dans des ménages exclusivement féminins. Par ici, on mettra les guerriers les plus âgés. D'autres familles ainsi que des mâles pourront vivre là. On ajoutera aussi un autre cercle pour loger les guerriers près du périmètre extérieur. Et on ne va pas s'occuper que des dolsks d'habitation. Je veux des dolsks avec nos peaux près du centre, à côté, des dolsks pour abriter les fournitures médicales, les vêtements et le reste. Je veux un dolsk avec nos possessions les plus précieuses au centre même. De cette façon, tout intrus qui parvient au centre du dolsk, aura plus de chances d'y être piégé. Il faudra que nos armes ainsi que nos réserves de nourriture et de boissons soient aussi cachées au milieu, parmi les vêtements et les articles de moindre valeur, comme ça ils seront plus difficiles à trouver. Le troisième espace sera consacré au dolsk d'armes et aux terrains d'entraînement. Un quatrième, comprendra notre centre médical et d'accouchement. Je veux que cela soit construit rapidement. Ces dolsks doivent pouvoir faire face à un afflux d'activité. Nous ferons plus de raids. Nous allons nous étendre. Nous ne pouvons plus nous permettre de traiter les soins médicaux et les traitements par–dessus la jambe. C'est ce ce que faisais, mais même si ce n'est pas facile à admettre, je dois avouer que j'ai commis pas mal d'erreurs.

Je balaie du regard les personnes rassemblées et les dolsks disposés en pagaille au–delà. Tant qu'il s 'agissait de mon tasmaran, ça pouvait aller, mais ce tasmaran désordonné ne peut être celui *de Mian*, je dois faire mieux.

– J'essaie d'arranger les choses.

– C'est un bon projet, dit Erkan en se penchant sur la carte imaginaire que j'ai étalée devant lui. J'aimerais prendre un bloc de parchemin et faire une carte correcte.

J'aurais dû y penser.

– Bien sûr. Vas–y

– Le centre est tout de même assez vide. Chacun des cinq anneaux se connecte pour former un grand cercle. C'est un énorme cercle, fait remarquer Rehet, mais il y a beaucoup d'espace vide au milieu. À quoi ça va nous servir ?

– Il faut conserver un espace sauvage. On laissera pousser les hautes herbes. Des foyers peuvent être construits si c'est vraiment nécessaire. Par contre, sur l'autre moitié, on enlèvera les hautes herbes et on érigera des supports. C'est ici que nous formerons le plus grand dolsk que les Tribus Manerak Unies aient jamais vu.

Les expressions autour de la table vont de l'intérêt à la curiosité en passant par le plaisir.

– Cool, lance Mor.

– Ce ne sera pas un dolsk pour baiser, grogne Dandena.

Les rires fusent autour de la table, le mien inclus. Alors que le calme revient, Ock demande.

– À quoi *ça va* nous servir ?

– On peut l'utiliser pour n'importe quoi. On pourra tout faire là dedans. Pendant la saison des pluies, ça peut être un espace pour manger en commun, ça peut être un espace de travail pour ceux qui ont besoin d'ombre pendant les solaires comme celui-ci où l'on est soumis à la rage des trois soleils. Tri pourra donner ses cours de langue et de culture ici, comme ça elle n'aura pas à le faire à la périphérie de notre camp, ce sera plus sûr.

J'incline ma tête vers son compagnon, Gergoro, en disant cela. Il me répond de même.

– Ce sera aussi l'endroit où nous accueillerons les festivités.

– Des festivités ? demande Reffa avec surprise.

– Il veut parler du sessemara.

Dandena essaie de réprimer un rictus et échoue.

– Ce serait pour quand ?

– Le plus tôt possible. Juste après la réorganisation du camp.

– Ça fait beaucoup de changements, rétorque-t-elle, et nous devons aussi accueillir les nouveaux membres de la tribu.

– Je vais m'en occuper. J'aimerais mettre en place un meilleur système d'orientation pour les assistants. Ainsi, ils perdront plus facilement ce statut et ils trouveront rapidement leur place au sein de la tribu. Je vais peut-être trouver mieux mais en attendant, je prévois de rencontrer chaque nouveau membre individuellement au cours des prochains solaires afin de déterminer où ils aimeraient être, et où ils s'intégreraient le mieux.

– Ça ce serait un travail parfait pour une Sasorena... si seulement nous en avions une…

Je lève les yeux vers les yeux sombres de Chimara. Elle se tient en face de moi sur la lourde table en bois, les bras croisés sur sa poitrine musclée. Elle est en colère contre moi. Svik. J'ai compris. Je couvre de ma voix les légers murmures et les railleries qui suivent sa remarque.

— Je me suis dit que je ferais mieux de le faire moi-même, vu qu'ils me prennent tous pour un fou furieux.

— C'est vrai ! crie quelqu'un.

Les rires fusent à nouveau. Je souris.

— J'aimerais leur prouver que je ne le suis pas.

— Commence par prendre un bain, dit Dandena.

Je secoue mes cheveux dans sa direction, ce qui fait voler des morceaux de boue. Une des guerrières crie de dégoût et Mor recule si vite qu'il trébuche sur quelque chose et tombe sur le cul en marmonnant des jurons.

— On m'a dit récemment que j'étais un putain de svik d'idiot.

— C'est seulement maintenant que tu t'en rends compte ? demande Chimara.

De nouveau, les rires retentissent, mais je lève une main pour les faire taire quand Erkan revient avec un bloc de papier et un bâton de charbon de bois. Il commence à dessiner tout ce que j'ai détaillé sur ce solaire.

— Yena, je viens juste de m'en apercevoir. Après tout, je suis un idiot… Il me faut du temps pour comprendre.

Lorsque les rires s'apaisent, je continue :

— Je veux organiser un sessemara aussi vite que possible. Ce serait la première fois qu'un tasmaran de cette taille en organise un, il est donc primordial que nous le fassions bien. C'est d'autant plus important que j'ai un peu fait le fou lors du dernier sessemara.

— Ça c'est sûr.

Dandena lève les yeux au ciel.

– Pour tout vous dire, ce que je cherche à accomplir dépasse le sessemara. Je sais que vous êtes tous curieux de savoir ce qui s'est passé. Des rumeurs courent selon lesquelles je suis naxem et Mian, la première incarnation de Sasorana, notre Sasorena.

Un silence s'abat sur le groupe; je peux sentir leur déférence et leur respect. C'est le moment d'avouer ce que j'ai longtemps refusé d'accepter.

– Tout ceci est vrai.

Un souffle. Quelque chose tombe. Quelqu'un jure. Chimara est la première à parler.

– Mian n'est pas au courant et elle n'a pas besoin de le savoir, dit–elle rapidement.

– Tszk. Elle ne le sait pas. Chimara a raison. Mian ne partage pas nos croyances. Elle ne connaît pas nos traditions ancestrales. Elle n'a pas besoin de savoir qu'elle a réveillé quelque chose chez quelqu'un qu'elle déteste.

– Elle ne te déteste pas, grommelle Chimara. Elle ne déteste personne. Honnêtement, ça lui servirait parfois de pouvoir haïr, mais Mian en est incapable.

Mes lèvres se retroussent. Mon pouls s'accélère. L'espoir refait surface, même si au fond je sais que c'est dangereux. Trop dangereux.

– J'espère que tu as raison. Et je ne...

J'incline la tête, je serre les deux mains sur le bord de la table. Je m'appuie dessus et j'espère qu'elle tiendra.

– Je n'en voudrai pas... aux hommes... qui essaieront...

Prononcer ces mots me fait souffrir le martyre.

– Je ne m'opposerai à aucun mâle qui souhaitera essayer de... gagner son coeur... maintenant... ou pendant le sessemara.

Je lève les yeux. Le sang afflue dans mon visage, il est sur le point d'éclater par tous mes pores. J'essaie de ne pas regarder les mâles autour de la table, je fixe plutôt le ciel. Après avoir cligné rapidement des yeux, je secoue la tête.

– C'est son choix. Si vous pensez que Mian serait plus heureuse avec vous, alors vous avez le droit de tenter votre chance.

– Et qu'est–ce qui va nous arriver ? demande Ock, en plaisantant à moitié.

Je lui offre un demi–sourire. La sensation de picotement au bout de mes doigts migre vers mes paumes.

– Le deuxième jour du sessemara, j'essaierai de ne pas vous tuer. C'est tout ce que je peux permettre.

Je plaisante, mais l'élite qui me fait face ne rit pas. Bon, peut–être que je ne plaisante pas.

– Tu vas lui donner ta couronne ? demande Chimara, un sourcil levé.

Elle croise ses bras sur sa poitrine et j'expire, en serrant les dents.

– Yena. Dès que j'en aurai fait une nouvelle et une fois que j'aurai... essayé de la séduire. Mais ne lui dis rien s'il te plaît. Si elle l'apprend, elle pourrait être...

– Énervée, finit Dandena qui a décidé de s'en mêler.

– Plutôt *exaspérée*, corrige Mor.

– À sa place, je serais perdue, putain de svik ! ajoute Reffa.

C'est Chimara qui me donne le coup de grâce.

– Elle est juste déçue. Triste.

Je croise son regard. Il est sombre, brun, si humain. Il n'a rien de manerak.

– Je sais. Elle est bien trop importante pour cette tribu – pour Sasor – pour laisser un idiot comme moi la blesser. J'ai besoin de toi, protège–la. Tu es sa dernière ligne de défense. Défends–la même contre moi s'il le faut.

Chimara cligne des yeux et se détend un peu.

– D'accord. Je ferai tout ce que je peux pour Mian.

Ses lèvres se plissent un peu. Je hoche la tête.

– Bien. Puisque tu as ces nouvelles responsabilités, j'aimerais t'offrir un grade.

La tension traverse le groupe d'un seul coup.

– Nous grandissons, et j'espère que nous allons continuer à évoluer. Jusqu'à présent, en raison de notre taille, j'ai limité les rangs à trois. Mais maintenant, j'aimerais t'offrir le poste de quatrième.

– Mais nous n'avons même pas de deuxième, interrompt Reffa.

– Nous avons un Second.

Mon regard se porte sur Dandena. Elle écarquille les yeux.

– Dandena. Et c'est Erkan qui prendra sa place en tant que troisième.

La main d'Erkan se fixe sur le bloc de parchemin. Sa bouche s'ouvre de la même façon que celle de Dandena.

– Troisième ?

– Yena.

– Je… c'est un honneur.

– Tu l'as mérité. Lors de notre raid, tu as vu ta femelle, tu as su qu'elle était à toi, tu l'as marquée, revendiquée, courtisée, tu as combattu pour elle, tu l'as fécondée et ensuite tu t'es uni à elle. Il ne t'a fallu que 40 solaires pour faire tout ça. Voire moins.

Et moi qu'est-ce que je faisais pendant ce temps-là ? Je me suis détruit. J'ai fui ma compagne xiveri alors que mon manerak et mon naxem lui étaient déjà dévoués. Ils sont partis maintenant, mais je n'ai pas besoin d'eux. Je mettrai seul en pièces les autres mâles qui combattront pour s'unir à elle, avec mes dents si je le dois. Je vais la reconquérir. Même si c'est la dernière chose que je fais. Et vu que j'ai perdu mon manerak, ça pourrait très bien être la dernière chose que je ferai…

– Tu es plein de bon sens, tu prends les bonnes décisions. J'ai besoin de toi à mes côtés, je conclus.

– Ça c'est bien vrai, grogne Dandena.

Ils rient à nouveau, et je me fiche complètement que ce soit à mes dépens.

–Y a-t-il des objections à ces changements ? Est-ce que quelqu'un veut s'y opposer?

Je me crispe. Chimara n'est pas la plus ancienne guerrière ici, et elle n'est pas la meilleure. Elle pourrait perdre si quelqu'un la défie, mais je veux qu'elle ait le respect et l'influence sur les autres dont elle a besoin pour assurer la sécurité de Mian.

Quelques épaules se tendent, quelques mains tremblent, mais finalement, les changements sont acceptés. Je tape du poing sur la table.

– Bien. Alors il en sera ainsi.

Je leur ai donné des directives et Erkan a dessiné les plans. Ils savent ce qu'ils sont censés faire. Et moi ? Est-ce que je sais ce que je dois faire ? Tszk. Je ne le sais pas. Contrairement à eux, je ne peux pas utiliser une carte pour obtenir le pardon de Mian.

Je pourrais suivre le conseil de Dandena et essayer de la voir, de lui expliquer. Aller lui parler, ça pourrait être un début.

C'est la deuxième moitié du solaire maintenant, ce sera bientôt le lunaire. Je n'ai pas dormi depuis deux jours, mais je suis plus éveillé que jamais. Un peu crispé, mais *vivant*. Le picotement dans mes paumes devient plus intense, il migre vers mes poignets, mes avant-bras et mes coudes. Je sais ce que c'est. Ou plutôt, je sais qui c'est. Je sais qu'il est toujours là, à vouloir la toucher. Mais je m'en fiche. Il peut se rendormir, je n'en ai rien à svik. J'ai besoin de la toucher moi aussi. J'ai un *plus* grand besoin de la toucher. Je dois me mettre à genoux et m'excuser jusqu'à en perdre la voix.

Je m'approche du dolsk des armes, nu et sale mais déterminé. J'y vois de nouveaux visages et je les salue de la tête, mais je ne dis rien. Dandena leur expliquera que je les verrai demain, mais pour l'instant, je dois parler à quelqu'un d'autre. C'est rongé par ce besoin ancré dans le désespoir que je m'approche.

– Mian…

Lorsque j'entre dans la salle des armes, le corps agenouillé dans ses recoins sombres n'est pas celui de Mian. Ce n'est même pas une femme.

Je fronce les sourcils et me dirige rapidement vers le dolsk où Tri donne ses leçons de manerak, mais Mian n'y est pas non plus. Je croise Chimara en sortant. C'est alors qu'elle m'annonce une nouvelle qui me laisse sans voix. Elle me dit que Mian est déjà dans *mon* dolsk. Elle m'y attend.

Je déglutis, j'essaie plutôt, car je n'y arrive pas. Je sens mon pouls dans ma gorge. Je n'arrive même plus à respirer correctement. Mes mains se serrent et se desserrent. Un picotement d'horreur parcourt mes bras et ma colonne vertébrale. J'atteins le cuir de mon dolsk et je respire avant d'entrer pour me calmer. Debout là, je réalise que je n'ai aucune idée de ce que je vais dire.

– *Mian, je ne suis qu'un idiot.*

Voilà. C'est ce que je devrais dire. Tszk, je peux faire mieux.

– *Mian, je ne suis qu'un idiot et je t'aime.*

Voilà. C'est mieux. Je retiens mon souffle et me glisse dans mon dolsk, avant de déclarer rapidement :

– Mian, je...

Tous les mots que je venais de répéter s'envolent comme des oiseaux. Le dolsk est sombre – tszk, pas sombre, la lumière est tamisée, l'ambiance est *intime*. Des bougies que je n'ai jamais utilisées et dont j'ignorais l'existence éclairent les bords incurvés de mon dolsk avec plusieurs groupes de piliers allumés posés sur des piédestaux près du lit. Le lit. Je sais que des baignoires d'eau chaude sont déjà prêtes et m'attendent quelque part à ma gauche, mais mon regard reste fixé sur le lit, les draps et le corps allongé dessus. Un corps vêtu d'une délicate robe d'un bleu des plus séduisants.

Pendant un instant, j'ai l'impression que c'est Tekevanki qui cherche à nouveau à se venger, mais ce n'est pas le cas. Mon être, mon corps, sait que c'est Mian. C'est son odeur. La façon dont son énergie charge l'air, rayonnant avec son propre courant, est inimitable. Et moi, chanceux, j'ai été aspiré dans son tourbillon, dans son vortex.

– Mian...

Le mot sort de ma bouche et Mian se redresse complètement. Elle fait passer ses jambes par–dessus le bord du lit et vient vers moi. Je ne peux m'empêcher de fixer la longueur délicate de son cou. Elle a les cheveux relevés sur le dessus de sa tête dans un magnifique ensemble de liens et de nœuds défiant la gravité. J'aime quand elle est coiffée comme ça. Je devrais lui dire qu'elle est magnifique. Putain de svik, je devrais dire quelque chose...

– Tout d'abord…

Elle parle avant que j'aie le temps de dire un mot et sa voix est égale. Douce, et égale. J'ai la bouche sèche. Je ne peux pas... je ne peux pas. La raison me quitte.

Elle incline la tête et change d'un seul coup. Elle sourit et me parle en manerak, avec plus de facilité que dans mon souvenir. Toutefois, elle a conservé son accent. J'espère qu'elle le gardera toujours.

– J'ai pensé que tu voudrais un bain.

Elle désigne de ses longs doigts élégants la baignoire en cuivre entourée d'autres bougies.

J'ai envie de lui demander où elle a trouvé toutes ces bougies et pourquoi elle les a allumées, mais je me raisonne : ça peut attendre, ce n'est pas important. Le problème, c'est que je n'arrive pas à trouver ce qui l'est. Alors je hoche la tête. Je suis un idiot.

Elle se dirige vers l'autre côté de la baignoire et s'agenouille. Le bout de ses doigts caresse l'eau avec amour et, comme hypnotisé, je la suis et je me mets à l'eau. L'eau est encore chaude et j'ai envie de demander quand elle a demandé à ce que le bain soit préparé et à qui, ou comment elle a su où j'étais et quand j'allais venir, mais je ne dis rien de tout cela non plus.

Au lieu de cela, je me contente de m'asseoir et de fixer son visage parfait, en me demandant si tout cela n'est qu'un rêve. Peut–être suis–je mort ? Peut–être suis–je en train de rêver de l'au–delà ? Quelqu'un m'a sûrement poignardé sur le chemin de mon propre dolsk – ou svik, peut–être que je ne suis même pas revenu du sessemara.

Gregoro m'a dit une fois que les humains croyaient au paradis. Nous, les Maneraks, croyons que Sasorana nous ramène dans le ciel. Nous devenons des étoiles après notre mort. Mais peut–être que les humains ont raison.

– Mian, je… je dois te parler de…

Je cherche à me relever, mais Mian lève un doigt et le pose sur mes lèvres. Sa peau... oh putain de svik, son odeur... mes hanches s'agitent dans l'eau et ma bite déjà dure libère un petit jet de liquide pré–séminal. Elle a le goût de l'univers, de tout… de Mian.

– Détends–toi, dit–elle doucement.

Mian sort une grande éponge douce de quelque part – sans doute de l'endroit où elle a obtenu toutes ces bougies – et la plonge dans l'eau. Elle la passe sur ma poitrine en faisant de longs mouvements fermes.

Je suis, dans mon esprit, dans mon corps, saisi par la confusion. Elle me touche, volontairement. C'est ce qui déchire ma vraie forme et poignarde mon manerak. Mon naxem, quelque part dans les recoins de sa grotte, salive. Lui aussi, il est touché. Que fait–elle ? Que se passe–t–il ?

Je sens que je me désagrège. Mon manerak commence à s'agiter et à cracher en se frayant un chemin à travers ma vraie forme. Il cherche à sortir. Il veut l'attraper. J'essaie de le soumettre, mais le problème est que je la veux moi aussi. Je veux la prendre, je la désire plus que tout.

– Putain de Svik !

Je l'attrape, je tire tout son corps avec moi dans l'eau et je la maintiens là. Je souhaite ardemment explorer sa bouche avec mes langues. Mais je m'immobilise,…

Quelque chose ne va pas. Je tremble et elle tremble. Mes yeux sont fermés. Ses seins sont pressés contre mon corps nu, ses jambes s'entremêlent avec les miennes. Ça ressemble trop à un rêve. *C'est parfait. Prends-la. Elle se donne à toi, prends-la !* Mon naxem n'est pas d'accord. Mon naxem n'est pas là du tout. La voix dans ma tête n'est peut-être même pas mon manerak. La voix dans ma tête pourrait causer ma perte.

Ses doigts appuient sur ma poitrine. Elle gémit un peu, puis se penche en avant et en même temps, ses lèvres trouvent ma mâchoire. Le bout de ses doigts descend... encore plus bas. Elle trace le contour de ma bite et je fais immédiatement un bond hors de l'eau. *Qu'est-ce que tu fais ? C'est exactement ce qu'on veut. Laisse-toi faire !*

Je la dépose aussi prudemment que possible sur le bord du lit. Tout dans mon corps tremble et palpite. Je passe une main dans mes cheveux sales et mouillés, maintenant boueux, avant de la laisser retomber.

– Qu'est-ce que tu fais ?

Je ne peux pas la regarder, donc je ne lis pas son expression quand elle répond :

– Je t'aide à prendre bain... ton bain, corrige-t-elle.

Je secoue la tête.

– Non, tu fais autre chose et ça ne me plaît pas. Pourquoi tu... Je veux juste... Je veux juste te parler. J'aimerais que tu portes ce que tu portes d'habitude... ou un uniforme.

Si elle portait un uniforme j'arrêterais peut-être de bander comme un taureau. Ma bite se balance d'avant en arrière comme un pendule pendant que je fais les cent pas.

– Éteins toutes ces bougies. Je veux te parler dehors, en public.

Elle reste silencieuse un long moment. Si longtemps que j'ose lever les yeux vers elle. Elle est toute mouillée, maintenant. De longues boucles de ses merveilleux cheveux sont collées sur le côté de son cou et de sa poitrine, tandis que le tissu fin de la robe qu'elle porte s'est complètement froncé autour de ses mamelons durs comme la pierre. Des mamelons qui ne demandent qu'à être sucés. *En plus nous savons déjà quel goût ils ont: ils sont le sirop de l'arbre du canyon. Ils sont prêt à être bus.* Un autre souvenir me revient en mémoire...

– Pourquoi ?

– C'est le cadeau de Tatana ?

Nous posons notre question en même temps. Pourquoi ai-je dit cela ? Pourquoi est-ce que je ne peux pas me contrôler et agir comme un homme respectueux et gentil pour une fois ! Je vais la perdre. *À cause de toi, nous allons tous la perdre.*

Cependant, au lieu de se mettre en colère, comme je le pensais, elle répond :

– Je peux l'enlever si tu veux.

– Mian…

Maintenant c'est moi qui me mets en colère.

– Arrête.

– Arrête quoi ?

– Je ne sais pas à quoi tu joues mais moi je ne veux pas jouer. Si tu ne m'expliques pas ce qui se passe, je m'en vais.

Et là, je reçois un objet en plein visage. Une chaussure ou quelque chose comme ça. Je me retourne pour voir ce que c'est, mais avant que je puisse la repérer, une autre me vole dessus et me touche au menton. Une sandale en cuir. Au moins, ce n'était pas une bougie. Son visage est tout crispé. D'habitude j'adore son expression, mais en ce moment, elle est accompagnée de larmes. Je déteste la voir pleurer..

– Bien sûr ! Il faut toujours faire ce que tu veux, toi. Parce que tu es le Premier et que je suis l'esclave !

Elle tourne son visage sur le côté, comme s'il y avait quelque chose qu'elle ne voulait pas que je voie. J'ai besoin de la voir. J'ai eu si peu l'occasion de la voir ces derniers temps...

– Mian...

Ma voix est douce.

– Tszk. Je dis tszk. Tu dois écouter. Maintenant, tu fais ce que je dis.

Elle frissonne et, lorsque je me tourne vers elle, elle repousse les épaules de ses robes et laisse le fourreau entier tomber autour de ses pieds. Elle n'a rien en dessous. Il n'y a rien d'autre que les gouttelettes d'eau sur son corps et le mien qui nous séparent. Ça, et la distance. Et ma retenue. Mais il n'en reste plus grand chose de toute façon. Il n'y en avait pas beaucoup au départ.

– Mian, je répète, mais ma voix traduit mon manque.

– Fais–le !

– Quoi ?

– Baise–moi et va–t–en. Quand tu auras ce que tu veux, tu partiras et je pourrai enfin trouver un homme. Je quitterai le dolsk. Moi pas esclave. Pas akimari.

Je ne comprends toujours pas et je secoue la tête.

– Quoi ?

Un cri de rage s'échappe entre ses dents serrées quand elle se dirige vers le lit et s'y jette, les jambes écartées. Je me retrouve à regarder directement entre ses cuisses. Je fixe les boucles sombres parsemées à leur jonction et, en dessous, les lèvres brunes scintillantes autour d'un centre rose vif. Je suis en train de perdre la tête. Qu'est–ce qu'elle veut ? De quoi sommes–nous en train de parler ?

Enfonce-toi dans sa chaleur. Pénètre-la et sens l'humidité de son centre brun et rose. Oh ! Yena, bien sûr. Je serais heureux de...

Je m'approche lentement d'elle alors que mon manerak chante. Il est de retour. Peut-être qu'il n'est jamais parti. Peut-être que ce bâtard est juste... moi.

Je me fige. Tszk. Qu'est-ce que je fais ? Si je la prends comme ça, est-ce que ça fait de moi un monstre ? *Yena,* me dit un murmure sombre et distant, *oui.* Je ferme les yeux et prends une inspiration pour me recentrer. Cela fonctionne, mais seulement un peu, parce que lorsque mes yeux s'ouvrent à nouveau, je suis toujours crispé et tendu. Mon manerak me projette en avant et ma vraie forme tente de me tirer vers la sortie. Volonté. Désir. *Désir.*

Adoration.

Je déglutis encore et encore. J'ai le souffle coupé. Chaque argument que j'avais préparé pour elle meurt sur ma langue. *Je suis un idiot. Je t'aime.* Au lieu de cela, je hoche la tête, juste une fois.

– Yena.

Elle tressaille et ouvre la bouche. Elle laisse échapper un souffle et d'un seul coup, la pièce se remplit de l'odeur fraîche de son excitation, ce musc entêtant. Ça sent la fleur de béguier et le vanthia. C'est un parfum puissant, comme le sel, comme les feuilles de cet arbre qui ne pousse que dans ce canyon illusoire, comme moi.

En m'approchant du lit, je caresse ma queue, je lui fais savoir que je n'hésiterai pas à la couper si elle ne m'écoute pas. Je vois Mian se tendre à chaque pas que je fais. Elle est inquiète. Son corps a peut-être envie de ce plaisir, mais elle ne veut pas être prise. Pas maintenant, pas ici, pas comme ça. Ce qu'elle veut, c'est se débarrasser de moi. Elle veut me repousser une bonne fois pour toutes. Si je cède maintenant, elle aura réussi. Ça n'arrivera pas.

– Tu veux que je te prenne maintenant et que je te laisse tranquille, c'est ça?

Elle hésite.

– Yena.

Ses doigts serrent les draps sous elle alors que je me dirige vers le lit. Son visage est incliné sur le côté et ses yeux sont fermés. La tristesse m'accable, l'excitation m'a abandonné. *Ça ne devrait pas se passer comme ça*, dit la voix sombre qui refait surface. Je sais. Je sais...

– Tu veux que je complète tes tatouages?

Elle hésite encore.

– Yena. Fais ce que tu veux et laisse–moi. Je trouverai un mâle et tu trouveras ta propre femelle.

Ses propos m'auraient fait rire si je n'étais pas si furieux. Et blessé. Il s'est passé tant de choses ces derniers solaires, depuis le sessemara, et elle n'a toujours pas compris. Je n'ai toujours pas compris non plus. Mais une chose a changé : Mian sera à moi et je serai à elle. Quoi qu'il en coûte.

– Nous organiserons un sessemara dans quarante solaires. Moins si c'est possible. Ce sera la première fois que ce tasmaran accueillera un sessemara, je déclare en inspirant. Et je ne me mettrai pas en travers de ton chemin.

J'essaie de me concentrer sur son visage pour m'empêcher de regarder son corps, mais mon regard est désobéissant. Il s'égare.

Elle a pris un peu de poids depuis qu'elle est avec nous, et je ne peux m'empêcher de ressentir de la fierté ainsi qu'une poussée de désir effréné à la vue de ses seins pleins et lourds et de la nouvelle courbe de ses hanches. Son ventre est encore très plat et je peux encore voir toutes ses côtes, mais elle grossit. Elle mange tous les jours et je veux être celui qui la nourrira jusqu'à ce qu'elle soit une vieille femme grosse. Mes lèvres se plissent à cette idée.

Mian n'a toujours pas bougé. Ses doigts s'accrochent toujours aux draps. Sa poitrine continue de se soulever et de s'affaisser. Elle n'a pas compris – pas ce que je viens d'affirmer, mais ce que je veux lui dire avec mon regard. Je vais devoir attirer son attention d'une manière ou d'une autre...

Je glisse un genou sur le lit, sans penser à ma bite et sa pression furieuse. Elle s'agite vers elle, comme si elle pouvait contrôler les mouvements de mon corps. Je suppose que c'est le cas, car je me glisse entre ses jambes et je pose une main sur chacune de ses chevilles. J'écarte ses jambes plus largement, en me réjouissant de la vue qui s'offre à moi. Je la dévore du regard. Elle ne veut pas de moi maintenant, je le sais, mais elle scintille toujours comme des pierres précieuses. Son corps sait ce que j'ai à offrir, et si c'est tout ce qu'elle veut de moi maintenant, alors c'est ce qu'elle aura.

– Mian, tu m'as entendu ?

Elle frissonne, mais reste là, immobile. Tendue. Je soulève sa jambe droite et lèche l'arrière de son mollet avec mes deux langues, puis je répète l'opération avec sa jambe gauche. Sa douceur ne m'ébranle pas. Je refuse de céder.

– Mian, dis–je en mordillant et en suçant, je ne me mettrai pas en travers de ton chemin pendant le sessemara.

Je descends vers ses pieds, je les goûte, avant de remonter vers ses tibias, puis ses genoux. J'abaisse ses jambes et passe ma langue à l'intérieur de ses cuisses. Je la regarde frissonner.

Je trouve en moi la force de résister et je me traîne le long du lit. Ses lèvres brun pâle et leur cœur rose fondu supplient mes deux langues d'y pénétrer.

– Mian, je souffle contre sa touffe de boucles humides, avant de glisser ma bouche sur la peau tendue contre l'os de sa hanche.

Je la mordille à cet endroit avec mes dents émoussées.

– Je ne te ferai plus jamais de mal. Je n'aurais jamais dû te faire de mal.

Je lèche son ventre en laissant mes épaules couvrir ses hanches. Je peux sentir la chaleur de son intimité contre mon sternum et je sens que mon cœur droit en est marqué.

– Je n'aurais jamais dû t'insulter.

Je fais tournoyer mes langues dans son nombril en m'accrochant à sa taille comme si ça pouvait m'empêcher de m'envoler. *Trop tard. Nous sommes déjà loin.*

– Je n'aurais jamais dû te rabaisser.

– Mmm, gémit–elle.

Elle commence à se tortiller. Elle fronce les sourcils les yeux fermés comme si elle menait un combat intérieur. En fait, elle se bat contre moi, contre ça. Mais elle n'a rien d'une guerrière. Elle l'a dit elle–même plusieurs fois. Et moi je suis Premier.

Je la maintiens au sol. J'explore ses côtes avec les dents, la langue et les lèvres avant de déposer un baiser directement entre ses seins. Un doux gémissement torturé s'échappe d'elle alors que je murmure contre sa chair :

– Je n'aurais jamais dû te faire cette proposition. J'étais faible. C'était pathétique. Je n'aurais pas dû te demander d'attendre.

Je mords la peau de son sein droit, assez fort pour lui arracher un petit cri et laisser une marque rouge, mais pas assez fort pour lui faire mal. Je lève les yeux vers son visage. Une légère couche de sueur s'est formée sur son front et sur les côtés de son cou. Oh, comme elle brille. Elle est une effervescence pure.

– Je n'aurais pas dû essayer de faire de toi mon akimari. Je n'aurais pas dû te traiter comme une esclave.

– Je *suis* une esclave. Regarde mes tatouages.

Je les observe. Je me mets à hauteur des yeux d'un petit symbole noir sur son épaule. Un carré autour d'un autre carré concentrique, bien que celui du milieu soit ombragé et qu'une ligne les traverse tous les deux. Je presse mes lèvres sur le dessin.

– Alors comment se fait-il que ta peau ait un goût de liberté ?

Elle est ma liberté, elle est mon salut. Ma réponse semble déclencher quelque chose en elle, car d'un seul coup, elle pousse mes épaules. J'aurais pu demeurer immobile – elle n'est pas assez forte pour me faire bouger – mais je retombe sur le côté. Je la laisserai toujours faire ses choix. Je le lui ai promis.

L'eau refait son apparition dans ses yeux. Je déteste la voir ainsi, mais quels que soient les mots que j'avais l'intention de dire pour l'apaiser, ils devront attendre, ils passeront après sa colère à peine contenue.

– C'est peut-être parce que tu me marques sans ma permission !

Je grimace et me redresse.

– Je n'aurais pas dû faire ça non plus.

Yena, c'est ce que tu devais faire. C'est ce que nous devions faire. Et nous sommes fiers de l'avoir fait. Nous ? Alors que cette pensée flotte dans mon esprit, je sens un mouvement lointain dans les recoins de mon âme. Un être m'observe. Un être nous observe. Un être la regarde et attend son verdict. Son existence même dépend de ce moment. Toutefois, je m'en moque éperdument. Mon manerak, mon naxem, mon tasmaran… ils n'ont aucune importance. J'ai juste envie d'elle. Je me lèche les lèvres.

– Mais je ne regrette pas ce que j'ai fait.

– Quoi ? Pourquoi me dis–tu ça ? Qu'est–ce que tu veux ?

Elle frappe le lit avec son poing, ce qui fait bouger ses seins. Je manque perdre la tête, le contrôle que j'ai sur moi–même ne tient plus qu'à un fil. Un fil qu'il serait trop facile de couper. Je secoue la tête. Je ne dois pas céder à la tentation.

– Une chance, je souffle.

– Quoi ?

Elle secoue la tête.

– J'ai dit que je ne me mettrai pas en travers de ton chemin lors du prochain sessemara, mais tu dois aussi savoir qu'au prochain sessemara, tous les hommes essaieront de s'unir à toi. Ils pensent que tu es…

– Je sais ce qu'ils croient. Ils se trompent. Je ne suis pas cette chose. Cette Sasorena ou Sasorana. C'est une étoile. Je ne suis pas une étoile.

Je ne prends pas la peine de lui dire à quel point elle a tort, mais je hoche la tête :

– Je vois… mais c'est ce qu'ils pensent, alors ils viendront pour toi. Ils viendront tous. Je veux juste… Je veux juste une chance de concourir pour toi moi aussi…

Elle me frappe. Elle me frappe et puis elle tressaille, comme elle le fait à chaque fois. Je lui fais un sourire et ça semble la transporter ailleurs, hors de ce plan d'existence, parce que ses pupilles se dilatent et une montée d'excitation se répand sur sa peau comme le parfum d'une fleur qui s'épanouit. Je baisse les yeux et je regrette instantanément de l'avoir fait. Une humidité alléchante recouvre l'intérieur de ses cuisses et fait scintiller les boucles qui cachent son sexe. Je me lèche les lèvres et j'essaie de fermer les yeux. Je n'y arrive pas. Je fixe son ventre, ses seins, son visage à la place.

– Non, ne fais pas ça...

Elle commence à s'éloigner de moi, elle recule sur le lit. Elle essaye de se couvrir avec un linge, mais je l'attrape.

– Mian.

– Tu ne me désires que parce que tu penses que je suis cette étoile.

La rage m'envahit. J'essaie de l'étouffer mais ça ne marche pas. Ma main bouge plus vite qu'une vraie forme ne le devrait, j'arrache la couverture et je l'attrape par la cheville.

– Regarde–moi dans les yeux et dis–moi que c'est ce que tu penses. Dis–moi que tu penses que je te veux seulement parce que tu es Sasorena. Mian... regarde–moi !

Elle sursaute et lève enfin les yeux vers moi. Ses yeux bruns nagent dans l'incertitude. S'il y a de l'incertitude, il y a de l'espoir. Je plante mes griffes dedans et je grimpe.

– Je ne t'ai pas marquée parce que je pensais que tu étais Sasorena. Je ne suis pas retourné te chercher quand Tatana t'a enlevée parce que je pensais que tu étais

Sasorena. Je n'ai pas épargné ces humains lors de ce raid parce que je pensais que tu étais Sasorena. Je ne te connaissais même pas. Je fait tout ça parce que je t'aime. Depuis le moment où tu m'as frappé au visage, je t'ai aimé. Et maintenant, je te vénère. Je suis à toi, Mian.

Une explosion. Le son vient de l'intérieur mais je me demande si elle ne l'entend pas elle aussi parce qu'elle regarde ma poitrine comme si elle venait de lui parler à voix haute.

– Ah oui ? Comment veux-tu que je croie ça ? Vu comment tu t'es comporté avec moi...

Je ne flanche pas. Je la fixe droit dans les yeux : je veux qu'elle perçoive la sincérité de mes paroles.

– Je t'aime plus que ce tasmaran. Je t'aime plus que mon manerak et mon naxem. Je t'aime plus que moi-même. Je me suis comporté comme un con parce que je pensais que je ne pouvais pas t'avoir et j'avais peur que quelqu'un d'autre ne te prenne. J'étais un lâche et un idiot.

Le coin de sa bouche tremble, mais elle ne sourit pas.

– Tu es toujours un idiot.

Je lui fais un sourire. Ses pupilles se dilatent un peu plus. Je monte sur le lit, je m'agenouille entre ses genoux, ils tressaillent, ils s'écartent juste un peu pour moi. Reste concentré. *Surtout, reste concentré.* Je poursuis :

– Je serai toujours un idiot, mais j'aimerais aussi devenir autre chose.

Sa lèvre inférieure tremble. Elle inspire comme si elle avait peur de poser sa prochaine question.

– Quoi ?

– J'aimerais devenir ton compagnon.

Son *Xiveri*... La voix couvre le son de mon propre coeur qui bat la chamade. Plus je la fixe, plus le bruit s'amplifie et plus le parfum de mon marquage s'épaissit. C'est complètement involontaire, je ne le contrôle pas du tout et je me maudis pour cela.

– Je suis désolé. C'est… c'est mon odeur de marquage. Je ne peux pas la contrôler pour l'instant...

Elle ne dit rien. Je prends son silence pour une victoire. Je me sens puissant, je suis prêt à tout. Je me lèche les lèvres et je m'avance pour toucher sa joue.

– Je ne me mettrai pas en travers de ton chemin durant le sessemara si tu choisis quelqu'un d'autre.

Je pense ces mots, et je les dis avec sincérité, mais honnêtement, je n'arrive pas à imaginer à quoi ça ressemblerait. Lui donner ma couronne et la voir me la rendre pour ensuite donner son chapelet de pierres et de soie à un autre mâle, ce serait… *Nous le tuerions.* Tszk. *Yena.* Tszk ! Je ferai tout ce que je dois faire pour la rendre heureuse.

J'ai du mal à parler à cause de la montée de l'émotion qui assiège mon corps tout entier. La sensation de sa peau lisse sous le bout de mes doigts rugueux n'aide pas. Pas plus que le regard qu'elle jette à ma bite gonflée et tendue. Elle est si dure que la moindre attention de sa part fait remonter du liquide pré éjaculat à son extrémité. Je serre les dents et je continue:

– Je veux juste avoir la chance de concourir pour ta couronne.

– Même si ce n'est que du papier de roseau sale?

Je serre la mâchoire si fort que des lances de douleur montent jusqu'à mon cerveau, fouettant mes pensées.

– *Surtout* si ce n'est que du papier de roseau sale.

Ses yeux brillants scintillent. Elle sourit à nouveau, quoique faiblement, mais ensuite elle arrache mon coeur de ma poitrine ainsi que mon âme et mes os, en répondant:

– Peut-être que je ne devrais pas.

La douleur et l'agonie, ne font qu'une bouchée de moi. Elles tourbillonnent en moi. Mon manerak et mon naxem se rebellent, s'agitent et rugissent. Ma main tombe de sa joue, mais elle attrape mon poignet et mes muscles se tendent. L'espoir… est une chose dangereuse. La plus dangereuse de toutes.

Je regarde son visage et je la vois passer ma main sur ses lèvres. La chaleur de sa langue me consume alors qu'elle goûte mon doigt le plus long. Elle le tire dans sa bouche en balançant sa tête d'avant en arrière. Qu'est-ce qu'elle me fait ?

Elle se mord la lèvre inférieure, sa langue sort furtivement mais avec régularité pour le mouiller. Le grondement qui s'échappe de ma poitrine est presque assourdissant maintenant. Elle doit élever sa voix pour être entendue. Nous sommes pourtant si proches l'une de l'autre. Je suis assis assez près la dévorer, et être dévoré par elle.

– Mais je le ferai, finit-elle.

L'espoir revient en force. Sasorana, s'il te plaît, ne m'écrase pas.

– Je ne m'opposerai pas à ta participation au sessemara, dit-elle enfin.

– Mian…

Le mot quitte mes lèvres dans un halo de confusion. Il est murmuré d'une voix trop emplie de désir pour être compris. Je me jette sur la femelle, incapable de me retenir. Je la plaque contre le lit et presse chaque centimètre de ma nudité contre chaque centimètre de la sienne. Je suce ses lèvres avant de traîner mon baiser sur sa mâchoire et sur le côté de son cou, où je mords. J'y laisse une marque que les autres mâles pourront voir. Il pourront savoir qu'elle est à moi, même si elle ne laissera pas mon manerak la marquer complètement... Je m'attends à moitié à ce que cela la mette en colère, mais ce à quoi je ne m'attends pas, c'est la force de son gémissement.

Elle gémit haut et fort, puis elle crie mon nom. Son souffle chaud évente mon oreille quelques secondes avant qu'elle ne morde sur le bord dentelé. Elle a mordu fort. La douleur enflamme tous les endroits qu'elle touche.

– Mian, je souffle.

– Neheyuu..

Ses mains trouvent mes épaules et mon cou, puis tirent sur mes cheveux sales. De l'eau humide et boueuse asperge sa peau, mais elle ne semble pas s'en soucier. Quant à moi, je ne m'en soucie absolument pas.

Je prends sa gorge dans une main et je presse l'autre sur son front, en inclinant sa tête en arrière pour pouvoir la goûter plus complètement. Pendant ce temps, mes hanches font de petits mouvements contrôlés. Je caresse, touche, empoigne ce qui est à ma portée: pour le moment, c'est son ventre. Elle est si douce. J'en veux plus. Il m'en faut plus. Et avec ses mains qui balaient ma peau, ses cuisses qui épousent ma taille et ses hanches qui me frottent comme si elle voulait... comme si elle voulait que je la pénètre... j'ai du mal à tenir le coup.

– Mian... dis-je d'une voix étranglée.

J'essaie de me soulever du lit, mais mon corps est comme lesté.

– Mian, je ne peux pas.

Ses cuisses se resserrent autour de mes hanches, ses mains me tirent plus près, sa respiration se ralentit et ses yeux s'ouvrent. Je me calme et je la laisse passer ses doigts sur mon menton et sur le creux de mes joues. Elle suit l'arête de mon nez jusqu'à mon front et caresse la ligne de mes sourcils avant de chatouiller la pointe de mes cils. Mon cœur s'emballe.

– Mian…

Pour l'heure mon vocabulaire se limite à ce nom.

– Je ne veux pas m'arrêter, souffle–t–elle.

J'émets un gémissement rauque.

– Mian, je ne peux pas… je ne sais pas si je pourrais me contrôler… en plus, eux, ils veulent…

– Eux ?

– Mon naxem et mon manerak. Ils te veulent et je suis… trop faible pour les combattre. Moi aussi, je te veux, Mian. J'ai tellement envie de toi que je ne peux pas le supporter.

Elle s'arrête un moment, passe le bout de ses doigts sur ma poitrine, jusqu'à mes tétons. Elle en fait le tour et je me jette sur le lit. Je me tords dessus tandis que des griffes se forment au bout de mes doigts. Attendez ! Je vous ordonne de vous calmer. *Tszk…*

– Je les veux aussi, avoue–t–elle, la voix rauque et basse. Je vous veux tous.

Je ne peux pas respirer. L'espoir se fige, se refuse à avancer. Ce n'est pas possible, il y a un piège. Je n'ai pas dû bien l'entendre.

– Mais je… tu ne veux t'accoupler qu'avec le mâle à qui tu t'uniras.

– Je veux aller au sessemara sans avoir de regrets. Je veux savoir si nous désirons seulement…

Elle a du mal à trouver un mot, et finit par dire « unir nos corps ».

– Si ce que tu dis est vrai et que tous les mâles se disputeront pour moi, alors mes tatouages n'ont pas d'importance. Mais j'ai besoin de connaître le sexe avec toi.

J'ai la bouche sèche. J'entends ses mots, mais je ne sais pas ce que je dois en penser. D'un côté, avoir son corps, ne serait-ce qu'une fois, serait un cadeau qui me viendrait tout droit de la main de Sasorana. D'un autre côté, avoir son corps une seule fois et le céder à un autre homme me tuerait. Il n'y a pas le moindre doute dans mon esprit à ce sujet. Si j'étais un homme intelligent, je refuserais de jouer à ce jeu-là...

Mais je n'ai jamais été un homme intelligent. Et je suis sûr que je ne vais pas changer maintenant... *Merci Sasorana.*

Je hoche la tête, car je ne peux pas parler. Je pourrais lui faire savoir qu'elle a tort, que je l'aime au-delà de son corps, mais je ne suis pas un homme assez fort pour refuser sa proposition. Je ne suis que faiblesse et désir.

Ce moment sera sacré.

Et je pourrais être damné.

J'attrape le centre de sa féminité. Je place une main directement sur ses lèvres inférieures et je glisse un doigt entre elles pour toucher sa chaleur humide. Elle gémit. De mon côté, je serre les dents.

– Mian, c'est moi qui te fais mouiller comme ça?

Ses mains attrapent mes cheveux et tirent juste assez fort pour que la douleur soit affreusement bonne.

– Yena.

– Est-ce que tu mouilles comme ça pour d'autres hommes ?

Je commence à faire entrer et sortir mon doigt d'elle. Mes hanches, jalouses, suivent le mouvement de chaque poussée. Elle se lèche les lèvres et secoue la tête.

– Dis–le. Dis–moi que tu ne mouilles pas comme ça pour d'autres hommes.

– Je ne le fais... pas...

Elle a le souffle coupé quand je passe le talon de ma main sur son clito en le frottant lentement, dans un mouvement circulaire.

– Quoi?

– Tszk. Tszk, je ne le fais pas. Oh... ça vient... s'il te plaît...

Elle tire plus fort sur mes cheveux mais je ralentis, même si ça me fait probablement autant de mal qu'à elle. Peut–être même plus.

– Tu as mouillé pour Tatana ?

– Tszk, dit–elle, haletante.

Son corps ondule et lutte pour trouver sa propre libération, mais elle est coincée sous moi, complètement soumise. Je l'ai à ma merci.

– Alors pourquoi lui as–tu donné ta couronne ?

Son visage se tord de confusion.

– Je ne lui ai pas donné ma couronne.

– Tu allais le faire.

– Tszk. Je n'étais pas prête à m'unir à qui que ce soit. Mais même si je l'avais été, je n'aurais pas donné ma couronne à Tatana.

Choc, colère et confusion ; ces trois guerriers m'assaillent en même temps. Ma main à l'intérieur d'elle, s'immobilise.

– À qui alors ?

Elle se penche et attrape mon bras.

– S'il te plaît, Neheyuu...

– À qui ?

– J'aurais choisi le forgeron.

Je relâche son clito et le pince légèrement avec mes doigts, en prenant soin de ne la toucher qu'avec mes ongles émoussés. Laissant ma tête tomber en avant pendant un moment, je ris amèrement.

– Avec n'importe quelle autre femelle, je n'aurais à craindre que les autres guerriers. J'aurais remporté les épreuves et la femelle aurait été à moi. Avec toi, je dois craindre *tout le monde*.

Je prends de la vitesse entre ses cuisses, laissant ses muscles internes se contracter et pulser autour de mes doigts. Elle est là. Tout près. Tout ce dont elle a besoin, c'est un peu de...

– Neheyuu…

Elle halète. Alors que son dos se cambre et que ses ongles s'enfoncent dans ma peau, je sais que je veux entendre ce son au cours de chaque solaire pour le reste de ma vie.

Avec un dernier gémissement, elle s'affale contre le lit. Il lui faut un certain temps pour revenir à elle, mais quand elle lève les yeux, me voit et sourit juste un peu, le plaisir dans sa forme la plus pure ouvre son poing et m'écrase à l'intérieur.

– Mian…

– Veux–tu… maintenant ?

Elle déplace ses doigts le long de mon corps, creusant des chemins à travers la rosée.

– Il nous faudrait des fenêtres, murmure–t–elle distraitement.

Elle a raison. Il fait chaud ici. Il n'y a presque aucune circulation d'air. Malgré tout, je souris avec rage. *Elle a dit "nous"*.

– Tout ce que tu veux.

Ses bras croisés entre nos corps calent ses seins en hauteur et les font paraître plus volumineux qu'ils ne le sont. *Ils seront pleins quand elle portera notre petit.* Je déglutis. J'essaie de me débarrasser de cette vision, mais je n'y arrive pas. Du moins jusqu'à ce que les ongles de Mian effleurent l'extérieur de ma queue. Elle la saisit et l'abaisse jusqu'à son entrée trempée.

– Tout ce que je veux, murmure–t–elle.

Je sais ce qu'elle veut, ce qu'elle m'ordonne de faire, ce qu'elle attend que mon corps lui procure en ce moment mais j'ai peur de le lui donner. Trop de choses dépendent de ce moment. *Lâche. Idiot.*

– Une fois que ce sera fait, on ne pourra pas revenir en arrière.

– Yena.

Elle bouge ses hanches et fait glisser le bout engorgé de ma bite dans son corps. Un grognement s'échappe de ma gorge et mes yeux se révulsent. Je me laisse tomber sur mes avant–bras en les plaçant de chaque côté de sa tête. Ses longs cheveux s'étendent de part et d'autre et je les enroule dans un poing pour pouvoir la contrôler complètement. Je plonge mon regard dans le sien.

– Ça va être rapide la première fois, mais la deuxième fois, je me rattraperai.

Et je ne parle pas de la troisième fois, de la quatrième, de la cinquième... Une légère appréhension se lit sur son visage, mais elle hoche quand même la tête.

– Je suis prête.

– Bien. Parce que moi, je ne le suis pas.

Au moment où le dernier mot quitte mes lèvres, je donne un bon coup de rein, sans nous donner une autre chance de réfléchir... ou de changer d'avis.

J'ai pénétré l'intérieur de sa chatte humide et brûlante, je suis à l'intérieur de son corps, bien au fond. Elle se crispe et essaie de me repousser, mais j'utilise mon poids et la prise que j'ai sur ses cheveux pour la maintenir immobile.

Pendant ce temps, ma vision est fichue, mon cœur a explosé et je ne suis plus qu'un pouls furieux. Mon manerak...Mon putain de svik de manerak est aux anges... Mon naxem et lui exultent. Ils hurlent comme des fous furieux et paradent sous ma peau – tszk, pas toute ma peau, sous une partie de ma peau. Ils se glissent dans mes os, se tissent dans mon esprit comme un fuseau qui forme un fil. Ils sont ici et maintenant; ils sont moi et je suis à elle. Nous sommes tous à elle. Chaque partie de nous.

– Mian...

J'étouffe. Ma bite tressaute, elle est soumise à la pression la plus serrée et la plus chaude que j'ai jamais ressentie. Des éclairs parcourent les veines de ma bite, qui tressaille, prête à tout pour bouger, se libérer et commencer à la remplir. Pas encore. Je suis trop grand pour elle et elle est trop petite pour moi, mais je vais faire en sorte que ce soit bon pour elle. Je *dois* faire en sorte que ce soit bon pour elle. Je murmure contre sa joue:

– Je vais commencer à bouger maintenant.

Ma vision floue s'éclaircit suffisamment pour que je puisse voir que ses lèvres sont serrées et qu'elle a de la rosée aux coins des yeux. Deux gouttelettes solitaires roulent le long de ses joues. J'efface une perle salée avec ma langue avant d'approcher ma bouche de la sienne. Ses lèvres sont tendues et crispées, mais je lèche leur jointure, exigeant d'y entrer. J'embrasse doucement sa mâchoire et son menton, pour finalement déposer un petit baiser sur le bout de son nez.

Cela provoque une réaction. Elle ouvre les yeux et de nouvelles larmes coulent.

– Ça fait mal.

– Ça ne fera plus mal longtemps. Je te le promets. Si tu te détends, ça va t'aider. Respire avec moi.

J'inspire et je la regarde prendre une inspiration tremblante, puis expirer. La suivante est plus longue et suit le rythme de la mienne.

– Bien, je lui dis en balayant les mèches de cheveux humides de son front et de son cou.

Je poursuis en caressant le long de son corps, jusqu'à son mamelon pointu. Je le frotte doucement, puis je commence à balancer doucement mes hanches d'avant en arrière.

J'utilise mes jambes pour écarter un peu plus les siennes. Elle se tend au début, mais quand je fais glisser mes hanches contre son clito, elle glapit et pose sa paume sur mon omoplate. Elle me tire un peu plus près.

– Oh…oh mon…putain de svik…

Elle jure. Je ne pense pas l'avoir déjà entendue jurer dans notre langue et je ris. Ses paupières s'ouvrent et on dirait qu'elle veut dire quelque chose, mais quand je pousse assez fort pour que son corps soit projeté sur le lit, elle n'y arrive pas. Elle a l'air étourdie. Elle est éblouissante. Je réprime toutes les émotions de mon corps et je pense aux étoiles et à d'autres choses lointaines. Sans cela, je me serais immédiatement libéré en elle.

Elle est si bonne. Ses parois sont du lait et du miel et la brûlure est tout aussi douce. Un instant, elle est complètement détendue sous moi, et l'instant d'après, elle commence à balancer la tête d'un côté à l'autre. Son corps ondule et se balance. Ses doigts s'entremêlent aux miens. Je la tiens sous moi, ferme et stable, parce que je veux la regarder pendant que j'enfonce mes hanches et que je fais des cercles lents sur son clito. Sa propre satisfaction généreusement mouillée agit comme un lubrifiant entre nous.

– Oh Neheyuu...Neheyuu...

S'ensuit un fouillis incohérent de mots dans sa langue et dans la mienne. Ses doigts survolent ma peau, cherchent à s'y accrocher, pour finalement se poser sur mon cou. Elle ouvre les yeux et croise mon regard. Voir ses lèvres s'écarter, ses paupières papillonner, sa tête se renverser en arrière et les muscles délicats de son cou et de ses bras s'agiter, me fait craquer. Enfin, ça, et l'étau de sa chatte autour de ma queue.

Une pression comme je n'en ai jamais connue s'empare de ma queue tendue, puis la masse jusqu'à sa base. J'essaie de me retenir – je veux que ça dure, je veux que ce soit le meilleur rut qu'elle ait jamais eu, mais ça ne sera pas le cas parce que le bruit de son cri de plaisir, le son de sa voix criant mon nom m'atteint de plein fouet.

– Oh svik...Sasorana...Sasorena...Mian...reesa !

Je hurle son nom tandis que mes hanches se déplacent vers l'avant, essayant d'introduire autant de chair que possible à l'intérieur d'elle – svik, si je pouvais insérer mes couilles dans sa chatte humide, je le ferais aussi. En ce moment, serrées contre mon corps, elles me font mal. La douleur s'étend dans mon dos et à la base de ma bite alors que ma semence est projetée comme une flèche qui quitte un arc.

Je n'ai jamais joui si fort et si complètement. Tout ce que j'ai, tout ce que je suis, sort de moi et entre en elle.

J'abandonne tout. Je m'écrase contre elle en l'étouffant contre les draps tout en luttant pour ne pas mettre trop de poids sur elle alors que ma vision s'éteint et s'estompe. Je flotte momentanément parmi les étoiles. Et ce n'est pas fini.

– Mian !

La deuxième vague est plus forte, elle me pousse dans le dos. Mes fesses et mes cuisses se contractent. Ma colonne vertébrale se redresse, puis s'effondre. Ma bouche se fixe sur le côté de sa gorge, là où son cou rencontre son épaule. Je mords, mon naxem mord. Mian tremble sous moi et pousse un cri sauvage et plaintif.

Pendant un instant, j'ai l'impression de lui avoir fait mal et j'essaie de me retirer, mais sa chatte se resserre autour de ma queue, comme un serpent enroulé qui étouffe sa proie, ses hanches se dérobent et elle crie mon nom. Ma bite, reconnaissant manifestement l'ordre qu'on lui a donné, est secouée, ce qui me fait avancer de nouveau. J'entoure ses épaules de mes bras et je mords plus fort dans son cou alors qu'une deuxième vague de semence sort de moi en spirale et remplit son ventre.

– Oh svik !

Sa gorge est toujours dans ma bouche, ma langue lèche tous les endroits où mes dents ont entaillé sa peau. Pas seulement entaillé... Mes crocs ont percé sa peau et je sens une montée de douleur dans mes gencives et mes dents, puis un liquide froid qui les traverse.

Du poison. La panique se libère en moi, mais je ne peux toujours pas bouger. De la même manière que j'ai une emprise sur elle, il a une emprise sur moi aussi. *Ce qui vole la vie des autres*, dit la sombre voix ancienne, *sera pour elle, l'antidote à la mort. Maintenant, elle vivra aussi longtemps que nous. C'est la marque du naxem...*

Elle pousse un cri aigu et ses hanches se heurtent aux miennes. Je sens une autre décharge de douleur dans mon abdomen quand elle jouit une troisième fois. Mon corps, toujours dévoué, réagit immédiatement. Je jouis à nouveau, profondément, à l'intérieur d'elle. Les sens en éveil, mon esprit est un enchevêtrement de branches qui craquent sous mes pieds. Le dernier venin se libère de mes dents et quand mon naxem me demande de me détacher de son épaule et de lécher le sang, je le fais.

Les dents en forme de lance de mon naxem se rétractent. Je regarde les quatre petites piqûres de sang qui refont surface sur sa peau. L'odeur qui emplit la pièce provient de ces marques et des doses de poison concentrées qu'elles contiennent. Mon naxem n'offre aucune explication, mais je peux sentir son allégresse alors que mes hanches se contractent une dernière fois, offrant les derniers restes de semence qu'il peut trouver dans mon sac desséché, afin de les lui donner.

Je gémis et elle halète. Nos deux poitrines se soulèvent et nos yeux se cherchent, mais nous sommes tous les deux aveugles. Je ressens le besoin de l'embrasser. Je roule sur le côté, en restant profondément ancré dans son corps. Ma bite est toujours aussi dure, désireuse de lui en donner plus, même s'il ne reste plus rien. Je presse ma bouche contre la sienne et elle me surprend en m'embrassant en retour, avec avidité. Ses lèvres mordent, s'emparent des miennes et j'approfondis le baiser en faisant tourner mes deux langues autour de la sienne, plus courte et charnue. Je dis son nom à chaque fois que je respire. Elle murmure le mien en retour.

Je ne lâche pas ses cheveux et elle ne lâche pas mon épaule. Nos poitrines s'écrasent l'une contre l'autre comme si nous essayions de nous absorber l'un et l'autre. À la fin, mon esprit s'emballe : je suis perdu dans l'obscurité de ses cheveux où je vois des étoiles. Je m'endors, mais d'abord, je jette une cuisse sur ses hanches et pose mes deux bras autour d'elle comme le naxem que je suis.

Épuisé, comme si je venais de livrer une bataille que j'ai à la fois gagnée et perdue, je manque de peu ses derniers mots :

– Si tu me fais une offre, si tu veux t'unir à moi, je te choisirai, Neheyuu.

Elle pousse un soupir de satisfaction et son souffle passe sur mon visage. Mes orteils se recroquevillent et la peau de mon cuir chevelu se hérisse comme si je venais d'être frappé par une bouffée d'air froid.

– Je t'ai déjà choisi.

Je la serre contre ma poitrine, mais je n'ose pas espérer. Je ne peux pas. J'étais terrifié par Tatana, alors qu'elle aurait choisi le forgeron. Beaucoup de choses peuvent changer. Elle peut encore me surprendre. Je peux encore tout gâcher. Je ne peux pas me laisser aller à penser qu'elle est à moi. Pas avant que ma couronne soit si lourdement suspendue à son cou qu'elle ne puisse s'en détacher. Pas avant que la sienne ne soit autour du mien, m'enchaînant de la même façon.

– Nous verrons bien.

Je caresse son oreille à travers ses cheveux. Mes langues se battent en duel pour en lécher le lobe. Elle frissonne sous mon emprise et ma bite se réveille sans hésitation. Je la tire sous moi et je commence à la pousser lentement et paresseusement d'avant en arrière. Ça doit la choquer, car elle s'agrippe à mes épaules et murmure :

– Neheyuu.

Je continue à pousser, un peu plus fort, un peu plus vite. Si elle ne me choisit pas, j'ai bien l'intention de faire en sorte que, quoi qu'il arrive, elle ne m'oublie jamais.

En outre, je suis un mâle trop égoïste pour ne pas passer tous les solaires jusqu'à la cérémonie d'union perdu dans ses yeux, son parfum, son toucher, et sa chaleur humide et serrée.

22
Mian

Le claquement perpétuel menace de causer ma perte. Alors que son corps rencontre le mien sur le matelas, le claquement forme un son régulier qui me rend absolument folle – folle furieuse comme dirait Neheyuu. Ce claquement mouillé et pervers remplit mon ventre de poudre de feu et incinère tout ce qui s'y trouve. Je suis une explosion humide et chaude.

Le carillon devant notre porte sonne à nouveau, mais au lieu de s'éloigner de moi, Neheyuu me saisit par l'épaule pour me maintenir en place et commence à me pénétrer encore plus fort.

– Reesa, je veux que tu viennes pour moi.

Je tire plus fort sur la mèche de ses cheveux serrée dans mon poing tandis que le bas de mon corps se secoue, luttant pour suivre son rythme.

– Dis mon nom, Reesa, grogne–t–il.

– Tu… fais… ça… exprès…

J'ai du mal à respirer. Neheyuu grogne et caresse adroitement mon sein droit. C'est une habitude qu'il a prise durant nos ébats, et je n'ai pas l'intention de l'arrêter.

– Yena, maintenant crie mon nom. Si tu ne le fais pas, nous devrons recommencer le processus et Chimara et les autres devront t'entendre me supplier parce que je te prendrai, encore et encore, pendant toute cette lune…

Je frotte mes ongles sur sa poitrine et il gémit, la tête rejetée en arrière, les cheveux humides de sueur étalés sur son front et son cou. Ses langues quittent sa bouche pour mouiller ses lèvres et je sens mes lèvres inférieures se contracter en réponse. Il inspire longuement, puis il me gifle le clito. *Durement.*

Je glapis et tout ce qui se trouve sous ma taille se resserre. Mes parois internes massent sa longueur massive. Il est logé en moi aussi profondément qu'il peut aller, et pourtant, quand je crie « Neheyuu ! » vers le ciel – et à travers les fenêtres entrouvertes – il arrive à s'insérer plus profondément. Brutalement.

La jouissance et la douleur s'entremêlent pour créer quelque chose que je ne pensais pas apprécier, mais que j'*adore.*

– Redis–le, grince–t–il.

Quand mes paupières parviennent à s'ouvrir le temps d'une demi–respiration, je vois son visage. Il est l'image de la perfection. Des mèches d'or collent au bronze cuit de sa peau. La sueur scintille à la naissance de ses cheveux, donnant l'impression qu'il porte une couronne. Ses yeux sont entièrement noirs et allongés vers ses tempes. Ses crocs sont complètement allongés et dégoulinent de ce sérum spécial qu'il aime m'injecter. Avec lequel il m 'infecte, et *le putain de svik de plaisir que ça me procure* est indescriptible.

– S'il te plaît…

Surfant péniblement sur la crête de cette vague sans tomber, je ne peux que supplier.

– S'il te plaît, Neheyuu…

Dans un grognement graveleux qui représente Neheyuu, oui, mais aussi le serpent qui vit à l'intérieur de lui, il gémit :

– Supplie plus fort. Il faut qu'ils entendent !

– Je sais... pourquoi... tu...

– Plus fort, Reesa !

Il frappe plus fort, et tandis qu'une main saisit la courbe de ma hanche – qui est beaucoup plus charnue maintenant grâce au gavage auquel il me soumet– son autre main saisit une partie de mes cheveux. Il repousse ma tête en arrière et expose mon cou.

– *Dis–moi ce que tu veux de nous.*

Nous. La première fois qu'il a utilisé ce pronom, je n'ai pas compris de qui il parlait. Je ne suis toujours pas certaine de comprendre, mais je sais que lorsque j'entends ce pronom prononcé avec cette voix, je peux généralement m'attendre à une morsure.

– Mords–moi…

Mes propres mots me submergent alors que mon orgasme bouillonne et continue d'éclater.

– Tszk, fulmine–t–il. Je ne vais pas te mordre...

– Marque–moi, Neheyuu.

Je sais ce qu'il veut et je sais que lui seul peut me donner ce que je veux en retour. Il plonge comme une vipère et enfonce ses dents dans le muscle entre mon épaule et mon cou. Ça devrait faire mal, et ça fait un peu mal. C'est comme une piqûre de mouche du sang, mais la douleur est immédiatement suivie d'un plaisir périlleux. Je deviens alors trop faible pour savoir que je suis blessée. Je deviens trop faible pour l'arrêter. Je crie dans le dolsk, je dis n'importe quoi, vraiment, mais comment pourrions-nous en soucier, nous qui avons atteint un lieu merveilleux et magique ?

Le plaisir dure... et dure... et dure... et quand toutes les parties de mon corps éparpillées sont finalement rassemblées dans un seau et recollées à la hâte, je me réveille pour voir Neheyuu s'écraser près de moi en jurant. Ses crocs sortent de sa bouche, leur pointe couleur sang dépasse sa lèvre inférieure. Quelques gouttes de venin se déversent sur ma poitrine et dégagent une chaleur magnifique et merveilleuse partout où elles coulent.

Je gémis et Neheyuu répond en massant les gouttelettes plus profondément dans ma peau. Par toutes les étoiles, ça fait du bien. Je gémis comme si j'étais en train de jouir à nouveau. Neheyuu glousse quelque part au-dessus de moi. Il se moque avec désinvolture de ma souffrance. Je me sens affamée tout à coup. Je suis affamée. J'ai envie de lui à nouveau. Encore, et encore, et une douzaine d'autres fois. Il est en train de masser mes seins. Ils remplissent tellement mieux ses mains qu'avant...

– Neheyuu, s'il te plaît...

Étonnamment, pour la première fois en trente-quatre solaires, il me répond :

– Tszk.

Mes yeux s'ouvrent grand quand ses mains commencent à abandonner mon corps. Je suis encore chaude, comme du beurre fondu, et je gémis désespérément lorsque toute la longueur de son membre glisse hors de moi.

– Tszk? Mais tu es toujours aussi dur ! Et j'ai toujours besoin...

Neheyuu souffle, mais parvient à retirer ses bras de mes mains et à se lever du lit pour mettre les pieds au sol. Il est chancelant, mais après quelques pas, il parvient à se tenir presque droit. Il se retourne vers moi. Je m'agenouille, je rampe après lui. Je ressemble probablement à une folle avec son venin argenté et chatoyant sur ma poitrine et sa semence épaisse et dorée étalée sur mon ventre et mes jambes. D'un seul coup, il s'avance vers moi, puis recule. Il se tourne ensuite sur le côté et regarde le tapis avec détermination. Si son refus n'avait pas fait de moi une femme désespérée, je me réjouirais du pouvoir que j'ai sur lui.

– Neheyuu…

– Tszk. Tszk, reesa…Mian.

Il serre les dents.

– Tszk.

Il regarde sa bite alors qu'elle se dresse pour moi et qu'un afflux de semence fait surface sur sa fente gonflée. Ma chatte, bien que repue, en veut plus. Je me demande si le sexe est comme ça pour tout le monde, mais au fond de moi, je sais déjà que ce n'est pas le cas. Ce qui nous arrive est différent. Je ne peux pas croire que j'ai attendu si longtemps. Je gémis, mais il me coupe la parole.

– Les assistants sont déjà là avec l'eau pour ton bain. Tu devrais mettre ta robe de chambre parce que les carillons ne sonnent pas pour moi. C'est pour toi. Ils ont un cadeau pour toi.

Un cadeau ? L'idée me distrait un instant, mais pas assez longtemps pour oublier la chaleur qui se répand dans ma chatte comme une traînée de poudre.

– Neheyuu… Je ne veux pas rester comme ça. J'ai besoin de toi.

Neheyuu s'effondre, il manque trébucher et tomber à genoux. Il commence à s'allonger et à se plier avant de se ressaisir.

– Ne me dis pas des choses comme ça. Pas maintenant…

– Je sais pourquoi tu fais ça.

J'ai répondu d'une voix accusatrice en me redressant sur les genoux. Je le supplie du regard. Je veux qu'il me voie car une fois qu'il l'aura fait, je sais qu'il ne pourra pas résister. Comme il n'en fait rien, je fronce les sourcils.

– Tu me punis parce que ce solaire est celui du sessemara.

– Tszk, je ne te punis pas. Je veux juste que tu te *souviennes*…

– De quoi ?

– Je veux que tu te souviennes de ma bite profondément enfoncée en toi. Je veux que tu me sentes sur ta peau quand d'autres mâles t'approcheront ce solaire et t'offriront leurs couronnes. Je veux que tu te souviennes que le mâle dont tu as besoin pour te satisfaire, c'est moi.

Sa voix devient calme à la fin et je me demande si… peut–être…

– Neheyuu, est–ce que tu es nerveux ?

Il arrache un grand peignoir de l'étagère et le place sur ses épaules.

– Tszk.

Sa voix est tendue, un peu cassée. Mon cœur se dilate, s'effrite.

– Neheyuu, je te dis… arg – je t'*ai dit*…

Je bégaie, frustrée. Cela fait tant de solaires que je suis ici et je fais encore tant d'erreurs grossières !

– Je t'ai dit que je prendrais ta couronne.

Je me glisse hors du lit et tente de réduire la distance entre nous, mais il m'envoie une deuxième robe, beaucoup plus courte, avant que je puisse le toucher.

– C'était avant le sessemara. Tu vas recevoir beaucoup d'offres, Mian. Les Premiers d'au moins deux autres tribus te feront des offres.

– Je m'en fiche...

– Des premiers de grandes tribus, des tribus qui ont plus de ressources.

– Tu sais que je me fiche de tout ça...

– Beaucoup de mâles... gentils te feront des offres. Des mâles clairvoyants qui reconnaîtront ta valeur les et auront le courage de te prendre et de te revendiquer immédiatement. Des mâles meilleurs que moi, Mian.

Je finis de nouer ma ceinture et je m'éclaircis la gorge, pour qu'il me regarde. Il le fait, timidement, et sur son visage, je vois pour la première fois une peur véritable. J'ouvre la bouche, mais il dit :

– Tszk, reesa. Ne me donne pas d'espoir. L'espoir convient aux mâles beaucoup plus courageux que moi. Je *te* veux et je veux être sûr de t'avoir avant d'oser...

Il s'interrompt. Il sourit au tapis puis se tourne brusquement vers moi, prend mon visage dans chacune de ses mains démesurées et dépose un délicieux baiser, empreint de dévotion, sur ma bouche entrouverte.

– Sors dehors avec moi. Je veux être là quand tu recevras ton cadeau.

Je me penche à nouveau, vacillante.

– Mais tu sais que ton venin m'affecte...

Il éclate de rire et passe un bras sur mon épaule en me guidant vers l'entrée en cuir. Les carillons sonnent à nouveau lorsque nous la franchissons Mor et Rehet sont les premiers que je vois attendre de l'autre côté.

– Enfin ! Je pensais que j'allais devoir envoyer Mor là–
dedans pour faire sortir Mian.

Neheyuu s'agite et s'étire. Sa forme de serpent fait
surface et nous domine, même si, fait déconcertant, il a
encore ses bras et ses jambes. Je lui donne une tape sur le
bras, et je ne sursaute pas lorsque sa tête massive pivote
pour me regarder. Je ne bronche pas du tout.

– Tu sais qu'il te taquine.

Neheyuu reprend sa vraie forme et quand sa
mâchoire se ferme, il lance un regard furieux à Mor. Le
mâle crie :

– Ne me dévisse pas la tête ! C'est Rehet qui a parlé !

– Comme Mian l'a dit, je ne fais que plaisanter, s'écrie
rapidement Rehet.

– Arrête tes bêtises et donne–lui les cadeaux.

Neheyuu hennit alors comme un oeban.

– Yena. Où sont ces cadeaux ? Je suis prête.

Tszk. *Au diable les cadeaux. J'aimerais des cadeaux d'un
tout autre genre...* Je me touche la poitrine et mes tétons se
durcissent jusqu'à devenir des pointes, mais je m'écarte
délibérément de Neheyuu lorsqu'il essaie de m'attraper.
Il n'attrape que de l'air. Je le fais exprès, parce que je sais
à quel point il – ils – aime me traquer, m'attraper et
déguster sa proie, mais quand il commence à se jeter sur
moi, Dandena saute au milieu du petit cercle qui s'est
dégagé devant nous.

– Par toutes les omètes, Premier ! s'exclame–t–elle en
le poussant par les épaules. Nous savons que vous
prenez votre pied, mais les Hox sont à moins d'un quart
de solaire et ils s'attendent à ce qu'un Premier calme et
sain d'esprit les accueille.

– Ils s'attendent à quoi ? Je pense qu'ils *s'attendent* au
même Naxem fou furieux. Par contre, ce que nous

espérons leur montrer, c'est un Neheyuu sain et posé, celui que nous connaissons et aimons tous, fait remarquer Rehet.

Pendant que tout le monde rit, Tervond, un nouveau guerrier qui s'est joint à nous après le sessemara de Hox, prend la parole :

— Moi je pense que les autres vont apprécier un Neheyuu complètement cinglé. Ça ne nous a pas empêché de venir.

Il donne un coup de coude dans les côtes de son frère, Eros, et Xena, debout à côté d'Eros, lève les yeux au ciel.

— Ça c'est parce que vous êtes tous les deux tarés...

Les ricanements fusent et lorsque Neheyuu et moi avons enfin un peu d'espace entre nous, Mor s'avance vers moi en écartant Rehet de son chemin d'un coup de coude, ce qui provoque de nouveaux rires. Les rires ne cessent que lorsque Mor tend ses mains vers moi et commence à parler.

— Nous aimons nous battre pour toi. C'est… euh... Je veux dire que tu es comme... oh, putain de svik, pourquoi c'est à moi de parler ? lance–t–il à Dandena.

— Tszk, je dis doucement, tu t'en sors bien. Qu'est–ce que tu veux dire ?

Il souffle et une nuance de rose apparaît sur ses joues brunes. Il ébouriffe sa tête aux cheveux à moitié rasés et reprend :

— Je veux dire que tu donnes du sens à ce que nous faisons. Nous attendons les combats avec impatience, non pas à cause des prix – je veux dire, nous aimons les prix et la chance de trouver plus de femelles, des trésors et d'autres sviks comme ça – mais aussi parce que c'est stimulant de se battre pour toi. Quand tu nous aides avec nos armes, ou quand tu discutes avec nous après l'entraînement, nous nous disputons pour savoir qui aura la chance de parler avec toi. Ce n'est pas seulement parce qu'on t'aime bien... enfin, on t'aime bien, mais pas comme le Premier t'aime... enfin, peut–être un peu.

Neheyuu grogne, mais je lui fais signe de la main. Je suis incommensurablement touchée par ce discours. Mor poursuit :

– Nous *t'*apprécions, toi, et nous voulons que tu saches que nous te soutenons quelle que soit la décision que tu prendras ce sessemara, ou même si tu ne prends pas de décision du tout. Mais juste au cas où, nous voulions te laisser quelque chose en souvenir de nous. Nous t'avons donc apporté d'autres pierres.

Il ouvre ses mains et en leur centre se trouve une jolie pierre dans la plus pâle des nuances de bleu. C'est comme un cristal. Une moitié est rugueuse et l'autre, très lisse. Je souris et je sens des larmes me monter aux yeux mais je les repousse. Si ces guerriers peuvent se battre pour m'apporter des pierres, le moins que je puisse faire est de ne pas m'effondrer quand je les vois.

– Merci ! C'est magnifique, ça me touche beaucoup.

Je me lève d'un bond et jette mes bras autour des épaules de Mor en le serrant très fort. Cela provoque de l'agitation, mais je l'ignore et prends la pierre dans sa paume.

– Elle sera parfaite pour ma couronne.

Mor est bouche bée quand je reprends ma place. Quand je lui souris, il rougit et tressaille.

– Hum…yena. Nous espérions qu'elles te serviraient. Seulement les plus belles, bien sûr. La mienne peut être la pierre centrale par exemple.

Il me fait un clin d'œil avec cette confiance mor–ienne que j'apprécie tant et je ris tandis que des douzaines –

deux douzaines ? plus ? – de guerriers se rapprochent un peu plus.

Ils me présentent chacun leur pierre et lorsque je les prends, j'ai l'impression de les empiler dans ma poitrine, de construire avec une colonie qui s'empare de mon coeur et ne le lâchera jamais. Ces pierres viennent à moi dans toutes les nuances éblouissantes qui, assez bizarrement, me rappellent chacun des guerriers.

Celle de Rehet, une belle améthyste, est de la même couleur que ses yeux. Celle de Chimara est petite et se bat pour briller au milieu des autres. Reffa ne me donne pas une pierre, mais ce qui ressemble à la dent d'une créature que j'espère ne jamais rencontrer. Dandena me donne aussi une pierre taillée en pointe. Celle de Xi est celle qui me surprend le plus. Sa pierre éblouit – littéralement – elle brille comme de l'or en projetant des rayons de soleil dans toutes les directions. Mor pousse un juron audible en la voyant.

– Je suppose que tu as perdu ta place au centre…

Ce murmure anonyme est suivi de rires. Je me contente de lever les yeux vers le regard de Xi, de prendre sa pierre dans ma main et de la poser sur ma poitrine avant de la déposer dans la pochette souple avec les autres.

– Elle est superbe, lui dis–je.

C'est peut–être la première fois que je vois le mâle sourire – un seul coin de sa bouche s'ouvre. Bien qu'ils ne soient pas identiques, à cet instant, il ressemble à Xena.

Avant même de m'en rendre compte, mon sac de pierres est trop lourd à porter et je dois le poser sur le sol à mes pieds. Le temps s'écoule également et beaucoup de guerriers sont partis pour terminer des tâches ou faire leurs couronnes. Je devrais y aller aussi.

Depuis le dernier sessemara, j'ai amassé une bonne quantité de chutes de tissus. Je suis certaine que si j'avais demandé à Neheyuu des pièces plus complètes, il m'aurait donné accès à l'ensemble du dolsk de linge de maison, mais ce n'est pas ce que je voulais. J'aime mes chutes. Chaque pièce est chère à mon coeur, même si ce n'est que du papier de roseau sale.

Neheyuu finit par s'approcher de moi, la tête baissée. C'est le dernier qui reste. Son poing serré s'avance, puis se retire. Il secoue la tête puis tend à nouveau la main vers moi.

– Je…

Je m'avance et baisse le ton pour que les autres ne m'entendent pas.

– Tu n'as rien à me donner, Neheyuu. Tu m'as déjà offert de quoi ne pas t'oublier. C'était très…

Les mots qui me viennent à l'esprit sont « *intense* » ou « *frustrant* », mais à la place, je dis « clair ». Ma chatte gonflée se serre douloureusement sous la robe que je porte. Neheyuu grogne et rit à moitié. Il ébouriffe ses cheveux déjà emmêlés et expire.

– Tiens. Je l'ai choisie pour toi lors du dernier raid. Ce n'est pas tape–à–l'œil, ni fantaisiste… Elle ne brille pas, mais ça me fait penser à toi. Ce que tu me fais ressentir. Tu le verras si tu la tiens à la lumière.

Il se penche en avant et presse ses lèvres sur le haut de ma tête pendant un souffle complet, peut–être trois. Quand il se retire brutalement, il s'en va sans se retourner. Quelques assistants se tiennent à proximité, ils attendent avec l'eau de mon bain. Je leur fais signe avec gratitude, mais avant de rentrer dans le dolsk, j'ouvre la main pour observer la pierre de Neheyuu.

Simple et brune, elle est aussi lisse qu'une pierre de rivière. Et bien que son extérieur ne révèle pas grand chose, lorsque je la tiens à la lumière, son enveloppe translucide révèle un noyau en fusion. Il rayonne dans des nuances de brun, d'orange et de jaune, complètement irisé. Mon coeur se serre dans ma poitrine quand je réalise que Neheyuu a trouvé ça pour moi lors du dernier raid. Il savait alors, il savait déjà qu'il s'unirait à moi. Même si ça n'excuse rien, ça aide au moins à expliquer la folie dont il a fait preuve par la suite. *Il m'aime vraiment.*

– Tu veux de l'aide?

Chimara fait un geste vers mon sac de pierres, puis le prend sans attendre ma réponse. Elle se dirige vers mon dolsk, Reffa et Xena sur ses talons. Je fronce les sourcils.

– Vous n'êtes pas censées vous préparer ?

– Yena.

Chimara tient un sac dans son autre main.

– Nous avons toutes nos provisions.

– On s'est dit qu'on allait s'occuper en créant quelque chose.

Le ton sarcastique de Xena ne passe pas inaperçu.

– Arg…Neheyuu !

Je m'énerve.

– C'est lui qui vous a demandé de faire ça, n'est–ce pas ?

Alors que Reffa me frôle pour entrer dans le dolsk, elle me répond par un haussement d'épaules et un clin d'œil.

Nous passons le quart de solaire suivant à nous baigner, à parler et à préparer nos couronnes, mais surtout, à rire. Notre énergie augmente à mesure que l'obscurité descend. Les discussions et les mouvements à l'extérieur du dolsk de Neheyuu deviennent plus bruyants et Xena me dit que nous allons manquer les meilleurs moments de la fête si nous attendons plus longtemps. Elle passe la tête hors du dolsk et jure.

– Les Sessenas sont là et ce sont les derniers à arriver. On devrait y aller avant qu'il n'y ait plus de bière spéciale !

– Tu ne devrais pas en boire, déclare Reffa. C'est du poison. C'est terrible pour le corps d'une guerrière.

Xena lui lance un regard.

– Essaie de m'en empêcher.

Reffa remue les sourcils dans ma direction.

– Si la Sasorena l'autorise, peut–être que je le ferai.

Elle avance dans sa forme de manerak et fait des mouvements brusques vers Xena avec sa bouche. Cela fait revenir Xena dans le dolsk et elle et Reffa commencent à simuler un combat – ou peut–être se battent–elles vraiment, je ne sais pas trop – jusqu'à ce que nous entendions un gong quelques instants plus tard. Chimara croise mon regard et rit quand je crie :

– C'est l'heure !

Je brandis ma couronne, heureuse du résultat, et je commence à me lever.

– Doucement, doucement. Pas trop vite. Nous ne devrions pas être les premières à arriver, me dit Chimara, sans faire le moindre mouvement pour se lever.

Au lieu de cela, elle caresse sa propre couronne massive, qui pend haut sur sa poitrine, constellée de métal, de dents, de fils, d'os et de toutes sortes de choses mortelles et terrifiantes.

– Je suppose que tu as raison. La Sasorena doit faire une entrée remarquée, convient Reffa.

Je commence à parler, mais Chimara place son avant-bras sur ma poitrine comme pour m'empêcher d'attaquer l'autre femelle. Comme si c'était ce que j'avais l'intention de faire.

– Mian doit se faire désirer. Ça fera les pieds à Neheyuu. Nous devrions attendre jusqu'à ce que nous soyons sûres qu'ils sont tous réunis et que le sessemara est en cours.

Les deux autres femelles gloussent.

– Bonne idée !

Xena applaudit. Reffa ajoute :

– Je me demande si ça fera une différence. A la seconde où elle arrivera, il transpirera suffisamment. Je ne doute pas qu'il doit déjà bien stresser...

– C'est vrai aussi. Et s'il...

Xena s'interrompt soudain et se met au garde-à-vous comme un chien qui repère une odeur avant de se lancer à sa poursuite. Elle se retourne pour regarder vers l'arrière du dolsk. Reffa et Chimara se tournent pour suivre son regard et, dans ma lenteur, je n'enregistre ce qui se passe que trop tard.

La fine pointe d'une lame se glisse à travers la paroi du dolsk. Elle coupe d'un coup vers le bas, rapidement et dans un silence presque total. Six mâles émergent par l'ouverture. J'en reconnais un : Tatana. Il balaie la scène du regard et ses yeux se posent sur moi.

Je bégaie, trop choquée pour ressentir de la peur, comme je le devrais. Je suis trop choquée pour courir; impuissante, je ne peux que laisser tomber la couronne qui pend de mes doigts.

– Vous ne devriez pas être ici...

Je commence à me lever, mais Chimara me saisit le bras et me ramène sur les tapis.

– Reste derrière moi, grogne–t–elle en se levant lentement de sa position sur le sol. Durant le sessemara, les guerriers ne sont normalement pas armés, mais les trois femelles qui sont avec moi sont armées. Malheureusement, ces mâles aussi...

Je m'attends à ce qu'elle m'explique ce qui se passe, mais la scène évolue autour de moi trop rapidement pour cela. Sans mot dire, Tatana penche la tête en avant et ses cinq camarades attaquent.

– Mian, cours ! hurle Chimara en se positionnant face à l'un des mâles.

Les mâles sont des maneraks, et en quelques instants, ils se sont tous transformés sauf Chimara et moi–même. Comment pourrais–je la laisser ici ?

– Mian, cours ! Tu ne peux pas nous aider, grogne Chimara par–dessus son épaule, alors que des griffes s'accrochent à l'armure de cuir poli qui recouvre ses seins. Va chercher de l'aide !

Elle lève son bâton et renverse la tête d'un guerrier en arrière lorsqu'elle touche le dessous de sa mâchoire. Du sang s'écoule de sa bouche sur le sol, imbibant des morceaux de tissu de couronne.

Je hoche la tête, motivée par cette mission, et je cours vers l'entrée, mais soit je ne suis pas assez rapide, soit mes mouvements ont été anticipés, car des bras puissants entourent ma taille au moment où j'atteins le cuir.

– Neheyuu !

Je crie à tue–tête, même si je sais qu'il ne peut pas m'entendre. Pas avec les rires. Pas avec les tambours. Je me rends alors compte que Tatana a bien choisi son moment.

Je peux sentir le mâle qui me tient serrer mes côtes encore plus fort, je peux à peine respirer.

– Xena !

J'entends le hurlement de Chimara et la douleur m'envahit. *Faites qu'il ne lui arrive rien. Faites qu'elles s'en sortent.* Lorsque je tourne la tête pour m'en assurer, je suis attirée dans la direction opposée, loin de la porte, vers le tissu fendu à l'arrière du dolsk au–delà du lit.

– Mian ! crie Chimara.

Puis elle ajoute :

– Tszk, jamais !

Un poids énorme s'abat sur mon geôlier, menaçant de l'emporter au sol – et moi aussi par voie de conséquence. Titubant à quelques pas du dolsk, dans l'obscurité, il essaie de se débarrasser du poids et ma tête se balance d'avant en arrière sur mon cou. Mes bras s'agitent, ne trouvent rien à quoi s'accrocher pour me stabiliser.

– Tszk !

Les mots de Tatana nous parviennent ponctués d'une série de « tuts ».

– Tu vas blesser la Sasorena. Prends les deux femelles.

J'ai le vertige maintenant. Je ne vois que des visages de Manerak et des yeux sombres. Je commence à crier, mais les mots me sont arrachés lorsque le corps sous le mien se met en mouvement, s'éloigne du dolsk et traverse le camp maintenant silencieux, parmi les hautes herbes, ces plantes dévorantes.

23
Mian

— Tu te trompes, je ne suis pas celle que tu crois ! Je ne suis pas la Sasorena ! Même si c'était le cas, je ne souhaite pas être enlevée ! Tatana. Tatana !

Je crie. Je ne cesse de crier, mais c'est sans effet. Tatana me lance un regard vide, rempli d'indifférence.

— Tut. Tu es la Sasorena. Je l'ai senti.

Le dolsk où nous nous trouvons est dans le désordre, on ne peut pas en dire autant des guerriers qui l'entourent. Ils sont au moins quarante. Cinquante. Peut-être même cent. Je n'ai pas pu tous les compter. Ils se tiennent en cercles organisés et concentriques autour de ce petit dolsk tandis qu'à l'intérieur, Tatana commence à retirer son armure, une pièce à la fois.

— Tu n'as pas intérêt, Tatana ! hurle Chimara plaquée au sol par deux guerriers maneraks à quelques pas de moi.

Sa bouche et l'une de ses jambes saignent. Ses bras continuent de s'agiter, mais quelque chose la fait souffrir. Malgré tout, elle continue à se battre.

Je croise son regard. Je refuse de regarder Tatana et ce qu'il est en train de faire, je refuse de prendre conscience de ce qui pourrait arriver.

— Il a complété les marques de ton poignet, dit Tatana.

Sa voix basse est étrangement calme dans le chaos.

— Est–ce que c'est ce qui l'a transformé en naxem ?

Oh, putain de svik. Je secoue fébrilement la tête en saisissant mes deux poignets pour couvrir les tatouages qui s'y trouvent. C'est Neheyuu lui–même qui les a appliqués sous la direction d'une femme humaine appelée Greta. C'était très intime, comme il se doit. Pendant toute la durée du tatouage, il était terrifié à l'idée de me faire du mal, mais une fois les marques terminées, il a souri pendant tout le reste du solaire. Il voulait les montrer à tout le monde, et j'ai été fière de le laisser faire.

— Tszk, je réponds en cachant les bandes maintenant complètes. Tszk, il est devenu naxem avant. Bien avant... je dis la vérité ! Je t'ai dit lors du dernier sessemara que je n'avais pas été prise. Je ne mentais pas...

— Mais aucun mâle n'a jamais marqué une femelle sans la prendre. Il doit avoir...

— Tszk ! Il ne l'a pas fait. Je le jure, Tatana ! Je le jure sur mes poignets.

Tatana marque une pause, puis s'agenouille sur le lit. Son poids s'installe près de mes genoux et il commence à travailler sur quelque chose. Les yeux de Chimara s'écarquillent et je me concentre sur elle comme si la regarder pouvait me faire quitter cet endroit.

— Ne fais pas ça ! Tatana ! *Tatana* !

Elle hurle à nouveau, un crachat s'échappe de ses lèvres. Elle recommence à se battre contre ses agresseurs, cette fois avec une vigueur renouvelée.

On me pousse doucement la gorge. Le vent touche mon dos nu. La chemise que je portais il y a quelques instants est coupée ou déchirée. De grandes mains chaudes se posent sur mon dos et me caressent avec une étrange révérence. Il enlève les derniers bouts de tissu et mon corps vacille lorsqu'il arrache complètement ma robe de chambre. Oh putain de svik. Oh svik, oh svik, oh svik. Il est tout nu. Je peux le sentir quand sa chaleur se pose sur la mienne. Son souffle chaud passe sur ma joue. Il murmure :

– Je ne te marquerai pas comme l'exige la tradition manerak, parce que tu ne le veux pas.

– Tszk, je ne veux pas.

Je commence à frissonner, tremblant d'une frustration incontrôlable. Tout ce que j'ai toujours voulu, c'est un mâle gentil, un toit au–dessus de ma tête, de la nourriture dans mon ventre et des petits à aimer un jour. Mes mains couvrent mon ventre à cette idée. Je ne suis pas cette chose qu'ils recherchent tous. Je ne suis pas cette femme–déesse.

– S'il te plaît, Tatana. Laisse–moi juste partir...

Il s'arrête à nouveau. Il l'air de ne pas savoir quoi dire.

– Neheyuu ne mérite pas d'être naxem. Il ne peut pas être – il ne *sera* pas – le *seul* naxem de Sasor.

Je grimace.

– Tu veux juste prendre le tasmaran de Neheyuu.

Une fois de plus, il ne répond pas; du moins pas tout de suite.

– Neheyuu n'est pas digne d'être Premier, il couvre de honte les Tribus Maneraks Unies et Sasorana elle–même. Toutefois, dans son état actuel, il ne m'est pas possible de le vaincre. Alors je te marquerai, je deviendrai naxem et ensuite tout Sasor sera débarrassé du barbare qui a complété les marques de ton poignet...

– Tu n'es même pas sûr que ça va marcher !

Sa poitrine s'abaisse contre mon dos et ses jambes emprisonnent les miennes contre le matelas.

– Ça marchera.

Il enfouit son nez dans mes cheveux, cette proximité est désagréable.

– Si tu restes tranquille, tu n'auras pas mal. Si ce que tu dis est vrai, je n'ai pas besoin de te prendre pour te marquer. J'essaierai d'abord à ta façon, mais si ça ne marche pas, alors je te pénétrerai.

– Espèce de salaud ! Tatana, si tu fais ça, tu es perdu ! crie Chimara. Sasorana n'est pas aveugle ! Elle ne te laissera pas faire ça à la Sasorena sans te punir.

Tatana s'immobilise, et pendant un instant, je me demande s'il l'a entendue, s'il se rend compte de ce qu'il est sur le point de faire, s'il réalise sa bêtise, sa cruauté.

– Tatana !

Une voix masculine brise l'immobilité et mon désespoir.

– Neheyuu arrive, il vient la chercher.

– Déjà ?

Il claque des doigts.

– Yena. Et il est là en tant que Naxem, par contre, il n'y a que quelques guerriers avec lui. Pour l'instant.

– Retiens-les. Fais en sorte que j'aie autant de temps que possible avec elle.

– Yena.

Les cuirs du dolsk se referment, et ensuite le poids de Tatana tombe contre moi une fois de plus. Il écarte les cheveux de mon visage et fait glisser ses langues le long de ma joue.

– Arg, tu pues. Tu sens comme Neheyuu. Je te le dis pour que tu saches que ce sera aussi désagréable pour toi que pour moi.

Puis il commence à bouger.

Je serre les genoux alors que Tatana commence à me marquer de son odeur. Je tremble maintenant, mes bras sont serrés contre mes seins. Ses hanches s'enfoncent dans mon dos et sa large poitrine râpe mes épaules.

– Mian, regarde–moi, aboie Chimara.

Je me tourne vers elle.

– Tout va bien se passer. Tout va bien se passer. Ne te défile pas. Tu dois te battre.

J'ai envie de lui dire que je ne suis pas une guerrière, mais je peux lire sur son visage qu'elle n'acceptera pas ce genre de réponse. Pas aujourd'hui. Pas maintenant. Elle tend sa main vers moi, ses doigts sont couverts de sang. Elle s'est battue pour moi ce soir. Le moins que je puisse faire, c'est de me battre aussi.

Je pousse contre Tatana, je me débats de toutes mes forces. Il tient mon épaule et s'y accroche. Il tousse et tousse sans s'arrêter, on dirait qu'il étouffe. Le marqueur olfactif doit être puissant et cette pensée me fait sourire, juste un peu. Je ne me réjouis pas souvent de la douleur des autres, mais je dois admettre que le voir peiner à respirer m'apporte une certaine satisfaction. Ça me fait aussi penser à Neheyuu.

Je revois la couleur de sa peau. L'éclat de ses cheveux. La beauté de son sourire et l'effet qu'il a sur moi. Il me détruit, il détruit tout, parce qu'il est tout. Je l'ai su dès que je l'ai vu me dominer dans cette cabane. Passée de maître en maître comme un déchet, j'ai levé les yeux vers ce sourire et j'y ai vu quelque chose de différent. Quelque chose de bien. Et j'avais raison.

Il est peut–être parfois stupide, mais c'est un homme bon, c'est *mon* homme et Tatana ne peut pas m'avoir. J'ai des pensées, des sentiments et une âme. Je ne suis pas une chose qu'on possède. Une chose qu'on peut marquer à sa guise. *Je suis une personne. Non, je ne suis pas une personne. Je suis Sasorena…*

J'inspire en tremblant et j'ouvre les yeux, je sens qu'ils s'embrasent. Les paupières de Chimara s'élargissent et je me demande ce qu'elle voit. En expirant un peu plus, je le ressens, pour la première fois en toute clarté.

C'est puissant, mais ce n'est pas la puissance d'un guerrier. C'est une force qui vient de moi.

Je bondis en avant, j'attrape la main de Chimara, et sa réaction est instantanée. Elle cesse de lutter contre les mâles qui la retiennent, elle se tend vers moi, se tord, s'agite, jusqu'à ce que finalement, nos doigts moites se rejoignent.

Sa paume est couverte de sueur et je suis sûre que la mienne l'est aussi. Je sens ses callosités et je sais qu'elle est semblable à moi. Je sais aussi que, comme Neheyuu, Chimara est bonne et honnête.

– Je suis vraiment désolée, Mian, dit Chimara. Je t'aime, et je t'ai laissée tomber.

Un ballon remplit le centre de ma poitrine et je le laisse faire. J'inspire et je peux goûter à tout ce qui se trouve dans la pièce en même temps. La peur salée de Chimara, sa sueur, les huiles de lavande dans ses cheveux. Je peux goûter ses pensées et connaître sa honte. Elle n'a jamais autant désiré être manerak que maintenant. Elle voudrait être n'importe qui d'autre parce qu'elle pense que n'importe qui d'autre aurait pu me libérer. Mais elle a tort. Elle seule le peut. Je le sais parce que je peux goûter la toile du ciel, parce que je peux toucher les étoiles et que je peux la sentir parmi elles.

Je secoue la tête et presse doucement son poignet. Ses yeux s'ouvrent et elle se calme.

– Je t'aime aussi, Chimara.

Ses yeux sont remplis d'eau. Une larme coule sur son visage et tombe de son menton, sur le tapis contre lequel ils la retiennent.

– Tu as raison. On va s'en sortir.

Le ballon dans ma poitrine éclate et ma voix est forte quand je dis:

– Lève–toi.

Son visage se tord de confusion et une partie de la tension s'échappe de son bras, mais je la tiens fermement. Mes ongles forment des demi–lunes blanches brillantes sur ses bras marron foncé.

– Lève–toi pour moi.

– Qu'est–ce que tu dis ?

Tatana grogne contre ma joue. Il s'approche de ma bouche, mais je tourne violemment la tête, je ne veux pas le goûter. Il sent le fruit aigre et le sucre brûlé, deux odeurs que j'ai toujours aimées mais qui me dégoûtent en ce moment.

Je ne relâche pas mon emprise sur Chimara. Au lieu de cela, j'utilise une énergie que je ne savais pas que je possédais, et je *pousse*.

– Lève–toi, Chimara.

Ses yeux s'élargissent et *s'étirent* pour devenir des diamants. *Des diamants noirs*. Ses doigts sont pris de spasmes, s'écartent et se plient comme des racines noueuses avant de disparaître complètement. Ses doigts se fondent dans ses paumes qui elles–mêmes se mêlent à ses poignets. Sa poitrine se soulève et une énergie émane d'elle, une énergie assez puissante pour faire tomber les mâles qui la tiennent et Tatana.

Il s'éloigne de moi et je m'accroche au rembourrage sous mes pieds jusqu'à ce que la tempête que Chimara a libérée passe enfin. Je me tourne vers Tatana et je sens de la colère dans mon expression, une colère que je n'ai jamais ressentie jusqu'alors. Je croise son regard, je me sens audacieuse.

Je me sens dangereuse.

– Je te *maudis*, Tatana, dis–je d'un ton égal.

Tatana gronde alors qu'il se met debout. Il se jette sur moi mais ne parvient pas à m'attraper. Comme s'il avait reçu un coup de poing dans le ventre d'un ennemi qu'il est le seul à pouvoir voir, sentir et toucher, il se retourne, suffoque et est projeté au sol. Il s'effondre sur le côté du matelas et quand il tourne la tête pour me regarder, ses cheveux dorés et raides s'envolent de son crâne. Il commence à se déplacer.

– Tu seras naxem puisque c'est ce que tu veux, lui dis– je à voix basse, mais tu le regretteras amèrement.

La bouche de Tatana s'ouvre comme pour répondre, mais des crocs en sortent et il se jette sur le côté. Il hurle horriblement et un cri de défi lui répond quelque part au loin. Le cri de *Neheyuu*. Les mâles qui tenaient Chimara tout à l'heure trébuchent les uns sur les autres pour atteindre la sortie de la tente. Ils appellent à l'aide en hurlant des choses absurdes à propos de Maneraks, de Naxems et de malédictions.

Je me retourne brusquement pour voir Chimara se redresser. Son visage d'abord deux fois plus grand que d'habitude, devient trois fois, puis dix fois plus imposant. Elle se lève pour se tenir debout *sans* y parvenir car depuis que son armure s'est détachée, ses jambes ont fusionné et ses bras sont soudés à sa poitrine. Elle n'a plus de cou, mais elle a un magnifique ventre orange et une peau si sombre qu'elle semble noire. Non, ce n'est pas une peau, elle est couverte d'écailles.

Je souris et je me mets à genoux quand ses yeux de diamant rencontrent les miens.

– Lève–toi.

Sa mandibule s'ouvre et des crocs brillent à l' endroit où elle avait des dents. Elle hurle et s'envole dans les airs, emportant tout le dolsk avec elle. Je me couvre le visage tandis qu'il tourne autour de ma tête. Des morceaux de bois raclent l'extérieur de mes bras et mon ventre nu avant d'être projetés dans l'obscurité.

Je baisse les bras, surprise par le monde qui nous entoure. Les guerriers organisés que Tatana a amenés avec lui se sont tous évaporés, comme le sucre dans l'eau. Des batailles parsèment les herbes environnantes maintenant, donnant l'impression que cette lune, les affrontements ont pris l'envergure d'une guerre à grande échelle.

Maneraks et non–maneraks forment des cercles de combat partout où l'œil se pose, mais la plupart sont concentrés autour de *lui*, autour de mon mâle. Celui qui est venu pour moi.

– Neheyuu…

Ma voix n'est qu'un murmure mais le naxem au loin se redresse, ignorant la guerre qui fait rage autour de lui. Ses paupières s'abaissent et remontent sur les côtés, se rétrécissent. Je penche la tête dans sa direction, je veux qu'il sache que je vais bien et qu'il devrait plutôt se concentrer sur les épées qui caracolent vers son estomac !

Je retiens mon cri avec ma main quand je vois les épées glisser sur son corps. Il n'a pas une égratignure. Le naxem qu'est Neheyuu semble me sourire et j'étouffe un rire jusqu'à ce qu'un cliquetis attire à nouveau mon attention.

Un vent frais chuchote sur ma joue et je me retourne pour voir la créature qu'est devenue Tatana se dresser devant moi. Il a des écailles et des crocs, oui, mais il n'est pas naxem. Il est piégé dans l'enveloppe ratatinée d'un naxem. C'est comme s'il avait été autrefois une statue en hommage à un naxem et qu'il avait été érodé par le temps. Ses écailles sont floues et floconneuses. Ses crocs sont jaunes. Ses yeux bleus paraissent gris quand la lumière les frappe directement. Il sait que je l'ai puni, et je peux sentir sa rage tangible.

Il tourne la tête et, quand il me voit, il s'élance. Je crie et retombe sur le matelas, la poitrine entièrement exposée, mais d'un geste rapide, Tatana est repoussé et les écailles scintillantes d'un magnifique et énorme naxem prennent sa place.

– Chimara, je dis avec un sourire.

Alors que Tatana se recroqueville sous elle, elle me regarde et attend des instructions.

– Ne le tue pas. Pour l'instant, aide Neheyuu. Laisse–moi Tatana.

24
Neheyuu

Mon pied bat une mesure que je ne contrôle pas. Je n'ai jamais tapé nerveusement du pied, mais c'est la lune la plus importante de ma vie. C'est le combat le plus important de ma vie. Mes coeurs suivent un rythme qui n'est pas en phase avec mon pied. Tout mon corps s'agite et fait tinter les objets supplémentaires que j'ai mis dans ma couronne. Je veux qu'elle pèse sur son cou. Je veux qu'elle peine à marcher en la portant. Mes lèvres se retroussent au coin. Je veux aussi qu'elle peine à marcher pour d'autres raisons. *Peut-être qu'après ce qui s'est passé plus tôt ce solaire*, ce sera le cas …

Je souris à la foule. Les guerriers me regardent de loin. Ils se rassemblent autour de Dandena et Erkan pour poser des questions sur le dolsk, mais ils ne me parlent pas. *Ils n'ont pas intérêt à m'adresser la parole. Savent-ils que nous les égorgerons tous du mamelon au nombril s'ils s'approchent d'elle avec leurs couronnes ?* Tszk, ce n'est pas ce que nous lui avons dit. Ce n'est pas ce que nous ferons. En parlant d'elle, où est-elle ? *Où est-elle ?*

– Dandena !

Mon appel détourne l'attention de la guerrière des deux Hox qui lui parlent.

– Va voir…

Mian. Amène–la ici !

– …les femelles. Dis–moi comment elles vont.

– Et toi, comment vas–tu ? Dois–je leur dire que tu es tellement stressé que tu te fais dessus ?

Je souris.

– Tu peux lui dire – *leur* dire – ce que tu veux, tant que tu les amènes ici.

Dandena s'excuse auprès des guerriers Hox – aussi bien les femmes que les maneraks et les gradés – et se dirige vers l'entrée du vaste dolsk. Il est plus grand qu'aucun sessemara n'en a vu et, si je ne parviens pas à faire venir suffisamment de guerriers, on pourrait croire que ça aura été une dépense totalement inutile. Mais je ne fais pas ça pour eux. Je le fais pour Mian.

Elle devrait être ici à rire poliment avec d'autres mâles, à me rendre fou. Elle userait chaque once de patience que j'ai, et me forcerait ensuite à inspirer les vapeurs parfumées dans l'air. Ici, tout n'est que fleurs de bégua, graines de vanthia, palmiers, noix de canyon en sirop et feuilles d'egra. Il n'y a que des senteurs qui me font penser à elle.

– J'étais stressé moi aussi au sessemara au cours duquel j'ai gagné ma compagne.

Je me retourne. Nevay se tient près de mon coude droit. Je me demande depuis combien de temps il est là.

Je secoue la tête et essaie de me concentrer sur son visage. Il est ridé sur le front et autour de la bouche, mais sinon, très peu d'indices trahissent son âge. C'est un homme qui a régné pendant longtemps, et qui continuera à régner pendant longtemps, avec l'aide de Sasorana.

– Quand tu as gagné Effreta, dis–je, en le saluant.

Il acquiesce et se repositionne, il bloque maintenant malencontreusement la vue de l'entrée.

– Yena. J'étais tendu. Peut–être aussi nerveux que tu l'es maintenant.

Il glousse gentiment.

– Bon, peut–être pas aussi nerveux. Il n'y avait pas autant d'enjeux de mon côté. Bien qu'elle sera toujours une Sasorena à mes yeux, elle n'est pas une vraie Sasorena. Savoir qu'il n'y en a qu'une, que tu l'avais et que tu l'as négligée, puis la perdre au profit d'un autre mâle doit être une véritable torture.

Je le fixe du regard. Je me demande soudain ce qu'il fait ici en ce moment et pourquoi il me parle ainsi. En regardant son visage, je me rends compte que...

– Où est Tatana ?

– Tu as peur de la perdre à cause de lui ?Ça m'aurait aurangé, pour ne rien te cacher, pour le bien de mon tasmaran. Cependant, il a choisi de ne pas assister à ce sessemara.

Quelque chose de sombre me picote l'échine. Je me redresse et scrute la foule.

– Une partie de tes guerriers a disparu.

– Yena.

Il semble détendu, mais quelque chose ne va pas. Je le sens.

– Tu n'as pas entendu parler du raid de Hox contre mon tasmaran itinérant ? Ils se sont enfuis avec plusieurs femmes – des *humaines* – que nous avions prises lors d'un raid, ainsi qu'avec des marchandises de valeur. Je ne souhaite pas que des tribus utilisent le sessemara comme une opportunité pour s'enfuir avec quelque chose de précieux, donc j'ai laissé Tatana et certains de mes plus féroces guerriers au camp.

– Une attaque pendant un sessemara est une violation du traité, c'est impensable. Dis–moi la vérité : crains–tu que ces guerriers te quittent ou cherches–tu à les déshonorer en refusant qu'ils y participent?

Sa mâchoire se crispe. Il tourne son regard brun et robuste vers moi puis lève un sourcil condescendant.

– Il vaut mieux en faire trop que pas assez.

– Neheyuu.

Je lève les yeux, à la recherche de celui qui a prononcé mon nom, mais il n'y a personne. *Si, il y a quelqu'un. Regarde bien.* Nevay continue à m'observer avec une expression étrange et je continue à lutter pour me concentrer sur lui.

– Yena, je grommelle à mi–voix. J'ai moi–même fait des changements ici.

– Yena. Tu as fait des progrès. En plus, tu es le premier Premier de l'Histoire à avoir découvert une Sasorena... Tu pourrais bien éclipser même les plus anciens tasmarans de Sasor, même ceux qui ont bien plus de valeur. Je ne sais toujours pas comment tu as réussi à battre Tatana pour former ton propre tasmaran. Tu es le dernier mâle sur lequel j' aurais parié. Et pourtant, regarde où tu en es.

Mes poils se hérissent.

– Es–tu venu jusqu'ici pour m'insulter ? Que veux–tu?

Je suis conscient que ma voix prend de l'ampleur et je me rappelle que je ne suis pas ici pour lui, ni pour aucun d'entre eux, mais pour Mian. Que penserait–elle si elle me voyait me disputer ainsi avec Nevay ? *Elle n'apprécierait pas. Encore moins que Nevay , c'est sûr.* J'expire profondément et je secoue la tête.

– Tu peux disposer, Nevay. Je n'ai pas besoin de tes conseils pour courtiser ma femelle.

Nevay se retient de grimacer – ou de sourire ? – et répond:

– Que la chance soit avec toi.

Quelques secondes après qu'il ait prononcé ces mots, je l'entends encore une fois. Les étoiles murmurent mon nom...

– Neheyuu !

Dandena fait irruption dans le dolsk. Les têtes se tournent sur son passage et les conversations prennent fin. Ses bras sont couverts de sang et je sens mes os se durcir tandis que mes tripes s'effondrent. Tszk, c'est impossible. *Nous aurions ressenti une telle perte...* Le regard de Dandena se pose sur Nevay à mes côtés et la rage contorsionne ses traits, les rend maneraks. Elle s'avance en se métamorphosant.

– Espèce de traître ! Nevay a violé le traité sacré qui lie nos tribus. Ses guerriers ont pris la Sasorena et ont versé le sang de nos guerriers. Nevay, dis–nous où il l'a emmenée !

Nevay fait un pas en arrière et tend ses deux mains, paumes vers les étoiles en signe d'innocence.

– Je ne sais pas de quoi tu parles. Mes guerriers sont tous ici, à l'exception de ceux qui sont restés au camp pour le garder.

– Menteur !

Dandena est maintenant entièrement manerak. Ses crocs dégoulinent de salive, ses griffes s'avancent et se recourbent.

Dans n'importe quelle autre circonstance, je l'aurais immédiatement imitée. J'aurais été prompt à me mettre en colère, prompt à tuer, prompt à tout détruire. Mais pour l'instant, je sens une pression dans mes tripes qui demande autre chose : une sorte de soumission. *Laisse-moi prendre le dessus. Donne-moi ton corps. Laisse-moi faire ce pour quoi j'ai été placé sur Sasor.*

J'enlève ma couronne avec précaution et lorsque je me relève, le monde se rétrécit autour de moi. Il devient aussi insignifiant que les êtres présents. C'est ce qu'il ressent. Je cligne des yeux, le dolsk passe au gris-vert alors que les yeux de mon naxem se confondent avec les miens. Mes tendons se brisent, mes muscles s'étirent. Mes os se plient et se cassent. Je n'essaie pas de me battre. Je me laisse absorber.

Je suis à toi. Ramène-la-moi, je lui dis. Je te le promets, répond-il.

— *Guérisseurs, récupérez les morts,* j'ordonne.

Ma voix reste froide et glaçante, mais elle saisit le dolsk silencieux tout entier. Les yeux maneraks de Dandena s'écarquillent et elle s'incline, apparemment confuse par ce qu'elle vient de faire. Je sais pourquoi elle l'a fait. Toutes les bêtes de Sasor s'inclinent face au Naxem. Y compris les maneraks. C'est Danon qui me l'a appris.

— Ils ont enlevé Mian et Chimara. Reffa est blessé et Xena aussi.

Elle se tourne vers Xi et ordonne :

— Va chercher les guérisseurs et aide Reffa et Xena.

Le visage de Xi se transforme. Son manerak s'avance et il se précipite vers la sortie, Verena et Reepal à sa suite.

— *Guerriers Neheyuus,* gronde la voix qui s'échappe de ma bouche. *Venez avec moi. Arrêtez tous les guerriers*

Nevays que vous voyez à l'extérieur du dolsk du sessemara. Abattez ceux qui résistent.

– Tu n'as pas le droit ! crie Nevay.

Il commence à se transformer en manerak, comme si cela allait faire une différence, comme si nous ne pouvions pas le détruire d'une seule morsure.

Je me tourne vers lui et tandis que je me plie, me contorsionne et prends forme, ma queue se déploie, mes bras et mes jambes fusionnent, ma tête s'élargit et mes crocs dégoulinent d'un sérum que j'ai l'intention d'utiliser pour causer une douleur incommensurable. En me voyant, tous ceux qui se trouvent dans le dolsk du sessemara reculent. Ils savent quel danger nous représentons. Nevay tente de se tenir droit, mais la peur brille dans son regard.

– *Nous reviendrons pour toi*, je siffle en me relevant avant de me détourner. *Guerriers, suivez–moi. Je sais où elle est. Je sais où il l'a emmenée.*

Je me lance en avant, en renversant tout, y compris Nevay, sur mon passage. Je sens, plutôt que j'entends, le martèlement de pieds sur le sol alors que je me glisse à travers le dolsk. Je suis la carte des étoiles dans mon esprit, jusqu'à ce que je sois complètement hors du tasmaran et parmi les hautes herbes. Des lumières brillent à l'horizon.

C'est à ce moment que je sens les battements de son cœur. Ils battent aussi fort que le martèlement de ses pas. Il sont étonnamment réguliers, rapides, mais dénués de crainte. Elle doit aller bien. Elle doit être protégée d'une certaine façon... ou peut–être qu'elle sait que nous venons. Elle sait que nous serons toujours là pour elle.

Des torches sont plantées dans le sol à intervalles réguliers, et pas moins de soixante guerriers se tiennent entre le dolsk qu'ils gardent, celui qui porte son odeur, et moi. Je rugis, ma queue bat l'air. Je me demande ce qui se passe dans le dolsk, et pourquoi Mian n'a pas peur. Est–il là–dedans avec elle ? L'espace d'un instant, l'aiguillon du doute me pique le coeur, le bout de la queue. Et si c'était ce qu'elle voulait ? Être là–dedans avec lui… Puis je me souviens qu'elle m'a révélé qu'elle voulait choisir le forgeron.

– Svik !

Dandena ne peut retenir une exclamation de surprise. Elle se dresse sur mon côté droit quand je m'arrête.

– Sales chiens perfides ! Sasorana chassera leurs âmes des étoiles pour ce qu'ils ont fait.

Je grogne mon assentiment quand Erkan apparaît dans son ombre. Une épée à la main, il grimace alors que son regard de manerak se resserre sur la horde qui nous fait face.

– Nous sommes maintenant douze, il y a seulement six maneraks. Ock et Ofrat rassemblent les autres guerriers. Nous serons bientôt plus nombreux.

– Nous ne pouvons pas attendre.

Je dois la voir. Rien ne se mettra en travers de mon chemin. Peu importe le nombre de corps qu'il y a. Peu importe qu'ils soient humains ou maneraks... ou naxems.

Un cri me parvient de l'intérieur du dolsk et je siffle ma propre réponse. C'est une réponse qui condamne celui ou celle qui se trouve avec Mian à l'intérieur.

– *Séparez–vous. Placez–vous de chaque côté sur les flancs extérieurs. En avant. Je prendrai le centre et je me fraierai un chemin à l'intérieur.*

Pour les décimer.

– *Faites–les sortir et amenez–les moi. Chargez et prenez le dolsk. Défendez Mian.*

Dandena et Erkan transmettent les ordres alors que d'autres guerriers arrivent. Ils sont cinq fois plus nombreux que nous, et tous les Nevays présents ici sont des Maneraks, mais cela n'a pas d'importance. Mes guerriers feront le poids, je n'en doute pas. N'importe lequel de mes guerriers peut affronter cinq des leurs. Et moi je peux en affronter cent, ou un millier. Autant qu'il le faudra.

Nous avançons comme un seul homme et les Nevays organisent une défense coordonnée. Leurs troupes ont anticipé ma venue et elles font un meilleur travail que je ne l'aurais souhaité pour retenir mon naxem.

Ils se battent avec des lances qui semblent avoir été spécialement conçues pour déloger mes écailles. C'est ce que j'apprends à mes dépens lorsque six guerriers m'encerclent et que deux lances se logent dans les espaces qui les séparent. Une de mes écailles se détache avant que je ne parvienne à mordre le bras du manerak fautif et à l'avaler.

Mes crocs transpercent l'armure comme la rage me transperce. Le sang du manerak devant moi baigne mon corps blindé et je me baigne gaiement dedans. Je suis anxieux, mais je ne ressens aucune peur, car la pression dans mes deux cœurs qui battent au rythme de la force vitale de Mian ne s'est pas estompée. Au contraire, elle se renforce au fur et à mesure que la bataille se prolonge.

Je déchire une foule de guerriers, projetant deux d'entre eux dans le ciel et les autres à plusieurs dizaines de pas. Alors que les corps des Maneraks volent, les bras en l'air, je regarde avec stupéfaction un énorme pan de tissu en cuir les frapper puis les recouvrir comme la voile d'un grand navire inconnu des rivages de Sasor.

– Neheyuu..

Je lève les yeux et aperçois immédiatement Mian. Elle me sourit et pendant un instant, tout ce que je vois, c'est le sourire parfait qui s'étend sur son visage parfait.

Elle est allongée sur un lit. Elle est sur un lit, *nue* comme un ver et ses bras sont jetés en arrière. Un naxem se précipite vers elle tous crocs dehors. Elle crie et ce son me déchire. J'ai presque des hallucinations de l'au–delà à l'idée que je viens d'assister à la mort de ma compagne Xiveri et que je n'étais pas là pour la protéger.

Toutefois, elle n'est pas seule face au danger.

Derrière elle se tient un second naxem. *Comment cela est–il possible ? Par toutes les étoiles, que se passe–t–il ?* Je n'arrive pas à poser mes crocs dessus mais, ce naxem m'est familier…

Il tourne autour du corps de Mian en se déplaçant avec une agilité qui suggère que c'est son état naturel. D'un mouvement rapide, il chasse l'autre naxem, celui qui est beaucoup plus petit. Il chasse la créature chétive, qui semble quelque peu malade. Ses écailles ne brillent pas comme celles du grand naxem, ses crocs sont émoussés et décolorés. Ses yeux troubles semblent manquer de concentration. Il n'a aucune chance contre son adversaire et je regarde avec plaisir la grande bête se cabrer pour frapper, sûrement pour tuer. Mais avant qu'elle n'agisse, j'entends la voix de Mian dans la brise, qui lui demande d'attendre.

Elle s'adresse au grand naxem en l'appelant par son nom. *Chimara.*

J'inspire longuement et je recommence. Je ne peux pas m'arrêter. Pendant un moment, je suis persuadé que je vais m'élever directement des herbes vers le ciel pour rejoindre ma créatrice, mais je n'en fais rien. je ne le ferais pas même si je le pouvais. Je ne l'abandonnerai jamais. Elle a beau ne pas le croire, elle est l'étoile autour de laquelle je tourne. La seule étoile de tout mon univers.

– Mian, je murmure.

Son visage se tourne vers moi. Je croise son regard et elle m'offre un sourire, comme si elle ne venait pas d'être capturée, meurtrie et forcée de se battre. Comme si, pour elle, le monde était purement bon, tout le temps.

Le naxem qu'est Chimara se retourne à la demande de Mian et, en me voyant, se tord pour exposer son cou en signe de soumission. Je lui offre un salut et baisse les yeux alors que le bruit des épées contre mes écailles attire enfin mon attention.

Repoussant mes opposants d'un seul coup, j'avance à nouveau. Je déchire, je mords, je détruis tout sur mon chemin. Pendant que je travaille, je suis conscient que le second naxem, Chimara, encercle Mian, empêchant ainsi quiconque de s'approcher à moins de dix pas d'elle. Il n'en faut pas plus pour me satisfaire.

Dans ces conditions, tuer est presque amusant.

Toutefois, ce plaisir est de courte durée. D'autres guerriers sont arrivés – pas seulement de mon dolsk, mais des guerriers Hox, Pikoras, Wrens, Sessenas et même des Nevays qui ont changé de camp. Ils encerclent tous les Nevays restants. Les bâtards qui ont blessé ses gardiens, l'ont déshabillée et l'ont enlevée de l'endroit où elle aurait dû se sentir le plus en sécurité sont maintenant à genoux, les paumes en l'air et tendues.

Je devrais laisser les Nevays se faire massacrer, mais dans un élan de folie, je reconnais que cette mort inutile n'est pas ce que Mian voudrait, alors je me lève aussi haut que je peux, jusqu'à ce que tous les autres corps soient chétifs sous moi, et je siffle :

*– Arrêtez. Nevays, lâchez vos armes si vous voulez vivre.
La bataille est terminée.*

De larges yeux scrutent les alentours, à la recherche de Tatana. Ce qu'il est devenu se recroqueville devant Mian, debout, nue sur son matelas. Il la fixe. Elle ne tient aucune arme et ne porte aucune armure, ses cheveux sont en désordre et mon odeur tourbillonne autour d'elle, impénétrable, pure et intacte.

Le guerrier près de moi la regarde de haut en bas et de bas en haut. Je siffle pour attirer son attention en fronçant les sourcils. Il regarde ses pieds et jette son épée entre eux. Elle atterrit avec un bruit sec dans les herbes. S'ensuit un bruit sourd plus fort. Il vient de mettre un genou à terre, comme tant d'autres l'ont déjà fait.

– Nous ne faisions que suivre les ordres, balbutie–t–il.

– Vous avez violé le traité. Vous avez causé du tort à la Sasorena. Je démembrerais chacun d'entre vous avec une cuillère émoussée si cela dépendait de moi. Vous avez de la chance, ce n'est pas le cas.

Je m'avance et les guerriers de toutes les tribus s'inclinent devant moi, mais je les ignore. Je n'ai d'yeux que pour elle.

– Mian…

Le besoin désespéré de la toucher me pousse à me débarrasser de ma forme naxem et à retrouver ma vraie forme. La queue se change en pieds, mon visage et mes mains se tendent vers elle. Je me baisse et j'arrive à temps pour qu'elle se jette du lit dans mes bras.

Ses bras m'enlacent et ses jambes entourent ma taille. Dans cette étreinte, je respire ses cheveux parfumés à l'egra et je savoure le battement de son cœur contre le mien, beaucoup plus rapide.

– Je suis tellement désolé, Mian. J'aurais dû m'attendre à ce qu'ils essaient de t'éloigner de moi. Je n'ai pas pensé... Je n'aurais jamais cru...

Elle s'éloigne de moi juste assez pour faire glisser ses lèvres sur les miennes. Mes mots se perdent, épaississent mes pensées. L'envie de la prendre et d'appliquer ma marque sur elle double, triple. Je ne peux pas penser à autre chose. Je serre sa hanche dans un poing, mais un sifflement fait se dresser les poils à l'arrière de mes bras.

Je détache ma bouche de la sienne. Mon visage s'allonge déjà en réponse au défi. C'est *Tatana*. Le plus petit naxem se cache dans l'obscurité, là où la lumière de la torche ne l'atteint pas complètement. Il tente de s'élancer vers moi, mais il est bloqué par une force plus grande, et je n'ai rien à faire.

La bête frappe avec violence, et repousse facilement Tatana. Chimara s'élève plus haut et ses langues sortent de sa bouche alors qu'elle fait face à la créature, puis elle dirige sa menace vers le groupe de trois maneraks qui s'approche.

– Tszk ! crie Mian à Dandena, Rehet et Mor.

L'instant d'après, lorsque Mian commence à se débattre dans mes bras, je me rappelle qu'ils ne savent pas que c'est Chimara. Ils pensent que c'est une créature maléfique et ils veulent défendre Mian contre elle.

– Baissez vos armes, je crie en me retournant vers eux.

Je suis obligé de déposer Mian sur le sol mais je n'ose pas lâcher sa main. Je la laisse me tirer en avant et s'interposer entre Chimara et mes guerriers. Ses guerriers.

– Baissez vos armes ! je rugis.

Je déteste la vue de leurs lames exposées, dressées si près de la poitrine de ma compagne Xiveri. Dandena hésite. Les lumières des torches clignotent sur son visage et éclairent son incertitude.

– Je ne comprends pas, dit–elle.

Mian prend la parole en hurlant et en faisant de grands gestes.

– C'est Chimara ! Chimara est naxem.

Rehet et Mor échangent un regard. Dandena secoue la tête en louchant sur le naxem dans l'obscurité.

– C'est... Chimara ?

Mian hoche la tête.

– Yena.

– Mais Chimara n'est pas manerak, fait–elle remarquer.

C'est la première fois depuis que je la connais qu'elle a l'air comme moi : complètement idiote.

– Yena, mais Chimara est naxem. Elle s'est transformée quand Tatana a essayé de me marquer.

La rage filtre à travers mes oreilles, fait bouillir mon cerveau. Je m'avance vers Chimara, vers la *chose* qui se cache.

– Il a essayé de te marquer ?

Une pensée me vient à l'esprit. Je me retourne vers elle et attrape Mian par les deux bras.

– Tu es blessée ?

– Tszk. Pas blessée, dit–elle en déglutissant lorsque mon regard l'enveloppe.

J'attrape ses épaules et grogne alors que mes mains dessinent des lignes le long de ses bras, de sa taille, et enfin de ses cuisses lorsque je m'agenouille devant elle. J'inspire profondément à la jonction de ses cuisses, soulagé de ne sentir ni sang ni semence sur elle.

– Neheyuu, il ne s'est *rien* passé !

Elle me frappe sur le dessus de la tête, avec le plat de son poing, ce qui fait tressaillir les coins de ma bouche. Je murmure contre sa chair :

– Ça n'aurait jamais dû arriver. Si Chimara n'avait pas été là…

Je me lève et presse mon front contre le sien. J'aurais pu la perdre. Nous l'avons *perdue. Nous avons manqué à nos devoirs...*

– Tszk.

Elle sourit. Je peux le sentir dans ses joues et dans le battement de ses cils lorsqu'ils effleurent mon visage.

– Je peux prendre soin de moi. J'avais peur mais j'ai fait apparaître le naxem de Chimara et j'ai maudit Tatana. Il ne me fera plus jamais de mal.

Sa voix devient glaciale et je m'éloigne suffisamment pour observer son visage et les deux naxems qu'elle a fabriqués. L'un est lumineux et doré, l'autre est horrible et défiguré.

– C'est toi qui les as créés. Intentionnellement ?

– Yena. Je l'ai senti. Ici.

Elle prend ma main et la pose sur ses côtes, sous ses seins, en inspirant profondément.

– Je n'ai pas aimé qu'il essaie de me marquer, qu'il essaie de m'éloigner de toi. Je suis à toi.

Je cligne des yeux et je sens une chaleur dans mon visage due à l'impact de ses mots. Ils m'enflamment. Je suis submergé par eux.

– Tszk. Je suis *à toi*, Mian. Je suis ton esclave. Je suis ton humble sujet.

Je porte sa main à ma poitrine. Le bandage que je portais là plus tôt ce solaire s'est déchiré, mais elle ne regarde toujours que mon visage.

– Tu vois ?

Elle baisse les yeux, trouve l'encre noire sur ma peau et s'immobilise. Ses lèvres s'écartent et elle caresse ma peau, confuse. Puis elle comprend et ses yeux se remplissent de larmes. Elle mord sa lèvre inférieure, elle rayonne.

– C'est une étoile ? chuchote-t-elle.

– Oui, c'est une étoile.

J'expire en jetant un coup d'œil au tatouage que la main ferme de Greta a réalisé un peu plus tôt dans la journée. Une étoile de la taille du poing de Mian se trouve juste au-dessus de mon mamelon gauche, juste au-dessus de mon cœur gauche.

– Parce que je suis Sasorena ?

– Parce que tu es la seule étoile qui existe pour moi.

Je me penche vers elle, je passe ses cheveux derrière son oreille.

– Parce que je suis Naxem, et que je ne veux rien d'autre que de t'avaler tout entière pour pouvoir te garder avec moi pour toujours.

Elle déglutit. Ses doigts s'enroulent sur ma poitrine, caressent le contour de mon tatouage et ses bords qui guérissent.

– Je vais me faire faire un tatouage pour toi alors. Peut-être un serpent.

– Tszk. Ce n'est pas comme ça que ça marche, Reesa. Tu n'es l'esclave de personne. Je ne serai jamais ton maître. Tu es Sasorena.

Elle me fascine, c'est le cas depuis le premier solaire, depuis la première lune, et elle me fascinera toujours.

– Tu me crois maintenant ?

Elle hésite, frotte mon visage de ses mains, puis jette un coup d'œil par-dessus son épaule à Chimara qui frissonne et secoue sa grande tête. Mian ne répond pas à ma question, mais dit plutôt :

– Je ne pense pas qu'elle sache comment sortir de sa forme. Peux–tu l'aider ?

Je lève les yeux vers Chimara et lui lance :

– Tu en as déjà assez d'être naxem ?

Chimara ouvre sa mandibule. Elle a l'air terrifiante et elle parle avec une voix sans âge. C'est sa voix, sans l'être vraiment; son timbre est imposant, puissant.

– Pas avant qu'il soit mort.

Elle a raison.

– Arrêtez Tatana , je hurle.

Je m'adresse à Dandena et au groupe de guerriers qui l'entourent, mais je constate que leur attention et leurs armes sont déjà dirigées vers le naxem qu'est Tatana. Pendant ce temps, la foule qui nous entoure tous a grandi.

Les guerriers maintiennent les traîtres Nevays allongés sur le sable. Derrière eux, le dolsk du sessemara s'est vidé, et des centaines de spectateurs jonchent maintenant les herbes et observent la scène qui se déroule. Je remarque que Nevay lui–même n'est pas parmi eux.

Mon regard se concentre sur le faux–naxem, blotti au centre d'un cercle de lances et d'épées dressées pour ses faibles écailles et prêtes à les transpercer.

– Tuez–le, j'ordonne.

Mian me surprend alors en sautant en avant, hors de ma prise.

– Tszk ! rugit–elle. Laissez–le vivre.

Je ne comprends pas. La rage fait bouillir mon sang. Mon manerak et mon naxem sont déstabilisés.

– Pour ce qu'il a fait, il mérite de souffrir...

– Il souffre déjà. Regarde–le.

Elle montre la chose du doigt et il crache dans sa direction. Sa tête vacille. Il se relève, mais même à sa taille maximale, il demeure peu impressionnant. Il est à peine plus grand qu'un manerak de sang pur. Je ne doute pas que si elle le voulait, Dandena pourrait le vaincre toute seule, et facilement. Qu'est–il, s'il n'est pas naxem ? Même mon propre naxem n'a pas de réponse à cette question.

Mian élève sa voix douce et nous régale de son accent :

– On ne peut obtenir un naxem par la force. Un naxem peut seulement être offert. Je n'ai pas donné cette forme à Tatana. À la place, je l'ai maudit.

Les murmures s'amplifient, ceux qui ont entendu Mian répètent ses mots à ceux qui ne les ont pas entendus.

– Il est condamné à rester ainsi, comme un naxem faible et maudit, incapable de retrouver sa vraie forme. Je ne le libérerai pas.

Les derniers mots sont prononcés avec rage.

– Je veux que Tatana reste en vie. Quiconque l'aura vu ou aura entendu parler de lui saura ce qu'il en coûte d'essayer de me prendre un naxem par la force. Je veux qu'il erre dans les prairies dans cette enveloppe ratatinée, sans jamais pouvoir retourner auprès d'un autre tasmaran. Il ne s'unira jamais à une femelle. Il ne connaîtra que la solitude et la faim. Si les chiens du désert le laissent tranquille. Toutefois, même s'ils le déchirent, il ne connaîtra jamais l'étreinte de Sasorana. Il ne marchera jamais parmi les étoiles. Elle travaille à travers moi, et il est déshonoré car il nous a déshonorées toutes les deux. Elle, parmi les étoiles, et moi, parmi vous.

Elle inspire, et quand elle expire, je sens un frisson se répandre dans l'air, chanter dans mes os. Elle poursuit, révélant sa vérité, sans artifice.

– Je suis Sasorena.

Je ne l'ai jamais vue pleine de fureur auparavant et je sens mon naxem et mon manerak se recroqueviller derrière ma vraie forme, terrifiés à l'idée de provoquer sa colère. Je déglutis, encore et encore.

Après son discours, le silence règne. Erkan me regarde. Dandena me regarde. Ils me regardent tous. Moi, je regarde Mian.

– Vous avez entendu votre Sasorena. Relâchez-le. Laissez les chiens le déchiqueter. S'il a de la chance, un tasmaran nomade le trouvera en premier, l'enchaînera et l'utilisera pour ses entraînements.

– Rappelle-moi de ne jamais énerver Mian, dit Mor avec un frisson en s'alignant avec Chimara pour former un mur impénétrable de guerriers entre Tatana et le reste d'entre nous.

Tatana siffle, mais ne frappe pas. Au lieu de cela, il fixe Mian comme s'il était terrifié par elle, ou simplement terrifié tout court.

Les lances pointent et s'avancent dans sa direction. Chimara baisse la tête pour frapper une fois, deux fois, puis une troisième fois. Il s'écarte d'un coup de son chemin, en hurlant et en reculant. Sa défaite est suspendue comme un parfum dans l'air. Dans ses yeux, il y a une lueur de feu, de compréhension, de peur et de résignation. Il se recroqueville sur lui-même et s'élance vers l'horizon étoilé.

Je sais que c'est la dernière fois que je le vois.

Je me tourne alors vers Mian et lui prends la main. Je lui fais un signe de tête et j'essaie de la ramener avec moi vers notre dolsk, mais elle désigne Chimara.

– Aide–la, ordonne–t–elle.

J'acquiesce, impatient de faire ce qu'elle veut, *tout ce qu'elle veut*, et je passe sous l'ombre de la glorieuse forme serpentine de Chimara. Elle est belle ainsi. Son ventre jaune, d'une couleur légèrement plus foncée que le mien, brille dans l'obscurité. Bien que la couleur de ses écailles soit difficile à déterminer dans cette lumière, je peux quand même voir son impossible hauteur, et je souris. Je presse ma paume sur sa tête et le caresse vers le bas.

– Chimara.

Sa tête pivote et je me vois reflété dans ses yeux. Je prends la main de Mian et l'appuie sur le centre de Chimara, juste sous sa mandibule.

– Écoute ton corps. Ressens Mian. Ressens son souffle. Reviens vers elle.

– Mian…

Le naxem de Chimara s'agite, sa mandibule bouge fébrilement. Elle secoue la tête d'un côté à l'autre, comme si elle essayait de déloger quelque chose.

– Reviens, Chimara. Je veux te prendre dans mes bras. Et pas comme ça.

Mian tire la langue et la réponse est immédiate. Le serpent qu'est Chimara commence à se comprimer et à se déployer. Cela prend un moment, mais finalement la transformation est complète : son naxem se mue en une forme humaine qui n'a pas de manerak. Qui n'a pas besoin de manerak.

Nue, Chimara lutte pour se redresser et reprendre son souffle. Le monde qui nous entoure est en effervescence, mais je m'en moque éperdument. Tout ce à quoi je pense, c'est que Chimara, ma Quatrième, la demi–humaine qui n'a pas de manerak, est maintenant une vraie naxem et le troisième être le plus puissant de Sasor.

Ou peut–être le deuxième. Je serais heureux d'accepter le rang de troisième si c'était le cas. Il faudrait, bien sûr, que je me batte contre elle pour déterminer cela...

En serrant Mian contre moi, j'offre mon bras à Chimara et la tire jusqu'à ce qu'elle soit debout. Elle est haletante, ébouriffée, clairement en souffrance. Sa main se presse sur sa poitrine et elle fait une grimace en se tordant.

– Putain de svik, maudit–elle.

Mian ne semble pas se soucier du fait que Chimara ait affronté et survécu à la définition même de l'agonie. Elle passe ses deux bras autour du cou de Chimara et les deux femelles se serrent l'une contre l'autre.

Chimara ferme les yeux, puis rit et s'écarte de Mian.

– Je t'aime bien, dit–elle en ricanant, mais je ne suis pas sûre qu'un câlin alors que nous sommes nues soit une bonne idée. En plus, ton compagnon Neheyuu nous regarde…

Son compagnon. Elle voit en nous son compagnon ! Mon manerak et mon naxem se réjouissent sauvagement dans ma poitrine. Apparemment, c'est important. Apparemment, Chimara compte plus que je ne l'aurais cru possible. *Idiot. Elle compte pour Mian, alors elle compte pour nous aussi.*

Mian rit. Des étoiles liquides brillent dans ses yeux quand elle les tourne vers moi. Ses cheveux sont fous, lourds autour de ses épaules, attachés, noués et tressés n'importe comment. Des épingles en sortent. Elle a des bleus et des écorchures sur le dos et les épaules.

Pourtant, elle semble totalement intacte. Elle est toujours, comme elle l'a toujours été, la pure lumière des étoiles.

Je cligne des yeux plusieurs fois alors qu'une vague d'émotion trop forte pour être supportée m'envahit. Je la prends dans mes bras, je presse mon nez contre sa joue et j'inspire profondément. Je retrouve mon parfum de marquage mais je ressens tout de même le besoin de le réappliquer. Vigoureusement.

– J'en ai rien à svik du sessemara. J'en ai rien à svik de quoi que ce soit. Je vais t'enchaîner à ma jambe et me promener avec toi attaché à mon corps pour le reste de mes solaires. Tu ne quitteras plus jamais ma vue.

Les mains de Mian glissent contre mon cou et inclinent mon visage vers le sien. Elle plante un baiser en douceur sur mes lèvres, puis trace leur contour avec ses petits doigts calleux.

– Ça ne semble pas très pratique.

Les guerriers essaient de nous entourer, mais j'aboie :

– Ecartez–vous ! Mian va passer et si quelqu'un essaie de m'empêcher de l'emmener dans mon dolsk et de m'accoupler avec elle jusqu'à la fin du monde, Chimara s'occupera de lui.

Chimara rougit, l'air penaud, tandis que les guerriers se pressent autour d'elle pour lui poser des questions et la féliciter. Certains lui demandent comment elle s'est transformée, ce qu'elle a ressenti, si elle a mal, tandis que les mâles se bousculent pour lui offrir les couronnes qu'ils portent encore.

– Comment c'est possible ? Tu n'es qu'une humaine ! Crie une femelle.

Je pense que c 'est la voix d'Egretha. Chimara me montre du doigt – Mian est dans mes bras.

– Mian n'est qu'une humaine elle aussi, et pourtant son dolsk est maintenant le plus puissant.

Sa bouche s'évase et des crocs en sortent. Elle recule, surprise par la rapidité avec laquelle elle peut se transformer en naxem. Les rires fusent, y compris celui de Chimara. Tous sauf celui d'Egretha. Au lieu de cela, elle fixe Chimara, puis moi, avant de poser son regard sur Mian.

Sa couronne cliquette alors qu'elle s'incline vers le bas, suffisamment bas pour que le poids de sa couronne la fasse presque basculer. Quand elle se redresse, elle dit de sa voix étrange et chantante :

– Sinon… comment fait–on pour rejoindre le tasmaran de Mian ?

25
Mian

Je ne sais pas à qui appartient le dolsk que nous occupons, ni si le désordre que Neheyuu a l'intention d'y mettre va les déranger. Je ne sais rien de tout cela, parce qu'alors qu'il murmure toutes les choses salaces qu'il a l'intention de me faire, le désir est tout ce qui me préoccupe.

Ma bouche est écrasée contre la sienne. Nous tombons à travers les cuirs de la tente et sur la palette basse remplie d'oreillers. Ce n'est même pas un lit, mais ça ne me dérange pas non plus.

Sa bouche est chaude sur ma peau quand il s'applique à lécher les traces de Tatana qui me couvrent, un baiser à la fois. Il me couvre de baisers.

– Je t'aime, Mian, grogne–t–il contre ma poitrine avant de saisir mon mamelon entre ses dents.

Il tire et sous l'effet de la douleur–plaisir, ma jambe gauche se tend. Neheyuu rit contre ma poitrine et une vague de désir m'envahit. Un élan de puissance.

Je caresse ses cheveux avec mes doigts et repousse sa tête en arrière. Je me recroqueville pour l'embrasser avec vigueur. J'apprécie le gémissement étranglé qu'il émet à ce contact. Je le tire ensuite le long de mon corps. J'aime le faire bouger, frissonner, d'une seule caresse. Sans prévenir, je fais descendre ma main et je positionne son érection chaude et veloutée contre mon sexe.

– Je t'aime aussi, Neheyuu.

Il inspire brusquement, comme s'il ne s'attendait pas à ce que je prononce ces mots. Pas maintenant. Peut–être même qu'il avait cru ne jamais les entendre.

Il saisit le côté de mon visage d'une main et cligne plusieurs fois des yeux avant d'incliner son front pour le toucher. Il embrasse le bout de mon nez. Puis il le lèche. Le léger rire que cela fait naître en moi est étouffé lorsqu'il murmure :

– Me pardonnes–tu ?

– Te pardonner quoi? Je t'aime. Je t'aime depuis un certain temps maintenant, depuis la première fois que tu m'as donné de l'opikopi.

Il éclate de rire et secoue la tête, mais refuse de me regarder dans les yeux.

– Si j'avais su qu'il suffisait de te donner du pain de céréales pour te séduire, je t'en aurais gavée.

– C'est ce que *tu as fait*. Tu as réussi. Je t'aime, Neheyuu. Même si tu m'as parfois traitée comme une esclave. Même si tu n'es qu'un idiot.

Je caresse maintenant le côté de son visage avec douceur. Je relève son menton, je veux plonger mon regard dans le sien, mais il cligne plusieurs fois des yeux, comme si... comme si....

– Neheyuu, tu pleures ? Je demande en gloussant.

– Tszk, ment–il.

Il secoue rapidement la tête, renifle et ajoute :

– Je suis le Premier de mon tasmaran. Les Premiers ne pleurent pas.

À ces mots, je ris à gorge déployée.

– Tu pleures. Mais je ne sais pas pourquoi.

– Parce que c'est… c'est impossible. Je ne mérite pas ce bonheur. Je ne te mérite pas.

Je pose mes lèvres sur le sommet de sa tête. Je me brûle au feu de ses cheveux. Je me consume.

– Moi, je dis que tu le mérites, alors tu le mérites.

Il inspire une fois, brusquement, et me regarde dans les yeux. Ils sont bruns cette fois, et si beaux. Ses lèvres se plissent.

– Tu es Sasorena, et c'est ton dolsk. Je suppose que si tu le dis, je dois te croire.

Je souris en faisant remonter mes hanches. Je souhaite qu'il continue ce qu'il a commencé. Je me soulève pour presser ma bouche contre son cou. Je le goûte et quand j'entends sa respiration haletante, je mords. Fort.

– Yena, je susurre. Tu dois faire ce que je dis. Et maintenant, je veux que tu me svik.

– Tout ce que tu veux.

Neheyuu donne un coup de rein ferme, enflammant tout mon corps alors qu'il pénètre la moiteur entre mes cuisses. Il atteint sans mal le centre de mon excitation et va et vient en moi avec férocité.

– Je ferai tout ce que tu veux… pour toujours.

Mon dos se cambre involontairement, mes orteils se recroquevillent, l'intérieur de mes cuisses frissonne et tremble. Il continue à me pénétrer sans se fatiguer et à un moment donné, je me retrouve à regarder à travers la lucarne solitaire du dolsk. Je m'accroche à ses cheveux pour m'ancrer avant de flotter à travers elle, dans le ciel, et de trouver ma place parmi les étoiles.

Lorsque Neheyuu ralentit ses poussées et s'appuie sur mes hanches, faisant jaillir des étincelles de plaisir et de douleur à travers mon point le plus sensible, la première vague de mon orgasme me frappe brutalement. Je hurle son nom en refaisant surface quelques instants plus tard, grisée par la sensation de ses crocs enfoncés profondément dans ma gorge.

Ma main touche sa poitrine. Je trouve l'espace sous son épaule gauche où il porte la marque dessinée pour moi, et moi seule. J'ai les larmes aux yeux. Quelque chose d'énorme tire sur ma poitrine. Je me sens à la fois enfoncée et soulevée par elle.

– Répète, grogne–t–il en continuant à se déhancher.

Ses coups de rein sont de plus en plus frénétiques. Mes jambes sont écartées, mes talons s'enfoncent dans les oreillers. Je lutte pour trouver un appui. Je m'accroche à tout ce que je peux, je griffe même son dos, mais tout m'échappe. Les étoiles, la douleur, mon passé, la réalité. Il n'y a plus que du plaisir. Il n'y a plus que nous.

– Quoi ?

Je ne trouve même plus les mots. À quoi servent–ils de toute façon ?

– Ce que tu as dit avant, murmure–t–il contre mon cou pour apaiser les morsures qu'il vient de m'infliger. À propos de ce que tu ressens... pour moi.

Je gémis alors qu'une vague de plaisir me submerge. Je gifle sa peau, j'adore le bruit que cela produit. Je me glisse plus profondément dans cette folie des sens.

– Je t'aime, Neheyuu.

Il gémit.

– Encore.

– Je t'aime...

– Encore...Putain de svik ! crie–t–il.

– Je t'aime...oh...humm...ah !

Mon cri rejoint le sien alors que je pars en spirale dans une autre direction, dans un autre univers, par la lucarne, vers la lune la plus éloignée de Sasor. La jolie lune bleue.

Neheyuu rugit au–dessus de moi, mais parvient à se retirer suffisamment pour voir mon visage, pour me regarder dans les yeux. Il me tient là alors qu'il se raidit, serre les dents et se vide en moi comme il sait que j'aime.

Il frotte mon clito alors que sa semence se répand dans mon corps et me réchauffe de l'intérieur. Cela dure longtemps. Des lustres. Même après qu'il a relâché son poids sur moi et que sa tête est retombée sur l'oreiller au–dessus de mon épaule, la bite à l'intérieur de mon corps semble toujours s'agiter et sa chaleur ne faiblit pas.

– Neheyuu ? Je chuchote.

– Yena, reesa ?

Sa tête se lève et il observe rapidement mon visage du regard, inquiet. Je souris et peigne doucement ses cheveux derrière ses oreilles pour le calmer.

– Je voulais juste te dire que je suis enceinte. Verena l'a confirmé il y a deux solaires, mais je voulais attendre la fin du sessemara pour te le dire. Je n'en suis qu'à quarante solaires environ, mais Verena dit que les choses se passent bien. J'ai atteint un poids qui me permettra de porter notre petit à terme... Neheyuu ?

Ses yeux sont fermés et il incline rapidement la tête en posant son front sur mon menton.

– Neheyuu ? Neheyuu ?

Je commence à paniquer, jusqu'à ce qu'il se mette totalement en apesanteur et me laisse le regarder. Je commence à rire à nouveau. Il secoue la tête et serre les paupières alors que des larmes coulent de ses longs cils sur mon visage. Il m'embrasse. Il m'étouffe de baisers humides.

– Neheyuu !

Je ne peux m'empêcher de rire. J'entends quelque chose comme « Je t'aime... Je ne te mérite pas... » avant que mon grand méchant naxem ne s'effondre complètement.

Je caresse ses cheveux tandis qu'il dépose des baisers d'adoration sur mon ventre, en marmonnant d'autres absurdités à la petite fève à l'intérieur, et pendant qu'il le fait, je souris à travers la lucarne. Le monde est plein d'étoiles, et quelque chose s'élance dans l'obscurité. Cela pourrait être n'importe quoi. Une comète. Un astéroïde. Une étoile qui s'enfuit. Des humains sur un satellite à destination d'un autre monde...

Je ne sais pas quel destin a conduit les humains à Sasor, tout ce que je peux faire, c'est passer le reste de mes solaires à remercier l'univers.

Deux solaires plus tard...

26
Neheyuu

Je m'assois nerveusement sur l'oreiller duveteux du siège orné en tapant à nouveau du pied. Cette fois, il n'y a pas de cliquetis autour de mon cou, car ma couronne est accrochée à celle de Mian. Elle parle à Ofrat et fait de son mieux pour transformer mon anxiété en désespoir. Elle est forte à ce jeu–là.

Elle est belle cette lune. *Elle est toujours belle, idiot.*

Idiot, répète la voix sombre.

Ce solaire, elle porte mon petit. Notre petit. *Ça fait plusieurs solaires qu'elle le porte, idiot.* Je n'ai pas de réponse à ça, mais je serre les dents et je force ma bite à se contrôler. Rien que la pensée de mon petit dans son ventre me donne envie de la prendre juste pour m'assurer qu'il est là, peut–être aussi pour en planter un autre. Au cas où. Peut–on en avoir deux en même temps ? Plus encore ? *Je ne sais pas, mais je pense que nous devrions essayer.*

En ce moment, un autre mâle de la tribu Sessena vient lui parler. C'est leur troisième. Le troisième et le deuxième lui ont offert des couronnes et elle les porte autour du cou. Elles sont si imposantes qu'elle doit se pencher en avant et lever les yeux pour voir. Quatre Premiers lui ont offert leur couronne. Quatre. Ma couronne n'est même pas la plus grosse d'entre elles. Est-ce important ? *Tu sais bien que non.* Mais Mian veut un bon mâle, un mâle gentil. *Elle nous choisira. Elle nous aime. Elle porte notre petit. Sois patient.* Comment le pourrais-je ?

Dandena rit à mes côtés. Sa couronne s'agite aussi, mais elle ne porte que celle du mâle qu'elle a choisi. Le Second de la tribu Hox l'a choisie et elle aussi l'a choisi. Toutefois, c'est lui qui va rejoindre notre tasmaran, et non l'inverse. J'essaie de faire bonne figure et de sourire puisque ce mâle sera désormais notre Cinquième, mais je n'entends pas les questions qu'il me pose et quand il fait des blagues, je ris au mauvais moments.

Son adhésion est une belle victoire pour nous, même si ce sessemara nous en a apporté d'autres. Le plus important, c'est que Reffa et Xena ont survécu et sont en convalescence. Verena, Reepal et Doro s'occupent d'elles. Doro, un ancien membre des Nevays, est maintenant le guérisseur principal de Verena.

Après l'exclusion de Nevay lui-même des Tribus Maneraks Unies pour avoir conspiré avec Tatana pour voler Mian, son tasmaran a été dissous. Bien des guerriers Nevays ont rejoint les Sessenas, mais la plupart se sont joints à nous. Le tasmaran de Mian. Nous sommes maintenant le deuxième plus grand tasmaran – après les Sessenas – et le sessemara n'est même pas terminé. Le tasmaran de Mian sera probablement le plus grand si elle choisit un mâle de son propre camp... si elle me choisit...

Mes yeux restent rivés sur la couronne dans les mains de Mian – la couronne de Wren. C'est un autre Premier et il est gentil. Est–il gentil ? Je pense que oui. Mais avant que j'aie la chance de déterminer à quel point il est gentil et s'il ferait un bon casse–croûte pour mon naxem, elle lui rend sa couronne. J'expire, légèrement soulagé. Un tout petit peu.

– Tu stresses déjà ? demande Dandena quelque part à ma droite.

– Yena. Je transpire comme une bête depuis des solaires. Je n'ai pas arrêté de stresser.

Ma vision passe d'une brume gris–vert à une couleur vive pour la suivre, la traquer du regard, l'examiner alors qu'elle se fraye un chemin à travers l'étage. Elle remet des couronnes à tous les mâles qui les lui ont offertes, jusqu'à ce qu'il n'en reste que trois. La mienne, celle du forgeron, et la sienne.

Je retiens mon souffle quand elle s'approche du mâle appelé Trehuro. Il a un petit dolsk au sein des Sessenas et est apparemment très bon dans son métier. Il s'est battu comme un svik, mais j'ai refusé de l'écraser sur le champ de bataille le solaire précédent. J'ai plutôt choisi de l'aider à se relever quand il tombait. Amour de svik… Il me rend stupide. Qu'est–ce que je ne ferais pas pour elle *et* notre futur bébé... *Rien, n'est–ce pas ? Parce que tu ferais tout pour eux.*

– J'aimerais pouvoir sculpter un portrait de toi en ce moment. Je garderais ce buste sur ma cheminée et je te le montrerais à chaque fois que tu te comporterais comme un oeban.

– C'est une insulte aux oebans, dit son mâle quelque part à sa droite.

Elle rit. Pas moi.

– Taisez–vous putain de svik !

– Tu sais qu'elle va te choisir, dit Dandena. Nous avons entendu parler de petits pieds foulant le tasmaran.

– Tu veux parler de ceux de Mor ?

Elle rit.

– Yena. Ceux–là, entre autres. Maintenant, arrête de transpirer, sinon tu vas commencer à puer.

– Non, je grogne en creusant de profondes rainures dans le blindage au–dessus de mon genou. Je la marquerai mieux avec.

– C'est dégueulasse !

– Tu pues aussi, je te ferai remarquer.

Dandena grogne.

– Yena. Je ne pouvais pas attendre plus longtemps, j'ai été marquée. Regarder Elrik se battre dans l'arène était … fabuleux.

– Merci, dit–il.

Je geins bruyamment.

– Chut ! Taisez–vous tous les deux.

Mes mains moites s'agrippent à mes genoux. Elle prend la couronne du forgeron qui était posée autour de son cou... puis elle la lui rend.

J'expire, mes épaules s'affaissent vers l'avant. Je serre la mâchoire si fort que je me demande s'il est possible de la casser. *Tszk, ce n'est pas possible.* Chaque putain de couronne me fait souffrir mille supplices. Même si elle n'a pas choisi ce mâle gentil, elle peut toujours choisir quelqu'un d'autre. Elle pourrait choisir de ne *pas* me choisir. *Elle ne le fera pas. Nos âmes ont été sculptées et unies par Sasorana. Elle est à nous et le petit qu'elle porte aussi.* Chut ! Si tout cela est vrai, s'il n'y a qu'une seule âme sur cette planète pour nous, je veux l'entendre de…

Mian examine la foule comme si elle n'était pas douloureusement à l'écoute de chacun de mes mouvements, comme je le suis des siens. Ses doigts jouent avec certaines des pierres tissées dans sa couronne, et certains des os tissés dans la mienne. La sienne et la mienne sont les deux dernières couronnes qu'elle porte.

Chimara se tient à côté d'elle. Elle ne porte que sa propre couronne car elle a déjà rendu les dizaines de couronnes qui avaient été empilées autour de sa gorge. Elles l'étouffaient, comme elle l'a si bien dit. Bien qu'elle boite légèrement à cause de ses blessures, elle ne quitte pas Mian, et elle pointe du doigt… vers moi.

Mian se retourne et quand elle me voit, son regard a toute la puissance d'une lance tirée à vingt pas de distance. Il s'enfonce profondément, manquant de me faire basculer. Je me redresse. Tout le reste s'écroule. Putain de svik, je transpire. *Calme–toi, svik* ! crie la voix d'outre–tombe qui m'habite.

– Devrions–nous leur laisser un peu d'intimité ? demande Elrik.

– Tszk. Tu plaisantes ? Je ne raterai ça pour rien au monde.

Il essaie d'ajouter autre chose et Dandena le fait taire. Pendant un bref instant, je la bénis. Dans le calme revenu, Mian se faufile à travers la foule. Elle ne semble même pas remarquer qu'on s'écarte pour la laisser passer. Les discussions et les rires à voix basse amplifient la splendeur ce moment. Nous représentons un véritable spectacle. Qu'ils regardent, ça ne change rien. Ce solaire sera celui de ma consécration ou de ma perte.

Elle arrive devant moi. Elle est si proche que mes genoux heurtent son ventre à travers sa robe vert pâle.

Elle est assortie à sa peau d'une certaine manière. Cela la fait paraître plus bronzée par le soleil, plus radieuse. Ses cheveux sont à nouveau coiffés en torsades et en nœuds. Je m'imagine prendre le temps de les défaire tous. Je pourrais juste arracher toutes les épingles d'un coup, l'allonger par terre et...

– Neheyuu, commence-t-elle dans un souffle.

– Mian, dis-je en croassant.

J'aurais aimé avoir l'air plus distingué mais l'émotion est trop forte.

Ses doigts caressent le tissu de sa robe sur son ventre et elle jette un coup d'œil au siège sous mes pieds. Je sursaute et lui offre immédiatement ma place.

– Désolé, je. grommelle. Je n'avais pas réalisé… Tu ne devrais même pas être debout et marcher. Tu n'as pas besoin de te reposer ? Verena dit...

– Chut, dit-elle brusquement.

Il n'en faut pas plus pour que je la ferme après avoir dégluti. J'attends. Elle se contente de sourire comme si ce n'était pas le moment le plus angoissant de ma vie. Je pourrais vomir à cause de la tension.

– Merci de m'avoir donné ta couronne.

Quoi ? Serait-ce le début de la déception ? Va-t-elle me dire qu'elle a bien réfléchi et qu'elle préfère fonder sa famille ailleurs ? Qu'elle préfère attendre le prochain sessemara avant de choisir un autre mâle et de me quitter ? Que je suis un idiot de penser qu'on est sur un pied d'égalité ? Parce que ce n'est pas le cas. Svik, j'espère juste qu'elle ne le sait pas...

Elle ouvre la bouche. Je m'accroche à chaque mot, à chaque souffle. Elle poursuit :

– Et merci de m'avoir donné ton coeur. Tu sais que tu as déjà le mien.

J'ai la gorge nouée, le souffle court. Je ne respire pas. Je ne respire plus. Je hoche la tête. *Je suis un idiot.*

Idiot...

Mian me regarde en louchant.

– Ça va? Ton tatouage te fait mal ? Les tatouages peuvent être douloureux, quand on n'a pas l'habitude.

De quoi parle–t–elle ? Je jette un coup d'œil à la grande étoile sur ma poitrine, puis je relève la tête. Elle me taquine. Je lui lance un regard noir, puis je me déplace d'un côté à l'autre, en essayant d'être calme, aimable. Je dois rester au moins poli. Mian sourit de plus belle.

– Ah, je vois. Tu es inquiet ?

Ses doigts dansent autour du collier qui entoure son cou. Ma couronne. Comme je ne réponds pas, elle secoue la tête.

– Je t'ai déjà dit que je te choisirai. Comment pourrais–je ne pas le faire ? S'écrie–t–elle en caressant son ventre avec amour.

« *Alors fais–le* ! » ai–je envie de crier, mais à la place, je réponds bêtement:

– Ok.

Lentement, dans un temps qui semble ralenti, elle soulève ma couronne de sa tête... et ses doigts touchent la sienne. Elle la soulève aussi. C'est comme si elle soulevait le poids d'un astéroïde tombé de mon corps, de mon âme. Elle remet ma couronne sur ses cheveux et la laisse se poser à nouveau sur ses épaules. À deux mains, elle saisit sa propre couronne, puis se lève sur la pointe des pieds.

– Tu dois te pencher un peu.

Ses joues sont roses. Elles ne l'étaient pas il y a un instant. Je me demande si elle n'est pas aussi nerveuse que moi en ce moment. Je baisse la tête, j'écoute le bruissement du tissu à mes oreilles.

– Voilà, murmure–t–elle enfin. Je suis à toi. Officiellement.

Je cligne des yeux, je baisse la tête et ma poitrine se gonfle en voyant la couronne qui pend à mon cou. De petits morceaux de tissus de différentes couleurs se plient autour d'une boucle unique à laquelle pendent des pierres de toutes les couleurs de Sasor. Ma pierre est suspendue entre celle de Mor et celle de Xi, au milieu de la corde.

Je lève les yeux vers elle et je les regarde briller. Je peux à peine parler. J'arrive à peine à penser.

– Quand as–tu su que tu me choisirais ?

– Il y a quelques instants…

Elle pose une main sur mon épaule et s'en sert pour se relever. Elle embrasse ma joue droite. Puis l'autre. Le feu incinère ma chair à chaque endroit qu'elle touche.

– Ou peut–être que je l'ai toujours su.

– Tu vis pour me torturer, n'est–ce pas ?

Je baisse le ton en grognant et je saisis sa taille. Je la serre contre moi.

– Moi aussi je peux te torturer à ma façon, Sasorena. Tu devrais savoir que je suis un homme dangereux quand il s'agit de toi.

Mian rit, et le son, associé à ses caresses, me fait fondre.

– Oh, j'en suis bien consciente.

Elle embrasse mes lèvres doucement. Dangereusement.

Je grogne et quand nos lèvres se séparent, je cherche à nouveau le contact. Je touche son coude et l'attire vers moi.

– Je vais commencer par te ramener dans ma tente et m'assurer que tu sentes ma marque jusqu'à tes orteils.

Elle place ses mains autour de ma nuque et se penche sur moi. Ses seins se pressent contre ma poitrine, nos couronnes s'entrelacent.

– Jai hâte de te marquer, aussi.

– Les femelles ne peuvent pas marquer les mâles.

– Tiens donc ? Je ne suis pas une femme ordinaire. Je suis Sasorena maintenant et pour le bien de notre peuple, je pense qu'il est de mon devoir d'essayer. Aussi souvent que possible.

J'écrase ma bouche sur la sienne, je goûte sa saveur, je la vénère. C'est en tremblant et en gémissant que nous nous séparons. Autour de nous, les applaudissements, les rires et les acclamations fusent. Les discussions sur les paris gagnés et les paris perdus emplissent la pièce. Je respire à nouveau, même si cela me demande un certain effort. Qu'ils rient. Je me joindrai à eux quand je retrouverai le contrôle de mes autres sens. Pour l'instant, il n'y a que son contact qui compte. Celui de Mian, de ma reesa.

Mon naxem et mon manerak se réjouissent sous ma peau. Nous savourons ensemble ce moment. Nous ne faisons plus qu'un tous les trois, tout comme je ne fais qu'un avec ma Sasorena.

– Je t'aime, Mian, je chuchote.

– Je t'aime, Neheyuu. Je vous aime tous.

Elle sourit.

– Par contre, je suis un peu fatiguée de porter cette couronne. Je pense que j'aurais besoin de ton aide pour l'enlever. Pour enlever la couronne, et le reste...

Mon sexe durcit, se tord contre mon armure. Je l'attrape par la taille et la soulève pour que ses pieds pendent au–dessus des tapis.

– Comme tu veux...

– Ne m'appelle pas Sasorena, dit–elle en couvrant ma bouche avec l'une de ses petites mains.

Elle n'est pas moins calleuse que lorsque je l'ai rencontrée pour la première fois. Et Mian n'est pas moins radieuse qu'elle ne l'était alors.

Je saisis un de ses doigts entre mes lèvres et le lèche. Quand je le libère, il se détache avec un bruit sec et humide. Les pupilles de Mian se dilatent. L'odeur de son excitation nous envahit.

– Ce n'est pas ce que j'allais faire. J'allais t'appeler Reesa.

Je m'enfuis avec elle dans la clarté lunaire. Je trébuche sur un stupide tapis dans ma hâte de quitter le dolsk du sessemara et je manque passer à travers la flamme d'une énorme putain de svik de bougie. Les rires nous accompagnent mais nous les laissons derrière nous alors que nous avançons et que j'imagine… comment je vais m'occuper d'elle dans mon dolsk toute cette lune, et le reste de ma vie. Avec chaque morceau de mon être.

Même si c'est insensé.

Merci beaucoup d'avoir rejoindre Mian et Neheyuu sur Sasor! Si vous avez apprécié l'histoire de Mian et Neheyuu, n'hésitez pas à me le faire savoir avec un avis sur Amazon, ou vous pouvez me contacter sur:

Instagram: @estephensauthor
TikTok: @elizabethstephensauthor

Vous pouvez également faire partie de ma mailing list à
www.booksbyelizabeth.com

Mettez dans votre vie un brin de folie, et à la prochaine !
Elizabeth

¤°´*`°¤,¸¸,¤°*°¤,¸¸,Ø

Prisonnière du Sauvage de Heimo
Tome 4 de la Passion Xiveri (Svera et Krisxox)

Krisxox n'éprouve que de la haine pour les humains. Pourtant, il est déterminé à sauver cette femelle humaine. Il se battra pour Svera, même si elle vénère un Dieu dont il n'a jamais entendu parler, même si elle souhaite voir régner la paix entre son peuple et le sien, et même si elle est poursuivie par des pirates de l'espace.

Disponible en livre de poche partout où l'on vend des livres en ligne ou sur Amazon en ebook ou livre relié.

1

Krisxox

– Svera !

Je ne peux m'empêcher de hurler. Son corps tremble, il est couvert d'un liquide rouge et brillant. *C'est du sang, du sang humain, son sang humain.* Au son de ma voix, elle me regarde et s'anime. *C'est bien, continue comme ça.* Elle se met à genoux. Les murs de cet ancien transporteur de classe C tremblent, alors Svera tombe.

– *Putain de xok,* tu es trop lente ! *Lève*–toi, humaine !

Elle déteste quand je lui donne des ordres. Elle déteste que je la maudisse. Elle déteste quand je l'appelle « humaine ».

Un froncement de sourcils vient perturber la gentillesse irritante qu'arbore toujours son visage d'humaine et c'est mieux ainsi, car cela la distrait de sa peur.

– Voilà. N'aie pas peur. Je ne vais pas le laisser te faire du mal.

Je mens, mais ça, elle ne le sait pas.

Je ne peux pas bouger. Je ne sens pas mon propre corps. Je ne sens rien à part la chaleur des moteurs de classe C qui libèrent de l'énergie dans de grands nuages de vapeur. Cette machine ancienne vient d'un autre temps. Elle est si vieille que je n'en avais jamais vu de mes propres yeux avant de monter à bord avec la ferme intention de sauver la femelle que je déteste le plus dans cet univers.

– Il faut que tu viennes vers moi, dis–je en essayant de parler gentiment.

Je n'ai jamais été gentil. Jamais. Je ne sais même pas comment faire pour être gentil. Et je ne vais pas changer pour elle. *Alors que fais–tu en ce moment, n'es–tu pas en train d'essayer ?*

– Svera, *s'il te plaît.*

Son expression change quand je la supplie. Je ne supplie jamais personne. Je ne fais une *exception* que pour elle, *et* quand il s'agit d'elle, je le fais de plus en plus souvent. En ce moment, je lui donnerais mes deux jambes si cela pouvait l'aider à marcher plus vite.

– Bouge–toi le cul !

Elle fait un pas bancal, puis un autre. Je me crispe, grogne et grimace à chacun de ses mouvements. Ces femelles humaines sont dégoûtantes de fragilité. Le moindre petit mouvement et elles tombent en morceaux.

– Allez…!

Putain de xok, qu'est–ce qu'elle est lente...

– *Allez* !

Le regard humide de Svera croise le mien. Je vois la douleur briller dans leurs profondeurs vertes. Leurs profondeurs aussi vertes que les feuilles des petits arbres werro, ces arbustes brillants et courageux.

Pendant ce temps, le sang sur son visage brille d'une alarmante et viscérale nuance de rouge, une couleur qu'on voit rarement la nature. Ce qui m'inquiète encore plus que cette couleur, c'est le bruit que font les moteurs. Quelque part dans les recoins de ce transporteur, ils crient le même mot encore et encore.

Echec.

– Krisxox, chuchote–t–elle.

Tout est flou. Le noir et le gris s'abattent contre la tenue bleu–marine qu'elle porte... contre le brun pâle de sa peau avec ses reflets jaunes obsédants... contre les petites mèches de cheveux qui ont échappé à son foulard... et enfin l'ombre argentée tombe sur son corps.

Le Niahhorru attaque.

– Svera ! je rugis alors que le pirate tombe sur elle en l'entraînant sur le sol métallique et ardoisé.

Bêtes assoiffées de sang, les pirates Niahhorrus n'appartiennent à aucun quadrant. Ils n'ont aucun honneur, aucune loi, aucun traité avec qui que ce soit et sont dirigés par un roi obsédé par l'idée de trouver l'emplacement de la colonie humaine afin de voler et de baiser les femelles humaines pour repeupler les rangs de son espèce sur le déclin.

Je vais le mettre en pièces pour me l'avoir enlevée. Je commencerai par ses quatre bras...

Malheureusement, ces bêtes sont nées pour combattre, tuer et voler. Svera, quant à elle, est une faible humaine pathétique à *la peau aussi douce que les sables de Qath quand le climat est clément et qu'elle n'est pas violentée par les soleils ou les vents.*

Elle n'a pas la moindre chance.

Putain ! Qu'elle aille se faire xok ! Et moi avec ! *Non, ne fais pas ça. Je t'en prie, ne fais pas ça.*

Je me débats. Je ne sais pas ce qui me retient, mais c'est plus fort que l'ion de fer et plus lourd que le stalyx. Je n'ai jamais été mis en cage. Je n'ai jamais perdu. Je suis le Krisxox de Voraxia, le combattant le plus puissant et le plus fin stratège. Je fais la guerre et je n'ai jamais connu la défaite. *Jusqu'à maintenant...*

J'ai beau me débattre comme un fou, je suis contraint de regarder le Niahhorru utiliser une main griffue pour arracher le foulard de Svera et révéler l'éclat de ses cheveux. D'un autre mouvement, il déchire son costume et dévoile son corps.

– Laisse–la, putain de xok !

Je crie, mais même ma voix est faible et inefficace. En outre, elle s'épuise de plus en plus.

Il la retient facilement et se place entre ses jambes. Ses fesses nues brillent devant moi. Il va la violer. Peut–elle le supporter ? Va–t–il la tuer ?

– Svera. Nox... s'il te plaît…

C'est la première fois que je m'enfonce ainsi dans le désespoir. C'est la première fois que je ressens une peur assez forte pour me mettre à genoux.

La pleine puissance du Xanaxana qui me lie à Svera explose dans mes os. Je rôtis vivant, je chauffe, je transpire, je brûle, je tremble, *je meurs...*

… Avant de me réveiller. Le rêve s'évapore, comme il l'a fait la dernière lune et la lune précédente et celle d'avant...

2

Svera

Je suis allongée dans le noir. Je suis bien réveillée, même si mes yeux sont fermés. Mon corps entier est étroitement enroulé dans les draps. Enfin, pas les draps. Les Voraxians utilisent des fourrures et des peaux d'animaux pour tapisser leurs nids incurvés.

Les bords sont si hauts que je ne peux pas voir par-dessus. Je suis calée au centre. Je ne suis qu'une petite boule qui essaye d'échapper à ses cauchemars. Mais il n'y a nulle part où se cacher. Ils arrivent comme le vent dans les arbres devant ma fenêtre : avec une force foudroyante.

– Kiy gadol yawveh mikol ha'elohim, je récite. Allah alakbar.

Je prie le triple Dieu afin de chasser les visions.

Dans mes visions, je suis poursuivie, attrapée, blessée. Je revois l'horrible mâle à quatre bras et aux pointes qui a essayé de... de… *Nondah. Le pirate s'appelait Nondah.* Je me souviens avoir pris une petite dague et avoir essayé de le couper pour me protéger. Je ne suis pas une combattante. Le blesser m'a fait du mal. Je ne veux pas avoir à le refaire. Je n'en tire aucun plaisir. Je ne suis pas une guerrière. Je ne suis pas comme...

La porte de ma chambre s'ouvre dans un souffle presque silencieux. Je me fige. Mon cœur bat si fort que le bruit est assourdissant. *Allah al akbar. Sh'ma Yisrael Adonai Eloheinu Adonai Eḥad. Triple Dieu aide–moi.* C'est lui. Nondah. C'est le pirate qui a essayé de...

Puis j'entends un grognement familier et le même piétinement furieux que j'ai entendu la dernière lune et la lune d'avant ainsi que chaque lune depuis que nous sommes tous les deux revenus à Qath. Depuis que j'ai été emmenée sur ce bateau pirate, que j'ai été assommée quand il a explosé, et que je me suis réveillée dans les bras de Krisxox, face à son visage rouge et furieux.

Et le voilà qui me sauve à nouveau, même si ce n'est que pour m'aider à affronter mes pensées sombres et brutales. *Bénis soient le Seigneur et les étoiles.*

J'inspire dans la clarté de la lune alors qu'il se dirige vers le siège positionné dans le coin de la pièce et s'y installe. Il déplie la couverture que j'ai laissée pour lui et, pendant un moment, j'écoute sa respiration agitée jusqu'à ce qu'elle finisse par s'approfondir. Il s'est endormi.

Je le sais parce que ces bruits me sont familiers maintenant : le bruit de son entrée furieuse à chaque lune, et celui de sa sortie tout aussi furieuse au lever du soleil. Ensuite, il ira dans le hall et commencera à préparer *bruyamment* le premier repas. Enfin, je me lèverai, je plierai la couverture qu'il a utilisée et je me demanderai, comme je le fais chaque jour, s'il sait que je sais qu'il vient dans ma chambre, ou s'il s'en soucie. Il doit avoir au moins réalisé que la couverture qu'il utilise ne se plie pas toute seule.

Il ne dit jamais rien et je ne dis jamais rien. Nous continuons tous les deux à faire semblant.

J'expire avec soulagement. Mes muscles se relâchent et l'obscurité cesse d'être aussi froide. Je ferme les yeux. Je me pose des questions : pourquoi Krisxox est-il aussi brutal ? Pourquoi est-il aussi impoli ? Aussi bête ? Pourquoi est-ce que je fais semblant de dormir ? Avec une rapidité alarmante, je cesse de faire semblant.

Je suis emportée par un sommeil sans rêve.

3

Krisxox

Elle pourrait dormir même si nous étions attaqués par des sangliers Muxungs.

Peu importe la force avec laquelle hurlent les vents d'été, chaque fois que je me réveille, elle est K.O. Son petit corps est étalé sur son nid, la couverture en fibre de vervu délicatement tissée s'emmêle autour de ses jambes et la lourde fourrure couvre son corps à certains endroits, en découvrant d'autres.

Elle porte aussi un foulard quand elle dort. Une soie de couleur claire enveloppe ses cheveux, mais il y a toujours de petites mèches or et brun cendré qui s'échappent et se glissent sur ses joues.

Je suis du regard la longue ligne de son cou. C'est un cou si fin et délicat. Je ne sais pas comment elle est parvenue à survivre si longtemps. Elle ne devrait même pas être en vie avec des membres si fragiles. Aucun humain ne devrait l'être. Et cette humaine–ci n'a *rien* à faire dans ma ville, dans ma maison, et dans mon nid.

Mais elle est là.

Je ne la réveille pas. Je ne peux pas. Il faut que je sois prudent sinon elle saura que je passe chaque lune dans sa chambre. *Je ne veux pas qu'elle sache que je rêve d'elle, que la seule idée qu'elle puisse partir me donne des cauchemars. Je ne veux pas qu'elle se doute de la pression qui comprime ma poitrine, du feu qui s'y propage. La chaleur est si forte qu'elle me rend fou à lier. Des couleurs parfois y flamboient... oh putain de xok... xok* ! Je peux sentir ces couleurs monter en moi comme une maladie, une maladie qui suppure et corrompt.

Je regarde ses chevilles, exposées jusqu'au tibia. Sa peau est d'un brun clair immaculé. Le dessous de ses pieds, très pâle, est étrange par contraste. C'est un spectacle dégoûtant. *C'est un spectacle magnifique.* Je me souviens de ce que ça m'a fait de voir son corps entier dénudé. De le prendre dans mes bras. De la tenir contre moi. Elle. *Ma Xiv...* nox. Jamais.

Je déglutis et me détourne d'elle. Le poids dans ma poitrine suffit à me ralentir. Je titube une fois, mais j'arrive jusqu'à la porte. Je l'ouvre d'un geste de la main et me dirige vers le couloir. Plus je m'éloigne d'elle, plus la pression se relâche. Le poids a presque totalement disparu lorsque j'arrive à la fosse de cuisson.

Plus que quelques marches et je suis dans ma tanière. Tout ce que je possède est ici. Je m'y vide la tête. Après les appartements d'entraînement, c'est l'endroit où je me sens le mieux. Je sors une multitude d'ingrédients des paniers situés sous les surfaces de cuisson en bois de werro rouge. J'allume les plateaux de cuisson à feu de fusion et j'oublie qu'une *extraterrestre* vit dans ma maison. C'est écoeurant, elle est écoeurante. Non, pas « elle ». Ça. L'extraterrestre. *Que diraient mes ancêtres s'ils me voyaient vivre avec elle ?*

Je grimace quand le couteau de fusion coupe le bord de mon doigt le plus long. La lame est plus tranchante que toutes celles que j'ai utilisées auparavant. C'est l'un des nouveaux modèles de la Rakukanna. *Que diraient mes ancêtres s'ils me voyaient utiliser cet objet ?*

– Hefenena, Krisxox!

Svera – ça – me salue en Drakesh. Ce n'est pas la même langue que le voraxian, mais bien qu'elle ne réside pas ici depuis longtemps, elle a réussi à maîtriser les deux langues. Elle les parle couramment maintenant et avec léger accent des plus charmants. Nox. Il n'est pas charmant, il est méprisable. Voilà, c'est ça : *méprisable.*

Je ne lui réponds pas, je ne lui accorde pas un regard. Je mets la lame de côté, je sors un couteau plat en stalyx et je continue à couper les racines coriaces étalées sur la surface en bois devant moi. *Ce couteau est bien moins efficace.* J'oublie ce détail et je jette les racines dans le bac de fusion. De la vapeur s'en dégage et d'une simple pression sur les commandes, elles brunissent magnifiquement. Je les épice, puis je sors un deuxième plateau et j'y jette quelques lanières de viande. Svera ne mange pas cette viande. Si je veux la nourrir, je dois cuire la viande séparément.

C'est donc ce que je fais.

Chaque jour.

Sa chaleur m'atteint avant son odeur quand elle s'approche de moi. Elle sent l'obscurité, le danger caché dans les ténèbres. Ma main tressaille comme si elle allait se tendre et la toucher de son propre chef afin de... la tirer contre ma poitrine, effleurer de ma bouche ces choses douces et roses qu'elle appelle des lèvres... Nox !

– Mmmm, dit–elle.

Chaque solaire, elle dit la même chose et elle émet toujours ce petit son de satisfaction. Savoir que ce que je cuisine la satisfait durcit mon xora et fait battre mes cœurs plus fort. Je secoue la tête et elle s'écrie:

– Ça sent délicieusement bon ici ! Comment s'appelle cette racine… la violette ?

Elle désigne un bloc de racine de gomme aussi gros que sa tête, et ce n'est que la moitié. Je le lui tends en grognant :

– C'est du viron.

– Oh… ça ne va pas ce matin, je vois.

Je ne sais pas si elle parle de moi ou de la putain de xok de racine. Je grogne à nouveau, retire les racines du plateau avec une cuillère et les dépose dans une assiette que je lui tends.

– Merci, Krisxox, me dit-elle dans sa langue humaine.

Nous n'avons pas ces mots, nous n'exprimons pas notre gratitude aussi facilement qu'eux. Elle amène son assiette sur la table basse derrière moi et en sort une série d'herbes que je sais qu'elle aime. Elle les coupe en utilisant le plus petit couteau en stalyx que j'ai. Il est encore bien trop grand pour elle, et je lui jette un coup d'œil de temps en temps. Je me déteste pour cela, mais je suis impressionné par la façon dont elle le manie. Il y a une fluidité troublante dans ses mouvements. J'entraîne mes guerriers pour leur permettre d'avoir une telle grâce. *La plupart n'arrivent pas à la cheville de Svera.* Je soupire bruyamment. *À la cheville de ça. Ça.*

Je mange sur la table en face d'elle et j'accepte les herbes qu'elle a coupées pour moi. Sait-elle que je n'aime pas leur goût ? Comment pourrait-elle le savoir ? Je les mange chaque fois qu'elle m'en propose. J'aime l'idée qu'elle souhaite aussi me nourrir.

– De rien, fait–elle comme je n'ai pas dit un mot en les acceptant.

C'est devenu notre rituel : elle parle, je ne réponds pas.

Elle attrape le petit coussin sur lequel elle s'assoit tous les matins pour manger, tout contre l'un des murs, celui qui a la plus grande fenêtre. Les nombreuses fenêtres ne lui ont pas plu au début, jusqu'à ce qu'elle réalise que les chambres sont isolées et que même si elles ne l'étaient pas, il n'y a personne aux alentours.

Toutes les maisons sont surélevées parmi les arbres et parmi les nuages quand ils descendent bas. Le village où j'entraîne les xcléranx est à une courte distance. Le village suivant est à une demi éclipse de là. Les nombreux marchés de Qath sont chaotiques, mais d'ici, de chez moi, Qath semble être un havre de paix. C'est pour cette raison que j'aime cet endroit. Toutefois, ces derniers temps, c'est moins calme.

Elle se met à fredonner. La mélodie est si délicate et si belle que c'en est douloureux. Comme un rayon de soleil à travers le dense feuillage de Qath, elle me touche doucement; et comme le feuillage, je veux moi aussi incliner mon visage vers sa lumière.

Mon estomac se tord. Les saveurs que je dégustais il y a un instant se transforment en cendres d'un seul coup. *Nox. Nox, nox, nox.* La pression est insupportable. Elle monte de mon estomac et descend de ma gorge. Nox. Je gratte bruyamment ma cuillère en bois sur mon assiette et je manque m'étouffer en gobant ce qui reste mais *j'en ai rien à xok.* Tout ce que je veux c'est faire *disparaître* la pression... c'est tout ce que je veux ! J'en ai assez.

Je retourne dans ma chambre, je mets mon armure d'entraînement et j'attache un pistolet à ions de fusion et une épée en stalyx à ma ceinture. D'ordinaire, je ne me promène pas dans Qath armé, mais ces solaires, les choses sont différentes. Je ne sais pas pourquoi. *Si, je sais pourquoi. Les choses ont changé, je protège bien plus que ma vie;* mais seulement parce que j'ai accepté de garder cette humaine répugnante en vie. Si je n'avais pas promis au Raku de veiller sur elle, je ne me soucierais pas du tout d'elle.

Ah oui? Dans ce cas, j'aurais pu laisser Nondah...

Je titube dans la salle de séjour. Elle s'est installée dans la fosse de cuisson et lave à la fois ses propres plats et ceux que j'ai utilisés. Je lui ai dit plusieurs fois qu'elle n'avait pas à faire ça, mais cette idiote n'écoute pas.

J'ouvre la bouche pour le lui répéter quand même, mais c'est à ce moment–là que prends conscience d'une chose : le silence règne. Pourquoi n'est–elle pas en train de bavarder inutilement? Pourquoi ne pose–t–elle pas mille questions sur tout ce qui concerne les Voraxians et les Drakeshs ? Pourquoi ne pointe–t–elle pas du doigt des choses en me demandant comment les nommer en voraxian ? Elle me demande constamment de l'aider à améliorer son accent, pourquoi ne le fait–elle pas aujourd'hui ?

Je m'approche du bord de la fosse, mais je ne descends pas. Je me contente de la regarder, les bras croisés, la mâchoire serrée. Je veux désespérément savoir ce qui ne va pas chez elle, mais je veux également continuer à l'observer sans rien dire et accepter son silence comme une victoire. Je déteste quand elle me parle. Je déteste quand elle ne le fait pas.

– Qu'est–ce qu'il y a ? je finis par lâcher.

Putain de xok.

Svera se tourne. De ses longs doigts gracieux, elle sèche une assiette. Elle la pose sur une pile avec les autres et sourit.

— Tu as oublié ?

Si j'avais su, je n'aurais pas entamé cette putain de xok de conversation. Je secoue la tête.

— Nous partons aujourd'hui.

Nous partons ? Je ne lui réponds pas, mais ma main s'agite vers mon moteur de vie. Peut-être ai-je manqué un rappel important… Svera lève les yeux au ciel et je panique quand ils scintillent. C'est joli.

— Elle va accoucher dans deux solaires. Nous partons cette lune pour Voraxia. Je vais au marché une dernière fois avant que nous embarquions dans notre transporteur. J'aimerais que Miari…

Ses yeux s'écarquillent et elle secoue rapidement la tête.

Peu importe le temps qu'elle, ou n'importe quel humain d'ailleurs, passe avec nous, ils ont tous du mal à utiliser les titres comme nous. Ils trouvent étrange qu'un titre soit transféré à un autre, que les titres changent selon la planète, qu'un titre s'ajoute à un autre… Ils finissent toujours par revenir aux noms d'esclaves – ceux que nous avons reçus de nos géniteurs. Ces noms ont si peu d'importance que j'oublie parfois que j'en ai eu un, mais d'autres fois… d'autres fois, je me demande ce que cela me ferait de l'entendre prononcer le mien…

— Je veux dire que j'aimerais offrir à la *Rakukanna* quelques cadeaux du marché et d'autres choses que je lui ai promises. J'ai demandé à Tur'Roth de m'emmener. Il sera là dans un instant. Il m'amènera ensuite au terrain d'entraînement et toi et moi pourrons rentrer ensemble à la maison pour préparer nos affaires. Ça te va?

Nox. Nox, nox, nox, ça ne me va pas du tout.

Elle veut aller au marché. Elle veut s'approcher du terrain d'entraînement. Elle veut faire tout ça avec *lui*. Elle appelle cet endroit sa maison. Elle dit « nous » en parlant d'elle et moi. Ça ne me va pas du tout, mais je ne peux rien dire.

Je lui ai dit qu'elle pourrait avoir un autre protecteur en mon absence. Je suis gentil quand je dis *protecteur*. Je ne confierais pas un foulard à Tur'Roth. Ce n'est pas un vrai guerrier. Il est faible.

C'est un Voraxian et bien qu'il ne soit pas Drakesh, au moins son sang est pur. Par contre, *il lui fait la cour*. C'est un Voraxian pur–sang qui cherche à séduire une de ces... choses extraterrestres. Il me dégoûte, et comme elle me dégoûte aussi, c'est normal qu'il la suive comme un chien. Je ne comprends pas pourquoi elle aime qu'il la suive... Je n'aime pas les voir ensemble.

Je ne hoche pas la tête. Je ne bouge même pas. Je la regarde juste sourire et ranger les plats qu'elle et moi avons utilisés. Je déteste qu'elle nettoie après moi comme une servante tout en arborant un petit sourire satisfait.

– Je vais me préparer maintenant. Je dois rassembler quelques affaires. Je sais déjà ce que je vais acheter pour mon cadeau à la Rakukanna. Tu vas prendre des choses pour le Raku ?

– Quoi? Pour quoi faire ?

Elle me jette à nouveau ce regard, celui qui m'informe qu'elle a été claire et que je suis un putain de xok d'imbécile.

– Ils vont avoir un bébé, répond–elle lentement. Le premier bébé hybride humain–voraxian né dans cette nouvelle ère, cette ère sans Chasse, va voir le jour. C'est merveilleux. Quel bonheur ! Mashallah.

Elle fait une figure à quatre pointes sur sa poitrine, un geste à chaque épaule, un à son front, puis un à son nombril. Je ne comprends pas pourquoi elle fait ça, mais j'ai appris que c'est un symbole de son triple Dieu. Elle lui donne tant... que j'en suis jaloux.

Je grogne et la regarde finir de nettoyer. Je la suis partout où elle va. J'aimerais qu'il en soit autrement, mais même lorsque je reçois des messages sur mon moteur de vie, je ne peux m'empêcher de la regarder.

– Pile à l'heure, dit–elle brusquement. Il est là. On se voit au coucher du premier soleil ?

Je détourne mon regard d'elle et acquiesce.

– A plus tard, Krisxox. Passe un beau solaire.

Elle me fait signe mais je ne cède pas à l'envie de répondre. Peu de temps après, trop peu de temps, la porte de ma maison glisse et se ferme derrière elle. Elle est partie. La pression dans ma poitrine gonfle comme une vague, me pousse à me précipiter après elle et à la noyer dans mon écume et *peut–être à tuer Tur'Roth dans mes embruns.*

J'ai failli arracher la porte du cadre après son départ. Je la regarde traverser le pont de cordes. Je regarde Tur'Roth, ce xcléranx dégoûtant, traverser pour la rejoindre sur un pont adjacent. Il s'incline et tend la main. Svera sourit. Je peux le voir d'ici. Elle s'incline et lui offre ses doigts délicats. Ils se touchent.

Je pourrais le massacrer d'un millier de façons. C'est ce que je souhaite.

Il n'a pas le droit de la toucher. *Elle est à moi. Nox. Elle est trop dégoûtante pour être à moi. Je suis un Drakesh au sang pur, issu d'une lignée ancienne. Que penseraient mes ancêtres en me voyant avec un animal comme elle ?*

Alors, je ne fais rien. Je ne le massacre pas. Je reste là, à l'agonie, je les observe alors qu'ils discutent. Il dit quelque chose qui la fait rire et ce son me détruit. Quand ils prennent enfin le pont de cordes menant à la place du marché, suspendus entre les cimes des arbres, puis disparaissent dans le feuillage, je ne ressens... rien.

La rage, la fureur, le dégoût, la répulsion et le bonheur amer et tourmenté qui m'étreignent chaque fois qu'elle est près de moi ont disparu. Le creux qui m'habite se mue en un creux encore plus grand.

Mes crêtes trahissent une multitude de couleurs que je peux voir se refléter sur les murs de ma maison. Elles sont plus sombres qu'elles ne devraient l'être, remplies d'une urgence de la suivre que je peux faire disparaître dans mon corps et mon esprit, mais pas dans le gouffre sombre et perdu de mon âme.

4

Svera

Mes sacs sont pleins et chargés des cadeaux que j'ai préparés pour Miari. Je n'arrive pas à croire que le jour J est enfin arrivé ! Je ne me souviens pas avoir jamais été aussi excitée. Aucune fête de Noël avec ma famille et les autres adorateurs du triple Dieu sur la colonie lunaire humaine, aucun Yom Kippour, aucun Eid ou Iftar n'a jamais provoqué en moi une telle impatience.

Je rebondis sur la pointe des pieds à chaque pas, en conséquence, les ponts de cordes se balancent un peu plus dangereusement que d'habitude. J'aimerais embarquer maintenant, monter dans le transporteur et retrouver la colonie humaine sur la lune de Cxrian.

Je suis néanmoins un peu nerveuse à l'idée de revenir après cette longue absence. J'ai beaucoup plus de responsabilités maintenant, non seulement en tant que conseillère de Miari, mais aussi en tant que conseillère de Voraxia pour tout ce qui concerne les humains. Je me demande ce que les humains vont en penser, en particulier ceux qui siègent au Conseil d'Antikythera. Je pense qu'il faudra que je m'adresse à Mathilda et aux autres membres du Conseil pour éviter ou atténuer un peu la tension que cela pourrait générer.

Heureusement, Tur'Roth m'aide à me changer les idées. Il me rejoint et nous nous faufilons ensemble dans le marché labyrinthique de Qath.

Des étalages portant de magnifiques blocs de tissus colorés et des épices vibrantes dans une douzaine de nuances différentes défilent devant moi. Nous passons ensuite devant les aliments et les desserts – que j'ai tous goûtés – pour finir par les vêtements et la technologie. Chacun de ces étalages est suspendu entre les arbres. Des ponts de cordes les relient tous.

Je regarde par-dessus les rampes en bois aussi souvent que je peux. Le monde ici est magnifique. Les troncs et les branches robustes des arbres xribar à feuilles vertes permettent au monde de Qath de prospérer malgré les dangers qui guettent la surface de la planète.

Des ponts de cordes relient des structures arborées qui abritent toutes sortes d'échoppes, de restaurants, d'unités de fabrication et de maisons. Parfois, les ponts se brisent et ceux qui tombent au sol sont secourus aussi vite que possible... D'autres fois, des êtres tombent des ponts de cordes et passent inaperçus... Ils doivent alors se battre.

Les créatures de Qath sont grandes, effrayantes, et me rappellent les histoires que Miari et Kiki ont racontées sur les bêtes à huit bras qui vivent sur notre colonie lunaire. Tur'Roth est très gentil et je lui en suis reconnaissante. C'est l'un des principaux guerriers de Voraxia : un xcléranx. Me suivre est donc indigne de son rang, mais il semble heureux de le faire. Et moi je suis heureuse de l'avoir à mes côtés.

– Tu as besoin d'aide pour porter quelque chose ? demande–t–il.

Il me fixe de ses grands yeux noirs et je souris. Je m'amuse à deviner ses émotions en observant les couleurs de ses crêtes. Elles sont d'un bleu pâle pour le moment. Le bleu représente le contentement.

– Nox, mais merci quand même, Tur'Roth.

Il hoche à nouveau la tête et regarde devant lui en m'aidant à naviguer parmi les nombreux ponts de cordes et paliers jusqu'à ce que nous arrivions enfin aux terrains d'entraînement de Qath. C'est l'un des rares endroits à hauteur de sol de Qath. Le terrain d'entraînement s'étend sur une portion considérable de terre. La terre y est dense et tassée. Les arbres forment un périmètre de protection autour du vaste espace, d'au moins mille pas de long.

J'emprunte une échelle, je fais descendre mes paquets grâce à un système de poulie étonnamment simple, et me tourne pour faire face à la place ouverte. Tur'Roth est à mes côtés. Je suis bouche bée, comme à chaque fois que je redécouvre l'un des nombreux trésors de Qath.

Les guerriers de Qath sont tout simplement impressionnants à voir. Répartis en grille, chaque guerrier, ou chaque guerrière, est exactement à la même distance des guerriers qui l'entourent. Je note qu'il y a beaucoup plus de mâles que de femelles ici. J'aimerais d'ailleurs en toucher deux mots à Krisxox, même si je suis certaine qu'il ne changera pas sa politique d'admission parce que j'ai fait une remarque. Je ne suis même pas sûre qu'il prendrait deux minutes pour y réfléchir. En fait, je pense que mon intervention pourrait aggraver la situation pour les guerrières qui cherchent à être formées par lui. Je vais devoir trouver des moyens plus inventifs de le piéger pour l'obliger à recruter plus de femelles. Je pourrais peut–être suggérer qu'il y a *trop* de femelles qui s'entraînent sous ses ordres. *Il en ferait sûrement venir une douzaine de plus immédiatement si je lui disais ça.* L'idée me fait sourire.

Plus de soixante guerriers s'entraînent sous la tutelle de Krisxox en même temps. Chacun d'entre eux tient actuellement une grande arme en forme d'arc avec des pointes tournées vers l'extérieur. Des pointes qui rappellent les épines des Niahhorrus... Je frissonne à l'évocation de ce souvenir, et je fais subtilement le signe du Triple Dieu sur ma poitrine avant de renvoyer toutes les pensées liées aux Niahhorrus dans les profondeurs d'un abîme.

– Comment s'appelle cette arme ? je demande à Tur'Roth en voraxian.

Nous approchons des bancs qui s'étendent sur toute la longueur du terrain d'entraînement comme ceux d'une arène. Il s'y trouve généralement beaucoup de monde et ce solaire ne fait pas exception.

De là où nous sommes assis, Krisxox nous tourne le dos tandis que ses stagiaires nous font face. Ils imitent ses mouvements en s'appliquant, bien qu'aucun ne s'approche de son élégance brutale.

J'ai vu Krisxox se battre de nombreuses fois maintenant et c'est toujours un spectacle fascinant, qui révèle une endurance, un calme et un stoïcisme diamétralement opposés à son attitude envers moi.

– C'est un erdpremor.

– Erdpremor, je répète en inclinant la tête. C'est une fronde d'étoiles ?

Tur'Roth rit légèrement et se penche vers moi avec un air de conspirateur. Son odeur est celle de la paille fraîche et d'un musc plus profond, plus chaleureux. Ce parfum est séduisant. Il n'est pas désagréable à regarder avec ses cheveux noirs de jais en hommage à son fier héritage voraxian, et ses yeux violets purs, sans pupille ni iris.

– Une scie à étoiles, corrige–t–il et je souris aussi.

– Bien sûr, c'est plus logique, dis–je rapidement.

Je détourne le visage.

– Ne sois pas gênée.

Ses lèvres gris–bleu foncé se plissent. Il a sans doute passé assez de temps avec moi pour reconnaître mon rougissement et sa signification, et évidemment, ça me fait rougir davantage.

– Ton voraxian est très bon.

– Merci, vraiment, merci pour ton aide, tu m'as beaucoup aidée.

J'agrippe le banc en bois sombre et brillant sur lequel je suis assise pour m'empêcher de me pencher en arrière lorsque Tur'Roth s'avance pour être encore plus près moi. *Je déteste quand il fait ça...*

– Ça me fait plaisir de t'aider, pour tout. N'hésite pas à demander...

Il fait glisser le dos de ses doigts sur ma joue et, si subtilement qu'on dirait presque qu'il ne l'a pas fait exprès, sur ma lèvre inférieure. Avec un sourire forcé, je prends son poignet et replace sa main sur ses genoux où je la serre doucement.

– Tur'Roth, nous en avons déjà parlé. Je sais que tu ne l'apprécies pas mais tu n'es pas obligé de chercher constamment à le mettre hors de lui.

Il fait au moins semblant d'avoir l'air désolé.

– Pardon. C'est juste que… ce n'est pas juste ! Je n'ai pas le droit de te toucher simplement parce que ça l'énerve ? Avoue que c'est amusant de l'énerver un peu…

Il me fait un clin d'oeil et je ne peux m'empêcher d'étouffer un sourire.

– Même si c'est vrai…

Je ne l'admettrais jamais ouvertement, mais c'est bien vrai,…

– Ça peut causer plus d'ennuis que nécessaire. La Rakukanna et le Raku sont déjà assez préoccupés, je n'ai pas besoin que cela devienne une excuse pour que Krisxox te frappe.

Ce qu'il a déjà fait, plus d'une fois.

– Ça ne me dérange pas d'être frappé si c'est pour une aussi bonne raison, dit–il.

Mon ventre se serre, ou s'agite. Je ne sais jamais vraiment ce qui m'arrive quand il me dit ces choses. Une partie de moi apprécie l'attention qu'il me porte. L'autre partie de moi s'inquiète : et s'il me faisait la cour juste pour se venger de Krisxox?

– Non, il vaut mieux arrêter.

Il prend ma main, doucement, platoniquement.

– Je suis désolé. J'avais oublié à quel point tu es sensible.

Mes lèvres se retroussent à ce moment–là. Sensible ou faible ? Malheureusement, dans la culture voraxiane, il n'y a pas beaucoup de différence. Je sais quelle image Krisxox a de moi.

J'acquiesce et me force à sourire. Je tourne les yeux vers le terrain d'entraînement : le ton de Krisxox gagne en puissance en même temps que le rythme des mouvements des guerriers.

Il se tient en hauteur par rapport aux autres, placé sous un projecteur. Du moins, avec la lumière du soleil filtre, illuminant le rouge–orange foncé de sa peau, c'est l'impression que j'ai. Cela contraste violemment avec le blanc éclatant de ses cheveux. Il les a attachés en un chignon sur le dessus de sa tête, mais des mèches se détachent toujours du nœud et collent à sa peau en sueur.

Je déglutis en le regardant bouger. Si Tur'Roth est un mâle attirant, alors Krisxox est un mâle *très* attirant. Il est presque entièrement musclé, mais il se déplace avec le silence sinueux d'un serpent. Il est à la fois élégance et grâce. Je n'aurais jamais imaginé le décrire ainsi autrefois, mais en ce moment, c'est tout ce qui me vient à l'esprit.

Il s'accroupit et son pantalon de peau se tend autour de son derrière. Je détourne rapidement le regard, pour qu'il se pose sur les muscles qui s'agitent dans son dos. J'admire la façon dont ils accrochent la lumière quand ils se déplacent et se gonflent. Une seule goutte de sueur attire ensuite mon attention, elle glisse avec lenteur, *une lenteur incroyable*, le long de sa colonne vertébrale en captant la lumière du soleil.. jusqu'à ce qu'il bouge.

Il est là et puis il n'y est plus. Il est remarquablement rapide. Les autres guerriers tentent d'égaler sa vitesse, mais on dirait presque que le temps a deux rythmes différents – un pour ses guerriers et moi, et un second pour Krisxox.

Après un court moment d'immobilité, il pousse son arme en avant comme il le ferait avec une lance avant de l'abattre. Le mouvement attire mon attention sur les cicatrices qui ornent son corps. Il est couvert de rubans argentés et clairs, comme des rivières de xamxin serpentant sur une carte bondée, mais aucune cicatrice n'est plus visible que celle que Tur'Roth lui a donnée.

Je me souviens de cet instant. *Mon souffle formait des nuages de vapeur alors que je luttais pour contrôler ma colère. Je me sentais remplie de feu, comme un dragon de l'ancienne Terre. Puis le fouet a claqué. Je n'oublierai jamais le bruit qu'il a produit en entrant en contact avec la chair nue de Krisxox. J'étais en colère contre lui, mais j'ai tout de suite pensé qu'il ne le méritait pas.*

En plus, Tur'Roth a levé son arme pour frapper Krisxox à nouveau alors qu'il n'y était pas autorisé et ça aussi, je ne l'oublierai jamais. Je me suis glacée à ce moment, figée, comme le monde était figé autour de moi dans les plaines glacées de Nobu. À ce moment, j'ai vu un aspect de Tur'Roth... que je ne connaissais pas. Krisxox, lui, a encaissé le premier coup de fouet puis il a patiemment attendu le suivant... J'étais furieuse, oui, mais je trouvais qu'il y avait aussi quelque chose de noble dans cette attitude.

J'inspire profondément en regardant Krisxox répéter le même mouvement. Il pousse ses recrues toujours plus loin, encore et encore. Je ne peux pas empêcher la chaleur de se répandre dans mon ventre. Non, plus bas que mon ventre. Je serre les genoux l'un contre l'autre et me tortille en essayant de détendre les muscles de mes cuisses, mais en fait, les frotter ne fait qu'aggraver la pression.

Bien que je n'aie aucune expérience avec les mâles, à part quelques chastes baisers avec des garçons humains, j'ai toujours été... prompte à être excitée. Pendant de nombreuses rotations, j'ai eu honte de mes pensées. J'étais aussi bien trop honteuse pour me toucher dans l'obscurité lunaire – mais après m'être confiée ouvertement à ma mère au sujet de mon corps et de ses voies perfides, elle m'a convaincue du contraire.

Ton corps est un vaisseau pur et naturel du tripe Dieu. Il ne t'aurait pas créée de cette façon, si ce n'était pas son intention.

Après cela, j'ai arrêté de me sentir si gênée et j'ai appris à soulager la pression moi–même, mais... ici, avec les Voraxians et les Drakeshs, une partie de cette vieille honte a refait surface parce que les extraterrestres... peuvent sentir l'excitation.

– Svera, grogne Tur'Roth.

Ses dents sont serrées et les crêtes le long de son front sont un fouillis de bleu et de violet. Le désir sexuel. *Le violet représente le désir. Plus la couleur est foncée, plus il est fort.*

– Oh... Je suis désolée, euh... vraiment, vraiment désolée, je bégaie.

Je m'applique à lisser mes jupes sans croiser son regard.

Sa main se tend et touche ma cuisse, juste au–dessus du genou. Je me redresse d'un coup sec.

– Je vais descendre pour parler avec...

Je me tourne fiévreusement pour inspecter les alentours.

– ... avec. les Evras, juste en bas.

– Tu veux que je vienne...

– Nox.

Je souris nerveusement.

– Nox, c'est bon. Ce ne sera pas long.

Tur'Roth fait une petite révérence et me laisse passer devant lui. Je ne me retourne pas vers lui en descendant. Je ne lève pas les yeux vers Krisxox non plus.

Mon nom est prononcé par de nombreux Voraxians rassemblés. Je les salue en retour. Ça m'aide à penser à autre chose et à apaiser le feu dans mon ventre. Je connais tous ces êtres par leur nom – ou plutôt leur fonction – et je connais leurs familles, leurs loisirs, ce qu'ils aiment et même leurs espoirs pour Voraxia.

Je m'assois près des Evras. Ils assurent la gestion des magasins de nourriture, y compris tout ce qui va de la récolte à l'importation. Je les écoute parler, ravie, tout en veillant à ne pas observer Krisxox alors qu'il abaisse sa fronde d'étoiles – non, sa scie d'étoiles – et répète de nouveaux mouvements sans arme.

Tel'Evra est en train de décrire un nouveau type de haricot que les Evras essaient de se procurer dans le troisième quadrant lorsque mon moteur de vie vibre.

Je jette un coup d'œil à l'image holographique qui flotte sur ma peau. Il ressemble à un tatouage en constante évolution, composé de lettres aussi grosses que vertes. Le message vient de Lemoria. Mon cœur s'arrête. J'ouvre l'holoécran et regarde le contenu complet de sa communication.

En le lisant, je bondis de mon siège et je dois me rattraper à la main tendue de Tel'Evra pour éviter de dégringoler sur le banc d'à côté en criant :

– La Rakukanna est en train d'accoucher !

L'accouchement a commencé naturellement. Son travail était censé être déclenché pendant le solaire à venir dans la sécurité de la nouvelle installation médicale de la colonie lunaire, mais quelque chose a dû se produire. *J'espère que c'est une bénédiction et pas la tragique répétition de ce qui est arrivé à tant de femelles auparavant. Ces autres femelles qui, après un accouplement avec les extraterrestres, ont perdu leurs petits, et pour certaines, la vie.*

– Verax , dit Tel'Evra.

Ses paupières sans cils battant rapidement. Le jeune mâle continue de saisir ma main fermement tandis que je me lève et que je regarde les visages des Voraxians et des Drakeshs qui m'entourent.

Je constate que la plupart me regardent déjà. Nombreux sont ceux qui ne sont pas encore habitués à la présence d'une humaine parmi eux, même après la demi–rotation que nous avons déjà partagée ensemble. C'est donc assez naturellement, que bientôt, tous m'écoutent.

Tous les yeux sont fixés sur moi, dans des nuances tourbillonnantes de violet, de bleu, de noir, d'orange et de gris. Je crie alors aussi fort que possible :

– La Rakukanna est en train d'accoucher! Voraxia aura bientôt un Râ ou une Rakuka !

Un chœur de murmures choqués fait place à des acclamations. Tur'Roth applaudit avec enthousiasme et quand je croise son regard, il me fait un clin d'oeil. Mon cœur bat la chamade. Je descends rapidement. Je trébuche un peu dans mon empressement, mais une main lourde glisse sous mon coude et m'empêche de tomber sur le derrière.

– Merci, dis–je par réflexe.

L'instinct me pousse à croire qu'il s'agit de Krisxox, mais l'odeur n'est pas la bonne. Une couleur drakesh et un uniforme de guerrier, c'est tout ce que les deux mâles ont en commun.

Je commence à retirer mon bras, mais le mâle resserre sa prise. Il sourit. Une lueur noire traverse ses crêtes et je me crispe.

– Tu dois être ravie qu'un autre bâtard, une oud, comme ta Miari vienne au monde, ricane–t–il en prononçant son nom comme une insulte.

Bien que je ne partage pas la tradition qui consiste à ne pas révéler les noms et à les garder secrets, je n'aime pas le fait qu'il connaisse celui de mon amie.

– Moi, j'espère qu'elle et le bébé se noieront dans le sang.

Les bavardages et le chaos augmentent autour de nous, toutefois, je m'adresse au mâle d'une voix basse et égale:

– Tu ferais bien de libérer mon bras, guerrier. Le xcléranx Tur'Roth et Krisxox lui–même sont chargés de veiller sur moi...

Il n'en fait rien, au contraire, il me serre plus fort et m'attire encore plus sous le parapluie de sa chaleur. Je grogne et mon cœur lance des éclairs alors que je me souviens avoir été manipulée bien plus brutalement que cela à bord de cet ancien vaisseau Niahhorru. Mes cils s'agitent. Je revois la carcasse sombre d'un pirate Niahhorru à chaque clignement.

– Krisxox est le meilleur d'entre nous. S'il ne te tue pas, c'est seulement parce qu'il suit les ordres qu'on lui a donnés, mais il ne se mettra pas en travers de notre chemin. Quant à Tur'Roth...

L'horrible mâle ricane :

– Il ne pourra pas te protéger.

J'arrache mon bras, mais il m'a déjà lâchée. L'élan que j'ai pris me fait trébucher en arrière, directement sur Tel'Evra.

– Ça va? demande–t–il. C'est une si bonne nouvelle ! J'ai hâte de rencontrer le petit lorsque le Raku et la

Rakukanna pourront partir en tournée. Vous nous enverrez des images d'ici là, hein?

Il me faut un moment pour me rappeler où je suis, ce que je dois répondre, et dans quelle langue. Le temps de reprendre mes esprits et, lorsque je jette un coup d'œil à l'endroit où se trouvait le mâle, il a disparu. À sa place, se trouvent des êtres rassemblés qui rient et sourient.

– Conseillère Svera ? reprend Tel'Evra.

– Oui?

– Vous nous enverrez des images ?

– Des images… Des images du bébé ? Oui, bien sûr. J'en enverrai autant que je le pourrai. Si le Raku et la Rakukanna me le permettent, évidemment.

– Oui, bien sûr ! Bien sûr, répète–t–il en me saluant encore et encore. Tu as entendu, Er'Evra? La conseillère Svera va nous envoyer les premières images holo du nouveau petit...

Il se détourne déjà de moi et je suis attirée par d'autres voix. Celle de Tur'Roth en premier.

– J'ai vu Vendra te parler. Est–ce que ça va ?

Il caresse intimement ma joue en scrutant mon visage et mon corps. Ses attentions sont touchantes... *mais elles n'accélèrent pas mon pouls, ni le souffle dans mes poumons. Il ne fait pas chauffer l'intérieur de mes cuisses. Il ne me fait pas mouiller.*

– Merci, dis–je.

Je me sens un peu bête car ce n'est pas la réponse à apporter à la question qu'il m'a posée.

– Euh.. je vais bien.

Physiquement, en tout cas, car cette menace m'a glacé le sang. Elle avait quelque chose de sinistre. Il arrive qu'on me regarde avec malveillance, qu'on grimace, qu'on chuchote, mais personne n'a jamais été assez audacieux pour me menacer comme ça. Pas avec une telle *haine*.

– Bon, je…

Le regard de Tur'Roth fixe un point devant lui. Il se décompose. Ses épaules s'affaissent et ses mains se baissent pour former des poings à six doigts. Les conversations environnantes s'éteignent et les poils de ma nuque se hérissent. Comme si tous ces éléments n'étaient pas suffisants pour signaler sa présence, son odeur me parvient.

Il sent les agrumes. Il est piquant, acide, avec juste assez de douceur pour le rendre supportable. C'est une odeur à laquelle je me surprends à penser tard dans la nuit, c'est une odeur qui me pousse parfois à me caresser...

Elle m'affecte plus qu'elle ne devrait, plus que je ne le souhaite, surtout en ce moment. La crispation de mon estomac provoque une douleur aiguë, un appel puissant dont les ondulations me traversent, menaçant de m'emporter dans leur sillage.

– Krisxox ! je m'écrie.

Ma voix est bien trop aiguë. Je m'éclaircis la gorge et détourne le regard de son visage, qui est enveloppé d'une colère que la plupart des Voraxians ont appris à ne pas montrer. Malheureusement, cela m'oblige à regarder ses côtes, ou plutôt les plaques qui y sont superposées comme des morceaux de bois bruts. Elles protègent ses organes vitaux.

Il est toujours en sueur. Il brille. Et cette odeur... cette odeur entêtante d'agrumes et de sucre brûlé me rend folle... Je respire un peu plus profondément. Je n'ai jamais pensé que la sueur d'un homme pouvait sentir si propre ou être si étrangement douce.

Un petit dé à coudre de pression vive et chaude transperce mon clitoris, comme s'il avait été agité par un pouce calleux. Je me redresse, je croise son regard. J'essaie de ne pas respirer en demandant :

– As–tu entendu la bonne nouvelle ?

– Tout le monde sur cette putain de xok de planète a entendu la nouvelle. Qu'est–ce qui t'a pris?

De tendres mèches de cheveux blancs s'accrochent à ses joues. Elles sont creuses, encadrées par une mâchoire sévère et des pommettes hautes. Ses lèvres sombres et vermillon sont pleines. Il me fixe de ses énormes yeux noirs. Ses narines sont dilatées. Il a l'air prêt à dévorer en cet instant et je me sens prête à être dévorée… Puis je prends conscience de ce qu'il vient de dire.

– Je pensais que ce serait une excellente occasion pour le peuple de Qath de célébrer le nouveau membre de leur fédération. Ce qui se passe maintenant est l'événement le plus important de l'Histoire de Voraxia depuis la dissolution de l'empire de Cxrian et l'absorption des Drakesh dans la fédération voraxiane. Si tu ne le comprends pas, tu es un idiot.

– Je comprends bien, humaine.

Il grogne et baisse la tête. Il me traite avec condescendance et il sait que je déteste ça. Il croise les bras et lèche ses lèvres rouge foncé.

– Mais ce moment ne mérite pas d'être célébré, ajoute–t–il.

Je me crispe. J'aimerais ne pas être aussi touchée par ses propos, mais soit il essaie intentionnellement de me blesser, soit il croit sincèrement ce qu'il vient de dire. La deuxième option est pire que la première, mais honnêtement, les deux portent leur lot de souffrance.

Je décide alors que Krisxox doit avoir été placé sur mon chemin par la main du Triple Dieu afin de tester ma foi. Pas ma foi en Dieu, bien sûr, mais ma foi en moi-même. Vais-je y arriver ?

Je ferme les yeux et expire par la bouche. Je compte jusqu'à trois. *Un. Le poids du soleil qui m'écrase à travers la canopée. Deux. Le son des ponts de corde lointains qui se balancent tandis que les vendeurs et les acheteurs envahissent le marché bruyant. Trois. Une boisson froide aux agrumes sous un soleil chaud. L'odeur de la peau de Krisxox. J'ouvre les yeux. Je suis libre.*

– Tu me déçois, Krisxox.

Il sursaute et un muscle de son cou se contracte. Il est touché par mes paroles, autant que je le suis par les siennes. Nous nous battons sans cesse ainsi, chaque interaction est un affrontement. Je perds souvent, mais pas aussi souvent que lui.

Le triple Dieu ne place pas devant nous des rivières trop larges pour être traversées.

– Tu fous en l'air mon putain de xok d'entraînement. Regarde-moi ça. C'est le bordel.

Il n'a pas tort. Seule la moitié de ses guerriers sont dans leur formation initiale. Peut-être moins. Mais je m'en fiche, l'entraînement n'est pas si important . C'est un jour de célébration, inshallah, et je refuse de le laisser gâcher ça.

– C'est le moment idéal pour partir, alors. Qu'en dis-tu ? L'entraînement est terminé de toute façon…

– Partir maintenant ? Pourquoi est-ce que je partirais maintenant?

– Je croyais que tu avais compris, Krisxox. La Rakukanna est en train d'accoucher. Il faut partir *maintenant*, et plus pendant la lune comme c'était prévu.

– C'est moi qui te dirai quand il sera temps de partir. Je ne laisserai pas un sale hybride gâcher cette séance d'entraînement ou une autre. Tais–toi, assieds–toi et attends que je te fasse signe.

Les insultes qui me concernent, je peux les supporter, du moins, c'est ce que je crois; mais ce que je ne peux supporter, c'est la façon dont il parle de Miari et du bébé de Raku.

J'ai envie de cogner, de griffer ou de mordre. Je veux entrer dans son arène et provoquer une guerre qu'il est peu probable que je la gagne... mais que je *pourrais* la gagner.

Les mots se bousculent en moi et je crache les premiers qui viennent, sans réfléchir.

– Tu es immonde, pourri et je te *déteste*.

À cet instant, je le pense, même si je n'ai jamais rien détesté de ma vie.

Il se fige. Même les mèches de ses cheveux, autrefois prises dans la brise, semblent s'immobiliser. Il rétrécit son regard et le rouge roule sur ses crêtes.

– Krisxox, calme–toi, dit Tur'Roth dans mon dos.

Krisxox respire bruyamment maintenant. Ses épaules se soulèvent et s'affaissent à chaque inspiration. Ignorant Tur'Roth, il se penche encore plus près de moi et son parfum... ce parfum cruel joue des tours à mon corps que mon esprit est trop faible pour combattre. Je succombe. L'humidité s'échappe de mes sous–vêtements et dégouline le long de mes cuisses serrées.

La bouche de Krisxox s'ouvre. Ses mains tressaillent. Il a aussi l'air de mener une bataille perdue d'avance, car il se rapproche encore plus. Ma poitrine est à un souffle de la sienne. Je le fixe droit dans les yeux. Des éclairs violets illuminent son front. Il étouffe un cri et le son n'est pas moqueur ou méchant, comme je m'y attendais. C'est un cri lourd de désespoir masculin qui s'éteint dans sa gorge.

Je me détourne rapidement de lui. Krisxox ne *doit pas* penser que l'excitation qui s'accumule dans mon corps lui revient. Il ne *peut pas* être récompensé après m'avoir humiliée et avoir insulté ceux que j'aime. Je dois partir immédiatement parce que s'il s'approche encore plus, je pourrais céder... alors, je fais la première et seule chose qui me passe par la tête.

Je me retourne et j'attrape Tur'Roth. Je me hisse sur la pointe des pieds puis je dépose un baiser sur sa joue. Du moins, c'est mon intention; mais Tur'Roth se retourne et ses lèvres vont à la rencontre des miennes.

Découvrez les autres livres d'Elizabeth Stephens

Twisted Fates - Mafia. Brotherhood. Murder.
The Hunting Town, Book 1 (Knox and Mer, Dixon and Sara)
The Hunted Rise, Book 2 (Aiden and Alina, Gavriil and Ify)
The Hunt, Book 3 (Anatoly and Candy, Charlie and Molly)

Xiveri Mates - Aliens. Heat. New Worlds.
Taken to Voraxia, Book 1 (Miari and Raku)
Taken to Nobu, Book 2 (Kiki and Va'Raku)
Exiled from Nobu, Book 2.5, a Novella (Lisbel and Jaxal)
Taken to Sasor, Book 3 (Mian and Neheyuu) *standalone
Taken to Heimo, Book 4 (Svera and Krisxox)
Taken to Kor, Book 5 (Deena and Rhork)
Taken to Lemora, Book 6 (Essmira and Raingar)
Taken by the Pikosa Warlord, Book 7 (Halima and Ero)
*standalone
Taken to Evernor, Book 8 (Nalia and Herannathon)
Taken to Sky, Book 9 (Ashmara and Jerrock)
Taken to Revatu, Book 10, A Novella (Latanya and Grizz)
*standalone

Livres audio

Xiveri Mates - Aliens. Heat. New Worlds.
Taken to Voraxia, Book 1 (Miari and Raku)
Taken to Nobu, Book 2 (Kiki and Va'Raku)
Taken to Sasor, Book 3 (Mian and Neheyuu) *standalone
More to come!

Collections

Xiveri Mates - Aliens. Heat. New Worlds.
Collection 1: Books 1-3 + Exiled from Nobu
More to come!

www.ingramcontent.com/pod-product-compliance
Lightning Source LLC
Chambersburg PA
CBHW061537190726
48289CB00004B/1076